名家散文自选集

散文就是同亲人谈心

黄河远上

雷　达／著

民主与建设出版社

① 母亲姐姐和我
② 1965 年的我
③ 与母亲在一起
④ 1971 年在团泊洼五七干校
⑤ 1988 年在张家界与评论界同仁
⑥ 2015 年在座谈会上
⑦ 回故乡，见亲人
⑧ 与老伴杨秀清在北戴河之家
⑨ 在鲁院授课后

在扎尕那与藏族同胞在一起

浸入生命的忧思与美感

——读雷达散文

古 耜

1

　　雷达散文是一个丰富多彩的艺术世界。其中有生命记忆的潜心打捞，也有人物印象的生动摹写；有地域风情的精彩描画，也有社会世相的多维摄照；有环绕文化焦点的辟透剖解，也有针对体育竞技的颖异感悟；有诗性勃发的叙事抒情之什，也有哲思充盈的析理辩难之制……所有这些，摇曳变幻，不拘一格，仿佛在诠释作家的"夫子自道"："我写散文，完全是缘情而起，随兴所至，兴来弄笔，兴未尽而笔已歇，没有什么预定的宏远目标，也没有什么刻意追求……我写散文，创作的因素较弱，倾吐的欲望更强，如与友人雪夜盘膝对谈，如给情人写的信札，如郁闷日久、忽然冲喉而出的歌声，因而顾不上推敲，有时还把自己性格的弱点一并暴露了。"

　　雷达散文在很大程度上保持了生活的繁复性、多面性、艺术的率真性以及作家主体的随机感与自由感，却不见同类追求之下常常难以避免的内容或风格上的散漫、杂芜和琐碎。这里起到化合统摄作用的，是一种强大的生命磁性与浓郁的心灵色调，二者互为条件，不仅为多姿多彩的散文世界注入了"血管里流的总是血"的整体感；而且十分清晰地凸显了作家高度个性化的文化面影——置身于充塞着物质化、商品化和功利化的消费时代，他不时感到有困惑、怀疑和悲哀来袭，却始终不情愿让这些统治内心，更不承认它们天经地义。为此，他将忧患的思绪化作遒劲的笔力，叩问历史与现实，对话社会与人生，力求以饱含哲思与激情的审美化言说，实现精神自救，同时为喧嚣扰攘的物化世界，留下一片可以安置心灵的绿洲——这庶几就是作为散文家的雷达。

2

作为改革和巨变的亲历者与见证者，雷达从不否认现代化进程带来的社会进步与民众福祉，但也从不把眼前的一切理想化、完美化、绝对化。在他看来，历史的现代化进程，具有明显的两面性。它所产生的空前强大的物质力量在给人以舒适和便利的同时，也会造成对人的挤压。而这种挤压通常表现为一种全方位的"缩略"形态。正如他在《缩略时代》一文中所写："缩略乃时代潮流使然，其中不乏积极因素，但从根本上说，所谓缩略，就是把一切尽快转化为物，转化为钱，转化为欲，转化为形式，直奔功利目的。缩略的标准是物质的而非精神的，是功利的而非审美的，是形式的而非内涵的。"这里，"缩略时代"可谓一个体验独到的概括。

为了反拨物对人的"缩略",雷达散文每每将视线投向现代人的生存状态与精神图景,努力揭示其中的繁复、亮丽与斑驳。《乘沙漠车记》透过作家身临其境的观察体验,描述了沙漠石油勘探鲜为人知的艰难情境,凸显了石油建设者使命中或者说宿命里的悲壮,以及构成这种悲壮的忘我的拼搏与奉献精神。《秋实凝香》聚焦桓仁县女医生李秋实,她身上熠耀的善良、仁爱、敬业、无私,不仅赓续了传统的道德之美,而且告诉人们:越是在物欲膨胀的商品时代,高尚的人格与人性,越是珍贵、不可或缺,依然拥有巨大的精神感召力。《行走的哲人》将由衷的激赏送给了孤身徒步走西藏的余纯顺,之所以如此,则是因为作家从这位"哲人"身上,发现了物化时代难能可贵的人道关怀和慈悲心肠,以及他对自然人化和人化自然的执着追求。《辨赝》《摩罗街》取材于作家的文物收藏经历,而其中最让人过目难忘的,便是人性在物欲中的沉沦或升华,即一种出现于不同时空的或利欲熏心、或大美卓然的社会风景。这种无意中生成的不比之比,将作家激浊扬清的济世情怀表现得生动而剀切。

　　对于现代人的生存状态和精神图景,雷达敏于发现,亦精于描摹,注重发挥作家同时又是学者的优势,让思想和学养恰当适时地进入经验或现象世界,展开由知性引领的联想与阐发,就中完成更见深度的意旨表达。《化石玄想录》讲述了"我"对化石的由衷喜爱和由此产生的一连串遐想:许多翩若惊鸿,矫若游龙的动物,为什么会在一瞬间成为永恒的雕像?这当中除了物种进化的原因,恐怕更多是大自然灾变的结果,而面对自然界的种种变化,动物并非被动无为,听天由命,而是物竞天择,新陈代谢。动物如此,人类何异?尊重客观规律,善待万物生灵,强化自身素质,才是正确的选择。显然,诸如此类的思索关联着现代人生存与发展的大主题,是作家与时代和现实的深入对话,因而很值得仔细咀嚼与回味。

3

在谛视和发掘现代人生存状态与心灵图景的过程中,雷达始终敞开着内心,袒露着灵魂。也就是说,他把自己的精神思考、情感起伏和意识流动,包括其中的迷惘、纠结与焦虑等等,统统当成了审视和表现的对象,不加掩饰地端给了读者,从而使作品具有一种真诚的、在自省中反省的艺术品质。

不妨一读《还乡》。这篇记述作者回乡见闻的作品,自然而然地写到了家乡和家乡人在历史进程中的变化。不过,所有这些变化在作家眼里,却有些喜忧参半:物质生活已经向好,自然环境却不容乐观;侄女在人生路上的"不安分",透显出农民观念和命运的双重改观,而侄子在官场的情绪起伏,却意味着强悍本色的最终丢失;乡音和柴禾味儿令"我"感到亲切,这亲切里又分明掺杂了生疏与隔膜。惟其如此,作家一时说不清这次还乡,"究竟是失望,还是充实",表达了一种复杂的现代性思考。《天上的扎尕那》记述了作家神往已久的扎尕那之行。然而,一旦身临其境,"我"却陷入了深深的矛盾之中:偏远的扎尕那美如天界,令人沉醉,但出于保护这人间美景的考虑,"我"不希望它像许多已经开发的风景区那样,名传遐迩和游人如织。可一且如此，这穷困的边地又该怎样走向富裕？这确实是一个难以两全的难题。

　　也有一些时候，雷达的内心世界是在相对安静自适的情况下，以沉思的方式和从容的笔调展开的，是一种带有较浓的形而上色彩的意识流动，其基本主题则是解读精神现象、探索生命奥秘。譬如《论尴尬》，由人生之尴尬说开来，既梳理其语义转换，又勾勒其场景变化，进而发现："尴尬是人的不自由状态的自然流露，是消灭不掉的……只要我们不矫情，不造作，抛弃虚伪的遮饰，敢于直面自己的灵魂，也就敢于坦荡地面对尴尬了。"《说运气》是"我"对运气的认识和理解：运气这东西看似神秘，其实不过是主客体的一次奇妙的，充满无数可能性的，出人意料的遇合。因此，对于每一个人来说，与其做运气的膜拜者，等待运气，不如忘掉运气，在自由创造中采取更为积极和睿智的人生态度。《生命与时间随想（18章）》荟萃作家日常生活的片段思绪，其话题大都直抵现代人的心理症结或精神困境，而由此展开的作家的内心独白不仅烛幽发微，别开生面，而且每每衔接着一个时代的典型情绪乃至前沿思想。于是，我们在收获作品醍醐灌顶般的心灵启迪的同时，领略到作家难能可贵的清醒、敏锐与深刻。

4

　　当然，雷达散文最重要的内容和篇章，是他对大西北故乡的书写。在这些作品中，每每活跃着中国西部特有的地理标识、文化基调与精神底色，以及作家对西部大地的无限眷恋、细致打量和泼墨书写，所有这些构成了雷达散文最突出的特征。在这一意义上，雷达是可以作为西部作家来看待的。

先看《皋兰夜语》。该文旨在为西部名城兰州立传，其锁定的中心意象是静卧千年，俯瞰全城的皋兰山。围绕这个意象，作家一方面回溯过往，将多种记忆、史实与学养，整合为摇曳而浑厚的叙事，勾勒出历史上兰州曾有的集强悍与保守、坚韧与封闭、叛逆性与非理性于一身的矛盾性格；一方面立足现实，透过皋兰山顶建公园，以及"我"和朋友们居高临下，夜观灯海的写意性描述，象征性地展现了新时期的兰州，打破闭锁，锐意变革，努力汇入大时代的情景。

天水地界上的新阳镇是渭河上游的古镇和名镇，也是雷达的出生地，是他严格意义上的家乡。以镇名为篇名的力作《新阳镇》，便是他透过岁月烟尘，朝着家乡的深情回望。应该是得益于记忆与经验的厚积薄发，这篇作品将家乡的山川形胜、自然物产、历史沿革、文化习俗等，描述得多彩多姿，曲折有致。其中以简约有力的笔墨勾勒出的大嫂谢巧娣的形象，更是丰满真切，感人至深。她身上特有的那种刚强、坚韧、泼辣、豁达、敢踢敢咬和不畏强势的个性，无疑是粗粝的西部生存镌刻出的印记。一篇《新阳镇》，一卷西部古镇的人文风情画，意境深远，意味深长。

《听秦腔》也是一篇妙文。它以秦腔为文眼，其跌宕起伏的讲述，不仅活现了秦腔牵人心魂的"苍凉悲慨"，以及"我"和无数西北人对秦腔渗入血脉的酷爱；而且将秦腔和秦腔之爱的心灵化、社会化过程同大西北的地理与历史结构，以及西北人的情感与伦理方式，紧密地联系在一起。正因为如此，一篇《听秦腔》所揭示的，就不单单是一个剧种历久不衰的奥秘，同时还有包括优势和局限在内的整个西部文化的当代生态及其未来走向。显然，这样的作品并不缺少与现实生活的对话关系。

5

大约从2014年开始，雷达在《作家》杂志开设"西北往事"专栏，讲述生命中的大西北，每篇一万多字。在这个系列中，作家无意追求数量和速度，但每一篇都写得极认真极投入，至今已发表了《多年以前》《新阳镇》《黄河远上》《费家营》《梦回祁连》《韩金菊》等多篇。这些文章在微信公众号上一经披露，点击率很高，专家和读者纷纷留言激赏，场景热烈壮观。显然，它们异军突起，为雷达散文拓展出一片新的引人瞩目的审美空间。

虽然书写西部是雷达一贯的着力所在，但这一组正在写的散文却与以前大有不同。首先，这组作品是自传体的。作家从亲身经历出发，把自己的成长史和心灵史全无粉饰的敞开，其强烈的纪实性和现场感，以及浸透其中的披肝沥胆的自我解剖和真诚言说，足以让读者产生强烈共鸣。第二，这组作品书写作家经历，但又不是纯粹的封闭的自说自话，而是在"我"的生命轨迹中，很自然地渗入历史镜像与地理人文，于是，作家那一片片丰饶的记忆沃土，开满了社会心理，民间传说，历史事件，地域风情，时代氛围的花朵，它们交织在一起，分明构成了甘肃乃至整个西部风俗史和精神发展史的一部分。第三，在叙述风格上，这组作品客观、冷峻、质朴，丰腴、深刻、厚重，提供了大量联系着特定时代风云变幻的情节与细节，呈现出作家直面历史，秉笔直书的眼光、胆魄和勇气。有读者称这组作品将"历史真相隐藏在语言的暗流涌动之中"，是"个人命运与时代面影叠合一"，洵非虚美。第四，这组作品拥有相当丰沛的人性与情感内涵。其笔墨所至，或揭示人性的复杂，或感叹命运的曲折，或激赏情感的圣洁，其中作为最新一篇的《韩金菊》，更是把作家生命中珍藏的遥远而凄美的初恋悲剧，讲述得如泣如诉，荡气回肠。难怪有许多读者在公众号上为该篇留言，说它"情真意切，感人肺腑"，读来"几度哽咽"，甚至"每读一遍，都要流一次泪"。如此感人的阅读现象，在当下的语境中并不多见。

雷达的"西北往事"还在继续写。在他笔下，西部书写已不再仅仅是一种题材的选择或意象的熔铸，也不单单是一种乡恋的表达和乡愁的寄托，而是更多承载了现代人精神还乡、心灵自省和生命充氧的意义，是一种具有正能量和大境界的艺术追求。在雷达看来，传统而质朴的以前现代为基本形态的西部生活，郁郁勃勃，气象万千，包含了许多具有恒久价值的东西，它值得现代人深入省察、仔细回味，直至常读常新。

黄河远上

第2辑

第3辑

第 1 辑

新阳镇

　　或许，从出生那一刻起，我就注定了与天水、兰州两地无法分割。我的母亲祖上是临夏人，实为兰州人，父亲却是天水人。我本人生于天水，一岁大点被父母带回兰州；从那时起直到1965年，一直在兰州，却不时往返于兰州和天水两地。

　　在外人看来，天水和兰州不都在甘肃吗，能有多大区别呢。其实，他们哪里知道，甘肃这块地方很怪，幅员辽阔，民族杂多，地貌错综，文化斑斓，是个至今也没有得到真正广泛认可的神秘的文化大省。它在地图上呈长条状，有人说像一只哑铃，有人说像一只马靴，有人说像一条飞龙，它广大到41万平方公里，从兰州坐飞机到北京的距离，与在本省从兰州飞到敦煌的距离竟相差无几；至于各处文化的错杂更是难以尽述。所以，天水与兰州两地，文化的异质并不奇怪，无论就口音，习俗，历史，风气，艺术，性格倾向，精神气质而言，都有莫大的差别。我从小穿行于两种文化之中。天水给了我一个广大的精神空间。

　　我的家乡新阳镇就很值得一说。它距天水县城约六十华里，是渭河上游的几大古镇、名镇之一。我小时候它叫"沿河城"，却并不见城墙，不知何以以城名之，现在的人早不知"沿河城"为何物了。南面壁立着凤凰山，似屏障，颇雄壮，也叫邽山，据说古时属上邽县管辖。我发现，天水农村的风俗情调与《白鹿原》或高建群《大平原》里的关中农村极为相近。原来，一切皆缘于一条伟大的河流——渭河。渭河发源于甘肃渭源的鸟鼠山，向东流过甘肃东部，到陕西的宝鸡出大散关，流过经无数岁月形成的八百里秦川，最后在潼关入了黄河，全长近900公里，乃黄河最大的支流。记得钱穆先生曾说，所谓农耕文明往往诞生于河谷地带或冲积平原。细审之，渭河流域农耕文化成熟之早，其发达绚烂程度，应在黄河与长江文化之上。新石器时代早期的大地湾文化，半坡文化，何能离得开浩浩渭水呢。

渭河从甘谷东端流进了新阳镇。它从胡家大庄和裴家峡的中间冲出来，绕过四嘴山脚，拧了一道大弯，硬是冲积出一片肥沃的河谷盆地新阳川。河水从谷地中间穿过，呈肘弯型，将镇子劈为西南和东北两半。再往东去，便是有名的卦台山了，伏羲画八卦的地方，属三阳川境，是又一处名镇。我出生那年，"五四"运动健将，清华大学校长罗家伦曾登上卦台山，发出过"智缘书契始，一画破鸿蒙"的赞叹。

与黄河的雄浑不同，渭河大多数时候显得比较温婉，连水鸟也眷顾这片美丽的地方。我小时，从冬到春的河滩上，总有灰颈鹤和白鹭鸶优雅安详地散着步，它们有长长的颈和细细的腿。

少年的我极爱它们，有时大胆贴近到只几步远，都伸手可及了，它们却神态自若，并不惊飞。新阳川既分为西南与东北两片，集市在南面的温家集，我们居住在北岸王家庄、赵家庄一带的人要赶集，要买卖东西，或上天水县，就非得过渭河不可。秋冬至初春，渭河水瘦，人们就架起草桥，草桥柔软有弹性，独轮车滚过时，忽闪忽闪，发出轻轻的呻吟。一到盛夏，渭河会变脸，露出凶相，发大洪水后巨石躺满河滩，景象很是恐怖。平时虽也有渡船可渡人，但常翻船，淹死人。聪明的村人就想出一法，在河两岸各栽一大木桩，拴上铁环，在钢丝上系一大箩筐，一次可坐四五人，来回拉动，像土造缆车，大大方便了老人妇人和孩子。

在我的记忆里，广袤的河滩地种的全是高粱，每一株都像红脸蛋的女孩或英武的汉子，无边无际，血色深浓，随风摩挲出哗啦啦悠远闷暗的声响，好像里面藏着无限的秘密。看电影《红高粱》野合的那片高粱地，心想，比起我老家的，真不算什么。高粱在我家叫"秫秫"，是主食。"秫秫"吃起来酸涩，不好消化，据说因为产量高，乡人一直在种它，吃它。只有过年时，高粱才有点可亲，用高粱酿的"稠酒"很好喝，装在一粗而高的瓷罐里，下方凿个嘴儿，形如小孩的"牛牛"，一拔就撒尿似的冒出来。我一觉好玩，二觉好喝，喝起来没够，几次醉倒。我平生喝白酒没醉过，若说醉，也只醉在这稠酒上。

我至今惊讶于家乡灌溉系统的巧妙和复杂。它不用人力、畜力、电力，只充分借用水力。先是沿渭河边开出多条大渠，引入河滩，渠水宽阔，湍急，利用高低落差，每隔一段就现出一座磨坊，河水激溅得大小木轮飞旋，带动磨坊里各种石磨呼隆隆地转。小时的我会盯着水磨一动不动，听水声喧嚣，看浪花狰狞。四岁时，热衷观赏水磨的我，终于滑入了水渠；人进入磨道，不但必死，还得血肉横飞，但我幸运地被人救起了，成为乡间一佳话。对牲口我也好奇得很，曾钻到骡子身底下，遭一蹄擦过额头，血流满面，后仅留一疤。雷家巷道的老人们只要一提起我，必会津津乐道这些。

我更忘不了老家纺织的风尚。几乎每家都有一台土织布机。人坐在高凳上，踩踏机子，一高一低的，手则不停地抛掷着梭子，发出咔嗒—呱嗒—夸嗒的声音，响遍了巷道的上空，一直响到深夜，甚至鸡叫天明。这是故乡特有的乐章。解放前布是缺货，洋布尤缺，农民只能穿自制的土布。新阳镇历来自产棉花，手工纺织业便兴盛，据说一副脚踏织布土机弄好了可养活五口之家。但要把带籽的棉花织成一匹匹布，得经过"取籽"，再将"生花"变成"熟花"，中间有八、九道工序，难极矣。我家墙头就挂着一张大弓，弹花用的。织布机对我来说是神秘的，我常想那深深的农家院里，织布的人是谁，什么模样？后来走亲戚才发现，大多是些年轻的小媳妇，见来客人了，她们会走下织机，腼腆地默立一侧，她们清澈、忧郁的眸子是我终生难忘的。那也许是渭河流域一种特有的古典的美吧。

　　在我看来，我的乡亲们是些最有文化的人。这些平日的泥腿子、庄稼汉，扛长活的，一到大年初一早晨，一个个从门楣上刻着"耕读第"，"诗书传家"，"仁义孝悌"匾额的院子里走出来，大都换上干净的长袍，彬彬有礼，表情肃穆，背着手儿，缓缓地鱼贯登上四嘴山的家庙，去敬香祈福。我在他们脸上看到了对祖先、对传统的无比虔诚和敬畏。有些人的发型很怪，前半部脑壳剃得精光，后半部却蓄满长发。这是否晚清时代的一种子遗？康有为，梁启超似乎就留过这种头。我一见就想笑又不敢笑。这种发型，在我印象里，直到大跃进时才不见了。新阳人的方言也独特有趣，把奶奶叫"婆"，把爸爸叫"达达"，把你的叫"牛的"，把我的叫"敖的"，把舅妈叫"妗子"，把最小的叔叔叫"碎爸"，等等。家乡人除了勤于农耕，就是渴望孩子成为读书人，尤重视书法字画；看一个孩子读书好坏，先看毛笔字写得如何。外地公干的人一旦返乡，立刻就会有人手持宣纸登门来求"墨宝"。我毛笔字不行，这成了我多年来怕回老家的潜在原因之一。正因文风之盛，小小的新阳镇，出了不少人物，例如黄埔一期出身，曾任国民党甘肃省主席的著名起义将领王治岐，著名文史大家霍松林，资深国画家郭克，还有近年颇为活跃的著名宗教家，中国道教学会会长任法融————他是凤凰山席家寨子的，也可算新阳人吧。

　　登上四嘴山顶，新阳全境尽收眼底。渭水萦绕，山风呼啸，城墙逶迤，枯草颤抖，天兰铁路风尘仆仆地穿山越岭而来，不由人遥想历史。人们首先得拜黑爷。黑爷是雷氏宗族的偶像，史载黑爷名叫雷王保，生于西晋陇西郡，后为东晋有名的廉臣，其后裔多落脚于秦州。另一条史述似更切近现代，言六百多年前，1379年即明洪武十二年，王家庄尚属未开垦的处女地，植被茂盛，鸟兽成群，秦州守将雷时清的次子雷彬携眷属到此，为最早的拓荒者，他又招来外甥王世清共同垦荒，此地遂起名雷王庄。我查了书，洪武十二年正是颁布"大明律"的年头，朱元璋残酷的高压政治达于顶点，雷彬的"避世"无疑是明智的。再后来，修起了四嘴山城堡，并建雷氏宗祠，供奉黑爷。清康熙初城堡扩建为庆寿寺。今天它已是闻名遐迩的大寺观了。

　　我摸着垛口坚硬如铁的老城砖问，这"方孔"何用，乡人说是防土匪的，能向下发射土枪炮，当年抵挡过"白狼"。谁是白狼抑或白朗，我真不知。老人们说得最多的，是1935年8月9日，红25军徐海东程子华部在长征中渡过渭水，驻扎于我王家庄、赵家庄的事迹。据92岁的王纯业先生给我的信中说，那天正逢集日，在办庙会，唱秦腔；因先前墙上多刷"红军可怕""共产共妻"之类标语，大军忽至，群众惊得目瞪口呆。但大军秩序井然，群众并未惊逃，戏照唱不误。大军在河边磨工们的帮助下安然渡过河。首长给每个磨工赠送了中药两丸，说是治感冒和肠胃病有奇效。晚饭部队入各农家，凡取用百姓瓜菜，面粉，油盐者，必放置铜元，银元，红白糖，茶叶等物补偿，超过了市值。那天红军独未进国民党119军军长王治岐的家。程子华与王治岐

是黄埔军校同学，80年代两人在黄埔校友会上见了面。王说，
"当年何不进我家院子"，程说，"你家土坯房破破烂烂，战士
不愿进啊"，二人遂拊掌大笑。

　　1949年冬，解放军西北野战军某部进驻新阳镇，后又撤出。
我当时虽只6岁，记忆清楚。团部设在阎家场，连部就设在我家。
解放军改善伙食爱吃粗粮饺子，用木桶装，每次总不忘用马勺给
我盛上一碗。但春节之夜却出了大事：那晚军民联欢，院子里吊
着汽灯，军队演一活报剧，剧情高潮时，"革命者"要用枪"打
死""叛徒"。谁知那天枪里有真子弹，砰的一声，对方真的被
打死了。当时一片混乱。死者被用门板抬向团部急救未果，而开
枪者当即被控制起来，就关押在我家的小耳房里，日夜有人看
守。第二天，被打死的那位文化教员，装了棺材，在广场隆重举
行了追悼会；而那个开枪的人，一周后在山根下被枪毙了，定性
为故意杀人。这支部队的老战士们，料应记得这一段公案。

　　对新阳镇而言，最欢腾的日子莫过于1951至1953年修筑天
兰铁路了。因"新阳火车站"定位在王家庄，筑路大军便驻扎在
王家庄、赵家庄周围，全是帐篷与板房。一时，天南海北口音的
铁路员工涌进小镇，约三千人的大自然村王家庄也骚动起来了，
整个村庄像过节般兴奋。小贩们的数量激增，而打扮入时的姑娘
们常常在工棚附近勾肩搭背，嬉笑追逐，深夜不散。当时，开凿
安林山隧道是一场大仗，硬仗，牺牲过多人，终于成功了。"试
通车"的那一刻是终生难忘的，男女老幼全跟随着火车跑啊跑，

一个个跑得喘不上气，有人跑掉了鞋，直追到火车钻进隧洞。那时，"铁路上的人"，是穿四个兜儿制服，别钢笔，戴手表，用多节长手电筒向夜空中扫射的人，令人艳羡。嫁给铁路工人，也成了农村姑娘改变命运的契机。依我看，天兰铁路的修通固然是西部工业化的前奏曲，但在某种意义上也是爱情的胜利。甘谷女子，天水女子，成为铁路眷属者最多。

我的心就是这样随着记忆之舟滑翔着，起伏着。像这样的趣事我还能想起不少。小时，在阎家场的戏台下，因我说的是兰州话，村里孩子用好奇的眼光看我，齐声有节奏地喊"兰州娃"、"兰州娃"，视我为"怪物"，想接近又不敢，便互相推搡着想挤到我。可我很快学会了天水话，隔阂渐消。我的家族有个不成文的规定，那就是不管其他人回老家否，我是必须要在寒暑假回来的。那是当年我婆（奶奶）规定的。因为我哥是哑巴，残疾人，我成了雷家惟一靠得住的继承人。老家的生产队居然同意给了我一份自留地，直到我大学毕业北上，才注销了。何能如此，我至今不解。不过，比起许多趣事来，最难忘的还是人。单从自然条件来看，或以为新阳镇很富庶，其实，这是错觉，这里地少人多，资源有限，仅靠传统农业维持着，低收入，高消费，以至近几十年来，人们一直在和贫穷作斗争。

我们的家，就出了一位顶门立户的女人，那就是我的大嫂谢巧娣。大嫂娘家是最贫困山区蚰蜒嘴的，为了糊口，她嫁来我家，做了聋哑人的妻子。因我的同父异母大哥雷嗜学是聋哑人，只会老实耕田。大嫂先是做童养媳，经历雷家老人先后谢世，逐渐成为家庭掌门人。她是六个孩子的母亲。为人刚强，泼辣，能吃苦，敢踢敢咬，不畏强势，护得住家里的那点财产，使一切觊觎者惧怕。

大嫂对我却爱护备至，她大我二十来岁，对我的感情近乎母爱。大嫂一心想把我这惟一的小叔子彻底"天水化"。我少年时候，她就想着给我包办婚姻，每到寒暑假，强拉我去"相亲"，我眼睛近视，根本没看清什么，敷衍而已。所以总是失败。嫂子似乎不明白，我是只能生活在兰州的，一切都属无用。

三年困难时期，我在省城饿得受不了，偷偷跑回新阳镇，其时满目荒凉，炊烟断绝，时见浮肿者卧倒路边，饿死的人很多；大嫂也饿得面色发绿，脱形了，却不顾几个儿女的哭闹，给我烙了高粱面馍。我看见，为了一家人活命，大嫂在拼命织布，并在山下开荒。那时扒火车，跑陕西，或下武山，用土布去换点粮票或粮食是一条重要的活命之路，但危险，东西常被没收，遭毒打，被轰下火车。我亲眼看到的一幕是：半夜，大嫂一层一层地往自己身上缠土布，缠到最大限度，人呈庞大圆锥体，头都不能转侧，下蹲更难，然后用衣衫裹好，挪着身子去扒火车。我无法想象，当时是数九寒天，她纵然躲过检查，该到那里，该怎样卸下身上的布？她是一个年轻的女人啊。一次在陕西，她用土布和一件旧皮袄换得一些粮票和一小袋面。不料这家人忽然要她留下来当"女人"。嫂子哭着说，我家有哑巴男人和快饿死的儿女呀，陕人却不放；其人与嫂子在土坑上"相持"了很久，实为一场搏斗，陕人竟不敌。嫂子趁势扛起面袋夺门而逃，不顾恶狗追咬，连夜扒上运煤的货车。下车时人乌黑得与煤炭无异，当然也就躲过了检查。嫂子说，她再也想不起那是陕西的啥站啥地方了。

1966年春天，甘肃农村搞起了极左式"社教"，我家的中农成分忽被"补划"为富农（77年又平反），平生好强的大嫂可吃苦头了。这个最穷苦的贫农女儿、童养媳，不得不顶起"富农婆"的帽子。她经常被扭去游街，干苦活累活，半夜也不让回家。后来才有所松动。我回去过一次。让我看不懂的却是，每次游街后，嫂子扔掉绳索木牌，抹去伤痕污渍，赶紧升火做饭，还说说笑笑，像没事人一样，与城里牛鬼蛇神的愁苦状迥然不同。我更看不懂的是，村人并不嫌弃大嫂，每天来家问事者、聊天者、托她介绍婚姻者仍不少。我甚至觉得她这个四类分子威信不低。

大嫂就是这样一个伟大的女性。她对我无私的爱是我一生难忘的。是的，她只是一个微贱的农妇，但她从不胆小，怕事，忍辱，畏缩，在她的身上有一种永远打不倒的精神。这就是我特别想说出来的感受。多少年来，每当我遇到逆境，挫折，或自认受了委屈，或无端烦躁时，就会想起新阳镇，想起大嫂，会慢慢"凉"下来。我也许还会自嘲：什么级别，什么头衔，什么专家，你不就是大西北来的一个傻小子吗？

1991年老家来信说，嫂子病重，是肺气肿；1992年冬天，她走了。接到电报时已办完事了，我没能也无法回去。她埋在哪里，我也不知道。想不到我们之间就样阴阳两隔了。其时，她的孩子星散各地。她一走，雷家就完全衰落了。听说我家的老院变成了空院，蒿草长得比人还高，狐兔出没，正房塌了，门楼也快倒了。据说现在这样的空院在老家正复不少。我曾在梦中惊醒过，回想梦中的大嫂，她还是挽着老式发髻，穿一件斜襟的青布褂子，还是一张高颧骨的脸，一双火辣辣的眼睛在闪亮，抿着倔强的嘴角。

我已很久很久没有回老家了。听说河滩地早不种高粱了，也不种小麦，而是清一色的改种杏子、苹果和葡萄，传统的农民早就转型为新式的果农了。其中"红跃杏"和"花牛苹果"是名牌，但仍然卖不上好价钱。我最喜欢的水磨坊早消失了，因为它赶不上电动磨面机先进，现代化的粮库也不需要它。至于老式的手动织布机，只能到博物馆去找它们的踪影了。渭河依然滔滔不息，却再也没有草桥，铁索土缆车，和老渡船了，钢筋水泥大桥把南北变为坦途。

新阳，新阳，我真的该回去了；可真的回去，我该住在哪里？

写于2014.2.6.

（原载《作家》2014第四期，《新华文摘》2014第13期转载）

皋兰夜语

　　久居兰州的人都知道，深夜出门，不用抬头，即能感到，或身后，或眼前，定有一庞然大物在暝色中谛视着你，那就是皋兰山了；也不必引颈四顾，定能听到一种哈气似的嘀嘀声在空气中鼓荡，那就是黄河的涛声了。

　　记得1986年前后，有位兰州的故交到了北京，闲谈中顺便说起："皋兰山上建公园了。"兴许他的语调太平淡，兴许当时的我未及细想，反正我没当回事。我估计，那无非是在皋兰山腰的某处修了个凉亭罢了。我的想象力再丰富，也是断乎达不到山巅的——在我少年的记忆里，皋兰山高不可攀，直薄云汉，如壁立的屏障守护着兰州，兰州则是偎在它脚下的羊群。实难想象，在这陡峭的几乎寸草不生的皋兰山之巅，能建个什么公园。

　　终于，在一秋日傍晚，我回到了阔别20多年的兰州。下火车后猛一抬头，竟惊讶得说不出话来：皋兰山还是那副熟悉的静卧了千万年的姿势，老熟人似的对我歉然一笑，但仰观山顶，却全然陌生了，著名的"一棵树"没了踪影，只见原先最高处烽火台的位置上，隐约飞起层层亭台楼阁，与秋夜的星斗混成一团，细辨则有角翼然，在雾霭里明灭，如神话里的蓬莱仙境一般，好像一阵风来，那缥缈的楼阁随时有升入霄汉的可能。这就是友人所言"兰山公园"了吧，果然奇幻至极。由于地面是万家灯火的闹市，山顶是星光灼灼的亭台，而中间部分的大荒山完全融入了沉默的夜色，所谓山顶公园便有了天上宫阙、琼楼玉宇似的飘游感。我盯视片刻，觉得眼睛发酸，真不知是天宫在轻摇，还是夜气在浮动。

我也算是到过一些地方，见过一些世面的人了，就说夜景吧，曾登上国际饭店看上海（听说现在该去登东方明珠电视塔了），也曾登上枇杷山看重庆，还在飞机上看过夜的法兰克福和罗马，但我敢说，它们尽可以其富丽或壮丽炫人，却都不如夜的皋兰山那么富于梦幻之感。我早就觉得，兰州含有某种说不清的神秘和幽邃，暗藏着许多西部的历史文化秘密，凡只到过西安没到过兰州的人，绝对不能算到了大西北；只有到了兰州，而且流连黄河滩，驻足皋兰山者，才有可能摸索到进入大西北堂奥的门径。

我从来都固执地认为，王之涣的《凉州词》，只能作于兰州，而且描写的也只能是襟山带河的兰州。"凉州词"乃古乐府惯用的诗题，并非只能写凉州或只有亲临凉州者才能用它，这就犹如唐人写"出塞"、"入塞"的诗很不少，并非每个人都非要出一回塞一样。可是，单就这首诗的意境观之，恐怕诗人不亲自来到一个高山、长河、古城三者奇绝地扭结在一起的地方，是断难杜撰得出来的。

我想象，王之涣是在一个早春的正午，一个假阴天，来到兰州雷坛一带的河谷的，他极目西眺，觉得黄河上接白云，仿佛是从云端挂下来的，就有了"黄河远上白云间"的句子出唇；再侧目一看，发现身边的孤城兰州紧贴着崔嵬的皋兰山，四围群山如簇，使山愈大而城愈小，便生出了"一片孤城万仞山"之慨；当时天气乍暖还寒，兰州一带的杨柳还没有吐芽，王之涣打了一个寒噤，猛听得有羌笛声若断若续飘来，心里想，兰州尚且如此，那凉州以西的古战场，还不知道会怎样的苦寒呢，遂叹息道，"羌笛何须怨杨柳，春风不度玉门关"啊。我这样解，唐诗专家可能要引经据典地起来反驳，但据我所知，只有兰州才具备诗中所写的特殊地貌，往西去，甘、凉、肃、瓜四州不是这样，沿黄河上下逡巡，济南、郑州、西宁、银川等地，也都不是这样。后又发现岑参咏兰州的诗："古戍依重险，高楼见五凉。山根盘驿道，河水浸城墙"，益发坚定了我的看法。

兰州这地方确乎有种非凡气象，黄河穿城而过，环城则是山的波涛，好似一座天然的古堡，外面的东西不易进来，里面的东西也难出去，铁桶也似的封闭。要是在西安，你会感到关中大平原的坦荡与敞开，而身在兰州，你就没法不体验一种与世隔绝的疏离感、禁锢感，连走路的步子都会放慢。从地图上看，兰州才是中国真正的中心。老人们常说，环绕兰州盆地的群山是一条逶迤的巨龙，皋兰山是龙头，九州台是龙尾，确实越看越像。小时候，我就经常好奇地久久凝视着它，盼望着又惧怕着它会抖动头颅。及长，渐渐知道了龙的传说，就想，这里是否才是中华民族真正的发祥地？惜乎只是猜想，并无如"黄陵"之类的有史可征。但凭着直觉，我相信这是一块神秘的土地，以前必发生过或不见史籍却惊天动地的事，以后也必会弄出震撼神州大地的响动。

考证起来，兰州的历史甚为悠久，秦置陇右郡，汉置金城郡，隋置兰州，皆为兵家必争之险要。到了今天，它更是西北重镇，交通枢纽：陇海、兰新、兰青、兰包诸线，均奔凑兰州而来，交会之后又各奔东西。川陕及沿海的货物要进入青海、新疆、西藏，或青海、新疆、西藏的产物要运到内地，大都须经兰州这个"瓶颈"。兰州的得名，一说来自于夹峙着它的一山一河，即皋兰山（兰）和黄河之滨（洲）；一说古时的兰州四季如春，盛产兰花，故有此名。对后一说，我有些怀疑。古兰州府或古金城郡，其实是一个小文化圈的别称，它还应包括河州、湟州、临洮、循化、榆中、皋兰等一大片青海与甘肃接壤的地面。新石器时代著名的马家窑文化和稍后的齐家文化，老窝都在这里，前者因临洮的马家窑而得名，后者因广河县的齐家坪而得名，你想找最地道的三足鬲和鱼纹盆，恐非此地莫属。曾使举世惊愕，众学者争执不休的"舞蹈纹彩陶盆"，即出土在这个文化地带。此盆也确实奇特得很，盆沿上的舞者，咱们的老祖宗们，头上之饰物似为发辫，披于脑后，而下体之物，就很像男性生殖器，舞者裸体而踏跳，奔放恣肆，性器官非常之突出，这就不能不使学人们大费猜详，一定要破译它的意义了。列祖列宗，你们何以豪放如此？它的笔势、动感、构图、线条均出奇的成熟，却出自五千年前的先民之手，怎不令人惊异。

所以，兰州是封闭的、沉滞的，但又是雄浑的、放肆的。不信，你往黄河老铁桥上一站，南望皋兰山，北望北塔山，下望黄河那并不张扬却又深不可测的浑浊漩流，会感到一种山与河暗中较劲的张力，或蒙克绘画中才有的紧张感。据说现在的黄河冬天也不结冰了，于是不存在解冻问题，但在我小时候，看春天的"开河"，那刺激不亚于惊雷奔电，若是一个人独立河边，或会被它骇人的气势吓得战栗。看啊，一块块硕大的排冰，像一个个满怀仇怨、冲锋陷阵的生灵，互相追逐着、撞击着，那高扬着手臂的冰块杀过来了，那低头冲刺的冰块迎上去了，时而惊天动地地轰鸣，时而粉身碎骨地呻吟，有的冰块狂暴得简直要扑到岸边来捉你，于是冰水都溅湿了你的棉鞋。四野岑寂，整条大河犹如低吼着的、厮杀不断、尸横遍野的战场。夜幕降临，就益发骇人心目。这不由让人想起《吊古战场文》里河水萦带、群山纠纷、声析江河、势崩雷电一类的句子，遥想发生在著名的兰州河谷里的无数部落之间、宗教之间、民族之间、政治集团之间、阶级之间的征战和杀伐……

翌日，天一放亮，我便急于寻觅登皋兰山的途径，想弄明白夜气中仙山琼阁的来由。我虽在兰州长大，却从未登上过皋兰山，在过去，那儿近妄想，这回该偿还夙愿了。此时，王作人先生来了。王是我当年在兰州大学的同窗密友，现为该校教授、新闻系主任，他约我同去拜访另一同学杨临春女士。杨的寓所恰在皋兰山脚下，窗明几净，我们就坐看通往山顶的缆车缓缓上下，以及游客们的嬉笑状。杨说，千万不要白天坐缆车游山，那太没想象力了，一定要夜里上去，你才能看到一个真正的神秘的兰州。

饭后，三个老同学散步在通往五泉山（皋兰山脚下的一处名胜）的路上，互相打量一番，感慨油然而生。作人是当年班上的英俊小生兼饱学之士，如今业已头顶微谢，一脸沧桑，他那曾经俊逸的脸庞，平添了不少岁月的沟壑。临春是著名的"校花"。当年我在班上年龄最小，虽不明内情，倒也听说，她的追求者就有十八罗汉之多。那可能是夸张，肯定有冤枉，比如仅写了一张小纸条者之类。现今的她，已是五十出头的人，正遇上私人生活的坎坎坷坷，脸色就颇显憔悴，明亮的眸子流露着呆滞，只有秋风中依然苗条的背影，还能想见昔日的丰韵。按老话说，她的出身不好，解放后家境败落，举家作为移民被遣到河西走廊某县，上高中时，寒暑假没钱回家，她就住在学校里，三九天还穿着一双球鞋。她后来的境况时好时坏，似乎一直摆脱不了出身的阴影。她是在外面闯荡多年后回到兰州的，我们开玩笑地说，这叫归正果。看着她的背影，心头忽然升起一种苍凉感：我们这代人的青春真像小鸟一样不回来了么？

他俩都说我不见老，我唯有苦笑，我说，这可能因为咱们西北人皮肤"厚黑"，少不显少，老不显老吧。临春忽然向我提了个严肃问题，她说，当年咱们班分配到北京的十几个人，为什么除了一两个，不出几年全都纷纷回来了？有的是老婆拖后腿，有的是生活不习惯，一个个直到回到老家的热炕上方觉安妥。你说，这仅仅是甘肃人家乡观念太重，畏惧交往，习性保守的缘故吗？我想了想说，这问题太复杂了，几句话怎能说清。直到今天，在北京的甘肃人仍颇为寥落，牛肉拉面的打遍全国并不证明实质上有多大改变，比如，中直系统的全国作协会员近千人，而多年来其中的甘肃人竟只我一个，陕西人则多得多，你说怪不怪？也许，这些都与眼前的这座大山有关系吧。

我小时候就觉得，兰州这座城市有种诡异而神秘的气息，当地俗谚云，"兰州地方邪，说龟就是鳖。"比如，过日子禁忌特别多，一言一行，甚至吃什么不吃什么，都能引起大人们的一番指责或恫吓，而大人们自己，也似乎个个寡言罕语，说出话来神龙见首不见尾，叫你摸不着头脑。他们之所以如此，是出于害怕，因为在他们的经验里，希望的事总是落空，担忧的事总要发生。后来渐渐明白，兰州地面，哪方人氏都有，汉藏蒙回无不麇集，而且教派繁多，关系复杂。从老人嘴里，偶然能听到血脖子教与关里爷、苏四十三血战华林坪、马五哥与尕豆妹、新兴教、随教汉人、西路军、"民国"十六年大地震、民国十八年大旱、血洗邱宅一类的传说，无不染着血腥气，而这些传说反过来就更增加了这座城市的神秘。范长江在《中国的西北角》中有一段话说："汉代以后，汉族对于西北各民族之征伐或抗拒，多以兰州为极西之支撑点，即到现在，兰州仍然成为汉族在西北与回蒙藏各族交往之中心，自政治方面言之，中国现在政治力量西部之极限，仍以兰州为止。北过黄河，西过洮河以后，军政权力，尽在回族手中。"范公这番话虽说在1936年，对揭开兰州历史上的文化密码，却具有高度价值。

但兰州人也并不缺乏幽默感，有一首年代久远的谣曲，俏皮而无奈地表达了劳动者对苦难的反讽，是我迄今为止看到的最绝妙的中国式的黑色幽默，倘用沙哑的嗓子哼唱起来，定叫人鼻酸而笑：

　　走了个阿干县哪，买了个破砂锅，
　　试着去吃饭哪，倒把那嘴划破，
　　哎世上的穷人多呀，哪一个就像我。

　　买了个破皮袄啊，虱子虮子多，
　　穿在了我身上啊，雀儿它来做窝，
　　哎世上的穷人多呀，哪一个就像我。

娶了个大老婆啊，脸上的窝窝多，

买了一升面啊，倒搽去了一半多，

哎世上的穷人多呀，哪一个就像我。

盖了个破房房啊，窟窿眼眼多，

鸽子来踩蛋啊，倒把那梁踏折（读shé），

哎世上的穷人多呀，哪一个就像我……

我觉得，兰州城的性格，就像它那典型的大陆性气候一样，晨与昏，夜与昼，骄阳与大雪，旋风与暴雨，反差十分强烈；又像皋兰山与黄河的对峙一样，干旱与滋润，安静与狂躁，父亲与母亲，对比极其分明。这里既有最坚韧、最具叛逆性、最撼天动地的精神，也有最保守、最愚昧、最狡诈、最麻木、最凶残的表现。马化龙、马明心、苏四十三们的伟大的殉道精神，已在张承志沉郁苍凉的笔下复活，虽然我早在几十年前就听过这些回族英雄的传说，却无力写出。作为西北人，我感谢张承志和他的《心灵史》。但我认为，哲合忍耶诚然是一种宗教精神，但它的根须却是深扎在西北的大漠中的，这里的人民不论信教与否，都曾表现出同样万死不辞的血性，这就不单单是哲合忍耶所能囊括的了。广为流传的长诗马五哥与尕豆妹，是民间艺人根据真人真事编唱的，老兰州人都会哼几句"马五阿哥的好心肠呀，羊肚子手巾里包冰糖"之类。这故事叙述一对受封建宗法和门阀观念压制

的男女青年，婚姻不幸，就不顾一切地"通奸"，向着阴沉而凶残的宗教势力挑战，遂招致杀身之祸，终以"血脖子精神"喋血刑场。使我奇异的是，这故事中"性"的描写极为大胆野气，其反叛性的异乎寻常的决绝，中原文化恐不可能有此胆魄。但我又觉得，它的反叛精神是非理性的、自在的、原始的，带有一种可悲的封闭色彩。

大概就因为这一切，我十分看重皋兰山顶上建公园这件事，觉得它似乎是一个象征：象征着兰州要超越，要登攀，要与山外世界对话，要升高立足点，打破万年的闭锁，汇入大时代的冲动。传说霍去病西征到兰州，正赶上黄河冰封，战士喝不上水，真是"欲渡黄河冰塞川，将登皋兰雪满山"啊，他一怒之下跨上红鬃烈马，要冲到皋兰山外去，却没能上去，只在山根下用马蹄踩出了五眼清泉，遂有了名胜五泉山。这自然是传说而已。但民族英雄苏四十三反抗乾隆暴政，坚守在皋兰支脉华林坪，被切断了水源，他欲翻山突围而不可得，终于悲壮就义，可就不再是传说，而是史实了。传说也好，史实也罢，似乎都在证明，皋兰山不是那么好超越的。

到兰州第三天的深夜十二点左右，机缘来了。我们看完秦腔回来，司机小马忽然说，你不是想上皋兰山吗？走。我以为小马在开玩笑，半夜三更的，找死啊。然而，说话间车已蹿出闹市，箭镞一般沿伏龙坪逶迤直上了。此时，不见有下山的车，夜在前方展现出一个庞大黑影，黑影的顶端有点点灯火在夜气里浮游，极为渺远。我们的汽车便向着这黑絮般的夜和星星似的灯奋不顾身地扑去，我想它远看一定像一只萤火虫吧。虽然疾驰的车子左面不断闪出闹市灯海，我哪里顾得上细看，只是屏住气，死死攥住扶手，直到攥出满手的汗。我绝不是一个胆小鬼，走过很多夜路，但我要说，像这样紧偎着绝壁，下望着夜市，一边是命如悬丝，一边是赏心悦目，将死亡与闲适奇妙糅合的地方，在其他任何一个都市也难觅到。

蓦然间，1949年8月的皋兰山重现在眼前，我又看见马步芳的骑兵沿山上临时公路昼夜转移。从山下仰望，可以清楚地看见山腰间黄尘滚滚，万马攒动，每隔五分钟光景，必有一匹马同骑兵一起被挤翻下来，那只能是当场摔死。那时，不及6岁的我，就专门痴痴地清点着摔死者的人数。兰州战役是著名的恶仗，皋兰山支脉狗娃山战役，在战史上也很有名。我在一份材料上看到，当马家军一败如水，土崩瓦解时，马步芳神情黯然地对其子马继援说过，我们由当初的十几个人，发展到现在的十几万人，又由现在的十几万人，回到原来的十几个人，真是天意难测啊。他好像怀着一种对自身命运和地域文化的秘密无力索解的遗恨。

的确，在西部，有些事是很邪乎、很不可思议的。譬如，河州有个叫摩尼沟的荒远村落，你可能连听都没听说过，它竟然培育并输送了近代以来统治西北的一大串政治首脑，尤其是主宰青、宁的所谓"西北五马"，除马鸿逵系河州另一村庄人，其余的皆出其里，而耀武扬威了几十年的"马步芳军事集团"，最早也从这里起家。不过，这一切都与一个名叫马占鳌的人联系在一起。此人名声并不特别彰显，但所起作用极大，他实在是西北的一个幽灵，少数几个改变过西北史的人之一。由于张承志的《心灵史》，人们爱谈哲合忍耶，其实更应注意的也许是马占鳌。如果说，哲合忍耶的领袖马明心作为一种精神象征是伟大的、不可企及的，那么，叛变者马占鳌作为一种精神象征则是无节操的、投机的、阴郁的。然而，可怕的是，历史在很长的时期里，竟然选择了、肯定了、袒护了马占鳌式的自全之策。这就不能不令人深长思之。

马占鳌原是河州摩尼沟的一位回民领袖，又是一位道行颇高的阿訇，主要活动在清朝同治年间。由于他抑富济贫，敢作敢为，曾在民众中享有很高威信。面对左宗棠的血腥镇压，他曾高张义旗，在新路坡一役中，巧施"黑虎掏心"战法，打得左宗棠部损兵折将，鬼哭狼嚎，溃不成军。他的军事奇才，使左宗棠惊骇万分。就在他的反清事业如日中天，人望几达顶峰之际，他突然提出降清的叛变主张，不免惊呆了他的战友。他先是派遣本族的十公子到左营投诚，继而他自己披戴枷锁亲到左营请罪，并为清廷的征剿和屠杀出谋划策，于是深得左氏的器重与赏识，那丑态很像洪承畴、钱谦益之流。但历史好像并没有惩罚这个叛徒，反而由此奠定了他的家族基业，开创了一个马氏家族统治甘、青、宁的漫长时代。有篇文章说得好，"唯河州的马占鳌不但无灾无害地善终，而且由于他的青云直上，形成了此后七八十年军阀割据的局面，这种离奇的情况，一方面表现出马占鳌投机取巧、工于心计，另一方面也说明了清朝以回制回政策的毒辣。"我感到，马占鳌其人虽已湮没无闻，但他那保守与狡黠、愚昧与精明相结合的消极的智慧，他的家族门阀利益至上的顽固意识，作为一种具体化的地域文化精神，是否并未完全散尽，至今还想在暗中挽住历史的脚步呢？

过去常说陕甘不分家，又说青甘不分家，它们其实代表着两种不同的传统。陕甘传统中含有较多开放的、向内地文明靠拢的因素，但它却柔弱、苍白，青甘传统带有更为封闭、蒙昧、保守的游牧文化色彩，但它犷悍、蛮勇，更富于生命强力。青甘传统的实质是封建化、家族化、门阀化，当年马步芳、马鸿逵们的用人，就曾有"甘、马、回、河"之说，必须是同教门、同地域、同家族之三同者，方可信用。还有个金树仁，30年代初期的新疆统治者，居然也是河州人。在此人治下，全疆一度是甘人的天下，当时谚云："早晨学会了河州话，晚上便把钢刀挎"，意谓只要认了老乡，马上就有官做，可见其狭隘保守的程度。近代以来到建国之前，兰州似经历了从陕甘传统向青甘传统的倒退，直到解放后，这一倒退的态势才被遏制了。但这种封闭性，作为一种惰性的地域文化心态，一旦成形，要改造就恐非一夕之功。

十五公里提心吊胆的险路总算跑完，这辆无畏的汽车也终于在山顶的平坝上歇了脚，车里的几个人全都汗津津的、气咻咻的，好似狂奔的不是车而是人，大家相视而笑，笑意中藏着历险后的庆幸和宽慰。"看哪！"谁向山下遥指，紧张立刻转化为兴奋，发出一片惊呼。就在我们眼底，呈现出一片狭长的、璀璨的、深邃的灯光之海，宛若颠倒了的银河。灯光有白的、黄的、蓝的、橙的、红的，个个闪动着慧眼，于是，它们涌动着、呼吸着，如同有生命的潮汐。兰州并未睡着，愈是暗夜，它愈是光彩夺目。黄河呢，这白昼奔腾不息的长龙莫非躲起来了？不，在两岸长串灯光的夹峙下，明显的有一条"黑河"，那就是她。我推想，在她的深渊，一定奔涌着黑色的、凶险的波涛吧。这时我才留意到，天上的星宿离我们极近，大有"扪参历井仰胁息"之感，再转身向南望去，好不吓人，但见暗夜里蹲伏着无数弓起脊梁的巨兽。同行的甘肃作家王家达告诉我，那是比皋兰山更高的马含山峰群，要在黄昏时分看，别是一种阔大气象。

夜深沉，寒气袭人，我却驻足山顶不愿离去。我在想，对兰州来说，皋兰山无疑是它的见证。46年前，马家军企图凭借天险负隅顽抗，终究不敌，兰州遂告解放。现在，古龙要彻底翻身了，古城要跨进现代化的门槛了，人们干脆在皋兰山顶建起公园，这太有挑战性和想象力了，一条龙紧锁兰州的历史结束了，人们已擒住了龙头，真正的驯化自然的时代开始了。我猛然觉得，此刻我登上的何止是山的峰顶，实乃一种精神境界的峰峦。回头一瞥，心头一惊，更高的马含山在黑暗中默默注视着兰州呢！

（原载《随笔》，《新华文摘》1996，12期转载）

还 乡

1990年3月末的一天，我在西安，本该向东赶回北京的，却鬼使神差地冒出一个念头：往西，回阔别20多年的故乡看看。这念头来得突兀，又执拗得不可抗拒，连一分钟也等不得了，我像急于找回什么东西似的，当晚跳上了西去的火车。

过路车拥挤。云贵川甚至远如两湖一带的劳工，在蔡家坡、宝鸡等站一股股往上拥，他们想到西部去发财。等我意识到该赶快上趟厕所时，一切都来不及了：我被如潮的人流挤压并固定在一个角落，膝下、头顶、后背全是湿的四肢的网络；人味儿、烟味儿、汗酸味儿塞满车厢，好像划一根火柴，就可以引爆。我只好收腹吸气，竭力把自己想象成一片山楂片，或是一条瘦鱼，独自在灯影里发怔。

此时，不争气的尿憋得我额头发麻，只有靠大力提气稳住。环顾车厢，除非我能贴着人头飞翔，否则断难接近厕所，而且即使接近了，厕所门口犹如蜂窝，糊满了人，我怀疑那是一扇永远也敲不开的门。

暗想：多年来，我出差不是卧铺，就是飞机，来去潇洒得很；目的地又都是省会一级的大城市，有接有送的，何曾受过这等洋罪。幸亏我是男人，万不得已有个塑料袋也能应付，要是年轻的女性呢？我不敢想下去了。人生总难免遇到某种最尴尬、最狼狈、最无可奈何的境况，这是否就是一种？比它更复杂、更深隐的还有多少种？而我又体验过多少呢？

看着身边一张张疲惫的、汗津津的面孔，看着因超常的忍耐变得神情呆滞的男女，我忽然有种跌落到真实生存中的感觉。我平时对人生的了解，太片面、太虚浮了，生活的圈子愈缩愈小，感性的体验愈来愈单薄，虽然也大发感慨，也大谈社会，实际多是书本知识和原先经验的重复。我们虽然明白，如今是个既有高楼大厦、地铁飞机、卫星导弹、卡拉OK，又有陋室茅舍、荒山鸟道、人满为患、四脖子汗流的时代，但你必须亲身流流汗，才能真知。席勒说过"人生反被人生遮掩住了"，可谓警语。"城市化"割裂了我们的感觉，我们不再与生命之源保持和谐了。也许我的挤车回乡，含有寻觅更真实人生的潜在动因吧。

还好，我没被憋死，下半夜车到天水时，我有种欣欣然的解放感，甚至有点感恩戴德，似乎只要准许我下车，什么行李呀，辎重呀，金银财宝呀，全可以抛掉。人啊，有时有无尽的奢望，有时一点儿给予即倍觉幸福；到了外物负载得过于沉重时，生命往往就会跑出来示以颜色。谁能说，享用山珍海味的快感就一定超得过淋漓尽致地撒一泡尿，睡席梦思软床的舒服就一定胜过在热炕上打鼾呢？

　　我的故乡藏在莽荡群山的夹缝里，渭河拐弯的地方。从县城去那里，一般转乘火车；若能弄到汽车，有一土路可达，约六十里许。

　　我在县城先找到我的亲房侄子天宝，小名狗娃子，我隐约觉得他似乎就是我要找寻的人中的一个。论辈分他是侄子，其实年龄比我大，是县里一个部门的头头。他的长相与某个伟人颇相像，长方大脸，厚实魁梧的身坯，炯炯有神的大眼睛，浓密的大背式传统发型，倘用器宇轩昂四字，足以当之。记得小时候，他是什么烈性牲口也敢降服的，拳头扫平全村的顽童，对他既亲近又害怕。"土改"那阵，他顶多十二三岁吧，每到天黑总提一柄明晃晃的大刀，到河边护村队跟大人一起守夜，烤洋芋吃。那时的雾好像也特别大，雾幔从凤凰山拉下来，把渭河滩、磨房、高粱地严严盖住，他在雾中飘忽前行，他的刀一明一灭，我尾随他去过几回。正月十五闹社火，皮影戏开场前，他头扎白羊肚毛巾，在人圈里舞弄红缨枪，风车似的旋动，英武非凡。在孩子群里，他就是主见和勇敢的象征。他很早就是县里四个兜儿的干部。我读大学时放假回乡，总去看他。他一面弹着烟灰，一面讲"又红又专"的道理，我频频点头。现在他说起话来还是果断得很，大巴掌一挥，气势很大，依稀可见少年时代的风采。

　　我们一见面他就说，20多年了，你回老家看看吧，就坐我的吉普，我陪你去，当天来回。我除了感谢，还暗中艳羡地方干部的权威。其实，一到县城亲友们就争相告诉我，天宝有罗马尼亚吉普。乖乖，不简单哪！

　　罗马尼亚吉普开过来了，并非想象的那么神气。车门总也关不严，司机老罗总用脚踢它；沙发座里好像藏有硬物，直扎屁股，猛一颠，叫人浑身出凉汗；里程表已坏，是个黑洞洞，像老人没牙的嘴。更有趣的，走着走着，老罗就停车，跑到前面，掀起前盖，用手又拉又揪又拍某个部件，我就莫名其妙地想起一句唐诗"轻拢慢捻抹复挑"来。可天宝依然有不易察觉的自负。

　　车爬到凤凰山顶时，落起小雨，游丝一般，路面仅被打湿，泛着白光。天宝忽然紧急挥手，老罗遵命刹车。只见天宝挪身下车，稳健而谨慎地以伟人般的步伐边走边审视每一寸路面，老罗则像堂·吉诃德的随从桑丘，亦步亦趋，像低头找寻什么东西。

　　我大惑不解：这点小雨算什么呢？干吗要停车？出于好奇，我也跟上来，也弓腰审视每一寸地面，但实在看不出有啥奥妙。结果，天宝用庄重的口吻说："这样的路，这样的天气，非出事不可！"老罗不知是受了启发，还是惯于从命，立刻点头道："不行哎，这路怕走不成了。"我感到太怪了，想分辩，但一看他俩脸色的严重，竟张不开口；我想笑，脸上的肌肉却僵住了。

　　怎么劝说天宝也没有用，越说，他越固执，摇摆大手，用固执来掩饰恐惧。他把前景描绘得可怕无比，好像开下去必死无疑。我这才注意到，他那原先炯炯的眸子闪动着怯懦的光，伛巴得像个老农，我甚至生出一丝怜悯了。听说，这些年他辗转过好多单位，有时愉快有时很不愉快。有一年他来北京，说是来"看病", 其实无病可看, 每天访游名胜, 细问才知道, 他正在闹情绪。还听说, 他曾在某处经历过一次车祸, 别人都栽到崖下, 死了, 他一个前滚翻就爬出来了, 仅擦破头皮。莫非人生的暴风雨, 人事关系的烦恼, 抑或昔日的噩梦, 把他吓出了毛病?

救驾的人终于来了。一辆卡车昂首嘶鸣, 飞驰而来, 在天宝身边停了几秒。里面的人说句什么, 就大大咧咧开了下去。原来, 车内是位副县长, 要给老家送点煤和粮食。我颇有深意地瞟了一眼天宝, 他倒无需转思想弯子, 只吩咐老罗开车继续前行。

细雨中的路面不起尘埃, 清风徐来, 草木轻摇, 天宝来了兴致, 扭头说, 这天气坐车最舒服了, 我报以额首微笑。其实, 他也许永远不会想到, 此刻我心中涌起的是一种莫名的失望情绪。我当然知道, 世间原本没有永恒不变的东西, 可人又是一种没有永恒的念想就活不下去的动物, 于是才在心灵深处贮藏许多美的回忆的吧。你经历过的生命的辉煌, 你品味过的诗意的瞬间, 你热恋或倾慕过的女子, 甚至一种吃食, 一个物件, 在世俗生活的潮流中都会变色变味。美, 最怕第二次光顾。那么, 是否最好不要轻易"启封", 不要重新碰"她"? 这岂不又有违人类追求美的天性了吗?

哦, 故乡在雨后的雾岚中出现了, 她静静地斜倚在河谷里, 似在等待我的到来。渭河如弓弦划出一道弧线, 好似我臂弯上鼓突的血管。

可是，我的渡船呢？我的因独轮车滚过而呻吟着的草桥呢？我的蓝蒙蒙的布满松柏的坟院呢？我的波光闪闪的水渠呢？我的高低错落的永远哼唱着的磨房呢？还有我的鳞次栉比的乌黑瓦屋顶上软软的、悠悠的炊烟呢？怎么全都看不见了？是我的眼睛迷蒙了吗？我只看见一座曾在电影里见过的钢铁吊桥悬浮于渭河之上，又看见昔日低矮的瓦屋群里，像突起蘑菇似的，伫立着不少两层小楼，让人想起京沪线上的江南农村。不过，待我抬头看见四嘴山上蹲伏的家庙时，才实实在在觉得到家了。家庙油漆一新，灼灼照人，是这里最雄伟的建筑。两年前，老家来信募捐，说要翻修家庙，还说我名列乡贤第二，曾让我哭笑不得。现在"乡贤第二"终于回来了。

汽车下到谷底，沿着渭河跑起来，路边是刚放学的娃娃，赶集的村民。奇怪，他们管自走路，对汽车和车中的"乡贤"并无兴趣，不复多年前对汽车的好奇。记得有一年我从城里来，一个跪在场院用桲枷打麦的小脚老婆婆问我："都说汽车汽车的，到底是驴拉哩还是人掀（推）哩？"我说："驴也不拉人也不掀，它自己跑哩。"老婆婆惊诧道："噢，这么说它是个活的？那它吃啥哩？"我说："吃汽油哩。"老婆婆于是拉长声喷叹了许久。唉，我的故乡曾经是多么贫穷和蒙昧啊。而现在，还有谁稀罕汽车呢？

我低头下望，看见河里前拥后簇的浪花在急急赶路，它们像不断伸出的手爪，似要揪扯住我，仰面诉说沉埋河底的往事和无尽的悲欢。我有些悚然了。还是一个突遇的场面,把我拉回到现实中来:车进村口时,我瞥见卖凉粉的小摊,那个左手平托一块粉、右手用刀快切的老妇,不正是五娘吗?我差点大喊起来。不料,天宝却淡淡地说:"什么五娘?她要活着,还不快一百岁了?那是她女儿淑贤。"我惊异地回望叫淑贤的女人,那面相、皱纹、装束,真是酷似五娘,且含有一种难以言喻的神秘和苍凉。这一瞬间,我感到了时间的古老,又体味着岁月的无情。

天宝和他的车到别处去了,我独自沿着泥泞的、熟悉而又陌生的村路走下去。路上不时遇到一些我好像认识,又好像不认识的男女。甘人老实,不敢贸然向生人,特别是干部模样的生人打招呼,或者他们也在回忆,于是双方皆鹄立着,相顾无言。我此时忽然觉得,人一到这里,连走路的速度都放慢了,昨日的拥挤、浮嚣、嘈杂全都远遁,周遭宁静得能听到自己的心跳声。隐隐有渭河的涛声传来,偶然有叽喳的春雀儿掠过,让人想到,城里人按钟表的节奏旋动,这里可是依自然的节奏生活,你本身就是自然的一分子,你与蜿蜒的路、高阔的天、含烟的树融为一体了。

我终于跨进了门楣上写着"耕读第"三个大字的家门,字迹的斑驳显示着它的古老。陇东南一带,即使赤贫的农家也不忘在门上漆这三个字,表示对农耕、读书、孝悌的敬重。这个门我不知进出过多少回了,此时跨入,顿感生疏;异母兄嫂、侄儿女辈蓦然相见，大有"相对如梦寐"之感。然而，正像很多文章里写过的，欢乐的气氛很快把我包裹。亲房本家一些上年纪的人，朗声呼喝着我的小名，跺着泥鞋来了。我被推搡到炕上，盘膝而坐，连忙一遍又一遍地抛撒香烟，把糖果点心塞到挂鼻涕柱的碎娃们手里。不知怎么一来，我开始改用略显生硬、毕竟地道的乡音说话。改为乡音即使我腼腆，又使我暗暗得意。这才体味出，尝见上海人的一见面即用上海话叽里呱啦交谈，那么得意洋洋的原委。过去我以为那是很可憎的。我望着炕沿下一些叫不上名字的碎娃，我的后裔，看他们用黑乎乎的眼珠盯视陌生客的傻憨，恍惚觉得，他们中间的一个就是我。时间猛然倒流回去，真不知今夕何夕，身在何处？

此时，我嗅到了一股熟悉的气味，一股湿秫秸烧进灶火，浆水面溢出锅，或者洋芋豆腐粉条大杂烩的浓厚气味，它直冲鼻腔，有大年初一早晨的感觉。我知道厨房里正在举火做饭。哦，我有些明白了，我从几千里外跑来，跑到这疏隔几十年的地方，原来就为了寻觅这股混含着秫秸、洋芋、浆水面的味道而来，为了成为这块土地上的一员而来。多少人回到这里，心儿安详，睡觉踏实，一夜醒来，推开沉重的木窗，忽见白雪压弯枝丫。这里自有温暖宽厚的胸怀。困难时期我在省城饿得受不了，偷偷跑回，嫂子也饿得面色发绿，却不顾几个侄儿女的哭闹，抖空面袋，给我烙了几个大馍。我像大富翁一样，怀揣这几个高粱面馍，满足地回到城里。"文革"时母亲受冲击，命如悬丝，多亏回到这里躲藏，才保住了一条命。这里有种无可言说的安全感、依托感。我相信，一切饱尝孤独、挫折、虚假之苦的灵魂，一切曾被生活欺骗过的人，都会产生一种回归乡土的冲动的。

然而，归来的踏实感转瞬即逝。我发现，与亲友们的谈话进行得艰难，好像几十年的沧桑用几句话就全说完了，总是我问得多，他们答得简短，或者简直就是"嗯"、"啊"、"对着呢"、"好得很"之类。常出现冷场，大家都憋笑着。饭菜端上来了，"陇南春"斟满了酒杯，似乎一个小高潮又掀起了。大家尽量热情地向我这"北京稀客"敬酒，"满上"、"再满上"、"干了"的吆喝声打破了沉闷。但是，我又发现，每当举杯喝酒时，我是主角，我存在，一旦酒杯落下，酒酣耳热的亲友就无形中把我撇在一边，津津有味地谈论谁家的媳妇打公公，谁谁到兰州办货去了，谁谁谁一怒之下到青海去了。大概估计我也听不懂，连看都不看我。这时我非但不是主角，连配角也不是，甚至不存在了。我荒诞地想，我跑了几千里，莫非专为喝几杯酒而来，好像我的任务就是喝酒。啊，难道独在异乡的"稀客"，才是我的真面目吗？

侄女改兰早先来过北京，我们就谈得多些。她也是我隐约觉得要找寻的人中的一个。这30岁刚出头的小媳妇，耳坠、戒指、项链都戴全了，黄金把她黑葡萄似的俊脸映衬得格外动人。别看她打扮上追逐时髦，其实性极憨厚。她最怕城里伶牙俐齿的女售货员，得了恐惧症，每次买衣服由于心怯总买错尺码，只好送人了事。春节火车上明令禁带烟火，她全然不知，大模大样地扛着礼花爆竹上车，结果给抓了典型，闹得一车人捧腹大笑。有一次她赶集时钱包被偷，不知回来如何交代，就怯生生地对丈夫世仓试探着说："嗨，今天集上丢钱包的人多得很哪！"世仓翻着眼说："咱的钱包没丢就对了，说啥哩。"她于是不得不拖着哭腔说："唉，咱的钱包也丢了。"一时传为笑谈。俗话说，傻人有傻福，"瓜（傻）娃子头上有青天"，尽管她傻乎乎的，命运竟强似众姐妹。她学过织毛衣的技术，前几年政策活了，她大胆买来几台机器，就发起来了，产品销行西北五省。她生性良善，出手大方，乐于资助兄妹，就并不遭人嫉妒。我望着眼前这健壮的少妇，无论如何难以与当年被卖到北山当童养媳，又逃回来，被她母亲用柴禾抽得满院滚的黑瘦丫头联系起来。

不过，她清澈的黑眼睛里似有空落、愁闷的意绪。她征求我的意见，说到市针织厂当个女工怎么样？我说，那你可就没那么多钱好挣喽。她说，我不管钱不钱，现在整天圈在家里，人快成织毛衣的机器了，有啥意思。她说，她攒了钱，要去看大海，要到南方转转。她的血管里有我们家族的遗传，跟我一样，也是个不安分、喜冒险的家伙。她的想法，未尝不同时反映着一种属于未来的东西吧。

我还要去找寻此行欲找寻的最后一个人，这个人属于过去，已沉埋地下几十年了，他就是我的父亲。提起他，我就想起了坟院。昔日的坟院，松柏森森，坟冢累累，是个神秘、幽静、肃穆的所在。不管我走到哪里，如何一日日地老去，那一团风景常悬在心中，似斩不断的生命根系的图画。现在哪里还有昔日的踪迹？我3岁那年，戴过孝，跪过、哭过、祭奠过的地方又在哪里？只见开旷的场地上矗立着一排排青砖小楼，据说这一片集中了近年来致富的人家。我们凭借几棵老树，才大略确定了父亲坟茔的方位。那多半只是一种推测。二哥烧起了冥纸，大家皆屏息竦立着，默默无语，各想心事。我想，这是否正是地下与地上，亡灵与生灵默契交谈的时刻？关于这个"人"的故事太长了，难以尽述，只想说，作为一个旧中国的乡土知识分子，他曾经幻想过也努力过改造乡土社会，现在他的坟头虽然平了，但平地上终究兴起了新的建筑、新的生活，想来他不会怨他的后代儿孙吧，说不定他还会感到真正的欣慰呢。

晚雾悄悄地升起来了，我们也该回县城了。吉普开到河边时，我很想看到灰颈鹤。那是一种长着细细的腿、长长的颈的极可爱的大水鸟，幼时常见它们从冬至春成群地在渭河滩散步，孩子们即使挨近它们，它们仍从容自若，并不惊飞。怎么现在连一只也没有了？天宝随口说出了一句让我吃惊的话。他说：以前的好多东西现在都没有了，现在又有了许多以前没有的东西。是啊，万物皆流，无物常驻，我这次的还乡，究竟是失望，还是充实，说不清楚，只是隐隐想到，人是一种喜欢飘浮的动物，在人的灵魂中必有一种随时要飞的物质，压力来时，人可以坚实地踏在大地上，压力一去，又会飘飘然，结果招致更大的压力，如此循环，以至生命的终结，而我的还乡，终究起到了一点施压和清醒的作用。一切都被时间卷去了，再也难以找回当年的感觉，但又并非一切都被卷去，当我们承认世界和人生的有限性时，我们才会备感某些情感的珍贵啊！

（原载《当代》1991年6期；《新华文摘》1992，1期转载；

《读者》2001年13期转载）

多年以前

1943年农历2月17，我生于甘肃天水。此前，我父亲因肺病加重，咯血，于1942年夏天与母亲一道，带着刚4岁的姐姐，从兰州回到了老家——天水新阳镇王家庄养病。邓宝珊将军作为同乡，朋友，对我父亲向来器重，曾荐举过，此时也只能说，子烈，你还是好好养病去吧。那个时候肺病是没法治的。据说父亲的肺结核是从他在北京大学时的一位同窗好友那里染上的。

父亲是极热爱故乡的人，相信凤凰山下的渭河滩，古老的沿河城，那里的雾岚，柔风，还有浆水面，是世上最好的药方。他相信他的病会好的。就在这一年，他一边养病，一边还与几个朋友创办了天水第一所农校——新阳农校，自任校长。第二年即1943年2月，怀着我的母亲快临产了。母亲不惯乡间的土法接生，住到六十里外天水县一姓邢的女友家中，在那里的一家医院，我出生了。

据说父亲当时很兴奋。那一天，父亲走过一座寺院，听到里面隐约响起唱经声。就在他抬起头的时候，一个和尚迎面走来，向他微笑。他认识这位和尚，是当地的高僧。高僧知道是怎么回事了，他对父亲说了几句话，微笑着走了。那僧人走后，父亲决定为我取名"达僧"。我这一辈子都弄不明白，父亲出于何种心情，何种感慨，甚至何种隐痛，要为我起"达僧"这样的名字，莫非他希望我最终成为一个僧人？在乡里，我的家族到了我这一辈是按"学"字辈起名，男孩的名都得落到"学"字上。母亲舍不得丢掉父亲起过的那个"达"字，于是我的学名便叫成了雷达学，也有通达所学之意。

父亲死时我3岁，对他知之甚少，尽是些碎片化的传闻。但我居然能忆起他清癯的模样。我到现在都不知道他生于何年，只知他病殁于1946年。他名叫雷轰，字子烈，别名抱冰，曾毕业于北京大学下属的农学院，学的是农业经济。承蒙兰州交大青年学者王强提供，在"中华民国"19年9月5日出版的《新陇》杂志上，有父亲以雷梓烈的名字发表的长论《建设新农村之我见》的复印件，使我至少领略了一下他的文风，所论农业经济的数据表格我是一窍不通。父亲虽出自西北一隅，却是当时北大《木铎》杂志的主要编者，"文革"时我曾查阅过；他还是当年北大学生赴南京请愿的核心人物之一。事急，藏在玄武湖畔的草丛中，险些被国民党宪兵的刺刀刺中。我的伯父从老家带了一小袋银元，辗转了半个月才寻到父亲。据说父亲因为于右任的关系，在南京中央研究院短暂工作过，后仍凭借陕甘同乡关系，回甘肃后被委任为甘肃省审计室负责人，相当于现在的统计局。92岁的乡人王纯业在其《顽石斋文存》中记述道，在老家，我父亲曾成功地制止过一场因灌溉引发的宗族间的大规模械斗；说他为人刚烈，敢对乡霸下逐客令；说他接到任某县县长的调令，自嘲说现在贪贿横行，阿谀成风，我这坏脾气哪里能干得了，遂力辞之。最后，他还是到兰州农校任教导主任。干教育好像才是他的正业。他的脾气不好似乎是比较出名的。他一直幻想并努力改造中国乡土社会，新阳农校仅是他这种努力的一个开端。霍松林先生是我的同乡长辈，79年文代会我作为工作人员，到车站接到了他，在车上，我自报了我父亲的名字，霍先生以极惊讶的目光看着我说，你父亲可是我们大家尊敬的兄长，可惜天不假年，早早地离开了人世。在此，我一点也不想美化父亲，也不知他属于何党何派，该作何评价，只想客观地看他。在我心中，他大概是旧中国一个传统的、倔强的却又是不幸的知识分子吧。

父亲雷子烈和母亲张瑞英与当时兰州的许多民主进步人士都有交往，他们在兰州举行了婚礼。著名爱国将军邓宝珊是证婚人。父母结婚时，做了一批天水雕漆家具，上面均刻着证婚人邓宝珊的名字及其他人的，我经常以辨认上面的名字为乐。我其实是父母的第四个孩子，也是最小的孩子。第一个是男孩，去世早；第二个名叫丽珠，后改名雷映霞，就是我现在的姐姐；第三个也是女孩，也夭折了。事实上，父亲在与母亲结合之前，他在新阳镇老家有一位奉父母之命而娶的旧式妻子，也有孩子。那时，中国还是一夫多妻制社会，类似于雷子烈这样的人士大概都经历过相同的婚姻。

1944年夏天，父亲的病越来越重。于是父母带着我和姐姐从天水回到了兰州加紧治病。父亲的脸上总泛着深深的桃红色，彻夜咳嗽不止。母亲一边在学校任教，一边照顾丈夫和一对小儿女。王纯业先生在回忆文章中写道，大约在1946年，邓宝珊虽人在榆林，却委托"晋陕绥区总司令部兰州留守处"王新令、岳跻山等人，代表他来看望我父亲。当天父亲卧床，床头摆着好多书，他们转达邓的问候，并劝父亲不要再用功了，养病为上。对邓的知遇之情，父亲含泪无语。这年秋，自觉不久于人世的父亲留言，希望他的灵枢一定要从兰州移回故土埋葬。他还希望我和姐姐都能上大学，希望我姐姐长大后嫁给天水人，我长大后娶天水女子为妻。可惜，以后的生活命运谁也无法左右，在我和姐姐的婚姻里，都没有天水人成为对象。

我的童年记忆是从失去父亲开始的。那是一个傍晚，我玩够了回来，见很多人拥挤在兰州农校第三院我家那间屋子的里外，我从人堆里钻出来，看见母亲哭着在床上翻滚，旁边的人不停地劝慰着，但没用，周围的人全都木然的观看着，叹息着。这情景让3岁的我极为恐惧，几十年后在梦境中还频频闪现，成为我童年第一个清晰而痛苦的记忆。

母亲是位优秀的意志顽强的女人，多才多艺，忠贞善良。父亲的去世对她的打击太大了。在旧社会，失去父亲的孩子常被视为"孤儿"，不是没有道理的。在那个父权和男权社会，丧偶的年轻的知识女性，面对宗法，舆论，习惯势力的包围，无所凭依，要带着儿女活下去，何其艰难！何况是极封闭的西部。母亲虽遭遇坎坷，却一直对人心存仁爱。当时的兰州不到二十万人，母亲自己过着拮据的日子，但路遇乞丐必会施舍。母亲好学，精通音乐，她在抗战时期曾与父亲一起去过重庆，在华西大学音乐组进修过一段时间，后一直做音乐教员。

有个情景一直映现在我眼前，我好像看得见我自己，看见不会走的我只会爬，爬到兰州农校教室外面的台阶上，母亲正在里面上课，我用身子吃力地撞开了教室的门，学生们全都惊讶地看着我笑，惊讶我怎么能从家属院爬过操场，来到教室。母亲索性把我抱到讲台上，让我坐着不许动。我说出我脑海里的这个场景，母亲居然说，是的，就是这样的。那时，每天吃完晚饭母亲就要弹风琴。她弹得极为熟练，有点像现在的钢琴家们自我陶醉的样子。她也喜欢京剧。她听广播里京剧的曲牌会忽然落泪，低泣，我和姐姐不能理解，吓得不轻。母亲还写得一手好毛笔字，能背诵许多古诗词，可以说，这样一位女性达到了新旧更替时代文化上对女性塑造的理想。记得有一天母亲很高兴，拉着我去兰州五泉山东龙口，看"管夫人"喻宜萱的音乐会，那应该是解放前夕。钢琴就架在山腰的一处台子上，山溪就从旁边流过，管夫人身着旗袍，唱的是"跑马溜溜的山上"，还有"小黄鹂鸟"。那可真是高山流水，响遏行云哪。母亲对管夫人的声乐评价很高，啧啧称赞。但我一直不明白，为什么要叫她"管夫人"呢。

　　然而，命运之神对母亲并不宠眷，她一生守寡，其艰难辛酸是常人无法想象的。全家靠母亲一人菲薄薪水维持生活，日子艰窘。小时候的我穿的衣服大都是姐姐的旧衣服改造的，母亲为了让我多穿些时间，总把衣服改得很长，有一种要永远穿下去的感觉。所以我平生很烦长衣服。我没有鞋穿，就穿雨鞋。那时兰州雨水多，有时还下暴雨，我的浅腰雨鞋下雨时穿，天晴时也穿，到了秋天还穿，闷得脚上长出了灰指甲，终生去不掉。副校长晁美丽，一个驼背的很严苛的老妇人，常嘲笑我老是穿雨鞋。母亲给正在长身体的我和姐姐也会改善一次生活，无非是吃炸得焦焦的无鳞的青海湟鱼，不让多吃，只让我们一点一点品尝出味来。还有兰州冬夜的热冬果，那悠长的吆喝声至今响在耳畔。这只有隔很长时间才能吃到一次。

　　每当母亲一手拉着我，一手拉着姐姐走向兰州农校后面的旷野地里，面对黄昏时苍茫的皋兰山时，我就害怕极了，我预感到母亲又要哭了。果然不一会儿母亲大放悲声。对她，也许是生活重压下的一种宣泄吧。那是我童年最恐惧的时刻，父亲离开的那个傍晚的恐惧也在这时一并袭来，我不由浑身颤抖。母亲的巨大痛苦不是那个年龄的我所能理解的。

　　兰州农校后面的田野，叫红山根，一向是枪决犯人的地方，每当警车快开过来时，我和小伙伴便在春天刚耕过的松软的土地上奔跑，双腿却像陷在泥泞里拔不出来，待追上去时，执行者的枪管已冒着蓝烟,被打死的犯人,栽在坑边,血往坑里汩汩涌流着。解放前后,我目睹过很多这样的血腥场面。

在我童年的梦中,或在朦胧的玄想中,还常会出现一个场面:我陷身在满目荒凉的千山万壑中,夕阳西下,风过处,满山的草木悲鸣,我紧贴岩壁,脚下是仅容一只脚踏的窝窝印,稍一不慎,将会掉入万丈深涧。

其实,这不是幻象,是真实的回忆。父亲死后,母亲雇了一部道基卡车,在老家来的几个壮汉帮助下,把灵柩装上车,运往天水。母亲,姐姐,还有小小的我,都迎风站在卡车上。一路过定西,过华家岭,过通渭,直到秦安,走了三天。秦安南面有座无名高山,翻过去,可垂直下到我家乡新阳镇,陡峭至极,常有人悬崖丧命。我依稀看见,抬着棺材的人们手扶岩壁,一步一挪,母亲紧紧拉着我,屏声敛息。3岁多一点儿的我,居然把这一幕永久刻在脑海里了。是的,母亲做到了答应父亲的"移灵",这所做并非多么意义重大的事,只是为了死者的遗愿,可我总觉得这不仅仅为了爱,而是一种承诺和担当。当年,我的还不到39岁的年轻的母亲啊,你这城里娇贵的女性,却在这亘古荒凉的深山里,不畏艰辛,不惧生死,不畏风霜,是什么在支撑着你啊!每想及此,不由我泪崩。

1948年秋,5岁半的我被母亲送入兰州师范附属小学,开始了我的启蒙之路。这个年龄上小学,不论在今天还是在当时都是很少见的,可见母亲对我所抱的厚望。由于在班上我一直是年龄最小的，加之生活在一个不完整的家庭中，不时会受到教工子弟中强横者的伤害。这一时期，我的大部分时光是在孤独中度过的。那时兰州的冬天冷极了，黄河上结了很厚的冰，风像刀子一样。我每年都冻了手脚，鞋底冻得不能弯曲。手上、耳朵上满是冻疮。母亲就给我抹上油在火上烤，那种既很难捱又很舒坦的感觉深印在记忆中。我的脚后跟冻得裂开了条条大口子，晚上烧热水给我烫脚，我疼得大叫，满眼含泪。

进入小学第二年的初秋，八月，我亲眼目睹了解放战争中极著名的兰州战役。40余年后，我在散文《皋兰夜语》中，感受复杂地回忆了当时情形："蓦然间，1949年8月的皋兰山重现在眼前，我又看见马步芳的骑兵沿山上临时公路昼夜转移。从山下仰望，可以清楚看见山腰间黄尘滚滚，万马攒动，每隔五分钟光景，必有一匹马同骑兵一起被挤翻下来，那只能是当场摔死。那时，不及6岁的我，就专门坐在操场上仰望，痴痴地清点着摔死者的人数。"我的此种亲眼看生死无常的经历，可能极少有人体验；有过这样的经历的人，在其成年后，对生命意义和命运的理解肯定与他人有所不同吧。

儿时的独特经历使我较同龄人更加敏感，更加反叛。在我上小学四年级时，附小来了一位飞扬跋扈，志得意满的年轻校长W，他常粗暴地训斥甚至殴打学生，而孩子们都不敢反抗。有一天，他又训斥我最要好的伙伴，我站在旁边忍不住用叛逆的、仇恨的眼光看定了他，四目对射良久。他走过我身边时硬是盘问到了我的名字。我已有不祥预感。过了几天，突然召开全校师生大会，而这大会的主题，竟然是斗争我！我时年不到10岁，不到10岁的孩子只能选择拔腿而逃。校方早算计到了，布置几个强壮学生手挽手堵在校门口。可我灵活，一弯腰就蹿了出去，一口气跑回了家。斗争会没有开成，校长恼怒之极。此后学校不让我上学，罪名是"用仇恨的眼光看我们尊敬的校长"。母亲不得不去学校，哭着给这个校长赔情道歉，一周以后，我才得以继续上学。刚回到座位上，校长的狗腿子，麻脸教师V就来了，他用手掌狂擂着我的课桌，桌子上的铅笔盒都蹦了起来，他用最恶毒的兰州土话反复侮辱我。我的境遇可想而知。这件事情发生后，一些老师迅速与我划清界限，一个个冷眼相向。幸而班主任周治歧老师，接纳了我，安慰我。不承想，暑假过后，那个专横的校长W，却因"生活作风"问题暴露，被当场捉奸，且坐了牢。现在看来这样处理也很过分。但我的处境倒随之好转了。

母亲因对父亲的爱，对摆脱艰难生活的渴求，把过高的期望寄予了我，对我的学业很重视，也很严厉。我考得不好，或者有顽皮捣蛋举动，她会严厉批评，甚至体罚，然后，她自己会伤心痛哭。这样母子对峙的场面我经历了许多。

我清楚地记得，有人不止一次地来，劝母亲改嫁，但都被母亲断然拒绝了。母亲说："我在子烈死前答应他，供两个孩子直到大学毕业。"母亲确实做到了这一点。这在现在可能会简单地看作愚昧和封建。但我想，一个单身母亲，一个年轻女性，在复杂的环境中生存，为了维护自己的纯洁，为了怙恃年幼的孩子不受委屈，为了清白而自尊地活着，她宁愿选择独身。这无可厚非。然而，这其实是需要何等样坚强的决心，何等刻骨的爱和何等超人的自制能力啊。

母亲的话题是说不完的，这里我不过是拉开了回忆母亲的序幕。因为篇幅关系，我只能用一封突来的书信，收束这篇文章。

某日，我接到天水文史专家王耀先生来信，言他正在编撰《陇上巾帼撷英》一书，想请我写一篇怀念母亲的文章。他说，"你的母亲是一位刺绣高手，某某家中就曾有老人家的刺绣作品悬挂，希望你的文章能以尊母大人的刺绣为主题来写"。我与王先生素不相识，他忽出此言，使我心头一颤，我吃惊于他何以对母亲了解得如此清楚。他说得对，母亲青年时代确实以刺绣之精美闻名于陇上，旧社会兰州的《民国日报》还专门发过消息，称为"一绝"。这旧剪报"文革"前我还见过，贴在一个大本子里。从我懂事起，我家的墙上就挂着一个镜框，内嵌一幅刺绣，在一个"心"字形的图案中央，单绣了一个大大的"爱"字，曾挂了很多年。它应是母亲刺绣的代表作了吧。至于它何时消失了，或落入何人之手，就记不清了。"文革"前夕我分配到北京工作，只留母亲在兰州，"文革"一来她受尽了磨难，那幅刺绣就此失落在"文革"风暴中了。我还听说，母亲的另一幅刺绣，被老家——天水新阳镇王家庄的某人拿去了，家里人去讨要，人家不给，还要钱，闹得很不愉快。这是"文革"后期的事。

这些沉重的往事我实在不愿回想。不过，王耀先生的来信使我动心了，我要在此披露一个连我自己也不甚清楚的史实，那就是：我的母亲张玉书，居然是甘肃省第一个女法官！

我只知道，母亲做了一辈子教员，小学教员，中学教员，以敬业而著称，把一生献给了教育事业；我只知道，我3岁父亲去世，母亲一直守寡，忍辱负重地把我和姐姐拉养成人，把一生献给了我们，别的，就不知道什么了。也曾偶听人说，母亲年轻时受过刺激，心术不正的人欺负孤儿寡母，还暗示坏孩子叫难听的外号，曾使我心如刀绞，欲跟他们拼命。母亲究竟受过何种刺激，在我心中是一个疑问。

母亲去世后，宝鸡的陕西第二商贸学校沈克慈先生转来了沈滋兰先生写我母亲的一篇文章的底稿，叫《甘肃省第一个女法官——张瑞瑛》。此文写于1992年元月，距我母亲去世仅二个月。我这才得知母亲一生中的一个重要经历，同时也是甘肃历史上值得记一笔的往事。据这份底稿末尾说明，沈滋兰同期还写有《甘肃省第一个妇女组织——妇女部》《甘肃省第一个妇女问题期刊——〈妇女之声〉》《甘肃省第一个女邮务练习生——张菊英》等文章，此文是其中之一。它们是否发表过，发表在哪里，我不知道。作者沈滋兰，女，甘肃著名妇女活动家，与我母亲是结拜姊妹，我叫她沈姨娘。她解放前曾任国大代表，解放后历任兰州女中，兰州七中校长，并多次当选全国妇联委员。

下面全文转抄沈滋兰先生的回忆文章《甘肃省第一个女法

官——张瑞瑛》：

张瑞瑛（字玉叔，玉书），甘肃兰州市人，幼年丧父，家道由富裕迅速没落，她的寡母在困境中抚养四个儿女，致使她形成多愁善感的性格。她在甘肃省立第一女子师范学校附属小学，附设初级中学班和师范科毕业，1928年留任附小教员。她擅长音乐，会弹风琴，吹洞箫，练得一笔出色的墨笔字。

1931年她被甘肃省高等法院录为书记官，在此之前甘肃没有任何女性从事司法工作。身为甘肃省第一个女法官的张瑞瑛，得意，兴奋，穿着国民党军服，背扎军官皮带，头戴军帽，颇显神气。对分配给她的工作钻研学习，也能应付裕如。对这一新鲜事物，周围的人们以极大的兴趣关注着。正是十目所视，十手所指，十口所言。她是二十一、二岁的未婚女青年，完全没有应付复杂多样的社会的经验和能力，不友好，不正常的气氛越来越严重地弥漫到她的身边，她感到孤独，压抑，手足无措，感到悲愤，终于在极不愉快的情况下，离开了工作了约一年时间的甘肃高等法院。

张瑞瑛离开法院，重新回到小学教师的队伍里，投入地驾轻就熟地做教学工作，安居乐业。后来转到中等学校里教音乐课和其他工作。解放后，张瑞瑛在兰州十四中学曾荣获优秀教师的称号，曾长期任该校教育工会主席。1974年自十四中退休。退休后的张瑞瑛身体健康，情绪高涨，频频往来居住于儿子雷达学（笔者的原名）工作的北京和女儿雷映霞工作的陕西武功西北农业大学之间，愉快地享受晚年美好充实的生活。1988年她身体渐衰，病渐多。1991年12月16日病殁于女儿家，终年84岁。

沈滋兰　1992年元月

　　在文中，沈滋兰先生始终称我母亲的原名，并对母亲的情况通过我姐姐知之甚详，可见她们结拜姐妹（母亲大，沈小）的感情之深笃。在谈到母亲受刺激一节，点到为止，并不深谈。这篇文章底稿，姐姐交我后，我一直妥善保存着，却也不想发表。也许是中国人求平安，为贤者隐的心态吧。现在，王耀先生既然如此热心，我就将沈先生原稿和有关情况抄出，或许可以补上甘肃妇运历史上的一个小小缺环。

　　我一直非常奇怪，为什么经历了这么多年的风雨，母亲却只字未提这一段经历？组织上当然是知道的，可她何以坚决不说。是她有意掩盖，还是不愿自己的儿女知道这些。可这又有什么呢？在今天看来，都是些很自然的事。当然，在那些年代，这可能被夸张为严重的罪状，能招来大祸。虽然后来进入新时期了，宽松自由多了，但我推想，母亲仍然认为，她的儿女们知道得越少越安全。母亲的心啊！

（原载《作家》2014年第2期，散文选刊2014，6期转载）

黄河远上

一

我6岁那年，1949年8月，亲历了解放战争中西北战场最著名的恶战与决战——兰州战役，其时我只是一个孩童，却始终没有远离火光硝烟的现场，亲见了尸横街头，血流如注，这也算我人生的一大奇遇吧。与我经历相似者恐怕罕有。

有人或会问，你当时那么小，很多事何以能记得那么清？我要说，千万不要低估一个孩子的记忆力，所有当时情景全是我的清晰记忆，毫不掺假。现在的叙述当然是糅合了后来的一些传闻和材料，但仍以自我的亲历、体验为根本依据。有一种说法，说人到老年，越是以前的事会记得越清，而眼前的事总是糊涂，看来确有道理。

战前马步芳说，兰州是攻不破的铁城，不算太夸口。兰州历来是兵家必争之地，有"西北锁钥"之称，它是一溜四面环山的长条形河谷盆地，惟有一条黄河穿过，惟有一座铁桥可通南北。当时马家军已在环山筑好坚固的防御工事；而马家军作为一支有宗教精神支撑、有家族血缘纽带联结的豪强武装，有"随军阿訇"相跟，作战凶顽悍勇，当年就围歼过水土不服的西路军。这支队伍人称"青马"，以示与偏软的"宁马"有别。所以，马步芳的骄狂其来有自。然而，他还是低估了人民解放军强大的战斗力。

　　那时我家住兰州东郊红山根的农校，就在皋兰山脚下。战前已是每天听着先如一根铁丝儿颤悠，紧接着是一记晴天霹雳般的爆炸，窗户纸被不断地震破。有一天，国民党飞机在农校上空炫耀，我正在操场上玩，飞机忽然哒哒哒地向地面扫射了几下，大人急向我呼喊，我向教室狂奔逃避。现在回想，那是无聊的飞行员戏弄一个孩子，真可恶。起先农校是国民党伤兵的临时救护站，每天运来一车车在外围战中负伤的残兵，多系胡宗南的"国军"。我在路边，望着"垛"满人肉的卡车，一路滴血而来，缠满绷带的血头颅和断了手脚的白骨一齐撑在车外，血红嘶拉地吓人。接下来的几天，马步芳最精锐的骑兵，号称韩起功的"骑兵军"，日夜不息地绕皋兰山转移，不时看见马匹及骑兵从高山上滚落下来。再接着，皋兰山与附近的狗娃山、窦家山、营盘岭、沈家岭一带就响起了越来越密集的大炮、迫击炮、机枪、步枪、冲锋枪混合的声音，到八月下旬，战役推向了高潮。

　　后来才知，兰州战役是由彭德怀亲自指挥的。战前毛泽东来电告诫彭德怀："打马是一个严重的战役，要准备付出较大的代价，千万不可麻痹大意"。8.23到8.25的三天血战，解放军与马家军在沈家岭、狗娃山相持不下，形成拉锯，双方死伤惨重，基本是一比一，各自死伤者多达四、五千人。彭德怀在给毛泽东电文中说，"我伤亡相等，敌人很顽强"。为征服对方，占领制高点，解放军中出现了多位"马特洛索夫式"的英雄，按其事迹，真相近于董存瑞。曹德荣手托炸药包，炸开钢筋水泥的地堡，杀开了一条通道，壮烈牺牲。一位佚名英雄，已受伤，就浑身绑满手榴弹索性滚入敌阵，炸起了一大片肉酱。战至最后，双方只能以白刃格斗方式解决战斗了。解放军中有位勇者，平时苦练武功，此时一人用长矛刺死了八九个挥舞马刀的敌人，成为佳谈。沈家岭被解放军一拿下，马步芳就知道大势已去，坐飞机由西宁转逃重庆；解放军夺取山间高地，一开始围攻城区，马家军兵败如山倒，马继援也经由西宁逃之夭夭。我的一个朋友20世纪80年代在台湾一个场合偶遇马继援，席间，马说，"我们实在是打不过，我们机枪的枪口都打红了，解放军还是一层一层地往上冲"。

那时大人小孩都彻夜睡不成觉。8.25半夜，兰州北边天空忽然烧红了，有人大吼，铁桥着火了！铁桥着火了！我赶紧跟着大人登梯子上房——我是被抱上房顶的，只见铁桥方向燃起熊熊大火，杂以繁稠的枪炮声。后来听说，成千上万的马家军欲过桥撤往青海老巢，不料一辆过桥的弹药车被枪炮击中，发生大爆炸。另一说是，因为汽车碾压到一颗手榴弹，引起连锁爆炸，引燃了铁桥上的木板；木板烧尽，桥变成了空铁架子，溃军前涌后推不息，纷纷落入黄河。这帮不会游泳的"旱鸭子"，只能淹死。据统计，"淹毙者逾千人"。

这里有必要说说兰州老铁桥。它叫中山桥，位在白塔山下，金城关前，号称"天下黄河第一桥"。现在看来它有可能是世界桥梁史上的一个奇迹。1907年由德国泰来公司包建，材料全从德国运来，甚至一个小螺钉。总耗资约30万两白银，于1909年建成。德商承诺"保固80年"。这座桥，承受过日本飞机的狂轰滥炸，遇上过黄河"起蛟"的盖顶洪峰，在兰州战役中又饱尝枪林弹雨，火烧炮轰，居然无恙。现已一百多年了，虽有过几次加固维修，仍屹立于洪波之上，雄姿不减当年，怎不令人生出赞叹，成为一景。

是夜，解放军虽已取得皋兰山南麓攻坚战的胜利，但下山攻城，却遇阻。攻东岗镇，攻南城关，皆攻不动，于是转到西关。传说是，解放军拉了一车西瓜，扮成马家军模样，让会河州土话的战士喊话说，弟兄们，辛苦了，阿们给你们送西瓜哈来了。时值八月酷暑，马军渴极，相信了，打开城门，解放军遂蜂拥而入，展开了激烈巷战，直至彻底胜利。

8月26日清晨，天亮了，红旗插上皋兰山主峰，从山顶到城里，到处是"缴枪不杀"的喊声，口音多是外地的，有点侉。我胆子不小，偷偷跟着大人们溜进城里看热闹。沿途可见，沟壑里倒着死马和马军士兵尸体，血水沿着沟渠潜流着。没有枪栓的各式枪支、未爆炸的手榴弹、各式刺刀、各式炮弹，以及子弹袋、军用水壶，满街都是，那天要捡多少有多少。在水北门的城边，我看见一个年轻的马家军伤兵面色苍白，浑身筛糠似的颤抖，现出极痛苦的样子，他数次抬头欲起复又趴下。其时，解放军虽控制了全城，但一切来不及清理。这就是我亲眼看见的兰州之战。

二

那年我已经上小学一年级了。记忆中天总是黑的，人总是冷得打颤，我跟着姐姐出了农校校门，过一片小树林，走进路边王保长家孤零零的小铺。王保长是烙锅盔的，麻脸，无任何表情。我和姐姐各拿一牙锅盔，夹些辣子酱，站着趁热吃了。母亲给王保长说好了的，一学期一算账。这就是我们的早点。那时根本没什么牛肉面，或者有，也不是我能吃得上的。多年后我用阶级斗争头脑在想，王保长作为保甲长，是要管人的，是要搞破坏的，可周围荒凉无人，有时还有狼，他是怎么管的呢。王保长及其锅盔铺什么时候消失的，我都想不起来了。

从兰州农校到兰师附小，需要经过祁家烟坊，左公东路（解放后改为民主东路），再贴着邱家大院墙根，穿过天主堂什子，过养园巷，到小梢门，就到了。兰师附小是兰州最好的小学。

就在1949年暮春，解放前夕，发生了"血洗邱宅"的灭门大血案；不但轰动了兰州，轰动了大西北，甚至轰动了全国。邱宅就在我们上学的必经之路上。看上去并不豪华，是一般的四合院，院墙还是干打垒式的土墙，不过常有汽车出入。后来才知，里面住着新疆盛世才的老丈人邱宗浚一家。那时盛世才杀够了人，跑到南京当什么部长去了，后跑到台湾。同样双手沾满了鲜血的邱老爷子，却选择到兰州隐居，当起了寓公。邱宗浚是个杀人不眨眼的刽子手，其权势仅次于"新疆王"盛世才，可谓血债累累。

怀揣血海深仇的人们并没有忘记他。杀人者是从新疆过来的，潜伏多时了，都是盛世才和邱宗浚的刻骨仇人。有的是被他抛弃并残害的东北军人旧部，有的全家遇害，也有资料显示，有为成千被杀害的共产党人复仇的动机。于是在这个春天的夜晚，杀手潜伏，里应外合。邱家人当晚有去听戏的，吃酒席的，一个个归来的迟，正好来一个杀一个，全用冷兵器处置之。邱老爷子被一刀封喉，他自知罪孽深重，无言地倒下；他在西北长官公署当大官的儿子来不及掏手枪即被捅翻，他求饶说，我知道弟兄们缺钱，我这里有，多多的拿上，花去，花去；我还有200根金条，明天一早我到银行亲自取回奉上。杀手们却铁青着脸，咬着牙根说，不要钱，要命！儿媳费某萍回来的晚，撩起旗袍，亮出雪白的大腿，一下洋车即被刺翻，她哭喊着，尖叫着，都是盛和邱做下的孽，为什么叫我一个女人顶罪，我冤哪，冤死了。她的声音大极了，要惊动四邻，杀手们急忙将她勒死。她是唯一勒颈而亡的。杀手们一气杀了十一个人，大有武松血溅鸳鸯楼的架势。只有邱氏小孙女因扁桃腺炎住院，成了唯一的活命者。杀人者在内壁留了"十年冤仇，一夜报之"八字，金银珠宝被席卷一空，然后泼上汽油放了一把熊熊大火。此案南京方面密令"限时侦破"，却多日未果，后来还是一个涉案的小角色到市集上销赃，露了馅，致使主犯落网被处死；但随着解放战争的节节推进，大多数从犯皆不了了之。

出事那天早晨，我们虽是小孩，也被宪兵堵住，一个个搜身；放学回来，又搜了一遍身。我们什么也不知道，吓傻了。从此，一临近邱家，我们就飞奔起来，跑得上气不接下气，直跑到天主堂门口才停下来。

天主堂也许值得一提。它是一座高大庄严的建筑，对上学路过的我们来说，颇神秘。我有幸随信教的舅母进去过一回。院子里，有各色花木盛开，端庄娴雅的外国修女在走动，大厅里，管风琴悠扬，鹰钩鼻子深眼窝的外国牧师在讲坛布道，气氛肃穆，我大气都不敢出。这里好像黄尘滚滚的兰州的一个世外仙境。可是不久，镇反运动中天主堂的内幕被揭开，还办了个展览，我得以第二次进去。据揭露，教堂里有潜伏特务，教士用发报机指挥飞机轰炸，指挥暗杀，破坏抗美援朝，还活埋婴儿，且不守清规，奸污妇女。不过，展览会后，牧师修女们大多还是住在里面，没有全抓起来，只是大门关得更严了。

三

再往前一直走，就走到我们兰师附小的大操场了。我至今能听到当年"踢毛旦"的喧嚣声。西部孩子有他们自己的玩法。"毛旦"是用布头缝制的圆球，比网球略大，北宋高俅踢"鸳鸯拐"的那种球，称蹴鞠，大约就是这个样子。几十人满场子追毛旦，扬起阵阵尘埃。后来又改成了手抛毛旦，空中接力，几十人又争抢得人仰马翻，场面与今天的橄榄球无异。

我小时的好友、同班同学王世强回忆说，一年级时成立小足球队（实为毛旦队），让大家给球队起名儿，我居然提出叫"民主"，老师也同意了。他感慨道，当时还是国民党时期，你就知道了"民主"，可见在最封闭的西部，进步的声音也在走进幼小的心灵。

当然，要论场面的激烈、火爆，还得说"碰斗鸡"，也叫"叠罗汉"。那是冬季的另一民间玩法。方法是，把一条腿盘起来，手扳住膝盖作为武器，另一条腿则"金鸡独立"，跳跃旋转自如；人们抱定各自的膝盖，或下压，或对冲，或由下往上猛顶对方。只见大雪飘飘中，上百个男孩旋转冲撞，见谁顶谁，混斗成一团，个个汗流浃背，不时有人被顶翻或压垮，狼狈退下。屋檐下则嬉笑着一排助战的女生。我的膝盖多次被人顶破流血，濡湿了棉裤，我仍乐此不疲，不下火线。我的膝头上至今留有当年疤痕。

我也曾在这个操场上与人"血战"过。六年级时，我的同桌S，高个子，年龄比我大，白净长脸，在班上有势力，他多次和他的追随者欺负我。一天，他又为桌面上的地盘肘击我，我们从折断对方的铅笔头发展到咬牙切齿地拧干了对方墨盒里棉垫里的墨汁；他揪住我的脖领欲打，因老师进来了作罢。他挑衅地约我放学后在操场上见，说有种你就来，不然就怎么怎么，话难听之极，决无退路。我冷笑，点头。当晚在空操场上我们打得天昏地暗，没有观众，双方衣服都撕破了，脸上都挂了彩，他眼窝开了花，我鼻子大流血——多年后诊断鼻梁骨骨折过，为此我鼻窦炎了一生。我耗尽了所有力气，他略胜一筹。他走了，不再趾高气扬，我垂头坐在台阶上。月亮上来了，有一人气咻咻找来，是姐姐。她带着哭腔说，有一天你叫人打死了我们都不知道。我至今记着姐姐眼角的泪。

但也有些事很好笑，终生难忘。操场东面有个小门，出去就是兰师礼堂。有次大型集会，我竟自告奋勇登上主席台，唱了一支歌，叫《我们是民主青年》。这让所有的人惊讶，我至今也不明白我何以有此勇气。姐姐描绘说，当时我背着快掉到屁股蛋以下的书包，忽然蹿上台，面对麦克风，擤了一把鼻子，把鼻涕抹到鞋帮上，在哄笑声中唱开了。那时我只有8岁。我母亲是音乐教员，她教会了我这支新歌。看来，我是想自我表现啊。要是后来，或现在，我是绝对不会有这种"不成熟"的表现的。

那时和稍后，我们爱唱的歌大致有"你是灯塔照耀着黎明前的海洋"，"团结就是力量"，"嘿啦啦啦嘿啦啦啦天空出彩霞呀"，"戴花要戴大红花呀""是那山谷的风"，"王大妈要和平要呀么要和平"，而大合唱最起劲的是《歌唱井冈山》："罗霄山脉的中段，有一带雄伟的高山，苍松翠竹常年青，山洪流水永不断"。它们与现今所说的"红歌"还不同，似乎可以叫新民主主义文化。

更难忘的是，1953年3月5日斯大林逝世，那个清晨，在操场举行了追悼大会。我虽是小孩，也知道斯大林的厉害。那时的墙报，期期都在宣传斯大林，名字多写成"史達林"、"史大林"。他去世了，自然是天大的事。那天追悼会全体肃立，三月的天气冷硬，操场上寂静如死，默哀时间拖长到五分钟都不止。也许是坚持不住了，我突然笑了，笑不可抑，愈忍愈笑，眼泪都迸出来了。我的笑传染了周围的人，王世强也吃吃地笑了。一位女老师赶过来，低声喝道，不准笑！你再笑，你再笑！我自知闯了大祸，却怎么也控制不住自己，不得不噙着泪花儿，死死地咬住上衣领子，涎水湿了一片，才止住了；可一松口，又乐不可支，继续格格地大笑。仪式结束后，我没防备，一个男老师从我背后猛地一脚踏下来，我一个趔趄就弹出了队列。我被关在一个房间里反省了半天。

应该说，学校对我的处罚并不重。我一直在想，我为什么笑，笑什么呢，其实，这笑什么内容也没有，完全是下意识的，是神经质的，或美尼尔斯症之类，或者是觉得这么多人这么长时间不出声，太寂静了，太可笑了。早有同学提醒我，说我在上学路上，经常自言自语，嘴唇动得飞快，有时还笑，看上去怪怪的。这种莫名其妙的笑，突如其来的笑，以前也有过。比如，在上学路上，经常碰见一个敲梆子卖油的老者，瘦高个儿，敞着怀，挑着担儿，露出搓板式嶙峋的胸骨。我和王世强看着他的排骨胸就笑起来，越笑越凶，笑出了泪，笑疼了肚子。从此一见卖油老汉从街角一闪出，大笑就开始了，我们只能以狂奔狂笑赶快逃离。我实在无法解释自己的这些行为，我只知道，随着年龄的增长，成熟，我在渐渐丧失笑的能力，我能完全控制住自己了。像这种无意义的笑，永远也不会再有了。

四

我承认我愚顽、敏感、淘气、怪诞，但我也有小孩子的天真、透明，可爱和不时恶作剧的念头，我是既单纯又不单纯，我的心头似总有隐隐压力，我无法做到彻底放松地纵声大笑，我有一种天生的自卑感、自负感，还有一种自卫感。多年来我一直在想，是因为我过早失去了父亲的保护和爱，还是母亲的忧郁传染了我？我多么希望我能和别的孩子一样。

现在来看，兰师附小还是一所很不错的小学。我们教室外面的山墙上，画着两幅很大的中国地图和世界地图，让我们从小就辨识邻国和世界，弄清五大洲四大洋，树立爱国意识，这不是很好的启蒙吗。一进圆形门，就有一面大镜子，要我们每天对着镜子正正衣冠。这也很好。我的语文还行。记得有篇课文，可能叫《死车的复活》吧，说的是东北机车厂里的工人，战时如何克服困难，把一个废旧火车头修复了。老师讲课时，老是把"水泵（奔）"念成"水棒"，我跟着错，至今也改不过来。兰州土话骂不开窍、不懂事的家伙叫"冷棒"，也即愣头青也。现在恐怕没几个人知道"冷棒"何所指了。

我的算术课很糟，主要是贪玩不走脑子。终于在小学考初中时受到了总清算，付出了沉重代价。母亲让我考兰州一中，这是她的理想，也是我的梦想。兰州历来有两大名校：兰州一中和师大附中。一中在城东，黄河南岸；附中在城西，黄河北岸，两校高考率都很高，难分伯仲；为了争第一，双方"较劲"了大半个世纪，听说现在还在较劲。

考试那天下着大雨，家里特意为我借了把雨伞，由我姐姐陪同，可见重视程度。雨伞在当时的兰州是奢侈品，一般人都戴草帽，我家邻居是个摩登太太，她有伞。可那天我彻底考砸了，尤其是算术。我失魂落魄地出了考场，忘记拿雨伞，等想起来去取，早被人顺手牵羊了。雨啊雨，凄惨的无边的雨！那时的兰州是有名的"无风三尺土，下雨一街泥"，姐姐拉着我在泥泞中深一脚浅一脚地挣扎着，人成了落汤鸡，泪水和雨水混合在一起分不清；鞋子陷在泥里拔不出来，就用手使劲去抠。这条平时走惯了的路变得好长啊。我不但害怕必然降临的母亲的严厉打骂，更有一种大难临头的预感——这在暑期结束前终于被证实。

人们都说，童年和少年时代是人生中最轻松、最幸福、最美妙、最无忧无虑的阶段，我的感觉却并非如此。我的心始终忧郁沉重。当时，除了要给邻居家赔伞，不免沮丧，敏感的我还得等待命运的首次裁决。

五

暑期快结束时，"裁决书"下来了。是周老师在王世强家把我们召来，宣读录取通知的。所有同学都考上了，但能进"一中"的只有几个，大部分人被"拨"到附近学校。只有我，一个人被孤零零地"拨"到了"兰州西北中学"。

西北中学位于兰州西郊七里河，又称回民中学，对我们这些生活在兰州东部的学生来说，那近乎兰州的西伯利亚；意味着必须住校，必须适应与回族师生打交道，必须只能一周回一次家，有点流放的味道。我只有11岁，并非回族，何必要把我"拨"到那里去？难道管分配的人特意要治一治我吗？这不可能，我没那么出名。平日最疼我的周老师也很意外，半天找不出好理由安慰我，反复喃喃道，那个学校还是不错的，不错的。同学们用愕然的、不解的、同情的眼光看着我这个即将如孤雁般西去的人。王世强回忆说，当时我伤心地哭了，他还记得我哭的样子。

其实，西北中学名气并不小，它是一所名牌老校，其前身是北平的"清真中学"，由白崇禧、马福祥等热心国民教育事业的回族人士在1928年创办于北京牛街；抗战爆发后，北平沦陷，学校便迁至兰州，冠名兰州西北中学，并从此落户于兰州。由于其少数民族的背景，政府从来都很重视。我在校时的校长叫马汝邻，是著名回族学者，曾当过《西行漫记》作者斯诺的翻译，1957年被打为右派。西北中学名气虽大，其尴尬之处却在于，生源的质量不行，校风也遭质疑，高考率就更谈不上。所以，凡被"西中"录取者，脸上并无多少欢容。不过，这只是当年情形，近30年来听说已发生巨变，它已成为名副其实的名校了。

1954年夏秋的兰州七里河着实繁忙。荒凉的路边堆满了筑路用的沙子石块，汽车如梭，黄尘漫天，从事石油，化工，土木，电力的建设者们来自全国各地；从小西湖到西津桥再一直到西固城，到处是操着天南地北口音的人们。那时，"兰化"动工了，"兰炼"也动工了，苏联专家们来了，七里河黄河大桥开始筹建了，兰新铁路也开始铺轨了。我发现，"移民"们多喜欢留"大背头"式的发型，那是受领袖发型的影响。他们打篮球时，把投篮叫"秀"篮。

那时"西中"刚迁新址，学校像个大工地，只一座教学楼和一个学生宿舍楼，还有一个饭堂，四周都是黄土高坡。初一时，班主任是位女老师R，小矮个，南方人，声音尖高，浑身有使不完的劲儿。没有同学不怕她的。当时她也就二十来岁吧。她有绝招。晚自习时，她藏到附近的崖头上，下窥教室里的动静，她在暗处，我们在明处，若有谁以为没人管了，在教室走道上扭秧歌，冒怪声，扮鬼脸，她会突然冲进来，一把将其揪起来。我们都住校，晚上睡下后，聊得正起劲，她会悄悄潜入宿舍，贴着第一张床的男生并排躺下，屏息静听。此时大家全无觉察，口无遮拦，充分表演着，聊得多是对老师对学校的真实看法，怪话也多。她听够了，悄然离去。第二天，开始一个一个地慢慢收拾。她神出鬼没，夏夜会猛然从宿舍的窗口冒出来，大吼一声，"几点了还不睡！"。

她终于抓出了大案子。我们这些黄河边长大的孩子爱游泳，学校为安全计却又禁止游泳。R老师知道，黄河水浑，有红锈，她总是准时猛不丁从校门口闪出来，撩起我们的衣襟用手一抠，只要一现出白印子，立刻被揉到一边去，抓个正着。有天中午我们七人去游泳，又渴又累，有同学摘了一个老乡果园的梨，吃得津津有味，我们看见了，忍不住每人偷摘了一个，那确实解渴。谁知有人告了密，这酿成了轰动一时的"果子事件"。我年龄最小，却成了"主谋"。大会小会检讨，每天痛哭流涕。学校有人把事情的性质夸大到吓人的程度，与阶级斗争联系，还动员果农站出来"声讨"。果农却用兰州土话说，娃们吃几个果子是多大的事嘛，那就不叫个事嘛，你们想做撒哩沙，呷算唠沙？可学校有人还是不依。检讨持续了很长时间。此事距今50多年了，我在此并无责怪R老师的意思，我喜欢R老师那股子热情与活力，高度敬业的态度，但回想起来又觉得，那时的氛围，一面是社会主义

建设新高潮，一面却丝毫没有松动"人整人"的螺丝扣，在成人
领域这种"整人"一刻未停，以至当时和以后演变出了反胡风，
反右派，反右倾，文革等等惨剧。它甚至也曾蔓延到了少年儿童
的世界，人是复杂的，甚至少年人。

经此事件，我虽只12岁，却郁郁寡欢，认为此生毁了，抬不
起头来。那时最关爱我的是个高二同学，叫安映魁，回族，会武
术，他对所谓果子事件不屑一顾。他给我起个绰号"一团团"，
喜欢得不得了，每天我俩都得见面，说很多话。他家在"下西
园"，带我去过多次，我见过他的长辈和姐妹，都很有气质。他
们当属回族上层人士，家是庭院式的，种满花果树木，家中陈设
高雅，吃的饭也干净考究。这是我近距离接触到的回族文化。我
们那时还开设一门课叫"回族研究"，是一位老先生在教，每周
两节。那是任何学校都没有的。从安家到学校要经过一个叫"骚
泥泉"的地方，是纯回族群落，无论男女，清一色的回族服饰，
有个大清真寺，还流传着各种诡异传说，一般汉族人是不进去
的。奇怪的是，我问过现在研究兰州文化的学者，竟然没有一个
人知道"骚泥泉"这个地名。

在我消沉之时，我常一个人到学校四周去转，有一天中午
我翻过几座土山，来到现在大约是兰州西站附近的位置，向南望
去，眼前猛然显现出上千个甚至上万个坟墓，丘墓间还建有门
楼，高低错落的墓碑，皆罩在一层雾霭中，一直铺向天边；四野
岑寂，无一人，无一声，时间仿佛凝固了；但坟场本身似乎又在

无言的动，在发出一种声音或信息，好不疹人！我在想，每个土馒头下必有一人，他们是谁，是男是女，他们都有些什么故事。大约清代以来兰州的逝者都埋葬于此吧。12岁的我，有一种莫名的悲悼与伤感之情涌满心怀。它是什么，我不明白。我至今也不能忘怀当时的震惊与骇然。

六

我在西中的转机，出现在二年级下学期，因为来了个M老师接管我们班。M老师是女的，回族，教语文，言辞犀利，解读深入，爱憎分明，滔滔善辩，讲课十分吸引人。我那时小，辨不清女人的美，但据年龄大者说，M老师身材苗条，人材出众。M老师毕业于中央民族学院，本来留在国家民委工作，正是春风得意时，只因夫妻调动有困难，不得不回到兰州，当了西中的教员。M老师说起这一段，也有不胜惋惜之情。1957年暑假，我已离开西中，有人告诉我，M老师出事了，学校有画M老师的漫画。我一点也不想再返校，只因M老师，我才去看了。漫画叫"小妹妹唱歌郎奏琴"，画M老师和她的丈夫一唱一和地进行反党，画很拙劣。我走出校门，西中就留在我的身后，我心里的声音是：你们何必，何必跟她过不去？从此我再也没有去过西中。M老师被打成了右派，后来怎样，我就完全不知道了。

是M老师发现我一篇作文写得好，极表赞赏，在课堂上给全班同学朗读不算，还一面读一面点评。我那篇作文是随意写的，记得里面有"漠不关心"，"牵肠挂肚"之类的词儿，也许正因随意，反而自然。这件事情极大地改变了我，我开始对语文产生浓厚兴趣，并开始大量阅读文学作品。巧的是，我母亲此时也离开执教多年的兰州农校，调到小西湖的某中学。这里离西中很近。这样我就不用再住校了。母亲既教书，也当图书管理员，我一有时间就进图书馆看书。我那时囫囵吞枣地读了《水浒传》、《三国演义》、《西游记》等中国古典文学名著，还有《隋唐演义》《说唐》《三侠五义》之类；但读的最多的还是世界各国的童话和民间故事，如安徒生童话，格林童话，也有俄罗斯童话。现在全忘光了。

　　这个时期，也是我在大自然的怀抱中最初体味自由的时期。我家住小西湖，房子紧贴着黄河边，能听到黄河的涛声。春天"开河"时，能听见河冰爆裂的砰砰声。这是所新建学校，新调来的老师和家属，互相都很生疏。我烦了闷了，就到黄河里游泳。假期有时一天游好几回。当时的黄河非常宽，水流湍急，十多岁的孩子游泳是很危险的，每年夏天都出事，但我不怕。我天生对水有一种亲近感，从没感到危险，只是体会游泳的快乐，和人在水中无法言说的自由感。黄河是我最亲近、最不会背弃的亲人。

　　我家旁边，有一条支流，游过去，就能上到一个河心小岛，岛上一个人也没有，沙滩质地细腻，小树林幽美，小鸟儿格磔其间。我把它当成我的鲁滨逊小岛，流连忘返。听说现在它叫"情侣岛"，成了兰州的旅游热点。国际马拉松赛拍摄城景，每次都把这小岛作为重点，照个没完没了。我的一生似乎都离不开水，40年后，原本打算去看别人冬泳的我，一头扎进了残冰漂流的北京什刹海之中。

我也喜欢一个人到处游走，一边游走，一边观察天气。兰州的气候是典型的温带大陆性季风气候，昼夜反差大，四季非常分明。我清楚地记得，1957年的夏天，兰州几乎没有出现过一个晴天；而那年夏天雨水分外多，天总是阴沉沉的。如若不信，请查看当时的气象记录。我住的小西湖南坡下，那里几乎都成了沼泽地，到处都是蛤蟆，聒噪得烦死人。有时我们一群少年拿着石头砸蛤蟆，眼看着砸死了一大片，但第二天它们的尸体全都奇异地消失了。

14岁那年，我那颗不宁静的心悄悄突破了理性控制而萌发出某种神秘的骚动。三初中又来了个老师，老师带来了女孩H。她来自岷县，是随着她的继父和母亲来的。她小我两岁，性格腼腆，说话声音细弱，她的身姿和面相在我看来都非常美丽。我们的家长都是教师，我家在小西湖南坡上面，H的家在坡下的一处独院内。那时候兰州人生炉灶要用柴火，我家倒不用。H常常去河边拣柴禾，我就帮她拣，两个人都不说一句话。秋天湖上刮大风，树上摇下来好多干枝，我们仿佛约好了一样，一起到湖边拾柴，捡了的都归她，但她还是只笑一笑，不说一句话。有一次我去她家，她看见后赶快藏起来。

终于有一天，我鼓起勇气写了一封信，敲开她家的门，开门的正是她，便当面交给了她，仍然双方未说一句话。经过好多天忐忑不安的等待，她仍无任何表示。我绝望了。她却用邮寄方式把回信寄到了西中。让我惊奇的是，她的字写得那么好。在那样的年代，那样的年龄，信中除了表达友谊，就是鼓励好好学习。我珍藏她的信，一直装在棉裤的口袋里，晚上睡觉时都不脱棉裤。这反常的举动引起了母亲和姐姐的怀疑，她们在我熟睡后终于发现了秘密。但母亲并没有发怒，似乎连母亲也是喜欢H的。

我没想到，她成了我此后十年间的挚友，最亲的人，更没有料到的是，这个才貌超群，善良温柔的女孩，在那个年代的狂风暴雨的摧残下，像一颗流星过早地陨落了。

写于2014.5

（原载《作家》2014年7月号）

费家营

一

朋友带我游览位于兰州安宁区的"黄河湿地公园"，说这是一处新建的生态景观，很值得一看。果然，在离黄河主流不远的河滩上，在逶迤曲折的栈桥边，细柳生姿，芦苇临风，散布着一窝窝明亮的水洼，别有一番风情。以前从未听说过有什么"湿地"，现在忽然就有了"湿地公园"，我惊叹兰州的变化之巨。不过，不知为什么，总觉得这里的一草一石似曾相识。当走到一个最大的鹅卵石水坑前，旧景重现，我像被雷电击中一般，呆立无语。我惊恐地想，这总不会是1958年大跃进时，我们曾洒下无数汗水，几乎累死，连走路都要睡着或栽倒的那一块地方吧？很不幸，根据对地理方位的反复核对，正是那块地方。至今还没有任何人道破过它的秘密，更没人想到过它其实是1958年"大跃进"一个遗迹的巧妙利用。于是，"劈北山，挖鱼池，大炼钢铁"的震耳的口号声顿时在我耳边炸响。昨天并不古老。

1957年夏天，我14岁，初中毕业，中考再次失利，仍未考上心仪的学校，铩羽而归。经第二次考试入兰州工农速成中学高中部。这所学校在兰州西郊费家营，主要培训工农干部，自1955年才开始招收普通高中班。我上高中的三年，正好经历了我们国家"反右"、"大跃进"、"人民公社"、"反右倾"几大运动。

费家营对那时的兰州来说，相当边缘，再往西就是临界的沙井驿砖瓦场了。费家营原为左宗棠的皋兰72营之一，是驻扎大兵的地方。1957年夏季的一天，我来费家营工农速中报到。新生对于新的学校永远充满好奇，我一拿到通知书，立刻就来了，想看看命运带我走向何方。路着实不近，那时公共汽车只能通到十里店，且为沙石路面，扬尘数丈，回看久久不散。剩下还有十多里路，全靠步行。学校在一个叫刘家堡子的地方。

盛夏的正午，沿河滩抄近道走，多是菜地，瓜地，河汊里微波翻涌，河岸上柳丝轻摇，云雀儿鸣啭着一低一昂，在远方荒山的衬托下，阳光更显明丽，周围更显静谧，好似进入了世外桃源。沿途也碰见几拨嬉笑的男女，也是去看新校的，后来证明是我的同班同学。我至今记得某女生滑下坡时格格笑着的样子。一路走得渴极，在校门口的瓜摊上，因不零卖，我买了一个整瓜，价钱便宜到不敢相信。杀瓜时，发出"沙"的一丝长声，接着咔嚓一声，豁然而裂，红瓤顿现，吃起来甜得蜇嘴，"沙"得爽口。这就是兰州河滩著名的"旱砂"，现在已难觅到。进校门一看，更出意外，简直相当于一个大学的规模。培训工农干部的地方，自然宽绰。学校招待我们吃了一顿中饭，好敞亮的食堂，饭是蛋炒饭，油大，葱花儿喷香，再配上一碗酸辣汤，那口感至今犹在舌尖。来时的低迷似一扫而光，心想，虽然比不上成绩好的同学考在市里，但这里设施好，饭好，操场大，生活上实惠啊。

就这样，我踏进了工农速中高中班。班上都是市内各校的落榜生，经二次考试进来的，情绪不免低落，但大家相视一笑，又有一种潜在的惺惺相惜感。男女生年龄都偏大，大很多，我是全班年龄最小的。这些同学可能平时学习不好，多有早恋经历，后来证明果然。没多久，就出现了半公开的"出双入对"场景，除了我这种少不更事的"尕娃"，还有山里来的实在太土的"洋芋蛋"们，不少人都迅速找到了各自的"归属"。当然，不等毕业又"各自飞"了，中学生的恋爱像一场雷阵雨，来得快去得也疾。在50年代中期，我相信，这里应该是兰州甚至全国恋爱风最为盛行的唯一高中了。我一点都没有夸张。

所有学生都住校，也不可能不住校。入校头一天晚自习，是旁听斗争右派分子的会。时在九月初，反右已近尾声。斗争对象是一位"数学权威"，尖子教师，人已显老。让他自己承认，他为了显示他的学问大，经常自己拔头发，以使前额变得光亮可鉴。人们逼他现场拔一根，他就真的拔了一二根。他在台上作践自己，尽量把自己小丑化，逗得批判者们冷笑，接着骂出更难听的话。他的罪行似乎还有攻击统购统销政策之类。他表现得够卖力，但我发现他的眼圈儿红红的，人也瘦得脱了形。他的自我丑化并没起什么作用，听说还是作为极右分子发配走了。我上高中的头一天即见识了如此怪诞的场面。

这学校不时发生毛骨悚然的事。也是入学刚一周，一天下午我们正在操场上，忽然全班紧急集合。进得教室，发现有几个穿蓝制服马裤的警察严肃地站在前面，老师们也紧绷着脸来回清点人数，验看着每一个进来的人，气氛到了让人窒息的程度。有人轻声说，要抓人了。抓谁，不知道，很神秘。不可思议的是，我竟疑心我会不会就是那个要抓的人。恐惧的念头飞过大脑，我迅速反省自己干过什么犯罪的事没有。这时只听一声断喝：把某某某押上来！这一刻在场的人全都脸色煞白，而我竟有一种莫名的解脱感。快60年过去了，我至今仍清楚记得这位同学的名字，但我不愿说出来。他被当众戴上手铐，宣布说，他长期盗窃，是一个惯犯，立即逮捕法办。他的脸色并不苍白，临上吉普车前，似乎还看了我一眼。这一眼有何深意呢，我不由打了个寒战。他是个沉默阴鸷的家伙，开学的一周，我和他还说过几次话。我至今不明白，公安局也罢，学校也罢，要抓谁就抓吧，何必要在开学初，布置这么一场杀一儆百的大戏呢？所有同学的心理感受都是惊恐，紧张和不安，都被吓着了。难道这就是校方希望收到的效果吗？后来才知，这个学校培养在职工农干部，最讲突出政治，阶级斗争意识特别强，我们这些单纯幼稚的中学生，连带着也享受到了"同等待遇"。

校长叫赵奋生，微胖，矮个，黑黑的，很结实，面色刚毅，据说是延安来的老革命。他每次讲话，必先大喊一声"同志们"，但这三个字经他的陕北口音一拐弯就变成了"秃子们"。但我们并不觉好笑，反而更觉庄严。那时凡操陕北口音的，都给人一种资格老，天生就是革命家的感觉。早晨他有时出现在操场上，和谁都不说话，在吊环上翻两个跟头，动作颇为麻利。他走后，我在他握过的吊环上也比试了两下，注视着他并不伟岸的背影消失。他在当时应该说是非常左的，所有的运动都搞得如火如荼，成为兰州教育界的红人，名人。但奇怪的是，我遍搜兰州教育档案，竟找不到一条赵奋生的条目；关于兰州工农速中这样规模可观的学校，居然也没什么历史资料留下，它似乎完全消失在历史的烟海中了。但我要坚持说，这所学校在那些年头的表现，绝对是超常的，无论在甘肃还是在全国应该都是极其典型的，它的种种激烈的运动形态，已达于极致。历史不该遗忘它的存在。

二

1957年下半年到1958年上半年是我的高中第一年，相对还算正常。工农速中跟普通中学不同，它的生源来自甘肃各地具有高小以上文化程度的干部，他们在校期间的费用全由政府供给。我们高中班只是学校的一小部分。这学校也是藏龙卧虎，因种种原因到此的老教师不少，学问深湛者大有人在。有位张老师，讲

"孔雀东南飞"是一绝，被传得很神。张的年事已高，榆中人，长得像粗糙的山汉，其口音给人一种土里土气没什么学问的感觉。我起先也颇不以为然。但听着听着，如坠幻境，神魂飘荡，被张老师沉郁顿挫的声音牵着走，完全融入了焦仲卿和刘兰芝的故事，讲到"举身赴清池"，"自挂东南枝"时，被彻底征服了。全班同学包括我，没有一个人不是含着眼泪。现在想来，张老师是吃透了长诗的悲剧精神，在诗句关联处找到了贯通的气韵，善于抓住典型细节尽情渲染，延伸发挥，造就出一种特有的情感磁场。我相信，讲这一课，全国怕是没有一个人能敌过他。

也是在这里，我遇上了我的恩师朱世豪。他的名字与大翻译家朱生豪仅一字之差。他个子细高，清瘦飘逸，讲课不疾不徐，面色不忧不喜，很是澹定。他当时顶多也就二十七八岁吧，我却觉得他很深沉，年纪很大。我在多年后喜欢把他与"吟而成癖"的"长爪郎"李贺联系在一起。李贺是河南人，他也是河南人，我想象李贺大致就是他那样子吧。他毕业于甘肃师范大学中文系，一毕业就分配到我们学校管我们班，既教课又当班主任。他欣赏我的作文，经常把我的作文作为范文贴在教室后墙上，有时还当众让我站起来自己朗读一遍。我因性格率直，说话楞，不大受人待见，常自卑。朱老师却视而不见，藏而不露，对我青眼相看，使我很感激。那时我有一套墨绿封面的鲁迅选集，共四本，是表哥送的，我课间休息时拿出一本来装模作样地读杂文，有点炫耀。朱老师看见了，弯下身说，你这年龄读鲁迅杂文还不宜领会，还是先读《朝花夕拾》吧，再读小说，再回头读杂文，最后读《野草》。第二天他果然带了鲁迅的散文要借给我。我说我有了。现在我动不动劝人读《朝花夕拾》，就是从他那儿学来的。那时人的口头禅是"学好数理化走遍天下都不怕"，我母亲就坚持让我将来考铁道学院；而朱老师却支持我考文科，即第三类高校。他是我人生路上重要的引路人之一。1962年，我已上大二了，有天一帮人闲聊，有一人说，原先工农速中的朱世豪死了，死在去河南的火车上了，是心脏病突发，火车上也没个人能急救。还说他老家是乡下的，家里很穷，他早结婚有了孩子。我登时惊呆，半晌无语，难过得好些天缓不过劲儿。朱老师的影子老是在眼前飘来飘去。

学校的图书馆，在一小院内，左手是阅览室；高台阶上是借书处，一次可借二本。我经常乱借一气，有的书一翻太深奥，只好赶紧退掉。我当时借看而印象较深的有，戈宝权编的普希金文集，汝龙翻译的契诃夫小说选，郑振铎主编的黑皮老本的世界名著文库，还有巴金文集，茅盾文集，沈从文小说选等等。契诃夫的《变色龙》《小公务员之死》让我乐不可支，笑出了眼泪；巴金的《萌芽》，写矿工的苦难，很吸引我；沈从文的三三，萧萧，读来觉得很凄迷，但不是很理解；茅盾的《腐蚀》，是一个女特务的日记，我也不是很懂，但这书的自序中有段话："呜呼，尘海茫茫，狐鬼满路，青年男女既未能不屈不淫，遂招致莫大精神苦闷"，我每读总觉很过瘾，就记住了，念念不忘，不想竟记了一辈子，至今还能背诵。

还记得，有天晚上，我在阅览室一口气读完了收获杂志上闻捷的长诗《复仇的火焰》，被浓郁的边疆情调和浓烈的诗意所打动，尤其是巴里坤草原上苦难的爱情。我走出院子，仍心潮难平，恰见一轮明月洒下万丈清辉，校园里如水如梦。我走，月亮也走，我停下，月亮也停下，我竟小跑起来，望着月亮和月边的流云，有一种说不出的感动。这个青春感发的夜晚，终生难忘。

因为一个同乡兄长在一家单位掌管图书，我借到了《人民文学》1956年、1957年的两个合订本，那些被打成右派的作家的作品或被视为毒草的，我读了很多，如《组织部来了个年轻人》、《在桥梁工地上》、《改选》、《红豆》、《美丽》、《爬在旗杆上的人》、《小巷深处》等。我还读了其他刊物上的《戒指》、《在悬崖上》《棱角》等等。理论文章则读了何直的《现实主义——广阔的道路》、钱谷融的《论文学是'人学'》等。我读得津津有味，沉溺其中，废寝忘食，钻研之深不亚于当时大学中文系的学生。在潜意识里，我认同这些作家的良知，对文艺开始有了自己的一些看法，对当时的批判心存质疑。我觉得我很早就有一种叛逆性。有这样的阅读积累，使我在多年后的1978年，跨进文艺报社时，实际也是初入文学界时，我对文坛的熟悉程度，包括对作家作品的了解之广，使一些老同志颇感惊讶。我进文艺报没多久，就提出了访问王蒙的选题，并说我自己想写，得到了冯牧、孔罗荪，谢永旺等领导的首肯和支持。后来我抓住空隙，访问了回京探亲的王蒙，写出了访问记《春光唱彻方无憾——访王蒙》，发表在1979年初的文艺报上。那时王蒙还在新疆，还没有彻底平反。这当然是后话了。任何事都有来龙去脉。

<h2 style="text-align:center">三</h2>

也许因为年龄最小，也许因为一时没有找到好朋友，我当时感到很孤独，经常中午或下午从学校后门溜出来，沿着刘家堡农业生产合作社的田埂，沿着黄河滩边上曲折的洼地或高岸不停地游走。那时社员们都在堡子周围农田里作业，河边显得空旷而不见人，弯弯的田间小路偶有板车上掉下来的一只西红柿或茄子什么的，颇像一幅西洋油画的意境。寂静使我听得见自己的心跳。

春天，往西北方向望去，会猛然发现，"桃林社"的桃花一夜之间开了，那是一种无可比拟的惊艳，几千棵甚至上万棵桃树忽然绽开了粉红色的花朵，而衬托着它们的背景却是寸草不生的赭褐色的绵绵荒山，于是，最鲜艳、最奔放的花儿与最苍凉、最沉默的秃山构成了强烈的色彩对比，桃林像红霞，像红海，像火焰，在山脚下流淌着，在万古苍凉中寂寞地浮游着，燃烧着。安宁的桃花非常之美，我们只是静观和欣赏，那时并无多少宣传，不像现在，一到桃花季节，兰州就必然要举行盛大的国际桃花节，招商博览会，西部商洽会之类，声势越搞越大，桃花的美反倒褪色了。

夏天，正午的河滩不见一人，我像行走在洪荒时代，有时我跃上一个高坡，放声高歌"我站在高山之巅，望黄河滚滚，奔向东南"，虽无听众，也有几分豪气。走累了我就脱光了跳进黄河游泳，然后赤条条地躺在沙滩上晒太阳；想象着附近的林子里有一个仙女下河了，我像童话中的英俊少年一样藏在树后，悄悄藏起了她的衣裳。我觉得我年轻的身体里正有一种狂野的东西在膨胀。我正美滋滋地胡思乱想，突然听到一声大喝：学生娃，你真是精尻子撵狼哩，胆子也太大了，这水你也敢下么，你看见那种漩涡没有，漩进去你水性再好也凫不上来了。我抬头一看，见是一个放羊的中年人，肤色黝黑，目光炯炯地盯住我。我有点狼狈地赶快穿衣，朝他傻笑着。我奇怪他是从哪儿冒出来的。这时，我才注意到，在这条并不宽却很深的支流里，有漏斗样的漩涡在我身边停了一下，流走了，一会儿又来一个，又停了一下，似有所待，好像执意要把我带走。

冬天，夜里飘起雪花，我被尿憋醒，不得不披上棉衣去上厕所，我沿着通往厕所的小石子路狂奔，因远处的路灯晃眼，低头的我与迎面来的另一个低头的人猛烈相撞，我被撞飞到小路边结冰的田地里，昏了过去，天亮才被人救起。满面是血的我忽然发现，心爱的操场，远方的山，全被白雪笼盖，雪花儿还在轻轻旋舞，落在我滚烫的脸上，好冰凉，好舒服啊。我忘了我正在浑身发烧。

冬天黄河结了厚厚的冰，人、马车、汽车都在河面坦然而行。转到初春，黄河的冰就融化了，当地人叫"开河"。"开河"的场面永远难忘：天蒙蒙亮，还在睡梦里，忽有人喊，开河了，开河了！我一骨碌翻下床，揉揉眼睛，跟着同学们往河边跑，隐隐听到黄河发出一种断裂般的闷响。人越聚越多，一齐站在河边，被那浩大阴沉的气势所震慑。巨大的冰块像是一个个怪兽，互相追逐着，撞击着，旋转着，有些冰块甚至要冲上岸来捉人。我们赶忙倒躲，棉鞋都湿了。此刻，独自一人是不敢站在河边的。

后来我发现，我是永远离不开黄河的，黄河也好像永远紧紧地搂着我不放。幼时，我亲近天水老家的渭河，常在渭河边玩耍，其实那也是黄河的支流。从初中到高中直至上大学，不管我家搬到哪里，母亲的工作调动到哪里，从城东到城西，从南岸到北岸，总是紧挨着黄河。黄河与我有道不清的缘啊。

黄河的声音，至今还会在梦中响起。它成了我解读兰州历史文化的一把钥匙。兰州所在的这片河谷，千年来一直是征战的沙场，汉唐宋，元明清，这里上演过无数的杀伐争斗。"开河"的声音不是冰河的嘶鸣，而是无数朝代在兰州河谷的战争中阵亡将士曾经的搏杀和呻吟。这使我读唐代李华的《吊古战场文》格外有感应：

浩浩乎平沙无垠，敻不见人。河水萦带，群山纠纷。黯兮惨悴，风悲日曛。蓬断草枯，凛若霜晨。鸟飞不下，兽铤亡群。亭长告余曰："此古战场也。尝覆三军。往往鬼哭，天阴则闻。"

伤心哉！秦欤？汉欤？近代欤？

究竟是以历史的势态来解读这些声音？还是以文学的人性观念来体认这悲愤？是以哲学的价值来判断其意义？抑或以宗教的精神来感受它的神秘？我在这一时期目睹了许多荒唐古怪的事，爱思考的我在这一时期既敢于质疑又时常陷入莫名的困惑。

相对优游的岁月很快结束了。1958年下半年，我进入高二，大事件纷至沓来，十分密集。"三面红旗"发布了，它们是：总路线，大跃进，人民公社。总路线的口号是鼓足干劲，力争上游，多快好省地建设社会主义；大跃进的目标是"超英赶美"，20年进入共产主义；人民公社成立之前，先有个"组织军事化，生活集体化"，接着全国各地就纷纷成立人民公社。刘家堡高级合作社自然不甘人后，我们全校师生打着小旗，锣鼓喧天地绕着堡内的土路走了好几圈，高呼着"人民公社好"。有人放鞭炮，青烟团团。但我没怎么看清过社员的面孔和表情。

那时人们最爱说的词儿是"树欲静而风不止"，还有"又红又专"。上课与劳动交织进行，两者已发生剧烈矛盾，上课渐成一种敷衍，走过场，可有可无；而劳动变成了主课，层层加码，无休无止。"拔白旗，插红旗"的声浪高涨，大字报永远贴满墙，我的几位老师因被拔了白旗"榜上有名"而面露沮丧。政治的暴风雨又在集聚着能量，只待霹雳一声。

四

"大跃进"一声炮响，工农速中的秩序全乱了。赵奋生创造性地提出了"劈北山，挖鱼池，大炼钢铁"的响亮号召。每天大喇叭里喊得山响。我们一边应付式的上两节课，大部分时间转入了盲目的艰苦劳动。

这个口号的提出，是有背景的，甘肃当时已启动震惊中外的"引洮上山"工程。发动这个工程的初衷是理想主义的，是为了尽快彻底改变甘肃的穷困、干旱面貌。甘肃素有"陇中苦瘠甲天下"之说，其所以苦，就是没有水；而引洮工程就是要解决水的问题。它要把洮河水从陇南岷县的古城村引出来，让大河翻腾几百个甚至上千个山头，一直引到陇东庆阳的董志塬上，全长一千多公里；计划一边灌溉田地，一边利用落差发电，在山顶上跑轮船，使其成为超过巴拿马运河和苏伊士运河的"高山运河"。当时设想，20多个县将面貌焕然一新："旱地变水田，山顶稻花香，米麦堆满仓，绿荫遍山岗，牛羊数不尽，鱼鸭满池塘"。这是多么富于想象力和诱惑力的方案。朱老总恰来甘肃视察，听了汇报很兴奋，当即挥笔题词，称为"甘肃英雄人民战胜自然的伟大创举"，周恩来总理接见过工程劳模。当时的省委书记张仲良说"引洮工程是伟大创举，是大跃进的产物，只准办好，不准办坏；只准加快，不准拖延。"那时有首著名的红旗歌谣，道是："天上没有玉皇，地上没有龙王，喝令三山五岳，我来了！"简直就像专为引洮上山创作的。

　　然而，这目标太浪漫了也太荒谬了，荒谬到了残酷，它完全不顾经济实力和技术水平，尤其是不顾自然规律和水利科学，大搞人海战术，以为只要靠人多，就能拿下。工程最多时聚集了十六万民工，大小会战不断。但从开工之日起就不顺，事故频发，进展迟缓，图纸和实际之间有天壤之别。为了把荒唐维持下去，一直在"反右倾"、"反保守"的大批判中强力推行着。谁怀疑，谁就是兴风作浪，反对三面红旗，谁就被打成右倾机会主义分子。历时近3年，在经历了无数的"决口"，垮塌，饥荒，死伤之后，随着张仲良的下台，引洮工程也终于"下马了"。这个乌托邦工程造成的损失难以计数，直接为甘肃地区骇人听闻的大饥饿准备了条件。

　　知道了"引洮上山"，也就不难明白我们学校"劈北山，挖鱼池，大炼钢铁"的提出了。何为"劈北山"？北山指的是安宁区北面寸草不生的连绵荒山。现在从飞机上下窥，仍可见沟壑纵横像沙盘一样的赭色地貌。因为气候干旱，降水极少，偶来暴雨，冲刷高原，便发育成了这种沟多坡陡、起伏破碎的景象。北山就是这个样子。说它寸草不生可能有点绝对化，但不长树不长庄稼，是绝对的，至今也没有什么大变化。我们每天扛着铁锹步行六七里去"劈山"，无非是开出一些方块地，挖个坑坑，植株下种，学校的大车拉水来，我们再担水上山浇灌。但水渗荒山，连个印痕也不留，顷刻间树苗就蔫死了。每天重复这种无效劳动。

何为"挖鱼池"？那是赵奋生受当时"农林牧副渔全面发展"的那个"渔"字的启发，要在河滩上养鱼。甘肃人没有养鱼吃鱼的传统，不算好习惯，应该改，但在黄河边的鹅卵石水坑里养鱼，却近乎天方夜谭。但他还是要硬干，想放个大卫星。这是人和沙石窝之间漫长而艰巨的无意义较劲。我们熬夜挖沙子、挖鹅卵石，填入大筐，再抬至某处。挖来挖去，永远没个完。起先我们奔跑得欢，几天以后就挪不动步了。不要说我一个15岁的少年，就是成年的壮汉，也难承受如此强度的劳动。我戴着像旧戏里的枷锁式的"垫圈"，常常抬着抬着，就歪着脖子睡着了。数学女老师发现我肩膀肿得老高，好心改派我给工地送饭送水。其实这也不轻松。是的，"鱼池"在荒废了50多年后巧妙地变身为"湿地公园"，但这并不能掩盖它当初的"小资产阶级狂热性"（彭德怀语）历史印痕。

再说"大炼钢铁"。工农速中的炼钢是引发了严重的事情。起先在学校外墙和刚进校门的北墙，砌起八座小高炉，由工农班的老大哥们掌管，日夜冒着滚滚黑烟，地上堆着些黑坨坨，难辨何物。后来动员大家回家拿铁家什。我拿来的是一只大铁锅。地上堆满了"捐献"的废铜烂铁，但小高炉胃口似乎很大，仍缺东西"炼"。这时不知是领导的暗示，还是群众的自发，开始瞄上了不远处三线国防大工厂的筹建处，那里堆放着大量钢管。于是同学们趁着夜色钻过铁丝网去偷，先是个别行动，后来发展成小分队，扛钢管者杭唷杭唷，络绎于途。工地看守人苦口劝阻无效，于是采取闪电出击，抓获了几个同学，我因跑得快，没有"落网"。第二天早晨我给扣押了一夜的同学送早餐，还不错，白面馒头夹咸菜，管够。三线工程直属中央部委领导，所谓钢管全是最优质的无缝钢管，哪里"炼"得动啊，只能"毁容"罢了。学校领导找上门要求"放人"，工地领导愤怒至极，双方发生激烈争吵。但那时大气候对学校有利，可以用大帽子压人，工地领导只得"忍让"，放人了事，至于被偷的钢管，就下落不明了。

那时也不是没有让人苦笑的事。比如除四害，打麻雀。哪四害？老鼠、苍蝇、蚊子、麻雀。以打麻雀声势最大。听说当时累死、打死的麻雀有二亿多只，这一年真是麻雀的特大凶年。打的方法是，放鞭炮，敲锣鼓，齐声吼，摇红旗，形成巨大声势，让麻雀惊惶失措，无处栖身，无处躲藏，直到累死坠落。对处在远郊山野中的我们学校而言，空间很大，似乎是无稽之谈，但是，你别不信，从市里逃窜出来的麻雀在我们这里还真的累死、掉下了不少。我们的方法主要是敲自己的搪瓷脸盆。我因找出了小时候玩过的"弹弓"，被允许可以四处游击。不料另一同学趁我不在，他不敲自己的脸盆却捡起我的脸盆猛敲。我当日射中了五只麻雀，沾沾自喜，回宿舍一洗脸，却发现我的脸盆大漏，用棉球也塞不住。那小子在暗暗发笑。

有的事就让人啼笑皆非了。我们帮助刘家堡公社拔萝卜，连夜大战，每天都拔到十一二点。领队的是班干部的刘某，外地人，年纪大，都结婚了，还带爱人来过，他穿着肥大的抿裆裤，相当土气，但属于根正苗红。那天他走到一个女生跟前说，萝卜拔了，眼眼还在哩。那女生不明白，抬头问什么"眼眼"，他得意地加重语气说，你身上就有个"眼眼"啊。蹲在地里的同学悟出后皆大笑不止。那女生沉默不语。其实这是有前因的。此前一个周末集体打扫教室，砖墁地，尘土扬，突然一只小老鼠现身，群起关门追打，小鼠眼看无路，竟极聪明地钻进了这位女生的裤脚，女生摸腿大叫，最情急时一男生出来勇敢捏住了女生大腿根部，制服了小鼠，把带血的死鼠抖了出来。那场面可谓惊险，都知道再晚一步，老鼠会钻进哪里。那女生涨红了脸。

第二天，继续拔萝卜，刘某又走来对那女生说，你的萝卜拔出来了没。话音未落，想笑的人们正准备笑而未笑，只见暮色中闪过了一道白光，发出了叭的一声脆响，刘某捂着脸跑开了，连连说，你这人不经逗，不经逗。这时有人大声说，这个"饼"（耳光）扇得好啊，扇死这驴日的。大家齐声喊，扇死这驴日的！此后多日，这位班干抬不起头来；那位女生似变得更加抑郁。

五

那真是一个狂热的年代。浮夸，吹牛，打肿脸充胖子，成为生活的常态。说假话的人理直气壮，说真话的人反倒理亏似的。1959年下半年，我进入高三，饥饿突然来了，食堂的蛋炒饭再也没了踪影，每天是定量的虚松的几块发糕，加上清米汤。抢米汤是一场激烈的战斗，我经常冲不进去，或终于冲进去了只见空桶底儿朝天，几把黑铁勺子东倒西歪。当时甘肃已出现了许多饿死人的现象，但张仲良在"庐山会议"上驳斥彭德怀说："你讲得不对！就以我们甘肃省为例，1957年之前，我们甘肃不产一吨钢铁，去年我们就搞出了五万吨！难道这还不是大跃进？去年我们全省粮食增产了百分之四十一，破天荒地不再从外省运进粮食！这还不是了不起的成就？知道甘肃饿死人真相的陕西省委第一书记张德生（曾做过甘肃省委第一书记）诚恳地对张仲良说，若甘肃缺粮，陕西愿支援一些；不料张仲良梗着脖子说，若陕西缺粮，甘肃可支援一些，既颟顸又可气。这都是见诸史料的真实情况。

这时传来一个爆炸性消息：赵奋生下台了！甚至传说他已经被关进监狱，说他是右倾机会主义分子，历史上还是托派。这让我费解，以他的表现看，怎么会是右倾呢？他左得很。当然，这些是至今也未经证实的消息。总之是，赵校长突然不见了，再也没有出现，来了个大高个儿的高校长，文质彬彬。记得那时在全校大会上逮捕了一个反动学生，工农班的调干生，南方人，头发乱蓬蓬的，此人入场时已戴着手铐，却唱着走调的国际歌昂首而来，有点神经兮兮。他是因反动日记而被发现的，究竟犯何罪已不记得。大会上同时通报了一件惊人的事，一位同学因吃得太多撑死了、胀死了！起因是，他老家的哥哥来看望他，捎来一袋馍馍，他当即吃了七八个，猛喝水，接着又吃了三个，还想吃，却已身子僵直，走不了路，抬到医院，吐了几大盆，终因胃部急性大出血而亡。饥饿中的人们听了，并不同情，都说"活该"。

说起来，我的同学们都很纯朴，善良，活泼，记得晚饭后在大宿舍里，由有文艺特长的魏万江同学用大铁锨指挥，男生们大合唱秦腔《辕门斩子》，那不是唱，完全是"吼"，吼得大家好开心，都笑出了泪花。可是，后来发生的事又是多么不堪回首啊。如果说我们与城里的高中生的最大不同，那就是在我们学校的同学中也在搞疑似的反右倾运动，揪反动学生。整个高中时期，左中右的划分非常明显，我大约被划为"中"，相对安全。若干年后"文革"中人人自危的恐怖气氛，我在高中时已提前体验到了。

我觉得，班长、团支书李富来所表现出来的政治手腕，驾驭人的能力，杀伐决断的气魄，令人震惊。不管多年来我经见了多少厉害角色，却仍然认为，很少有人能比得上李富来的气势。他长得面如重枣，鼻子大，厚唇，浓眉呈八字形，看上去与秦腔《赵氏孤儿》里的奸雄屠岸贾有点像。他的功课很差，但他是政治明星，功课好不好已无关紧要。那时候经常可以看到，在下课后的教室里，或在夏天的树荫下，或在台阶边，总有男生或女生，都是申请入团的积极分子，在向李富来"汇报思想"，而李总是手里攥着一卷什么材料，或一份待填的入团志愿书，领首静听。班上最漂亮的女同学A，是兰州城里的娇小姐，却被他俘获，成了他的"压寨夫人"，他们的关系基本是公开化的，无人敢非议。A居然也显出类似"夫贵妻荣"式的优越和冷傲，凡人不理。但A的功课是很好的，后来考进了西部的一所名校。其实，李富来不过是甘肃乡村一个土生土长的普通青年，但在他的权威的鼎盛之时，不要说学生，就是他想把哪个老师捆起来，只要他一声令下，都能办到。

最难忘的是斗争一个姓原的同学，他也许就叫原茂生吧，河南乡村来的，白白净净，常带微笑，却与人保持距离，寡言罕语的冷。也不知他怎么得罪了李富来，李对他憎恨至极，他被作为反动学生揪了出来，隔几天就斗争一回。总是先问他，你是不是攻击人民公社了，原某说，没有。又问，你是不是说老家饿死人了，回答说，没有。最后问，你偷了多少食堂的发糕，回答还是，没有。于是有人厉声说，我今天再叫你说一个"没有"，我非把你的背锅（驼背）治平不可，接着就是扇耳光的很响亮的声音，重拳捣在胸口上的沉闷的声音，或飞脚猛踢在腹部引发的唉哟声。"打戒"一开，就收不住了。李富来站在人堆里不动声色，沉着脸，他是操纵者、默许者。谁是打手？是班上的几个厉害人。原某被一层层围在宿舍最里面的架子床边，动弹不得。我，还有一些年龄偏小的同学或女同学，都在外圈，惊恐得心跳，不敢出声。宿舍的窗子关得很严实，我那时唯一盼望的是有老师能路过听到，快点结束这惨剧，可每次都没有人发现。我们谁也不清楚原某犯了什么罪，谁也不敢多说什么。要是好几天没开斗争会，那几个厉害人会不高兴，说为什么还不开会啊。有一次，原某被打得很重，嘴角流血，脸色苍白，人被架到校医室。此事最后的结局不难猜想，原茂生跑了，失踪了，永远也没有回来过。只在墙角留下了一个破铺盖卷儿，一个打饭的盆盆和几本旧课本。

也许有读者会觉得我在杜撰，在编故事，我要说，没有，绝对没有！一切都千真万确。不然我怎能把真名实姓都写在这里。文革并不是从天而降的，也不是突然爆发的，"文革"的形形色色斗争方式早已有之。所以我参加"文革"的某些斗争会，对其残酷性固然吃惊，却又并不过分吃惊，觉得是重演而已。上述情景唯一使人们惊奇的是，它竟然发生在高中学生中间。这是从未有人写出过，甚至没有想到过的。

1960年的上半年，饥肠辘辘之声终于把阶级斗争之声压倒了，饥饿的同学们开始准备高考，气氛一下子松活了不少。我考入了兰州艺术学院文学系，一个完全模仿"鲁艺"临时凑成的新大学，属大跃进中应运而生的新生事物。其他同学进了诸如甘农大，甘师大，兰州医学院，师专等等，上什么学的或就此不上学的都有。李富来功课虽差但身体强健，他考上了甘肃师大体育系。然而他却最终没能上成。因为他被捕了，罪名是什么不清楚，被判劳改一年半。究竟是谁告发的，或者是学校自行调查的，一概不知。李富来出来以后，已无学籍和团籍，经人介绍，到兰州的某饭店当了一名锅炉工。在大饥荒年代，这是再好也没有的"肥缺"了，他会比我们所有的人都吃得饱，吃得好。这些当然是很久以后我才听说的。至于他现在是否健在，以及他度过了怎样的一生，没有人知道。

2015-9-28

（原载《作家》2015第11期）

梦回祁连

一

哦，民乐，留下我青春身影的地方！仰头可见天神般威严的老君山雪峰，低头可见冰冷刺骨的溶雪水在灌渠里澎湃。一年四季疾风尖啸，从不停歇，风神呜呜地，似在捉拿并拷打一个脱逃的魔鬼。男人和女人们每天绕过村头的涝坝，踏过茇茇草的枯黄，扛着农具，向光滩深处如野马浮动的雾浪走去。我也曾是他们中的一员。在这里留下过我21岁的容颜。

老君山是祁连山北麓东段的主峰，矗立在民乐县城南面，云雾在山腰拉起了带子，显现出山的雄姿。夏天，老君山若起大雾，山下的庄稼就要遭殃了，不出一刻，大雨滂沱；冬天，雾幛拉严到山根下，天地骤然变色，大雪纷纷扬扬，雪深三尺。人们说，老君变了脸，杀羊祭神山哪。

传说有一年，老君发慈悲，扮成一个放羊老头儿，身穿皮袄，赶一群石羊滚滚而下，他要给洪水河修座桥。一个智者说，你的羊怎么头比偏牛头还大，一语泄露了天机，老君化作青烟飞走了，而羊们顿时立地不动，化成散落在洪水河谷中的万年不移的巨石。这个传说很有趣；而我所在的村子就叫洪水村。

压在记忆深处的东西，好像永远沉埋了，其实蛰伏着，有一天会冲开重重淤积，清晰地显露自身。比如"四清运动"，简称"社教"，现在基本已无人提及，没人觉得它多有意思，它主要发生在农村和农民中，时间也只在一二年间，似乎是一个小插曲，与后来的"文革"风暴关系不大。当然不是这样。四清运动的发起与当时中国政治态势的极左主流密切相关。

但四清运动又是复杂的。不能说它没有整顿农村基层的混乱，整治自大跃进以来，乡村干部的专横霸道的某种积极意义，但它却又迅速转向了以血统论为基础的阶级斗争扩大化，在思想体系上，它与"文革"思维是一致的。它是一次"文革"前的操练，也是后来声势浩大的知青运动的一次彩排。但让我纠结的似乎并不是这些，而是隔着历史烟尘的各种亲切的面影，是那个久远年代里，人性的淳朴与异常，残酷与美丽。

二

1964年秋，开学不久，作为大学四年级学生，在下去搞四清前，先有个"三查运动"，即"查阶级，查立场，查斗志"，也称为"交心运动"。每个人都要写认识材料，清理思想，深挖阶级根源。为了让"交心"显得更加真实可信，顺利过关，有人就编造些无关宏旨的"错误"，或乐于把某些流行的错误思想扣到自己头上。也有人尽力丑化自己的剥削阶级父辈，以划清界限。有一位学生干部，以绘声绘色地揭露他的富农父亲的种种丑态而闻名，他有一种农民式的幽默和尖刻，并配上各种细节，给人的感觉特别诚恳。他的示范性演讲很受欢迎，有点像后来的"讲用"。和他同村的同学却说，他父亲不是这样的。

在拐角楼的一间宿舍里，我们这个大组，每天聚在一起进行的就是这样的"交心"。一个一个地过。一天最多过三四个人。家庭出身在那时具有绝顶重要的意义，几乎就是一切。它决定着每个人的位置和价值。根正苗红的少数人成为运动中坚，他们意识到自己的重要，一个个表情凝重，不苟言笑。我的履历表家庭出身一栏填的是"自由职业"，有点似是而非，不好不坏，一度我被作为红外围对待。我们那个大组的负责人是班主任徐清雅先生。她是教西洋文学的，会好几种外语，是位真正的学者。她就是后来全国著名的一位青年理论家的母亲。她和丈夫胡震旦先生一直把我看作他们的得意门生，使我有点飘飘然，并没有感到有多大压力。

我们组有两个重点关照"对象"。一个叫王立人，其父是杨虎城部下，抗战胜利后做过接收大员，逃到台湾后，曾官拜高雄城防司令，大约在蒋介石叫嚣反攻大陆那年，参考消息上冒出过他父亲的名字。这把西北小地方的人吓坏了。他一直是我的好友，和我一样单纯，幼时基本没见过父亲，过着孤儿寡母的清贫生活。另一个叫杨晓春，女，人长得漂亮，属校花一级人物，却是"国军"团长的女儿，虽追求者甚众，但仍被视为问题人物。这两个人的"交心"反复了好几次，一直攻不下来，总认为他们怕痛，挖得不深，不敢"刺刀见红"。

那是一个再平常不过的下午，我不知哪来了一股子勇气，忽然站出来要求发言。我说，我们不应该这样对待他们，我们不能搞唯成分论，搞血统论，我用毛主席给出路方面的话作为武器，自认为发言很有水平。我的思想与"文革"中写《出身论》的遇罗克的思想非常相近。

我刚一说完，徐先生立即宣布休会。她拧着身子出门时的背影有些冷硬。我居然毫无知觉。随后只见一个个骨干被召了出去，气氛顿时变得莫名的闷燥。谁都不和我说话了。不时有人推门伸头看看我在不在。俄顷，宣布重新开会，各就各位，房间里忽然很静，但彼此的呼吸声仿佛噼里啪啦地撞击着，要撞出火星了。终于，第一个骨干发言，他严正指出，我犯了严重的立场错误，屁股坐在剥削阶级一边，说轻了是认识模糊，说重了是代替剥削阶级反攻倒算。第二个骨干是对我比较了解的人，发言的分量比较重，他说，你为剥削阶级的孝子贤孙鸣冤叫屈，你是谁，你又是什么家庭，我看需要好好重新查一查。你和王立人平时形影不离，王自称王奥，你自称雷勃，鲁静宇自称鲁洛，你们三个合起来自称是奥勃洛摩夫，你们晚上不睡早上不起，早饭也不吃。你还说，你心中的女神是玛蒂尔特，她敢把于连的血头颅捧在膝盖上回去安葬。你为反动的贵族小姐大唱赞歌。你平常夹一本《罗亭》出出进进，自称你就是"多余人"。是的，你连"同路人"都不是，你就是一个革命队伍里的"多余人"！该淘汰了！第三个发言者却不是骨干，但脸色更加严重，这位同学不断颤声喊叫着我的名字，并用颤抖的指头几乎点到我的额头说，我们革命群众好比正在楼下游行，你从楼上突然给我们兜头泼下来了一桶冰水，你呀你，你这是直接对抗群众运动呀，这是可忍孰不可忍？事后得知，这位同学的家庭出身问题更严重。我当时是半低着头，偶然抬眼，见他气得发抖，嘴角溢出白沫，心想，怎么了，至于吗？

这时有人在外面敲门喊，食堂要锁门了，快下来吃饭吧。于是会议不得不中止。徐先生做了一个简短的总结，她指出，我的发言不是偶然的，是国内外阶级斗争动向的一种表现，思想本质是典型的资产阶级人性论和反动的阶级调和论，是用合二而一来反对一分为二等等。那时正在批判杨献珍和周谷城，她把我跟他们挂上了。她的发言无疑具有深度和高度。她变得不认识我了，她看着我，冷若冰霜。多年后有人告诉我，那次徐先生也是不得已啊，她对你其实很好，她的出身问题更大，组织上正在观察她呢。

我永远记得，那一天黄昏正赶上老天爷"下黄土"，现在叫"沙尘暴"。九月里下午七点钟光景，应该还很明亮，但那天是漫天昏黑，不辨人形，呛鼻迷眼，呼吸困难，好像老天也来羞辱我。下楼时连王立人和杨晓春的背影也是冷冷的。在食堂外的小操场上，吃饭者谁都不理我。那天吃的是疙瘩汤、金银卷就炒咸菜。我和着尘沙艰难而无味地吞嚼着。这时班长王忠端着饭盆走了过来，蹲到我面前。他是"老好人"，年龄比我大。先是蹙着眉头不停地唉声叹气了一阵子，然后说，昨天晚上我们刚刚研究过，要发展你为依靠对象，觉得你虽然不太关心政治，有点走白专，但家庭相对简单，人也比较单纯，有啥说啥。你看你，今天闯了多大的乱子啊，捅了多大的娄子啊，唉唉，你的问题还得上报校部呐，能不能被批准参加四清运动还是个问题呐。我一句话也说不出，估计模样极难看，但并没有哭。我拖着灌了铅似的双腿走回宿舍，拉开被子蒙头就睡。

三

当然，并不存在批准与否的问题，不可能把我一个人留在学校。1964年国庆一过，我们就奔赴四清前线。地点就是老君山下的民乐县。这次运动历时八个月，于第二年，即1965年5月初返回兰州。说实话，当时的我其实是兴奋莫名的，像一匹撒欢奔跑的马驹子。再也不用坐在闷暗的宿舍里没完没了地开会了。

拂晓时分，火车过了乌鞘岭，白雾渐渐散去，再往前行，过了古浪峡，眼前忽然现出广袤的戈壁滩。久闻大名的河西走廊终于现身于眼前，让我无比激动。那个年月，人的流动概率极低，基本哪儿也没去过。千里河西走廊对我很有诱惑力。从车窗下望，只见天朗气清，红叶欲燃，荒滩上不时出现一座座长方形的古老土堡，越往后走堡子越多，有的堡子四角升起"堞垛"，还有炮眼。但不见人，土堡大部分已倾塌了，不由引人遥想古代。

进入黄羊镇以西地面，土地肥沃，村舍连亘。河西地区收获季节晚，场院上还有人在"碾场"。收割过的田野上有堆堆粪肥，有人煨起了粪饼，蓝烟袅袅升起，若隐若现，状如指路的仙人或婀娜的女神。毛驴颇多，当地社员穿光板老羊皮袄，斜跨驴背，得得蹀行，从火车上看下去，是迅速移动的小黑点，别有一番古意。

这时我们发现了古长城的遗骸，一段段残垣断壁，在秋风中独卧于沙丘之上，如伏虎，如怪兽，中间还杂有烽火台墩。这带来了大欢喜，我们一个个狂喊着看啊，看啊，后来火车的另一侧也发现了古城墙，它几乎一路陪伴着我们。懂行的人说，这叫"断壁长城"，属于明长城，其苍凉况味难以形容。这就是1964年秋天的河西走廊给我的第一眼印象。

此时我想起了《烽火台抒情》，一首诗，是甘肃师大学生诗人何来写的。1962年中央人民广播电台曾将此诗与臧克家，贺敬之，郭小川的诗放在一起朗诵过，在甘肃学界轰动一时。其诗有句云："你鬓子山下奔逐着的长城啊，风尘仆仆万里来，迈过多少战乱的岁月，多少寂寞的年代；你雾霭里明灭的古道，去凉

州，通瀚海，几回驿马羽书，多少铁血化尘埃！"这是那个年代
惯用的宏大调子，铿锵有力，震荡人心。写的正是河西走廊。

我们在张掖下了火车，住了一晚，第二天换乘解放牌卡车
向民乐进发。四清工作团有二千人，据说那天正好用了一百辆卡
车，其场面之浩大，用遮天蔽日，排山倒海，地动山摇，都不算
过分。我们穿戴着兰州军区以极低的价格配给的棉军帽，旧皮军
大衣，军用大头鞋，一个个好不威武。除了没枪，什么都有了。
想到几天前还在恭恭敬敬的"检讨"，现在忽然一身戎装，男女
同学相视而笑，不觉豪情满怀，忘记自己是老几了。

车队构成了一条长达数里之遥的长蛇阵，中外战争巨片都
没见过这样大的阵势。从张掖到民乐，一百多里，主要在戈壁滩
上行进，过了东乐镇后折转方向，我们可以不断回首观赏车队曲
折逶迤，烟尘滚滚的景象，还有人说他看见了传说中的"海市蜃
楼"，激动得不得了。那一天，民乐大地在颤抖，寂寞了亿万斯
年的戈壁滩似乎从没这么喧腾过。试想，一百辆卡车，数千之
众，突然涌进一个只有七、八万人和只有一条小土街的小县城，
怎能不构成"雷公打豆腐"之势。老乡们一个个看傻了，有的半
天合不拢嘴，有的啧啧叹道，1949年王震的队伍过民乐，阵势
也大，可也没有这么大啊。车辆因为一时疏散不开，我们不得不
长久地与路边的群众车上车下默默对视，有些尴尬。这一天的晚
上，民乐全县就有五个"四不清"因为极度惊恐而自杀了。我要
分配去的那个大队的会计，吊死在老戏台上。

　　四清工作团由三方面人员构成：一方是兰州大学师生，一方是武威地委机关及所属单位干部，一方是武威炮校的军官们。在后来的日子里，我越来越感到武威地委的干部人才济济，有老革命，有智囊人物，有笔杆子，还有农村工作的"老手"——他刚一张口农民们就笑了，真是藏龙卧虎；而武威炮校的军官，大都腰挎手枪，个个精神，他们人虽年轻，资格却老，那时距离解放战争胜利才14年，他们中许多人都是四野的，一野的，有过参战经历，但你不问他绝对不提。我们大队的刘参谋就带我到河滩打过五四式手枪，他紧抓住我的手，怕我乱动，让我向荒崖连开了三枪，看弹壳冒着青烟蹦出枪身，真来劲，我过了个枪瘾。

四

　　在大队部住了第一夜。清晨，风小了，出门望去，我发现一个穿红袄的小姑娘，颠簸在小毛驴的背上，半弯着腰肢，一起一伏的，甩打着小腿儿，小驴趟过了一条清浅的小河。这画面让我沉醉，感动，刻印在脑海深处无法去除。

　　当地老乡个个头顶着一种毡帽，表情沉默木讷，这帽子呈铲子形，帽舌伸出老长，它有个费解的名字，叫"牛吃水"。看起来怪怪的，恍然有进了罗刹国似的感觉。后来才明白，此帽样子虽难看，但平日挡风，夏天遮阳挡雨，再毒的太阳也晒不透，再大的雨水都会沿两翼流出，一抖即干，冬天拉下帽檐可防耳冻，故而冬暖夏凉。这里的河西女人外出必蒙面，为的是防风防晒防寒，一个个用头巾缠住头，只露出一双骨碌碌转的黑眸子，你无法探知那后面的表情，除非你跟进家门，看她们卸了装。

　　然而，让我万分惊愕的是，50多年后的现在时，我曾碰到过一位在京的民乐籍的大学青年教师，聊天中我问他，你们那儿老乡都戴牛吃水毡帽吧，他摇头；我问，你们那儿女人外出都是蒙面的吧，他更摇头，他甚至根本不知道"牛吃水"是什么。我的天，这个世界真是变了，地变天也变，从风俗到气候，变得无法辨认了。我不服气，又问，你们那儿把父母叫"娘老子"，把"跑掉了"叫"排掉了"，对吧，这他点头。当我说，你们那儿把不务正业的流浪汉叫"五二鬼"时，他哈哈大笑，连连说对、对、对！

　　且说，我们住进了老乡家以后，才知道这里有多贫穷。我住进的那家人少，一个瞎眼老汉和他的儿子，两条光棍。儿子叫李希林，人长得挺拔精干，曾在钢厂干过，母亲病逝多年，他对老父亲极孝顺。这个家真是空空如也，推开四面漏风的破门，就是一盘炕，土炕上的被子补丁摞补丁，色泽污暗。为了我的到来，李希林换上了他准备结婚用的一领新炕席。这应该是很大的事。我很久以后才知道。

　　李希林说，挑选可以住工作队的人家可难了，既要是贫下中农，还得家境过得去。有的人家根本不敢让你们住啊，那些家就在炕上铺一层麦草，睡觉时往草里一钻，清早起来赶忙抖净头上身上的草渣儿。有的人家女人只有一条裤子，她和女儿谁出门谁穿,在家的就窝在炕上,当然,真穷到这个份上的也不多。我听了吸一口凉气,心想,谚语里不是说"金张掖,银武威"吗,怎么穷成了这样?

只有吃了"派饭",你才能真正体会到老乡们生活的艰辛。这里要对"派饭"这个历史性名词略加解释。那些年头,运动多,临时任务多,上面经常抽调一些干部组成工作组,检查组,到农村指导或检查工作,简称"驻队干部","蹲点干部"。驻队时间或十天半月或三月半年不等。这期间"驻队干部"轮流在各农户家吃饭,每顿每人付四两粮票和二毛钱。对农家而言,管"派饭"是一种负担,但又是一种荣耀,一种"政治待遇",地富反坏是无权管"派饭"的。农民们常年吃糠咽菜喝清汤,每逢给干部"管饭",却互相攀比,要提升一下档次。工作队严令必须与老乡"三同",伙食水平保持一致,不得超标,但老乡们还是有做白面拉条子的、蒸小馒头的、炒小炒的,甚至个别还有过包饺子的,最不济的也是油泼蒜泥土豆,外加酸菜花卷儿。当地产优质红皮大蒜,每顿饭都会摆上。

每次吃派饭,都是刘组长带着我。刘组长是法院的,我的顶头上司,他高个儿,面容坚定,语速慢,说话严谨,他对我却好,总叫我尕雷子。我们出门调查,座谈,开会,总在一起。我们坐在老乡的炕桌边,老乡把好吃的端给我们,一个劲儿地劝我们多吃,然后老乡自己躲在外面喝青稞面拌汤或野菜汤。我们的心情是矛盾的,吃惯城里饭的我们,也饿,甚至馋,也需要补充营养，可老乡吃得这么差，让我们吃不下去。老刘总是举着花卷儿或夹起菜来正色道，以后你们吃啥我们吃啥，千万不能给我们单做。主人总是谦恭地堆着笑说，好我的书记嘞，我们十天半月才管一次派饭，哪能让你们喝洋芋拌汤子呢。老乡把工作队的人都叫书记，或者干事，我都享受过书记的尊称。

孩子却不管这一套。我们不止一次地遇到，脏兮兮的小男孩小女孩，流着双管鼻涕，端着自己的汤碗，死死地盯住桌上的饭，盯得我们发毛，无法放开吃。更有一次，一个小男孩嗖地翻上炕，用小脏手迅如闪电一般抓起饺子就吞，主人进来大怒，一个耳光把孩子扇到炕下打旋，孩子嚎啕大哭，我们一再护住孩子。这顿饭我们哪里还吃得下，只能落荒而逃。在我，真是吃出了一种犯罪感。

这个地方，或因半农半牧，或因边远蛮荒，历来男女关系比较随便，开放，所以工作队有严明纪律，规定与女社员谈话，必须由二个或以上工作队员在场，谈话时必须敞开房门，晚上一律不得找女社员询问。在开头的一段，执行得很坚决，于是在县团的一份内部简报上，出现了这样一条"情况反映"："由于工作队进村后作风严肃，有的落后妇女就说，工作队的男人没长球"。我们的主要工作本是扎根串连，依靠"根子"们，揭开阶级斗争盖子。但打开局面很难，家族关系盘根错节，后来还发现，我们倚重的某些"勇敢分子"，其实是依靠错了，这更增加了工作的难度。倒是在生活作风问题上打开了缺口，发现各队的村干大都存在"嫖风"问题，听说某公社有个队长和会计互换老婆睡，生的娃名字就叫"换换"，成为笑谈。战果迅速扩大，案子越扯越繁，这使工作队员们很兴奋，因为那个年代男女关系也是严重的问题啊。可是武威地委的同志们太了解相邻地区的土风了，工作团团长、地委书记程雪同志马上就发现大方向有所偏移，他要求各工作组立即停止追查男女关系，重点要放到清政治清经济上来。

那时原则上要求工作队每周与老乡同劳动两个半天。因老刘和其他人都有更重要的事，每次都是我去，渐渐老乡也不拿我当外人了。洪水河边的原野上，最习见的就是苤苤草，长在地边路边，高尺余，黄灿灿的耀眼。木轮牛拉车也是一景，轮子极大，很像俄罗斯列维坦油画里的大车，打场时装麦草用，或用它往地里运肥，颇具田园风味。

红红绿绿的成群妇女，扬起榔头打胡基，我也夹杂其中。我因不得法，榔头把儿攥不紧，腰太硬，据说姿势很滑稽，手上起了几个大泡。正狼狈间，环子这丫头，猛地从后面向我冲来，冲了我一个大跟头，众皆大笑。环子姓郝，是团支部副书记，爱唱歌，一见面就推搡我，说，雷干事，今晚上你总该给我们教新歌了吧。我那时附带负责给青年教歌，半月左右教一次，在土堡里。那年代唱的歌有《勤俭是咱的传家宝》《打靶归来》《社员都是向阳花》《汾河流水哗啦啦》。

环子皮肤微黑，很水灵，一笑就露出雪白的牙齿，两颗又大又亮的眼睛毛茸茸的扑闪着，两颊照例有紫外线强照射后形成的两片红晕，俗称"红二团"，但这反而使她透出一股子野性美。她一会儿咯咯地大笑，一会儿挤眉弄眼，调皮地捉弄人，一会儿又噘着嘴发脾气。她那样子，用现在网络名词就叫卖萌。有一晚教歌，我靠着墙睡着了，她掐醒了我，说为什么不教了？我说困啊。当时我很恼火，为什么对别的工作组你那么恭敬，为什么在我面前这么放肆。

叔本华说，人是这么一种动物，既要吃面包，也要看马戏。说得太对了。你看欧美国家看足球的，看篮球的，看网球的，万头攒动，老头老太太儿童也不例外，时间再宝贵，这乐子是不能缺的。人确是需要娱乐的，哪怕再苦再穷再累；只是，贫困会把娱乐的方式扭曲和变形。一天，秋阳高照，风也柔软，我们在干沟里小歇。我躺在避风处盖着外衣迷盹，忽听咚咚咚一阵急促的跑步声、追喊声，随后就传来了一声高过一声的爆炸般的哗笑。我好奇，走近前一看，原来女社员们，也有男社员，把一个中年男子撂倒，褪下裤子，并把其脑袋不断往裤裆部位下压，说这叫"苏秦背剑"，也叫"弯弓射雕"，再将其仰翻，暴露在野风和阳光下，任人观看，大家围着他大笑，笑出了眼泪，有的人喜得直跳脚。据说被示众的苦主一般是不会恼的，往往拍拍土起来，一笑置之。有人喊，雷干事来了，快跑，一女社员却说，雷干事来就来，怕啥哩。我只能面露尴尬的笑，扭头装没听见。后来，我听到过一个顺口溜，专道甘肃某些地方的贫穷落后，说是：

"开会靠吼，种地靠牛，点灯靠油，娱乐靠球"，这再一次让我发出苦涩的笑。

那时还有一种难言之隐是，浑身长虱子，奇痒难当，开着会不由人不摇头摆尾，歪肩扭臀，样子难看。女队员也有相似表现。有人说后半夜奇冷，能冻死的，我试过，冻不死，衣缝里虱子虮子仍然结成团。还是李希林有办法，他找来几大包六六粉，倒进大铁盆，再将我的衣裳放进去，反复煎煮。这一招果然灵，虱虮们遁形了，我人也清爽了许多。

有一天，我去大队部，看见环子坐在大门槛上，用木盆洗衣服，手冻得通红。她家就在这长着一排白杨树的大道边，道边有条小溪。我边走边嚼着李希林给我的干沙枣，顺手递给了她一把，她接过枣子，扭过头，再转过来，却眼含着泪，我说你怎么了，她说心里难受，忽然没了平日的嬉笑。午后，我从队部回来，她老远就向我奔来，直撞到我怀里，喘着气说，你又回来了。我感觉到了她温热起伏的胸脯和呼出的气息，虽只一瞬，也顿感有点不对劲，忙推开她。她并不是小丫头，都18岁了，叫别人看见多不好。我忙向大路两头望去，幸好中午没人，只有白杨树在风中拍着手儿喧哗。

五

进入十二月，天寒地冻，北风怒号，洪水村的斗争形势渐渐推向了高潮。工作组和贫协的"根子"们天天开会到半夜，终于敲定了斗争对象名单。其中有一人漏网，他叫郝得全，会一点兽医，也会一点人医，在最饥饿的那一年，他伙同他人杀了队上的一头驴，煮熟了卖钱，分得25元，他还伙同饲养员，偷过一袋豆料，那本是牲口的口粮。他还帮人从青海贩过牛。他的"罪行"已构成破坏生产资料罪，因为他的成分是贫农，又与地富反不沾边，只能定为坏分子。他人现在青海俄博的什么地方，给队上缴一点钱，算是批准搞副业的。我万万没想到，郝得全竟然就是环子的父亲。

环子和她的母亲已被通知，不准再参加贫协的"根子会"，环子也不得再参加团支部活动，那还意味着，什么刷标语啦，喊口号啦，会前拉歌比赛啦，都没环子的份了。这对这个活跃分子来说是多么大的打击，甚至意味着"政治生命"的结束。

有天早晨，下着雪，我伏在被褥卷上写工作日志，那时我和老刘搬进了这间空房，不在老乡家住了。听见门外有隐隐约约的抽泣声，我一惊，忙跳下炕打开门，是环子！她头发蓬乱，满脸泪痕，原先的圆脸似乎拉长了，显出尖下巴颏了，这使我震惊。她哭着说，我大大是好人，那驴是自己死的，不是杀死的，是队长叫杀的，不是我大大要杀的，她反反复复说着这样的话。我无语，也不敢把她让进屋，就这么一个门外一个门里地对峙着，任雪花儿飘舞。这时老刘夹着办公包回来了，他寒着脸，冷冷地看了一眼环子和我，谁都不理。他扭头对环子说，你父亲的问题是上级批准的，你要划清界限，带头积极揭发，不要想着翻案，翻不了案。

环子忽然开口说，刘书记，明天该轮到我家管派饭，我们还管吗。她充满期待。她做饭的拿手好戏是搓青稞面鱼鱼，两手并用，一只手下搓五根，一次搓十根，搓两次就能下一碗；煮熟后拌点油泼蒜泥，甚是好吃，屡获老刘夸奖。老刘还用当地土话拖着长声说，青稞青稞，不吃了饿得慌，吃饱了肚子胀，惹得大家哈哈大笑。这是老刘罕见的一次开玩笑。可是现在，他沉着脸，缓缓地说，派饭嘛，我看，今后你们就不用管了。环子一听急了，忙说，我东西都备下了，现在换人来不及了，老刘说，来得及，你回去吧。这好似最后一击，环子呜呜地大哭起来，抖动着肩膀，斜着身子出了院门。

老刘返身关严了房门，严肃地对我说，尕雷同志，组织考验你的时候到了。经研究，决定由贫协主任郝得福同志带着你，去青海把郝得全弄回来。路上可能比较辛苦，你有决心吗？我当然深深地点了点头，连说有决心，有决心。

那时各大队都在把外流人员召回。我的同学何某，爱写诗，疯疯癫癫的，绰号何瓜子，这家伙入冬前曾到青海祁连县搞过外调，据他吹嘘，他见过穿红袍的藏女，歌喉婉转，直入云霄，骑马飞奔，快如闪电，似乎还对他有意思，情节略似后来听说的王洛宾故事。我明知有虚假成分，但仍有些向往。两天后，我和贫协主任一起在县城东头的汽车站，上了去青海的班车。那是一

种带帆布篷子的道基卡车。我们穿过了著名的青甘之间的咽喉孔
道——扁都口峡谷，一路上，过冰大阪，过冰大沟，寒气逼人，
冷风割面，茫茫大雪密集到让人喘不过气来，天暗时仿佛世界末
日到了。在俄博没找见人，我们忍着冻与饿，立刻返身转乘一种
小卡车颠了一整天，在一个所谓的金矿，在一间歪歪斜斜的土屋
里，找到了郝得全。

　　原以为郝得全又杀驴，又贩牛，又偷粮食，一定是个能人，
强人，三头六臂式的，谁知是个光头老汉，青白面皮，奇瘦，寡
言，慈眉善目。郝得福一见他立刻低声下气，说，二哥啊，我接
你来了。不料郝得全说什么也不回去。郝得福苦着脸说，二哥，
你哪怕点个卯再回来，不然我交不了差啊。他暗示我站出来说
话。郝得全一直不敢正眼瞧我，似有点怕我。我就说，郝得全，
这是组织的决定，任何人都得服从，都得参加四清运动。他无语
了。我们用了三天时间，再次穿过扁都口，吃的苦就不提了，
终于回到了民乐，回到了洪水村。民乐与俄博镇虽分属甘青两
省，却是近邻，50多年后的今天，新疆到兰州的高铁正从扁都口
通过。

　　斗争郝得全的会是老刘亲自抓的，经过精心策划，发言顺序
也排好了。那晚汽灯雪亮，会前猛喊了一阵口号，气氛酝酿得很
足。县工作团还派了人来。问题却出在"杀驴事件"的一个具体
细节上，到底驴是病死的，还是好端端被人杀死的，如果是病死
的，那性质就够不上破坏生产罪。老刘是搞法律的，却忽略了这

个重要细节，一味听信"勇敢分子"的揭发。会上老刘也急了，厉声喝问，当时驴到底还有没有气？老饲养员被推出作证，他磨了半天，才吞吞吐吐地说，这驴它是自己病死的，可这驴它还有最后一口气。"还有一口气你把它杀了，这是什么问题！"老刘变得有点不讲理了。

贫协主任郝得福对着台下说，继续批斗，继续，谁发言，谁上来，快一点。他眼光扫过去，像机枪扫过，一个个低下了头，扫了两遍，人们低了两回头。郝得福很窘，自我解嘲说，你看你看，乡里人一见省上的大领导，连话都不会说了，其实他们憋了一肚子的话呢。这时一个积极分子站起来质问道，郝得全，六零年你偷粮食呢，你总不敢说你没偷吧。郝得全沉默着，紧闭双眼和嘴唇，好像发誓一辈子永不张口。天冷极，冷得让人发抖，这时有人说了，二爸，你就睸好说上两句吧，娃们媳妇子们冻得实在招不住了；二爷，你就说上两句沙，我们扛不住了。良久，郝得全才叹气似的说，哎，你们叫我说啥呢嘛。那年环子她妈眼看着就快断气了，心口都凉了，得亏了这一口救命的粮啊。这时人群里有妇女抽抽搭搭起来。这一来，气氛变得对斗争会不利。我感到，从会场最后面的一个暗角里，不时有一道锐光射来，那是环子在看我，似在求助，我赶快躲开，不与她目光接触。

斗争会没有达到预期效果，很无力地散场了，老刘铁青着脸。幸好另外两个会，斗老队长的和斗老地主的，都开得比较有声势。那次会后，我被抽调去写村史，人也搬到大队部，与老刘分开了。

那个时候，全国有股写村史，家史，厂史的风，各地在寻找当地的刘文彩式人物。工作队决定也要写一本村史。我每天跑到据说是方圆二百里内最大的地主庄园，一个巨大的土堡，去搜集材料，访贫问苦。它叫烧房庄。在那儿我大开了眼界。郝氏庄园围墙高达五丈，内有房屋三百多间，曾经骡马成群，拥有自己的武装，像个小社会，以酿造烧酒和种植鸦片为业，富可敌国。每天出烧酒二百多斤，销往整个河西走廊，远至新疆、中亚各国。据说那种烧酒极火烈，极好喝，比现在的茅台和最高度的衡水大曲都过瘾，惜配方已失传。大堡子1915年曾遭祁连山土匪抢掠，双方血战数日，郝氏败，庄园付之一炬，满门被灭，儿媳遭轮奸后，喝大烟水自杀了。这个庄园的历史，使我对河西走廊的堡子文化有了新的认识。

春节前，接到通知，要求我们春节在武威过，集训半月，一律不得回兰州。去武威的那天，我们坐在大卡车上，倚着行李闲聊，车未开，在等人。忽听说，下面有个大姑娘，低着头，问她找谁她也不说。这引起了车上人的好奇，互相打问，她是谁，送你们谁的？无人回应。我起先没在意，伸头一看，吓了一跳，原来是环子，且隐约觉得她是为我而来的。我知道工作队纪律极严，决不许队员与本地女性有染。这使我心跳如鼓，尽量看别处不看她，只当她不存在。过了一会儿，一看，她仍蹲在车边，我有点慌了。车终于发动起来了，送别的人们在摆手，环子忽然站起来，一跃，就蹬住了汽车的大轱辘，扳住车帮，立了起来，她把两盒新建牌的纸烟拍在了我手上，说，雷干事，这两盒烟你拿上路上抽，我等你回来。她一跳下，车就开了。

等我？等我什么？莫名其妙！我有点恨她了。后来才明白，是我误会了。她说等我，是她有一肚子的委屈要说，她等我，还因为她春节就要投靠远在酒泉金塔县的小姨家，那里距此遥远，在那里她将出嫁给一个玉门的石油工人。这是我们最后一次见面，却是这样的场合。

当时我像个被人现场抓住的小偷，恨不得找个地缝钻进去。车上的人看我的眼光很复杂，有怀疑的，有询问的，有谴责的，有诡谲地笑着的，使我有口莫辩，我不想解释什么，也不可能解释什么，只能涨红了脸，手捏着两盒烟发呆。新建烟每盒一毛一，属于劣质烟，但对一个农民而言，价格不菲了。车渐渐颠簸得厉害起来，黄尘一阵阵卷来，人们才不再看我了。所幸，事后并无组织找我谈话。

六

1965年春节在武威度过，住在马步芳军队驻扎过的一座三层木楼上，楼呈回字形。假日那几天无事，有多个晚上，我反复去观看武威歌剧团演出的歌剧《江姐》，为之深深打动，于是立志要成为这个剧团的编剧。恰好地委书记程雪就在我们大队蹲点，看过我编写的村史的一部分，表示满意，我就去找他，他答应我毕业后调我到武威歌剧团当编剧。我激动不已，天天设想着深入生活的一大套计划，并想先写个关于西路军的大型歌剧，想象着演出的盛况，想象着多少人被我的作品感动得热泪盈眶。其实，我只看了两本回忆录，没啥准备，属于心血来潮。我没有意识到，当时的中国，山雨欲来风满楼，"搞创作"一词已近乎痴人说梦。因兰大毕业生是由国家统一分配，武威够不上，我分到了北京。我在北京的工作很不如意，我一直闹着要回甘肃武威当编剧，北京的组织不太理解我。1966年春天，文革眼看起来了，我还在申请调回去。有一天终于等到了远在武威的程雪书记捎来的一句口信："好好在北京工作，不要来武威！"至此，我热念遂消。现在回想，是程书记有远见，在保护我。我真要跑到武威，遭遇难以逆料。程书记是长辈，他在"文革"中遭遇了怎样的命运，他是否还健在，我一概不知，问人也问不出来，就在我写这篇文章的时候，还是不知道。

春节后回到大队，听了不少传达文件。文件批评了王光美的桃园经验，批评了"四清与四不清的矛盾"这个"错误提法"。当时四清有小四清与大四清之别。小四清是清账目，清工分，清仓库，清财务；大四清则是清政治，清经济，清思想，清组织。当时小四清基本停了，不太追究了，而特别强调反修防修，揪出党内走资本主义道路的当权派，警惕中国的赫鲁晓夫式人物。运动渐呈收场之势，各队要求原先的村干部"洗热水澡"，"轻装下楼"（都是当时特有的政治术语），大部分官复原职。这使很多"根子"或冲在前面的人不干了，纷纷到工作组讨说法，说你们走了，我们怎么办。但无果。

在这里，我必须要把我的一个极独特的经历说出来，那就是我在洪水村入了团，又遭遇后来的不被承认。有天，多日不见的老刘找到我说，尕雷，我发现你还不是团员，这要影响你以后的前途，我给你弄了张表，你填填，明天晚上就发展你。我半信半疑地说，我们大学里入团可难可难了，这不可能吧。老刘说，没问题，县工作团是一级独立党委，有权发展党团员，可以火线加入的。我说我一向自由散漫，老刘说不不不，我看你表现得还不错。

第二天晚上，我鼓足勇气，拿着填好的表走进土堡里的会场。我一出现，就受到农村青年团员们的热烈欢迎，我脸都红了。为什么说鼓足勇气呢？我是工作组的，在社员眼中是领导，平时戴着面具指手画脚，人五人六的，可是现在，暴露了我连团员都不是，我得接受青年社员们的审核和表决。我的自尊心受到了很大的挑战。但是我深受感动，他们没有一丝轻看和嘲笑，完全把我看成他们中的一员，甚至因我的参加而骄傲。都说雷干事好，雷干事好，同意，同意，齐刷刷地一致举手通过了。我有一种回到母亲怀抱的感觉，我想流泪，心里说，我有很多很多毛病，你们知道吗，我是不是欺骗了你们？还想，环子若在场她该多高兴。

但是，"入团"以后，我心里总是不那么踏实。果然，一回到学校，政治辅导员就找我，她吊着脸说，你在下面入的团不算数，你还得重新讨论。入党入团是她控制的领地，我的迂回入团使她很窝火。我一想到深挖祖孙三代，抽筋剥皮式的"讨论"，想到临分配前同学间的某种微妙的贬损和嫉妒，便不寒而栗。我说我还有很大差距，就先不用讨论了吧。这是她需要拿到的回答。嗤的一声，她把我入团志愿表最后一页，也就是盖着县工作团图章的组织批准的一页，撕去了。1985年，没有入过团的我加入了中国共产党。

还有一事需要交代。撤离前，环子的母亲把我叫去，从炕桌深处掏出了一个红色的塑料笔记本，说这是环子临走时留给我的，还说环子最相信我了，说我是好人。本子的封面是万里长城，里面有些风景图片，这种塑料本在当时还很稀罕。扉页上的字认真用力，笔画稚拙，写的是：送给亲爱的雷干事，郝玉环敬赠，1965年2月某日。我当即表示，衷心祝福郝环子婚后生活幸福美满，然后赶忙把本子藏进了内衣口袋。走到门外的白杨大道边，我又一次向两头看了看，依然没人，只有呼呼的风声。宽广而粗犷的河西大地啊，你永远护佑着我。

工作组撤离的时候，没有再搞"车海战术"。老乡们厚道，都出来了。我的青年农民朋友李希林，李升，李清林出来了，环子的老父亲郝得全没事了，也出来了。老队长官复原职，也出来了；他在"洗热水澡""下楼"的检查中，反反复复自称是走资本主义道路的"挡箭牌"————他把"当权派"误说成"挡箭牌"，不知是故意，是方言发音，还是不识字造成的。我心里好笑，你就能把党内的走资派都给"挡"了，你真伟大。人们摇着手告别，显得很平静，没有依依惜别之感，却有种潜在的冷清和漠然。那以后，我们回到兰州，我们填各种政审表，我们面临毕业分配，我们各奔报到的城市，再后来，文革爆发了，我们信誓旦旦而又人人自危，谁还会想起民乐呢。民乐像一个梦，突然来了又突然去了，无踪无影。明日隔山岳，世事两茫茫。

梦与现实，哪个更真实，当然是现实，可在某种情景下，真虚难辨，如花似雾，梦反而显得更真实；当曾经发生的事裹上了一层梦幻般的雾，就更加扑朔迷离了。半个世纪前的这段经历，在某一时刻，蓦然浮出，让我心惊，让我沉思，让我苦笑。我怀疑一切是否真的存在过。郝玉环送我的那个红皮笔记本，起先我好像还见过，后来就不知去向了。它没入历史的深海里了。

2016.9.15写于北京华威北里

（原载《作家》2016年11期）

韩金菊

一

还得从1956年的除夕夜说起。老师们的孩子都聚到大院子里看放炮。因为是座新组建的学校，老师们来自各方，老师的孩子们也暂不相熟；但孩子与孩子永远是无隔阂的，很快就黏到一起，甚至不问姓名就玩上了。

暗夜里，我突然发现一双明亮的眸子在闪耀，光芒划过了夜空，与我的眼光如电流一般不时地撞击。她，靠在窗台上观看；我，在空场子上奔跑着不断"掼炮"。"掼炮"是一种用纸包着的火药炮，只要狠狠地"掼"到地上，就能发一声脆响，溅起火花，并不需要多大胆子。在这双眸子的注视和鼓励下，我掼得更加起劲，跑得更加欢实，像个大英雄似的。她就是刚来到兰州的金菊。她和母亲跟随继父，来到了这所学校。这学校是一座古建筑群改成的，紧贴着小西湖和黄河。她家被安置在坡下河边的一个独院内。我家来得早，在坡上另一所小院。转年我就14岁了，在上初中。

金菊姓韩，来自甘肃南部的岷县。那时的人一提起岷县觉得很遥远，似是一片神秘之地。那里有滚滚的洮河，高高的太子山，还有二郎山"花儿会"，盛产药材当归。那里当时还保留着一些奇风异俗。我见过来自岷县、被称为"神婆"的中年女人，她们专门看风水，看病，预测吉凶。她们穿着像马王堆出土的古老的黑袍子，挽着高髻，足登船形鞋，鞋尖儿翘起个弯弯钩，高鼻深目，表情凛然，结伴从兰州街上飒然而过，像忽然飘来的一团黑云。所过之处会突然静下来，人们目注她们走过，像看怪物。作为孩子的我，吓得不敢出声。

然而，来自岷县的金菊，却双目清澈而流慧，说起话来柔声细气；她身材苗条，皮肤不算白皙，是淡黄的小麦色，却好看，她的眉宇间含有一股英气。她常常挎着篮子，牵着小外甥女，经过我家门前去买菜。那年她12岁。1956年的兰州七里河，像个大工地，宽阔的石子马路上，日夜穿梭着大卡车，街边大喇叭里放着歌，有一种节日气氛。那时在实施第一个五年计划，从七里河往西，正建设着石油，化工，机械，电力等一连串国家级大型工厂。那时已有了敖包相会这支歌，有一天，我望着金菊婀娜的背影，听着广播里的这支歌，有一种无法形容的感动。我还想起陕北民歌里唱的，干妹子好来实在是好，走起来好像水上漂，她的步态，意绪，与歌里的意境是那样贴合。虽然那时我们都还是孩子，但少年和少女之间会有一种潜隐的心灵萌动，我感应到了，她应该也感应到了。

她家是生柴火灶的，我家是生炭火灶的。她常在湖边捡干树枝，不时蹲下，用布裙子包起来，凑成一堆。我常爱在湖边转，就帮她捡，互相笑一笑，并不说话。湖上起了大风，是捡柴的好机会，她会出来，我也出来，像约好似的，我们在湖边忙活一阵子，她的刘海被风吹起来，现出光洁的额头，背景是正在起浪的黄河。可是，有一天我因事到她家，她一见我立刻转身躲了起来。这一躲，让我无法平静了。我下决心写了一封信，当面交给了她。好长时间没有动静，刮风天她也不出来了，我已绝望；没想到她把回信寄到我上学的西中。她字迹娟秀，说了些互相帮助，共同进步的话。这封信我一直装在棉裤口袋深处，晚上睡觉也不脱棉裤；这反常的举动，终被母亲和姐姐发现。她们趁我熟睡，偷看了信，并没有责怪我。可见她们也是喜欢她的。

有一天，在湖边，我吹笛子，吹的是二小放牛郎，她走过来说，你吹的真好听。这是她和我面对面说的第一句话。后来，她对我说起她的身世。她是个遗腹子，快出生时父亲忽然病逝。她说她的生父聪明好学，人才出众，每天晚上都要给她母亲讲一个故事。说到这里，她显得很自豪，无限神往的样子。她说为了生活母亲才改嫁的，继父待她也很好。

1957年夏天，我考上工农速中高中部，要到远郊去上学。母亲的工作也调到城市东头，我们要离开小西湖了。全部家当用两驾大马车就装下了。母亲催我快动身，我迟迟不动，母亲发火了。我找借口拖延着，希望最后能再见她一面，告诉她我要走了。可是那天怎么也等不到她。我只好飞奔到坡下她家院子前，一看，门上挂了一把大锁，她全家人外出了。我怏怏地离开了。未想到，这一别竟有四年多，互相不通音信。因为听说不久她也走了，没有人知道她们到了城市的什么地方。

后来才知，1958年肃反，她继父被定为历史反革命，开除公职，逐出教育界，遣回原籍改造。当时的遣返，除了本人，一般也动员家属跟着下去。虽有些临时优惠政策，但那将意味着失去城市户口，丢掉每月保命的粮票，以及在兰州上学、就业的资格等等。户口，那就是命啊，失去了会一落千丈，失去了是多么可怕啊。于是她和母亲开始了与人事和户籍方面的捉迷藏，在这座城市里不停地迁居，总算熬到了政策松动，她们的户口保留了下来。

二

1960年冬，饥馑年月，人心惶惶，北风瑟瑟，满眼荒凉。兰州的偏僻街巷深处，垃圾堆旁，时有饿殍倒卧，多日无人收尸。市面柜台空空如也，只有极少饭馆营业，凭全国粮票可卖到一碗汤面，需排队，迅即卖完打烊。盘旋路的饭馆门前，一个姑娘，刚端上一碗面，迎头一双黑黢黢的大手，从碗里捧走了全部东西，女孩受惊，空碗掉在地上碎了；一个男子，好不容易买到面，他饿极了，刚要狼吞虎咽，一双污秽的黑爪子从背后袭击他，迅如闪电，污爪呈半合十状，能连汤带面完整地捧走。男子岂肯甘休，追上来拳打脚踢，可任你打得乱滚，乞丐仍不停地狂吞着掌中的面条，一阵拳脚雨后，离披污秽的长发缝中，露出一对小眼睛，闪着怯弱的凶光，阴气森森。路人已司空见惯，漠然地观看着。

1961年春天，我重新与金菊取得了联系，相约某个周日在邓家花园门口见面。她走过我眼前时，我认不出了，俨然是个大姑娘，身材高挑，面容姣好，梳着短辫子，穿一身蓝布的斜襟罩衣，既像个村姑又散发着城里女学生的青春气息。她少了以往的腼腆，羞涩，变得开朗了。她告诉我，她在读高一，就在众所周知的一所名校，后年她将面临高考。她家新搬的地方在自由路某号，她说她妈很想见我。择日，我找去了，是在一座三进深的套院里，她家在尽里头。她妈像对待未来女婿一样欢迎我。

她妈说，缸里快没水了，你们去挑吧。其实是让我们单独多待一会。那时兰州部分街道还没通自来水，吃的是黄河水，挑来倒进水缸，用明矾使之沉淀后食用。那时"水客子"也没绝迹，即专门挑着黄河水，沿街叫卖的一种苦力。我不会用桶打水，差点把水桶滑到河里漂走，金菊夺过扁担钩儿，一甩，就钩住了。她用扁担钩儿打水是一绝。她微笑着说，你真是文绉绉的大学生。我抢着担水，她不争，跟在后面。我转身红着脸说，你笑什么，她不语。我挑得晃晃悠悠，差点歪倒；说实话，肚子饿，身上没劲啊。待挑满了水缸，她妈早切好了两牙青稞面饼摆在桌上，金菊递给我一牙，我们就着开水，默默地吃着。

我这才注意到，她家屋檐下，窗台上，台阶上，摆满了扎成小捆儿的像小树苗样的东西，在晾晒。我问这是什么，她说这是当归。我说这么多啊，哪来的？她说从岷县拉来的；就不再多说什么。她翻晒着药材，不时生嚼半根，看着我笑，说你不懂吧，补血。她倚着砖墙，交叉着腿，嚼够了，就轻轻吐掉。那样子至今我还记得。

这时，她家走进来一个甩着膀子，大摇大摆的人。没进门就先嚷，渴得很啊，赶紧泡茶！是一口岷县话。她母亲像迎接贵宾一样把他迎进了门。原来，这是岷县某单位的大卡车司机，专门跑岷、兰一线，是他们的老乡。他看上去比我略大点儿，红脸膛冒着光，微胖，横肉外鼓，一脸得意。自言老师傅病了，车由他一个人开。不管金菊还是她妈，都尽量赔着笑脸。

虽然给他介绍了我是兰大学生，他连正眼都不看一眼，傲气十足，只不断盯着金菊说话。那年月掌方向盘的人还了得。他眉飞色舞的炫耀，说他帮人弄到过多少羊肉和白面。她母亲用赞赏的表情附和他，无形中冷落了我。屋子里的气氛变得莫名的紧张，是我和他之间微妙的紧张。从他们的话里推知，她妈正在做一种转手的小买卖，即从岷县药农手里购进一些低价当归，转手销给兰州的私人或中药铺，从中赚点差价。于是，这个家伙的卡车能"顺便捎货"，就变得十分重要了。我当时想，这不成了投机倒把了吗。书呆子的执拗，不谙世事的清高，加上这家伙的狂妄，燃起我极大的反感。我隐约听出，暑假期间，金菊还要跟他跑一趟岷县，去"进一次货"，就坐在副驾驶座，因为路远，中途还得住店过夜。一想到这有可能发生些什么，一股说不出的无名火攻上心头。这怎么行？这方便吗？这像话吗？我坐不住了，仓皇告辞。金菊送我到门外大街上，我再也忍不住了，高喊着，发泄着，开汽车的有什么了不起，狂什么，狂什么呀！

那年月，大货司机，掌勺的大师傅，卖副食的，粮站过秤的，公安局的，开饭馆的，都是些最厉害的人。谁能捞到这样的岗位，那就肥了。面对着方向盘，盛饭勺子，粮站的秤，粮票、布票、豆腐票，无论男女老少，谁能不低头呢。艾青诗里曾有这样的句子："饥饿是可怕的，它使年老的失去了仁慈，年幼的学会了憎恨"（《在北方》），真是千古绝唱！其实，失去的何止仁慈，爱心，还有人伦，道德，贞操。大一时我所在的兰州艺术学院，有个学舞蹈的天仙般的女孩，平时挽着高髻，穿着灯笼裤，扭着腰肢，扬着下巴走过人前时，何等傲慢；可她居然和掌大勺的炊事员发生了关系，并且决定嫁给他。这件事轰动了学院，许多男生想不通，直捶脑袋。没办法，肚子饿是硬道理。据说饥荒过后，这女孩后悔死了，想离却离不成。

在这饥饿的年代，社会上的沉渣也泛了起来，听说贩毒的，卖淫的，贪污盗窃的，投机倒把的，转卖人口的，开地下黑工厂的，层出不穷。我的内心深处，对金菊母女甚至都产生了某种怀疑。当然，事后证明，是我想错了。我没有想一想，在这饿死人的年头，她们娘儿俩没有任何经济来源，要活下去，不这样贩点当归，赚点小钱，又能怎样呢。

暑假到了，金菊真要跟这家伙去岷县了，我得知了时间，再也坐不住了，用"目不交睫"来形容我的熬煎，一点也不过分。我吃不下，睡不着，常常走神。家人读不懂我，我也不想对他们说什么。可怜不到20岁的我，经受着如此无法告人的折磨。此时，我独自作出决定，也到岷县去，跟住他们。长途汽车并不每天有，我只得坐火车先到陇西，然后坐汽车下到岷县，这对从未出过远门的我，充满了冒险。我已无法安顿我那颗无比煎熬的心了。

到岷县时，天下大暴雨，一片昏暗，只记得过了一座木吊桥进入县城。雨如注，愁煞人，我只得就近住到一家茅草小店。所幸店中住了避雨的脚户哥儿，他们见我人地两生，邀我盘腿坐在土坑上，边啃干馍，边喝罐罐茶，边听他们唱了大半夜的"花儿"；听得我如醉如痴，暂时忘了痛苦。这情景我后来写进了我的散文处女作《洮河纪事》。

天亮，雨过天晴，我找到她舅舅的家，某某巷5号，我豁出去了，准备与金菊和那个司机面对面。她舅以前在兰州我们见过。他大惊，说这么远的你怎么来了。我谎称学校组织搞社会调查。他说，太不巧了，金菊坐汽车刚走，回兰州了，不然你跟上车可以省些路费。他哪里知道，我就是跟踪而来的。

且不说我在归途上如何辛苦。我追到兰州的当天黄昏，疲惫不堪，仍跑到她家。她也刚到达不久。她示意有话到外面说。我带着醋意说，怎么样，一路上好吧；跟着那家伙发大财了吧？她听着，忍着，一直不语。不得已，我挑明了说，我都不知道你们晚上怎么睡觉啊。她听着听着，猛地掀起花格衬衣，腰间赫然现出了一条用牛皮带和麻绳紧紧编织的奇怪的"裤带"。她说，刀子都割不开，只有我能解开。我惊极，呆立无语。她徐徐地说，这你放心了吧。说完，低泣，用袖子抹泪。我浑身颤抖，想上去拥抱她，被她一把搡开，差点栽倒。那是一个有月亮的晚上，惨淡而炎热的月光洒下来，照着她还没来得及洗去的风尘，蓬头垢面的，我也灰头土脸的，我们就这样对视着，默默无语。她当时并不知道，我跟了她一路。

三

1963年夏天，她高考。她是著名中学的高材生。考后，她约我到她学生宿舍帮她搬东西，算是告别母校。那天她特别兴奋，因为她考得好，话也多了。她还讲起，每晚上女生宿舍都会说"黄话"。我问啥叫"黄话"，她笑着说，就是女生们对男生一个个品头品足。忽然，在雨后泥泞的巷子里，她一滑，我去拉，两人都摔倒了，书撒了一地。她埋怨起我来，说是我把她拉倒的。过去她从来不这样。我吻干了她脸上的泪。我已发现，她的情绪是不稳定的。我们共同感到，有个巨大的阴影在头顶盘旋，它是什么，不明确，但肯定存在。所以才有了她的忽啼忽笑。

那个暑假，她母亲去给她姐带孩子了，白天家里就她一个。这给我们留出了空间。我们在靠窗的方桌上喝水聊天。每天她给我泡杯劣质花茶，我已学会了抽烟，也是劣质的。聊着聊着，我会站起来绕到对面她的身后，轻抚她的头发，耳朵，她立刻弹跳起来，把我推回到对面的椅子上，这样一而再，再而三的。最终，是两个年轻的身体紧紧缠绕在一起。有时我们吻得喘不过气来。但最后一道关，是万万不敢突破的，不管怎样难以克制，甚至两人头上都出汗了。那个年代，未婚先孕，"不正当"男女关系，一旦发现了是要出人命的，听说过卧轨的，喝敌敌畏的，私自处理大出血而亡的，极恐怖。何况我们尚处在懵懵懂懂阶段。我们每天继续着那样的功课，有个阴影一直跟着我们。有时候会想起，她的远在乡下劳动改造的继父，但又觉得那远得很，根本不会影响什么。

却无任何消息。整个夏天极其沉闷。有一天我一进她家，见她呜咽着说，你怎么才来？我说，你昨天不是不让我再来了吗。她抱着头，疼痛地喊叫着说，我头疼得快炸了，活不成了，你赶紧给我买几片止痛片去。她从没这么失态过，平时是矜持的。止痛片？我都没注意是啥样子，嘴里念叨着"止痛片"，赶快冲到大街上。那年那月那天，要是有人注意的话，定会看到，一个小伙子穿行奔跑在南关什子，喘着气，四处找药店。等我捏着药片回来，一推门，见她泪流满面。她说，你怎么去了这么长时间？我说这边我不熟，半天找不着药店。她吃了两片药后说，你回去吧，我要一个人歇歇。

发放录取通知的时间到了，结果也出来了，任何学校都没有她的名字。后来有人传出考分，她排在靠前的位置，那绝对可以进一二等高校的，但没有她，比她成绩差很多的都考上了。这对她的打击实在是致命的。这个心强的女子，今后该怎么活。我不敢去看她。几天后我们见面，我不停地说，不要紧，不要紧，抓紧复习，明年再考。她说，明年也考不上。一语未终，我俩眼圈都红了。

四

天无绝人之路。原以为她要长期在家闲呆下去，不料当年冬天，她就考取了西郊一所大工厂的学徒工，成为一名青工；原以为她会因出身问题吃过苦头，从此远离政治，然而事情完全出乎我的意料，她在另一条线路上迈进。她具体怎么优秀，我不了解，在我看来，她是柔弱的，内向的，淡泊的人。好几个周日去她家，都没等到人，只能偶见一面。当时的她，每天提着李玉和式的那种月牙形铝饭盒，穿着深蓝粗布工作服，把辫子盘在头顶压进工帽里，走起路来一阵风，匆匆登上西去的通勤火车，快半夜才能回到城里的家。后来干脆住在厂子里。只听说她特别能吃苦，任劳任怨，能承受高强度劳动，善良且乐于助人，得到上下一致的好评。1963年到1965年间，她焕发出惊人的能量。柔弱的她，内蕴着不屈服命运的顽强。

那时"困难时期"尚未过去，"苏修"背信弃义，国家内忧外患，低迷，饥饿，混乱，于是迫切需要一种精神来振奋。1963年3月5日，毛主席为雷锋题了词，全国掀起了学雷锋热潮。金菊作为"出身不好"却表现突出的"典型"得到了肯定。简直难以相信，短短几年间，她不但入了团，而且当上了大车间的团总支书记，"文革"前，成了车间领导成员。她正在进一步争取入党。过去我看不出她有多少政治细胞，现在却成了单位里的政治新星，可见时势和政治的力量多么大，在重新塑造着人。

现在回忆，那时事情多，见面少。我搞四清就搞了快一年，她更忙。只记得，有次她难得地约我在五泉山东龙口见面。我们一起吃了些零食，天近黄昏。她忽来了兴致，指着路边一片假山和园林说，我藏起来，你找我，咱们赌输赢。我说好啊。可我怎么也找不见她，渐失去兴趣，看见路边有弹三弦唱道情的，就去围观，看得入神，忘了再找她。过了好久，她拍着我的后背说，你走不走，不走我走了。我就跟她一起下山。她一路沉默。我说你藏那了，那么难找的。她低头不语，竟流泪了。到三爱堂门口，我要送她回家，遭拒，我们郁郁地各回各家。

果然，我们中间发生了一次很大的误会。她听信人言，说我母亲完全不认可她这个学徒工，说她身体多么差，这门婚事怎么可能呢。她说，你是孝子，你是大学生，我是学徒工，你什么都听你妈的，我配不上你，咱们分手吧。她约我在下西园火车站见面。那是大雪后的一个下午。她从东面来，我从西面来，寒风料峭，白光刺眼，在铁道边的斜坡下，我们站定了。她像背书一样冷冷地说了以上的话。我说，我从来没有这样想过，我把你看得比我自己还高。她仍摇头，含泪登上郊线的班车。

1965年夏，我大学毕业，分配到北京工作，离兰那天，她因为加班，没来送我，事后写了一封长信，还另寄了三十块钱，说怕我初到北京，人地生疏，吃不好。当年的三十块钱不是小数，那是她的血汗钱，我赶紧寄还了。

那时，她常给我写信，每封信都是教训加鼓励，总是说，阶级斗争复杂，你一定要站稳立场，一定要坚定地站在毛主席革命路线一边。例如这封信：

"来信收悉。对你独游时的狼狈相感到既可怜又可笑，我似乎看到了一个小资产阶级知识分子，和今天轰轰烈烈的大革命形势太不相调了，难道你不觉得这种感情已远远落后于时代了吗，达学，你应该是坚决抛弃非无产阶级思想，争当时代的先锋的时候了……现在我的政治嗅觉比以前大大提高了，无产阶级的观点，立场也基本形成了。我觉得我们以前的日子都白白渡过了，太无意思了，假若我的思想以前就像现在一样觉悟，我绝对不会得脑子病，那几年自己心胸太狭，想不开事。现在脑子灵是还灵，就是不能久用，而且健忘，尤其天热了，下午经常昏头涨脑的，对工作有一定的不利。还好，今年以来，体子强了，还不至于躺在床上，但总归不如脑子健康的人……"

这封信所表达的观点，情感，思想，很能代表60年代前期一个积极向上的青年的精神面貌。像她这样温和淡然的人，也在频频谈论无产阶级的立场是否成形，政治嗅觉是否提高，是否坚决抛弃了非无产阶级思想，她把一些政治术语运用得很熟。不过，到了1966下半年，就再也不见她的来信了。

1966年夏天，文革狂潮来了，我母亲在学校里被打，打得重，精神也不正常了，多日不食，僵卧在床。她听说了，虽对我母亲有意见，还是在我家门口徘徊再三，走进去看望。我家是学校家属院最破的一间半。她来后收拾屋子，准备做饭。这时学校打人最凶的造反派头子何某某突然闯了进来，带着一帮人。质问她是什么人，好大的胆子，敢给牛鬼蛇神做饭，不说清楚是什么关系，你今天休想走。

那是个闷热的傍晚，忽然下起阵雨，何某某把她推搡到院子里淋雨。不料她大声说，我是某某工厂某某车间的革委会副主任，说着亮出了红袖标。一个女造反队员尖叫道，噢，那我知道你，我叔叔常说你。问你叔叫什么，一说，金菊说那是我师傅呀。女造反队员遂亲热地把她从雨地拉进屋。何某某仍用阴沉的怀疑的目光看着她，但不再吱声了。

这一幕，远在北京的我，很久才听说，心中无限感动。在那个年头，这需要多大的勇气啊。那时，全民族陷入狂热，没有人不被政治绑架，除了斗争，还是斗争；要么跟着走，要么推着走；要么触礁沉没，要么失去航向。任何地方都是好几派林立，每一派都说自己一派最革命，对方是反革命，就是神仙也拉不住，辨不清。我人在北京，也能感知，金菊正被两种力量苦苦夹击着，一个是政治斗争的暴风骤雨，一个是疾病的苦苦纠缠。这个曾经的学雷锋模范，五好职工，团总支书记，被混乱的政治潮流裹挟，无所适从。听说她很快就作为保皇派的骨干被打下去了，险些被斗。

1966年冬天，全国大串连，我们刚毕业参加工作的65级同学中，有人搞起"返校闹革命"，成立了"莽昆仑65兵团"，回来的人都住在大教室里，白天写大字报，吃饭就在学校灶上白吃。我也从北京请了假回来，想借此机会回家探望老母，同时见见她。却怎么也联系不上她。有人说，她两次晕倒在车间，被人救起。

有一天，兰大操场举行批斗省委原第一书记汪锋大会，搭了高台。汪是著名老革命，我也是头一次见，方头方脸的，穿着件旧绿军大衣，被几个红卫兵架定在台子上坐喷气式。观者如堵，举起的拳头如森林，口号声震荡着天空。忽然在人群中，我发现了金菊，她也发现了我，她的面色在一瞬间惨白如纸，不知是什么原因。我们挤出人群，退到离操场很远的地方。她说她早不上班了，请了长病假。她问我住哪，我说我只能住到学校。那个造反头子何某某，有天我差点在我家撞上。我出门后回望，确实看见一个戴黑边眼镜的大汉，向我追来。我一拐弯，又不见了。运动开始时，我曾写信要家里清理"四旧"，这信被何某搜出，他不仅给我北京的单位写材料，还扬言要抓我。

我们缓缓走到大街上。斗争大会结束了，马路两侧人挤人，水泄不通。红三司的车队开过来了，前面是一支军乐队开路，吹奏的是"造反有理"，节奏强劲而有力，后面是十几辆卡车，车头架着重机枪，每辆车上站满了男女红三司战士，一律着军装。"黑帮分子"分列车两旁，挂着打红叉的牌子，被揪着头发，仰着面，供路人观看。这比北京造反派的声势还要大。人们奔走相告，说一会儿"革联"的车队还要来呢，他们更厉害啊。人们齐说，不走了，等着看热闹。

我和她的身旁是无尽的人流。我们一会被挤散，一会又找到一起。到了前面一个十字路口。她说她必须得回家了，而且说，你也早点回北京吧，我们再联系吧。然后转过身来，向我摆了摆手。我忽然发现，她的背"驼"了，人显得轻飘飘的，浅色的棉袄淡得快消融到人群里，人衰弱得好像一阵风来就能吹走。在这喧嚣声中，我感到万分凄凉，不祥之感悄然爬上了心头。我们就这样告别了，在1967年1月混乱的兰州街头，背景是沉默的皋兰山。我也认为我们还会不止一次地见面。然而，没有想到，这不是告别，而是诀别，永远的诀别！

五

回到北京后，大约是1967年3月，接她一信，她直接提出，请我考虑结婚问题。她说"那些游戏早没意思了，早该结束了，要么结婚，要么分手"。这有点一反常态。她的内心是很骄傲的。她从一个先锋模范，风口浪尖人物，再到倏忽万变下的一败涂地，由造反派而保皇派，疾病与罪名交加，只能躲到一旁自己舔伤口。我是她寄托希望的亲人。她把我在北京的环境也理想化了。

当时，结婚于我根本不可能。我所在单位，是一座破旧的小楼，据说曾是日本某特务机关驻地，另一说法是，曾是梅兰芳的公馆。仅有的几个"文革"前结了婚的人，每人一间极小屋子，磕磕绊绊，夹道里生着煤球炉子，烟气狼呛。这单位不可能为我腾出一间小屋，或者说，这单位根本就没有房。我即使提出来，也是痴心妄想。其他几个大学生，都比我大，都还没条件结婚。

更重要的是，我是一个秘密的受审查对象。罪名是因为言论。现在看来都是非常正确的话，应该表扬才对。比如，"姚文元批判海瑞罢官是以势压人，破坏双百方针"，"既然对万事万物都可以一分为二，那为什么不能对……"如此等等。但在当时，按军宣队长的话是："可以判你无期徒刑，可惜是'单证'，没法判，只能先挂起来"。事情的起因，是兰州的一个我并不熟悉的"朋友"的揭发，因外调所致。单位里的人也奇怪，为什么晚上开会总不通知我。在他们眼里，我是最单纯的大学生，能有什么问题呢。我采取了沉默，不解释。

后来还发生过这样的情形：我的一个侄子，年龄比我大，偶然到北京参加一项工程，找到我原先的单位。其时我已经下放到五七干校，只有留守的专案组在。一个女专案人员，我曾经的同事，尽情地戏耍了我的侄子。她先是说，他呀，他不在这里，我劝你不要找他了，你找不到他的，他也不一定能回到这里。又说，即使你找去了也不见得能见到他本人。我的侄子是个八级钳工，老实而木讷，嗫嚅着问她，他有什么问题吗，那女人仰天尖笑，说，那就得问问他本人喽。多少年后，我的侄子回忆当时奚落他的那个"北京女人"，还心有余悸。试想，如此寒冰般的处境，谈何结婚。

1969年深秋，林彪一号命令下来，我们被下放到河北怀来黑土洼。我打前站，押运行李，迎着秋风站立在行李车上，心头一片惘然。国庆假日没处去，干校学员就一齐到就近的官厅水库玩，看秋风萧瑟，洪波涌起，各想心事。有人捎来了北京的一堆信，其中也有我一封，一看是姐姐从陕西寄来的。那时我最怕姐姐的信，几乎都是坏消息。更怕她打长途电话，那一定是母亲又有什么事。这封信亦然。就在要收起信时，发现信的边角上补写了一行极小的字："听某某说，金菊已于68年因心脏病死了"。这一语几乎轰倒了我。这行字我看了又看，先是麻木得没一点反映，继而泪水从眼角渗出，眼前是秋风中疯狂摇晃的小树。这个消息既真又不确，后来才知，她人早在1967年5月就去世了。我竟完全不知，联系她多次也无回音。她已埋骨地下近3年了。

六

1980年，我作为文艺报第一个建国以来只身进新疆的记者，在新疆盘桓数日，结识了一批朋友，并以本报记者名义写了报道《天山寄语》。归途上，我特意在兰州下车。我已整整13年未到过兰州了。原想拜望金菊的母亲，向她老人家表达我的悲痛和悔恨，不巧她去了岷县；于是找到金兰姐和老石姐夫。金兰姐哽咽着讲述了金菊去世的情景。说主要还是心脏病，看不出迹象，发病突然，而医院混乱，也没有认真抢救。我的泪水一直在眼眶打转。我要求到她坟上看看。他们告诉了我详细的路线和走法。

第二天，过了黄河铁桥，我一站站打听，沿着去宁夏的公路，进入了大沙沟。看见路的左边出现坟冢时，我的心顿时收紧了。我内心的声音是：金菊妹，我快要看见你了。公墓区有个叫王爷的守墓人，蹲在小屋前，我递上了烟，问他67年去世的人埋在何处，他指了指方向，冷淡的不再说什么。我一个人转上山坡，进入坟区，好凄凉啊，有的坟被挖，棺木板乱扔着，硕大的黄鼠在丘墓间奔跳，益增恐怖与寂寞，我的心狂跳起来。原先还有个上坟的年轻人，转眼不见了，茫茫墓区只我一人。但我不怕，给自己鼓劲。我按老石姐夫指示的方位寻找着，找了很久，转过三个山头，仍不见你的碑。也许是心发怯，人太慌了。我一排排数着，还是没有，渐失去信心，呆呆地站在坡上。

突然，像幽灵一样，南面坡上先是冒出一个人头，再一看，王爷佝偻着腰上来了。他手里拿着一本"录鬼簿"，在我面前一翻，一下子翻到你的名字。天哪，年龄是22岁！我闭上眼睛，阵阵晕眩。我肯定地向王爷点了点头。老人丈量着，绕了一圈又一圈，又走回到我的脚前，最后肯定地指着我脚下的一座坟。我低头一看，岷县人韩金菊之墓，落款没有长辈，都是些外男谁谁谁。以下字迹就湮没了。奇怪，我怎么硬是看不见呢。我的腿一软，蹲了下来，几乎失去了知觉。没有地方去买纸钱，向你叩了三个头，我轻抚着坟上的白石头，头脑乱得像一团麻。你的坟夹在中间，可以免却雨水的冲刷，头顶是一座叫墩墩山的山峰，脚下是一条小河，河边是一条公路，不时有卷着尘埃的汽车掠过。坟头上的青草在微风中摇摆，是不是你在向我招手？在你旁边，是个北京老太太，右边是个柴姓的老太太，你们会互相照应的吧。

我慢慢走下山坡，不断回望着你，想永远把这场景记住，我多么希望从那里站起一个人，颀长的身子，秀丽的面容，微笑着向我走来。过去我不信有鬼，此刻我希望有鬼。过去我怕坟场，现在竟有些依恋坟场。

2006年，我在兰大兼职带博士生期间，又去六公里墓区几次。因韩的墓碑已风化残破，且有一大半陷埋地下，我缴过一笔钱，请刻碑的师傅代刻代立。他当时说，你放心去北京吧，我负责给你刻好埋好。他是李师傅，仍在露天下不紧不慢地刻着碑。说起去年事，他起先记不起了，忽然连拍脑袋说，想起来了，"挚友"、"挚友"。他深深叹息道，太年轻了，太可惜了，我在碑的顶部还特意刻了两只凤凰呢。他讨好地、憨厚地笑着对我说。

我遂与好友王作人，李师傅，沿山前行去看。上午，坟场空寂无人，远处山下的公路上，去白银的汽车依然扬尘飞过，那是人的世界：而山的这边，静极，坟冢累累，碑石层层，一片森然，蔓草间有小动物窜动，看那一块块碑，男男女女，老老少少，有的短命，有的长寿，甘人，河北人，山西人，陕西人，内蒙古人，哪儿的都有。又是另一个世界。它们紧紧相邻，相隔并不远。

我们又找不到她的墓了，慌慌地来回走着。最后还是李师傅，猛回头，一指，坟就在脚边，不觉悚然，怎么总是看不见呢。新碑显得比较高大，贴着旧的小碑亭亭而立。碑上刻着：岷县人（1945——1967）；韩金菊长眠于此；挚友雷达立。不知现在这碑尚完好否。当时没有拍照意识，连个相片也没留下。

七

韩金菊的故事藏在心中多年，堵在心口，不写出来难受，但真的一写，几次伤心得写不下去。我还担心老伴是否会不高兴，便对她委婉地说了。没想到，她平静地说，你能不忘50年前美好的感情，珍藏于心，这是好的；但人的生活总会变化，又会有新的感情，这也很正常，既不要死抱住以前不放，也不要把以前丢得一干二净。再说了，你写出来，让今天的年轻人看看，你们那一辈人，曾经怎样生活过，恋爱过，思考过，度过了怎样的青年时代，也有价值啊。

她的话让我惊讶，让我敬佩，里面包含着多么崭新的观念。

她叹了口气说，她要活到现在，该有70岁了吧？我说不，应该72岁了。

2017年4月4日清明节改定于北京华威北里

（载《作家》杂志2017第6期）

天上的扎尕那

去扎尕那我就去，不去扎尕那我就不去！

那远得很啊，要穿过整个甘南州，它所在的迭部与若尔盖大草原接壤，若翻过岷山山脉的一座大山，就是四川的九寨沟县，那一带路况很不好，你不害怕吗？

不害怕！人生难得几回搏，万水千山只等闲！

我发出了如此的豪言和决心，总算感动了几个上帝，中间不乏自称感冒了或表示累得很而打退堂鼓的人，但最后，还是由徐兆寿、张语和夫妇和他们骄傲的小公主、6岁的徐艺丹，以及诗人唐翰存和我共五人，拼凑出了一支老青幼冒险团队，于2007年8月17日清晨，自驾一辆广本，沿着兰临公路进发了。几年前我就听过扎尕那的名字，说是，论水当然比不上，论山它可比九寨沟强。我将信将疑。直到今天，即使在甘肃也没几个知道扎尕那的人。扎尕那成了我的心结，说什么也得去看看。

我们的路线是：首先直扑玛曲，设法赶上当天下午在那里举行的中国格萨尔赛马大会，第二天再向东南行，去造访大名鼎鼎的郎木寺，然后再沿白龙江峡谷前行，到迭部，最后以登上扎尕那石城作为此行的高潮和顶点。全程一千多公里，不停地跑，也需要三四天。

提起甘南，很多人马上会说，我也去过甘南呀。一般人所谓的到甘南，不过是到夏河，在那里看一看比塔尔寺大两倍的金碧辉煌的拉卜楞寺，再到旁边的桑科草原帐篷里唱一唱卡拉OK，吃几只藏包，喝二两劣质青稞酒，买一条念珠或一个转经筒，然后自豪地宣称，我到过甘南啦，我到过甘南啦。其实，他到的只是甘南州的北边沿，离腹心差得远呢。甘南州的总面积将近五万平方公里，比瑞士，荷兰，比利时这样的欧洲国家还要大，位于青藏高原东北角，人称"小西藏"。不管从外形看还是从内涵看，甘南州的确有如西藏的一个缩影，举凡雪山，原始森林，草原，冰川，湿地，高原湖泊，高原河流，一应俱全。它是迄今为止，绝少污染，因其幽寂和不为人注意而未遭破坏的一片香巴拉式的地方。在中国，这样的地方已是绝无仅有了。它甚至比拉萨、日喀则一带的生态保留得还要好。

快到甘南州首府合作时，我发现云团低低的，一朵一朵，缓缓从头顶飘过，飘向了合作城——一座狭长的小城。到过的人指给我看，哪是当周沟，哪是森林公园，哪是天葬台。天葬台就在目力可及的半山腰上，离城极近，使人觉得，生与死其实紧紧地挨着，几乎没有界限。"合作"的名字，乃是藏语"黑措"的谐音，本意是羚羊奔跑的地方。据说解放初，有个大人物听汇报时，将黑措改为"合作"，含有民族合作之意。我倒是希望它的名字更富有藏文化气息和诗性才好。现在人们一提"合作"马上跟着解释说，也就是黑措的谐音啊。这太麻烦，干脆就叫黑措不行吗？

至午，到达合作的甘南饭店。作家李城，敏彦文，雷建政，诗人阿信，及藏族女诗人完玛央金，早等候在那儿。阳光灿烂得发白。在刺目的高原紫外线下，雷建政出现了，不细看已认不大出，一脸的沧桑，眸子里仍有不屈的挑战性，好辩性。见到了我，相当于见到了他最青春，最浪漫时光的见证人。我为他的小说集写过序。我觉得没写好，他那寻根与先锋相混合的神神秘秘的风格，我不是很能把握，但我硬着头皮写了。在多年后的今天，这似乎变成了一种功劳。双方都感慨万端。听说建政当过一阵副县长，试图走从政的路，现在是退到党史办下面的一个委员会做事。当官以前，他创作力旺盛，在《收获》《人民文学》发过几篇小说。但多年前已完全停下了写作。我望着这个在鲁院班上唱花儿最美妙，写东西出手最快，显得男子气十足的人，忽感时光疾驰而过，竟生出几分伤感。我也不知道在这里，他究竟应该选择什么。那天纯属民间聚会，却没动白酒，建政显得比较冷静，给我们画了去玛曲的路线图。我们想在日落前赶上格萨尔赛马大会，便匆匆上路了。

甘南多河，而且都是名河，大河。由于山势峻拔，切割剧烈，积雪融化，雨量丰沛，地下裂隙水和地上融雪水交汇，使得甘南成为多条大河的发源地，其神奇性令我想起云南横断山脉发源了多条河流一样。后来请教人，才知这里的每条大河都有个藏语名字，而且都有一个"曲"字：黄河叫玛曲；洮河叫碌曲；大夏河叫桑曲；白龙江叫舟曲。真妙！沿途看见一条波浪汹涌的河，却叫不出名字。我猜测，可能是洮河，此乃黄河一大支流，发源于碌曲县南西倾山。记得60年代的一个冬日，我曾在岷县看过洮河，只见贴近水面之上有一层冰粒，经阳光一照，像一条河上平行着的另一条银河，美丽绝伦。不知此景观还存在否？但也有可能是大夏河，它也是黄河一大支流，夏河县，临夏市，皆因其得名。它发源于甘青边界的大不勒赫卡山，山下的桑科草原传说是格萨尔王煨桑祈神之地，水流于此，故称桑曲。当然，它绝不可能是玛曲或者舟曲，那两条大河，还没有到撩开面纱的时候。

　　沿途我们不断停下来，拍照，赞叹，流连，耽误了不少时间。因为景色确实太美。比如，面对巨大的湿地"尕海"，你会感受千山鸟飞绝万径人踪灭的寂寥感。再如玛曲山口，顿生"会当凌绝顶，一览众山小"之势，它的海拔竟高达4000米，只见彩色的经幡、在山顶临风翻飞，千山万壑从你的脚下分流而去，像远去的波涛，人便突然有一种长了翅膀的感觉。

　　啊呀糟糕了，此时我们发现，公路上不断有衣着鲜亮的藏胞带着满足的神情，骑着摩托——飞掠而过，装着骏马的卡车也一辆辆从身边驶过，这才回过神来：肯定是赛马大会结束了，哎呀全是"贪玩"惹的祸啊。待我们赶到赛马会现场时，天色已暗，但见如云的帐篷铺向天际，暮色中匆匆赶路的藏女明眸皓齿，三五成群，向四面散去的马队蹄声得得；只有满地的纸屑和塑料袋让人想见白天的喧腾。听说每年这里的格萨尔赛马大会，都要汇聚甘青川三省最优秀的骑手，是目前国内最大的赛马会。我们竟然没有看上，万分遗憾！

　　站在玛曲的夜的街头，看满眼穿着藏服的红男绿女，看骑着高头大马的青铜肤色的骑手昂然经过，我竟有些孤独和恐慌的感觉，像处身语言不通的国外。来到玛曲，我和徐兆寿都有了高原反应，身体不适，头晕，加上唐翰存讲了一个听来的血腥故事，使我们变得很紧张。事后证明是场虚惊。玛曲县的藏族人口占到90%，种族的纯粹度比拉萨等西藏城市还要高。我们根本找不到对话的人。

　　这时一高一矮两个黑脸膛的人出现了，他们是藏族诗人瘦水和汉族文史专家陈拓，当地著名的文化人。像所有高海拔地区的人一样，他们寡言罕语，让你猜不出在想什么。他们一路无话，带我们来到了玛曲——天下黄河第一弯的地方。在一临河的帐篷里，一边赏月，一边看黄河。草原的风打着唿哨在帐篷外游荡，早晚温差大，得穿毛衣了。我们喝着真正的奶茶，一碗又一碗。黄河完全不是我们想象得汹涌和咆哮，而是出奇的安静，静极了，在月下无声地流淌着，温柔恬静得简直让人想上去抚摩。陈拓说，别看它表面平静，清澈，内里很凶险的。瘦水唱起了仓央嘉措的情歌，气氛变得神秘而恍惚。张语和，也就是诗人樱宁，后来描述道：月光洒在黄河上/她们温柔，令人心碎/河边帐篷里，一个人在歌唱/在那东山顶上，升起洁白的月亮/我不敢抬头望，那轮仓央嘉措的月亮。这正是当时情景的写照。

为什么要叫玛曲呢？因黄河从南东北三面围裹着玛曲县，遂形成了天下黄河第一弯，故有此名。另一更有力的说法却是，黄河发源于巴颜喀拉，经星宿海，鄂梭湖，蜿蜒穿行于阿尼玛卿山，它是源自玛卿神山的河，故称玛曲。我们向帐篷外引颈望去，希望看到玛卿神山，当然只能是无边的夜色，啊，高耸的，阴森的，无极的阿尼玛卿山啊。

从帐篷出来，开车回玛曲县城，不料遭遇意外：汽车的夜灯前面突然黑压压一大片，去路被堵！毫无思想准备的我们，不知遇见了何物，个个惊惧。透过车窗细看，原来是无数牦牛伫立着，瞪着牛眼，木木地观望我们的车。现在谁敢惹动物啊，我们只得熄火，龟缩车中。一会儿传来摩托声，放牛的藏民骑着摩托在牛群中熟练地绕来绕去，迅速驱赶开了，牦牛们相跟着消失在夜的草原。

这里不能不说一说摩托。玛曲堪称摩托之城。据介绍，现在的牧人，极少步行，也不骑马，改为骑摩托放牧，大大提高了牧业生产力。玛曲是个富足的县，一万多平方公里的土地上，只有四万三千多人，合每平方公里四人。人少牛羊多，好啊，现在城市对牛羊肉的需求量极大，其收入之好可以想见。于是，满街尽是脸冒红光，喜溢眉梢的摩托车手。有趣的是，喇嘛也骑摩托，白天看到一个披着袈裟的喇嘛，边骑摩托边打手机，一团紫红飞奔而来，紫红一团绝尘而去，十分潇洒。

第二天，8月18，头一个目标是郎木寺。郎木寺名气很大，为什么大，我并不真知。小时候，在地图上看到甘川交界地带有个"郎木寺"，就好奇，觉得这三个字无论发音还是字形都很别致，悠然神往，后来得知"郎木"是藏语"仙女"的意思，又常听人们用夸耀的口气提起，就更坚定了此次寻访的决心。

从玛曲到郎木寺有一沙石路近道，只需六十公里，但因广本车的底盘低，昨天已磕碰了好几回，车主心疼新车，不愿走沙石路，我们也不好说什么，便返回了尕海岔口，由那里转道郎木寺。那就远多了。

郎木寺终于在高山峡谷间浮出它清新的面庞，第一眼看过去，你得承认，它有一种陌生的美丽和不凡的气质。突出的感觉是，一种世外桃源感，甚至是遗世独立感。用清幽，明净，恬静，透亮，爽翠来形容，一点不过分。由于当地的民居"塌板房"全用木质结构，一色的红顶子，镶嵌在几条绿油油的山谷中，俯瞰之际，红绿相间，竟显出一派欧式风格，于是人称郎木寺镇是"东方小瑞士"。实乃巧合。主寺院建在山腰上，有一呈70度角的铺满卵石的窄路仰着，汽车们铆足了劲干吼了好久才爬上去。郎木寺是格鲁巴派的名寺，平时甘青川三省的朝圣者络绎于途。我们去时，寺院经堂里喇嘛们正在"辩经"，听不懂，但看主辩喇嘛不断地击掌，并用夸张的声调宣讲，似有表演化倾向；寺外树荫下的空场上，小喇嘛们在指挥下蹦蹦跳跳，看上去像跳集体舞。天葬台在后山，不少人跑去看。

我总算明白了郎木寺名气大的原因。首先，它是白龙江的发源地，沿山峡向上一公里处有三眼泉，日夜冒出泉水，此即白龙江之源头，谁能想到，最后它发展成了嘉陵江的浩荡涌流。其次，一水之隔，使郎木寺镇分属甘川两省，而这一带寺院群包含了三个部分，一是属四川的格尔底寺，一是属甘肃的郎木寺主寺，三是两大寺之间的伊斯兰清真寺，三大寺院差不多连成一气，中间小河相隔，钟磬之声相闻，藏回汉的信徒和群众和谐相处了多少岁月，这构成了一幅特殊的祥和的宗教大气象。如此之地，焉能不驰名？

但寺院的公共设施过于简陋，尚需改进。除了道路难走，那么多游客却没个厕所，只在门外沟边用板条搭一小棚，仅容一人，半敞着，男女通用。我如厕时一个下蹲，手机掉了出来，眼看着滚向了无底的粪坑，我一个侧扑，用"一指禅"将其摁定在深渊之边。好玄哪！要是骨碌下去，就没影了，我五百个电话号码全丢，还有心情游玩吗？

兴许是手机"大难不死"，使我有些兴奋，胃口也开了，在"马二力"———哥儿俩在分属甘川的街两旁开的面馆——北面属甘省的店里，吃了一大碗羊肉烩面，就了一整头生蒜，外加一碗面汤。大家也都吃了不少。然后，仍由徐兆寿开车，向迭部进发。

　　进入迭部境内，景色大变，不再是丘陵，换成了深山老林，沿着湍急的白龙江，车像扭秧歌似的在深山里扭来扭去。山很高，须得仰视才看到顶，有些地方大石如巨屋，东倒西歪，滚到路畔，好像刚发生过地震的现场，又像是泥石流随时要爆发的样子。我暗暗恐惧，盼着车赶快开过去，好像晚一秒就可能被砸在里面。好像后面有人追杀一样。全是土路，有好几次走错了，走到了四川省境内，发现计生标语落款是四川某镇，才悟出走错了，再折回来。有时走十几公里都遇不上来车，有种天荒地老的被抛弃感。后来就好了，山是无边的青翠，江是深深的清澈。天黑时分终于到迭部。街上，几乎没有摩托车，很幽静，藏民虽占到75%，却不怎么穿藏服，更像一个汉化程度较高的小城。县城附近多的是蕨麻猪，长不大，满街乱跑，以吃蕨麻长大，听说肉极香。

　　县长，武装部长，宣传部长，在一木屋安排吃饭。县长叫赵凌云，藏族，谈了许多宏伟设想。听说我们要去扎尕那，他略感意外。因为迭部现在最火的旅游点是腊子口，那里的风光也着实极佳。

　　第三天，8月19日，天一亮我的心就开始激动了，马上就要看见魂牵梦绕的扎尕那了，它是什么样子啊。扎尕那，藏语意为

"石箱子"，当地人又称其"阎王殿"。它在迭部县城西北二十公里处，属横亘迭部县境北部的迭山一隅。不料我们运气不佳，赶上了湿雾笼罩的天气。雾潮沉浮，人在雾中，有种被抬在天上的感觉。穿过一道绿色的天然长峡和鬼斧神工的石门，就进入了扎尕那石城。天阴晦着，只能望见石城中离我们较近的地方：坡上的四个藏族寨子、城正中央一座寺院、云雾中隐约的山水。兆寿惟恐阴天的扎尕那让我失望，反复嗟叹着说，太阳若是能出来就好了！他曾来过，是晴天。现在整个迭山都跌在云雾里，扎尕那的幻境是看不到了。他的话还没有说完，一座山就突兀地横在眼前，这山他浑身竟披着一圈一圈的环形云雾，一脸威严地森然立着——是山神！我们马上下车，崇敬、畏惧、惊讶地久久仰望他。

顺着泥泞的土路，迭部的朋友带我们向山神方向缓缓上行，到了一片山坡，山神近了，却愈发显得高大威严与不可亲近。脚下的山坡上一片狼藉，原来这是前几天原生态民歌会的会址。在这美妙的地方唱民歌肯定是件美妙的事，而山光水色却被满地的垃圾坏了。想到赵县长谈到开发旅游是迭部县发展经济的最大希望，就想到了人的可怕。正在此时，迭部的朋友指着一窝古老的藏族榻板房说，你看，杨显惠就在那里住过好几天。有人就说，有时间住几天肯定是好啊。正说着，两位拾柴的藏族妇女带着一个小孩从山上下来，她们胸前都挂着佛珠。能在这荒渺的大山中相遇也是一份缘啊，这样想着，我上前用手势比划，要和她们合影。她们当然明白，照完相继续下山了，自始至终没说一句话，却一直微笑着。这时，迭部的诗人阿垅说，要想看扎尕那最美的石林，一定要步行，从山神的北面前行五公里左右进去，来回要五六个小时。看着快要下雨的天色，想想回兰州的遥远，我只好说，留个念想，以后有机会再来看。

到了一座寨子脚下。寨子里看不见一个人，只看见一座小桥和几头牛。这些牛清一色的黑，头上两把镰刀样的大角，模样威风，眼神却很温柔，气度从容。其中一头静静地望着我们，那眼神仿佛在说，这些人从哪来的啊，我不是在做梦吧？

兆寿一边驱车上山，一边对着越来越浓的雾感叹，而我和翰存却已经被这石城中怪异的山形震撼，有的狰狞，有的慈祥，有的傲慢，有的城府深藏，它们共同构成了一种恐怖诡谲的美。车没走几步，我便说，停一下，取个景。在一处山坳，石头全是瘆人的白，一支小溪从坳里流下，仿佛很久之前发生过激烈的战事，余下了当年的骨头。我的学生张语和突然顺着山坳向上奔去，问她干什么，也不说，我们齐喊，小心，石头滑！沿着她去的方向，只见白石缝中绽放着一枝夺目的红花，无比冷傲、艳丽，孤独。她捧着那朵红花下来说，刚才我觉得有人在唤我，一抬头就看到了它，我要把它带回兰州。

走走停停，到了山顶。扎尕那山顶海拔4000多米，下窥，雾在脚下澎湃，那些寨子早不见了影踪。和阿垅他们道别后，扎尕那顶上，就剩下我们几个，让人感觉尘世离我们已极为遥远。我应该在这原始古老的国度里做一只自由的鹰。在某些时刻，人的感觉是相通的，大家都想张开双臂，不，应该是双翅，飞翔在茫茫的雪山之巅，白云之上。翰存低吟道，扎尕那，你是天堂的骨头落在这里。然后，突然站在那里做飞翔状。我仿佛看到他的灵魂已经起飞，升到那亘古不变的时空。

啊，高耸入云的扎尕那，此刻只有我们几个人，在更高的峰顶上，还有几只寂然不动的鹰，它们是我们的亲人。如果时光也累了，就让它在此地此刻歇歇脚吧！

然而，尘世的另一只手从山外伸来，轻轻地拍打我们，小声说，快回去吧。大家似都听见了这声音，默默回到了车上。

开始下山了。在无边荒蛮的落着小雨的山路上，在看来绝不可能有人迹的无人区，忽然西游记似的，雾雨中冒出了一男一女两个藏胞，像姐弟俩，他们把脸贴到车窗玻璃上，举起了一束白色的花球，说是雪莲。为了不让雨中人失望，我递出了二十块钱，顺便问了一句，你们住哪里，藏女说，"十个家"，大概是个地名。

在一个怪石嶙峋的山弯，我们停了车。小公主徐艺丹忽然说出大人的话：太恐怖了，我们快走吧。只见那座山向南倾斜着，俨然起飞的怪鸟。我也说，赶紧走吧，不要惊动了这山鹰。大家复匆匆上车前行。突然，一道木栏杆挡住了去路，十分突然。正不知发生了什么，路旁隐蔽的小屋飞出一个藏族汉子，极高大、威猛，真疑心他是不是一只巨鹰或猛虎变的。大家忙说，是你们赵县长请我们来的。他似乎听懂了，脸上露出憨厚的笑，随手升起了横杆。在流连与惊惧交织中，扎尕那在我们的身后越来越远。我们仿佛从天上一步步降落到人间。车行到山底时，我们没有回头。

我的心是多么矛盾：我写文章，希望人们知道扎尕那的美，但我深知，一旦知道的人一多，蜂拥而至，它立刻就会变色变味。试想，拉萨本地人原也不过十多万，现在是几十万外地游客包围着这十多万人，于是拉萨与内地的差异很快消失了，满街也是山城火锅，北京烤鸭，牛肉拉面馆，藏民也穿着西装，只是脸黑些罢了。当年的九寨沟，不过是九个藏族寨子，与世无争地自在着，可现在每天万头攒动，没有消停的时候。所以，就某种意义来说，我又希望知道扎尕那的人越少越好，迭部的变化越缓慢越好；可是，那穷困县该怎么改变面貌呢？天上的、云端里的扎尕那啊，我是为寻求自由和美感而来，为寻求纯净和圣洁而来，但愿我的笔不要无意中伤害了你的纯洁无瑕和绝世之美。所以我决定，关于你，只写此文，再也不写了，看不到的人就不要看了。

2007年10月16日

听秦腔

我的一大爱好是听秦腔，爱听到了酷爱、入魔、自唱自叹、手舞足蹈的程度。到北京都几十年了，这癖好居然有日甚一日之势，不免搔首自叹，这是否一种遗老心态？我曾宣称"秦腔是中国戏曲中最伟大、最深厚的剧种"，招来过一片讪笑，我却无愧无悔。内子是北京土著，小儿女都在北京长大，我每放播秦腔，便遭到他们的顽强抵抗.小女捂着耳朵跺脚尖叫，小儿涨红了脸摔门而去——破坏了他们要听流行歌曲的兴头，那一刻他们甚至是仇视我的。然而，我的秦腔癖有如钢筋般坚固，最终还是我征服了他们。于今，妻子和女儿不但默认了秦腔的合法，有时还跟着节拍轻轻附和，只有儿子冥顽不灵，始终对秦腔不屑一顾，或暗暗冷笑。

我积有三十多盘秦腔磁带，北京固然大，无奇不有，我深信在拥有秦腔上我必在"首富"之列。这些磁带来之不易，每到西安、兰州我便广为搜求，有时索性到朋友家里巧取豪夺。在西安，王愚、张素文夫妇是我的兄长辈，为我翻录、选录秦腔废寝忘食。有一回，王愚直录到鼻尖冒汗.脖梗上青筋噗噗地跳，他

一面捶着腰背，一面说，达弟啊，也就是你，换谁我也不卖这个
牛劲。李星和我年纪仿佛，又同好秦腔，对他我就不客气了，进
剧场，跑商店，选磁带，每回必得陪同到底。我那套《百名演员
集锦》，就是花七十元托他搞到手的。在兰州，我和作家王家达
一见面，话题马上就转入秦腔。在大学读书时，他是我研习秦腔
的引路人。谈起名老演员如刘毓中、田德年、苏育民，我们感慨
唏嘘，无限神往；谈起早夭的一代名伶苏蕊娥，《花亭相会》的
婉转多情，我们轻轻叹息，不胜其情。我发现，我俩对秦腔名角
都有种"生不愿封万户侯，但愿一识韩荆州"的崇拜心理。尽管
谁都知道秦腔演员的文化水平一般不高，有的还很俗气，但谁也
不提这些，惟恐破坏了心造的圣像。等到我要检阅一下他装磁带
的柜子时，融融乐乐的气氛就突变了。他局促不安，支吾其词。
毕竟是远道客来了，最后他还是慷慨解囊，送我一两盘市面已脱
销的磁带。

　　说起来，某些西北人对秦腔的痴迷也着实叫人惊愕。我有
个侄子，比我还大两岁，是个八级钳工。记得小时候，他的床头
就总有一摞戏本，至今他已四十六七岁，胡茬子都白了，多年不
见，我偶翻他的床头，居然还是一摞戏本，令人怅然。听说"文
革"前国务院有位主任叫贾拓夫，陕西人，每天下班一进家门，
双手把帽子往茶几上一搁，咳嗽一声，只说"秦腔"二字，家人
便用老式留声机为他放秦腔唱片．日日如此，年年如此。又听
说，西北某大学学生宿舍，全是本地农村学生，只有一个南来学

子。这位江南秀士对秦腔深恶痛绝，秦腔声一起，他便溜出宿舍，到校园里胡转。殊不知他的大不敬已获罪于众同窗，终有一天，为秦腔争执起来，有人逼问他的看法，他直言不讳，尖酸刻薄，众人大怒，挥动老拳，把这位秀逸之士打得鼻青脸肿。他爬起来后到校方告状，校方惟苦笑规劝而已。这些传闻或有所夸张，但多年前在扬陵镇我倒是亲见，几个赶车的脚户哥儿，因春节期间电台的秦腔节目太少，蹲踞在车头上，朝着路旁的大喇叭吼骂。

有时候，连我自己也觉得奇怪，都80年代了，我对秦腔的流连何以始终不渝？而整个西北高原，陕甘宁青新的市镇，虽已是影视业发达，迪斯科风靡，西部摇滚沸反盈天，可"古调"秦腔居然还能"独弹"，还能存活，真也是一大奇观。它的生命力何以如此顽健？在我倒是犹可理解：从小就在乡下戏台边上厮磨，村中男女谁能演戏，村人心悦诚服的青眼至今记得；及长，又在城里的戏院子买一毛钱的站票看，台上台下同悲共喜，实为我的心灵社会化的重要途径。说秦腔已渗进我的血液，并不为过。可是，对一个古老剧种的活力而言，就值得研究了。贾平凹写过名篇《秦腔》，说是秦川的地理构造与秦腔的旋律惟妙惟肖，秦腔又与西凤白酒、长线辣子、大叶卷烟、羊肉泡馍共为秦川人五大生命要素，故而秦腔是秦川的天籁、地籁、人籁。他的说法不无道理，却杂有浓厚的"陕西沙文主义"倾向，视野未免窄狭了。其实，陕西而外，青宁甘新，哪里没有高亢激越的秦腔回旋，哪里不是大大小小的"秦剧团"星罗棋布，何独八百里秦川然？

要揭开秦腔的生存之谜，必须站在整个西部的高度，不能光在西安老城墙周围打转。依我之愚见，地理结构重要，历史结构更重要，浑茫的历史感才是秦腔魂魄。说穿了，秦腔迷人，乃在"苍凉"和"悲慨"二点上。它善悲剧，不善喜剧；善伦理戏，悲欢离合的苦情戏，不善政治戏和理性戏。看《放饭》，谁不感到命运之飘忽；观《探窑》，谁不赞乱世男女之坚贞；赏《火焰驹》，谁不恨奸佞之陷害忠良；品《周仁回府》，谁不敬万丈友情之高洁……西部这块地方，秦汉威仪自不必说，"十六国"烽烟不绝，前秦后秦前凉后凉南凉北凉的，世事如转蓬，更有大唐的"初、盛、中、晚"之无尽纷争，留下几多悲欢，唱出了多少慨叹？它是人命危浅之地，苦役流放之所，慷慨悲歌之疆。它的历史和生活本身就具有"苍凉悲慨"的韵味。寻根乃是人类固有的情结，历史意识是现代人直观自身的表现，秦腔便是满足着这种欲求。可以说，秦腔是西部人的思维方式、情感方式、伦理方式的艺术化、抽象化、程式化，只是人们不自知罢了。当今研究西部文学的，倘不知秦腔为何物，便无从研究，只能隔靴搔痒耳。

不过，话说回来，一个剧种要在今天站住脚，没有深厚的群众基础可不行。光是一些演员唱，大家不跟着唱，那就会越唱越萎缩。现代西部青年对秦腔厌烦者日多，秦腔演员被迫"走穴"的，改唱通俗歌曲的，争上电视剧的，也不鲜见。我对秦腔的前途不免担心。直到去年春上在兰州茶园听了一回秦腔，才算放下心来。

那天，家达兄约秦腔著名新秀窦凤琴给我们唱几段，却苦于无人伴奏，他便建议我们一起到茶园去，说那里有现成的乐队。窦凤琴名气很大，磁带销行西北各地，一见面，竟一点架子也没有，宛然一位朴实俊俏的甘肃农村姑娘，颀长身材，清秀面庞，话儿不多，只微微地笑。她是由生产队、公社、县城直到省城，一级一级唱出来的，尤其受到家乡农民的追捧。

一进茶园，我和小窦都被眼前的散漫场面吓住了。小窦红着脸，摇头悄声连说；"不唱不唱！"那场面也确实让胆小的唱不出口。兰州的茶园历史悠久，风味独具，这我是知道的。但见，半露天的席棚下，密密麻麻全是围桌而坐的茶客。与南方茶园不同，这里是一色的篷布躺椅，搁脑袋处油渍斑斑，证明着茶园的古老。喝的盖碗茶也别致，叫"三炮台"——茶、冰糖、桂圆合成，喝茶人一面用碗盖刮撩，一面品茗。整个茶园人声鼎沸，花生瓜子壳遍地，跑堂的个体户提壶穿梭如风；打麻将的，玩扑克的，看书的，下棋的，应有尽有，好不热闹。怪就怪在你热闹你的，我热闹我的，相安无事。在茶园中间，民间秦腔班子吹拉弹唱正在兴酣处。一位七十多岁的尕老汉，正在仰天长啸，唱《辕门斩子》呢。打板的，拉板胡的，弹三弦的，全戴着茶镜，微眯双眼，下巴和着节奏一伸一缩的，沉醉其中。那尕老汉唱到"手捶胸，足顿地，怎不心伤"一句时，突然猛跺地面，底气十足。

几个走过的时髦女青年被惊得哈哈大笑。看来，那老汉不是为了表演，完全是自娱。更可怪的，一位女服务员，在戏唱到需要女角时，放下铁壶，款款走上前去，接唱一段，然后平静如常，又提着壶续水去了。再一看，戏班子近旁，还有好几位在清理嗓子，跃跃欲试，准备上场呢。这种茶园戏班，是业余爱好者自动凑集的，唱家也自告奋勇，不时会从茶座上立起一位。不过，并非谁想唱就可以唱的，这组织也有规矩，需要事先串联，听说有人要唱还得出赞助费，犹如时下自费发表著作一般。秦腔的流传，与这种民间形式关系密切，仅兰州就有几十家茶园。因属业余，更多保留了秦腔的野味、野趣。

在王兄和我的大力怂恿下，窦凤琴有点坐不住了，却又畏惧这阵势。试想，一个蜚声大西北的名演员，要在这种土场子上亮相，该得多大勇气呀。最终小窦还是被王兄硬拽到台前，与乐队小声协商了一下，决定唱《斩秦英》。只听小窦一声高腔出唇，拉板胡的老先生立刻暗暗点头首肯，待唱到"骂一声，小奴才，不死的冤家"，全场忽然静得骇人，下棋的、打牌的也全翘首环望，总觉得今天的唱家有些异样。小窦那高、亮、甜、脆，具有透明感的声音在旋舞，那气势昂扬、一波三折的腔调在回荡，那融汇了歌曲发声方法的甜美和流畅在尽情扩张。一曲终了，全场忽如地震，如沸锅，"美气"，"好！好！"的粗嗓门满场乱吼。这时，一向不善当众讲话的王兄忽然一脸激动，一脸严肃的介绍说："刚才唱戏的女同志，就是咱省的窦凤琴。""啊呀？

窦凤琴？她咋跑这儿来了？""什么？窦凤琴！放着大剧场不捞外快，到这来了，啧啧。"于是，躺椅乱响，人群骚动，全挤到我们桌前。茶园的个体户乐坏了，捧来大把花生瓜子糖堆满桌面。窦凤琴却不习惯这场面，飞红了脸，频频点头，一弯腰冲出重围，一溜烟出了茶园，喊也喊不住。

要问：秦腔会绝灭吗？我说不会；秦腔会大兴旺吗？颇难；秦腔能打出潼关去吗？答曰：更难。

凉州曲

回乐峰前沙似雪，受降城外月如霜。

不知何处吹芦管，一夜征人尽望乡。

——唐·李益《闻笛》

今日的武威即凉州，古称姑臧。现在的"凉州"只是武威一个区的名字，而我，却更愿称整个武威为凉州。凉州于我有道不清的缘。

1964年秋，作为一个未毕业的学子，我随兰州大学师生一起去张掖的民乐县搞"四清运动"。那是我第一次进入广袤而坦荡的河西走廊，火车一出古浪峡，凉州即呈现眼前，它以宽广的苍凉，震动了长期生活在兰州和天水两地的我。我们进军民乐是乘卡车去的。那一天，四清工作团的一百辆卡车扬起漫天尘埃，有如狂擂着一百面战鼓似的击打河西大地。事先，兰州军区后勤部向我们提供了旧军大衣和大头鞋之类御寒物品，于是，我们头戴旧军帽，身穿军大衣，脚著大头鞋，个个全副武装（没枪），鱼贯开进了民乐县城。站在路边的老乡们看得发呆。当晚，张掖地区就有五个"四不清"惊恐自杀。我所在大队的会计，竟吊死在村里的旧戏台上。

我们在河西呆了将近一年。中间是春节，也不让回家，在凉州集训度过。记忆中只有严寒，还有街边瑟缩的行人。其间，看了武威歌剧团演出的《江姐》，为之打动，曾约定，我毕业后就到武威歌剧团当编剧，还设想了深入生活的一大套计划。其实我完全不懂中国的政治，此时阶级斗争的弦已绷得紧极，搞创作只是一个梦。但我只记住了地委薛程书记对我的承诺。他在我所在的乐民大队蹲点，看了我编写的村史，很欣赏，于是答应要调我的。我毕业后却分配到了北京，进了中国摄影学会，很失落，老记着到武威圆文学创作的梦，一直闹着回武威，因文革起而作罢。记得我曾幼稚地等待过很久。

6月1日晚，在兰州，有朋友邀我乘他的"自驾车"去凉州，我欣然应允。正收拾行李，突接原本说好一起去的一位同学来电话，他在深夜幽幽述说去往凉州路途的千难万险，描绘了新近发生在那里几起车祸的惨重后果，表示自己不去，并力劝我也不要去了。我在感谢了他之后仍决定前往，一则对凉州心向往之，二则已经约好了，不便毁约————人啊，在某种特定情境下，不管为了虚荣、面子也好，为了自尊、诚信也罢，会为难到明知山有虎，硬着头皮也要虎山行的地步。

第二天一大早，我与我在兰州大学的几位博士生一起出发了。去时由我开车，这几乎是我"自告奋勇"的。我什么都不说，心里虽有些担忧，对必经之地乌鞘岭的路段没有把握。但心中另一个声音却很强硬：我非要开好车，不出一点纰漏，要创纪录，要挑战自我，要证明自己！出乎意料的是，大部分路其实平坦得很，马牙雪山上的白雪依然在车窗边耀眼，而乌鞘岭却似乎不见了当年骇人的峭峻。车子终于跨越了乌鞘岭。我们找到一处简易饭店，在它门前歇脚，之后一个小时，竟然就到了凉州城。当我稳稳地把车停到华信宾馆停车场时，我为自己顺利地实现了计划而兴奋。独自驱车300公里，打破了我开车史的记录。

当天下午，我们改乘一辆越野车前往天梯山石窟。石窟的规模和艺术境界令所有前去的人震撼。参观时，大家都发现了有一对美丽的小鸟自始至终旋飞在我们头顶上空，直至我们离开石窟。当我们拜佛时，小鸟中的一只落在大佛的拇指上，静静地望着我们。开车的小周说，那是蝴蝶鸟，住在佛爷的耳朵里，是吉祥物，一般人是见不到的。之前他来过这里七次，只见到过一次。我转头向小鸟击掌，以示回应，众人皆莞尔。

民间艺术家赵旭峰的家就在天梯山石窟附近，我们去他家吃晚饭。他的妻看上去是个贤惠的农家妇女，在端饭菜时，只礼貌地笑笑，没说一句话。我走过的地方也算不少，见过许多的吃食，可在赵旭峰家却吃到了从来没有吃过的山珍和农家饭。撒了苦豆子的大馍，无名野山菌；连小白菜也格外香醇，更有一种雨后的菌类，叫什么忘了，据说初采到时状如黑石头和黑层岩，若不及时制作，迅即会被一种看不见的怪虫销蚀以尽，化为乌有。

此物味极佳，难以言表。还有"香头子面"，面条皆如香头，与羊肉烩在一起，吃了还想吃。

饭后，赵旭峰和他的两位同乡一起，弹拨三弦，为我们唱起了凉州民歌和"凉州贤孝"。看来他们经常合作。我从小就知道"三弦弹断筋"之说，极言学弹三弦之难。听他们的弦歌声，我深深为之打动，特意找来油印歌本，跟着他们一起哼将起来。

还是情歌居多。例如《绣牡丹》唱道：花儿绣在水里面，四面八方叫水挡严，你想看花难上难，哎也不难，也不难，变一个金鱼儿水里头钻，一呀钻，二呀钻，一钻钻到水里面，抱住那个花芯儿看牡丹/花儿绣在那园里面，四面八方叫墙挡严，你想看花难上难，哎也不难，也不难，变一个蝴蝶儿盘上了天，一呀盘，二呀盘，一盘盘到园里面，抱住那个花芯儿看牡丹……

再如《走青阳》唱道：黑毛的驴儿驮松香，走到那个青阳站道长，听说我的花儿不地当（病了），上街里下街里称冰糖/左脚我踏在门槛上，右脚我跨到坑沿上，我问花儿你啥疼哩，啥也不疼我就是想人哩……

还有比《五哥放羊》早得多的《王哥放羊》，流行于甘青一带，里面唱道：五月五来五端阳，沙枣杨柳插门上，你喝酒来我捏手，这么热闹哪里有，红糖冰糖四合糖，比不上妹妹的唾沫香；八月里来八月八，高高山上拔胡麻……

没想到武威人也唱"花儿"，比如如此惊人的山盟海誓：

青石头根里的药水泉，担子担，桦木的勺勺哈舀干，若要咱俩的姻缘散，三九天，青冰上开一朵牡丹！

时候不早了，起身道别，回城的路上又参观了凉州白塔寺，西藏归属祖国版图之见证地也。晚上虽然疲惫，不想动，仍应邀去了雪漠家，也是愉快的。雪漠搬的新家，在一小区，颇宽敞，复式结构，阳台上有石锁，家中有沙袋，棍棒，梭镖，一应练武的家伙。雪漠在我们一再的邀请下，打了一套拳，虎虎生风，功夫不浅啊。我的博士生任美衡，出身衡阳武术世家，打了一套六合拳，据说属于南拳，也不错。雪漠的儿子，高中生名叫陈亦新，玉树临风般英俊，打出了一套带气功的拳，也厉害得很。三位武士各显神通，叫我这手无缚鸡之力的老书生只能跺足称叹，并且甘拜下风。此时已是深夜十二点多了。

6月3日，与文联李学辉主席等人，去了文庙参观。李学辉的文字颇具风格，著有长篇小说《末代紧皮手》，短篇小说集《1973年的三升谷子》，且热心地方的文学事业。武威的文庙名闻遐迩，是甘肃保留匾额最完整、最丰富的地方。每一块匾额都诉说着复杂的历史，人间的渴望。在文庙，我们巧遇每年只举行两次的祭孔活动。午饭时，我说我想到"四清"时集训过的地方看看，记得是一栋木结构的带回廊的老楼。一位朋友兴奋地说，那是马步青给他小老婆盖的蝴蝶楼啊，雷老师竟然在那里住过！你休息一会，我们下午去看。不意另一位朋友却说，那里在修路，车过不去，人也过不去。我什么都没有说，心想，留个念想吧，说不定以后会再来。

　　凉州之行虽很短暂，但这座古城浓得化不开的文化气息令我难忘。遥想李十郎，即李益，大历十才子之一，即姑臧人氏；"开帘风动竹，疑是故人来"的诗句，曾打动了唐代才女霍小玉，她在古长安上演了一幕绝世悲恸之剧。于是，前有蒋防的《霍小玉传》，后有汤显祖的《紫钗记》，李益也由之获得了中国文人中头等薄幸人的荆冠，成为千古罪人。事实究竟是怎么样的呢，谁说得清。安知李十郎没有冤枉处？他写得最见功力的，还数边塞诗，直堪与王昌龄媲美。且看他的塞下曲："伏波唯愿裹尸还，定远何须生入关，莫遣只轮归瀚海，仍留一箭射天山"，多么豪迈而决绝！借马援与班超之本事，仰天长啸。另一位，是唐传奇《柳毅传》的作者李朝威，有说他也是武威人的，此人很神秘，文笔之幽美，也是我多年心仪者。作为甘人，我常以他们二位自豪。

　　回到兰州，友人问及此行感受，我想了半天，只能说，广大到40万平方公里的甘肃变小了。

秋歌

凉州的五谷已经熟透

盲人弹起他的三弦琴

一遍遍唱着凉州贤孝

似歌，似哭：

咱们两个若要散，
青冰上开一朵牡丹！

凉州的五谷已经熟透
你还不来，看雁过凉州

味_{外之味}

依我看，江南至少有四大"美"——景美，女美，文美，食美。对美景，由于多年来不断行走，上有天堂，下有苏杭，山外青山楼外楼，西湖歌舞几时休，已刻在记忆的屏幕上了。对美女，我也是欲罢不能，暗诵"越女天下白，五月鉴湖凉"，遥想着西施、苏小小，柳如是、李香君、董小宛们，一个个与清流知识分子死生与共，宁不叫人魂追梦绕？对美文，固然天下美文多矣，但许多出自江南才子，且出自大才子，却是真的。远的不说，只消翻开现代文学史，现代思想史，发现三分之二以上的文豪出在江浙，而西部偏西地区几乎为零，不由让人惊讶于造化之何独钟于江南。

对于前三"美"，除了力顶，我没什么可说的。惟独对于第四美——江南"美食"，我缺乏真切的体味与感受。我是个对吃东西稀里糊涂的人，我这大半生，什么好东西没有吃过，但记不住，若说直到现在才接触江南菜，那未免透出假来；可是，我要说，饮食习惯，这种从哺乳期到童年期、青春期，直接刺激人的味觉、喉管的身体记忆文化，却有种天然狭隘的地域性，它阻隔着一个人对各种美食的兼容并包。你可以改变乡音，但你却没法儿改变胃口。我们听说过学贯中西的大学问家，却没有听说过对任何东西都爱吃，都会吃，都能吃出道理来的无所不包的"吃家"。即以我而论，真正把杭州菜当作一种审美对象，不但感性地，而且理性地深入其里，陶醉其中，终于品评出一点味外之味来，不得不说是最近一次在杭州知味观的品尝。这一次，毫不夸张地说，从根本上摇撼着我的餐饮观。

我出生于甘肃天水，长到22岁时离甘赴京，从西北到了华北，但始终没有离开过北方。我发现，我的口味极其顽固，喜欢辣，酸，喜欢牛羊肉，喜欢面食，米饭基本不动。一天不吃面就没着没落的。这绝非我矫情，作秀，实在是一种连我自己也无法解脱的根性。我承认有的人随遇而安，善于应变，但我做不到，我可能属于最顽固的分子。所以，很长时期，在我心目中，世上的美食，无非手抓羊肉，高担酿皮，牛肉清汤面，岐山臊子面，羊肉泡馍，油泼辣子面，浆水面，荞面搅团，天水呱呱，百合炒肉片，茄子炒辣子，东乡土豆片，河州包子之类。你看，基本全是围绕着面食，我竟一直看不出它的单调。上海人或江浙人一见上螃蟹了就没命了，立即亢奋，这种时候，我往往慷慨地把我的那只螃蟹拱手送人。

我小时还有几种怪吃法，至今不忘。一是喜食油渣，最盼望母亲炼猪油，眼看她把一块块白色脂肪扔进锅里"炼"，炼到只剩下油渣。母亲遂把油渣盛到一小碗里，撒一点盐，递给我。

我在旁俟之久矣，接过碗，飞奔而出，忙用热馒头把油渣一夹，急急往嘴里塞，好香啊！还有一吃：西北冬天酷冷，人们总是围着炉子枯坐，便将土豆切成薄片，转圈儿贴满了炉壁，直烤到焦嫩黄脆，然后撒上盐吃，这是另一种绝妙吃法。像兰州这样的城市，至今以吃为乐，以吃为天，以吃为最重要的交际方式，饮食业极其发达。入夜，滨河路两岸十里黄河风情线上，餐馆密集，灯火通明，笙歌不息，据说兰州每天要消耗掉近万头羊。我奇怪于羊的生长期何以能满足了人的饕餮？我曾戏称兰州为享乐主义最盛行的城市，其实满足的不过是较低需求或生命本原之需要。我的一个朋友有一天忽然愤愤地说，重要的不在于吃什么，而在于和谁一起吃！他似有所悟了。

试想，带着如此粗陋的饮食习惯或饮食观的我，面对杭州一桌精致无比，琳琅满目的菜肴，会怎么样呢？这不啻被抛入一种"失语"的尴尬情境，我只能采取"食无言"的藏拙，来它个哑巴吃饺子，心里有数。

记得那天，先上来的是一色面点。什么猕猴桃酥，凤眼饺，知味小笼，知味馄饨，幸福双，样样色香味形俱佳，在座诸公，莫不眉开眼笑。这个说，入口即化，那个说，外脆里嫩，吃到兴起处，某公晃着脑袋直叫，美食啊美食。殊不知，百年老店知味观就是从这些面点起家的。知味观之名，也是由"欲知我味，观料便知"得来。我们在厨房观看了"猕猴桃酥"的制作全过程，发现虽属面点，其用料之讲究，做工之精细令人叫绝，可以说每一只都凝结了老师傅的聪明才智。

　　我暗暗与我所熟悉的西部面食加以比较，不禁悟到，原先自以为西部面食与雄浑，狂放，苍凉融为一体，何等来劲，江南小吃不过是些小玩闹的看法，实属局囿于一种风格的偏执。现在吃杭菜，倒也不必有意抬高南方，贬低西北菜肴，但必须清醒地认识到，烤全羊，手抓，牛腱子肉，驼掌，驴腿，羊脖，羊蹄，牛膝盖，虽也是一种文化，也有悠久历史，也辉煌，但它毕竟是与基本生存太过密切的文化，是以大热量，耐饥程度，抗风寒，难消化，延迟饥饿感，缓解肠胃紧张情绪为主要特点的，其文化含量和文化档次受地缘影响，毕竟都不很高。比如馕，为的是便于在沙漠中长期食用和保存；比如辣，有抗风湿功效；再如酸，有助消化之力。在审美的日常化、精巧化和娱乐化甚为流行的今天，难道江南名点不是更值得我们珍视的一种"国粹"吃法吗？其文明程度不是更高一点吗？

　　至于菜肴，那就更叫人惊叹了。除了龙井虾仁，西湖醋鱼，金牌扣肉，东坡肘子这些久负盛名，流行全国的大菜、名菜、传统菜，其工艺极佳，充分体现了"中国味道"的无与伦比的魅力之外，我还发现，有一些新颖的名字跳出来了，它们提供着种种陌生化的新口感。我只想拣出"蟹酿橙"和"雪梨火方"一谈。前者据说是南宋时的民间菜，它剔取蟹粉，将蟹肉微炒之后，放入橘子之中，蒸制而成。吃起来，舌尖上有种奇特的刺激感，难以言传。"雪梨火方"把最冰冷与最火烈的东西结合在一起，吃起来甜酸与香醇并存于舌尖之上，说不出的"爽"。不失为富有想象力的创造。

这些新型品种菜，给了我极大的启示。我由此想到，人种在变化，人的器官也在变化，万物皆流，无物常驻，人的胃口，嗜好，味觉，也是变动不居的。我们固然应该珍惜传统，但更应该重视创新；完全依赖于老字号，老牌子，坐享其成，并非一劳永逸之策。人不可能永远吃老祖宗发明的几样菜。浙人似乎悟出了这一点，他们在众多菜肴中，不断揉进了新的元素，适应着现代人的日益复杂怪诞的口腹之欲。

下午，浙江的朋友带我们游西湖，游毕到一饭馆用膳。它掩映于西湖杨公堤红栎山庄一带，前含山水，后挹湖光，木桥回转，曲径通幽，好一个赏心悦目的去处。那天天气不冷不热，微风起处，涟漪层层，望着无尽的西湖，沉沉欲醉。大家一面品尝着，一面争说着"叫花鸡"的来历。有的说，"叫花鸡"是要饭的乞丐偷了鸡，怕人抓住，赶紧用泥巴把鸡糊起来，架在火上烧泥巴，泥烧裂了鸡也就熟了，原是一道不登大雅之堂的菜。有的说，是朱元璋自己当叫花子时发明的，做法是将活鸡用黄泥糊住，只留鸡头在外，放在火中烤，鸡被烤得焦渴难耐，便张大了嘴要水喝，人就将酱油等作料用勺子灌将进去，所以好吃。这倒也符合朱元璋的残忍。还有的说是当年乾隆皇帝微服下江南，流落荒野，见一个叫花子鬼鬼祟祟，尾随之，发现了烤熟的鸡，乾隆于困饿交加中自然觉得这鸡好吃极了。吃毕问其名，叫化子不好意思说"叫花鸡",就胡吹说这鸡叫"富贵鸡"云云。

此刻,我忽然觉得,眼前活色生香的佳肴,是如此地精致,秀美,甜脆,爽口,它与周围的湖光山色,与苏州园林,雁荡秋水,天目森林,与牙雕,与丝竹,与寿山石,与评弹小调,与吴越软语,是如此地融洽无间,相得益彰。它们融为一体,共赴天人合一之境。当饮食与文化背景糅合一起,吃饭再也不仅是满足热量的需求,而是一种文化的享受与顿悟,人不仅是为了活下去,还为了活得身心愉悦,为了一种情怀与遐想。这是人生的高质量,是生命状态的提升。吃,升华为一种艺术了,一种对人的想象力和创造力的证明,一种审美化了的活动,一种人类才艺高度的炫耀,也就是"人化的自然"的展示啊。它的美学追求是如此地突显,味外之味,难忘矣。

洮河纪事

每当晚霞照红洮河边的水月镇时，我家的耳房里，总有一伙阿爹的朋友——去洮州赶牛歇腿的脚户哥儿，坐在热炕上，围着一盆木炭火熬茶。有人喷吐着又浓烈又苦涩的旱烟，有人用幽怨的声调哼着歌儿。歌儿里总说：穷人"命苦"，一旦注定了就得一世"受穷"。那时，我左右想不透这是为什么。我问过小女伴斗斗，她也不知道。因此，我只有倚枕痴听洮河哗啦哗啦的涛声，隔窗望一钩冷落的月亮。

这儿时的情景，至今新鲜地保留在记忆里。30年后，波声如旧，还是一样的月光水色，但是，我家翻修过的新耳房里，林场里的老尹书记——当年也常在我家歇腿的脚户尹叔，领着一帮小学徒来做客了。他们盘膝而坐，一个个瞪着稚气的眼睛，要我讲讲过去的事。玉盘样的月亮升起了，照着河上的晚雾，年轻人的心啊，有如洮河里汹涌的波涛。

我想了想，呷一口浓茶，讲起早年间的事。

听阿娘说，我家门前的那棵桃树，是我过百日那天爷爷亲手栽的。那时候，爷爷是鞋匠，爹也是鞋匠。后来，小桃树已长到了一把粗细，我也就成了一个小鞋匠啦。

镇上人管我们叫"鞋匠家"。鞋匠铺里的活路真多：又是打线、搓麻绳，又是编麻鞋，又是钉掌、锥烂鞋。有时，我和爹登上高高的羊山，采来山苇子、细竹、马尾草，编上几双草鞋卖。爷们三个起早摸黑地干呀，日子照旧过不前去。

有一次，是秋末时候，我和爹上山打马尾草去了。因为跑得远，在几天后的夜晚才回来。隔窗看见铺子里松明子鬼火似的亮着，爹痛楚地说："爷爷还没睡哩！"

可是，谁知道，我们进屋一看，爷爷抱着鞋夹板悄悄地……死了！

最难忘的是大殓，天上堆着灰灰的云，风索索地响。案子上，两盘素菜，几杯淡酒，纸钱灰吹得乱飞。穷朋友们先是依照乡俗，用细绳将爷爷的手足缚死，然后，把尸首放进棺材，正要合盖，陡然间他们惊愕地面面相觑，手足无措。原来，由于积年累月弯着腰干活，爷爷的脊梁弯曲成一张弓，棺盖怎么也盖不住。奶奶凑近一看，早哭昏了过去，半晌才握着爹的手，呜咽着说："儿啊，咱们改行吧！"

春天，桃花红得像一片胭脂霞。爷爷的小孙子改行了——我背起爹串乡用旧了的褡裢，揣了几个青稞馍，到遥远的小县城一家木匠铺里去学手艺。临行，阿娘对我说："孩子，你今日走娘不挡你，这都是命定了的，昨晚我梦见一颗又大又亮的星星落到咱家屋顶上，兴许你要转运了。人都说：养儿防老，你就老老实实地学啊，熬出了师，娘可要指望你哩！"说完，她含着泪花笑了。我想，大概是：娘说得对，我要转运了。

满脸络腮胡，目光炯炯的细高个子，我唤作"尹叔"的他听了娘的话，嘴角上掠过一丝苦笑，只是一再叮嘱我，如果干不下去，回来跟他一起赶牛。这是个古怪的人。

邻家的姑娘，小时候的伙伴斗斗，才16岁，已被南山里一个土财主强逼着定了亲，不久就要迎娶。听说我要走远路，她为我唱起家乡的送郎调：

天上云彩两朵朵，
手张雨伞送哥哥，
把哥哥送到门外了，
手扳着房门哭坏了！

她强笑着走近我跟前，秀丽的长眉，水汪汪的眼睛，仿佛罩了一层悲伤，心头藏着千言万语。我拉着她的手，欢乐地说："斗斗，我改行了，要转运气的。你，也会好起来的。"她只微笑，回转脸去，却是满手帕的泪。

来到木匠铺里的头一天，掌柜的脸像城隍庙里的判官一般吓人，脑壳秃秃的，玳瑁的茶镜里，鼓出一双鱼眼睛。他盯住我，脑袋一晃，拖长声调说："这孩子，身子单薄得叫人心疼啊！唉唉，本该不收的。既是收了，工钱当然照减，照减，然而，又不知饭量大吗？"这便是我的师傅。他原也是木匠出身，因为钱多了，心和富人一般狠毒。他从不肯教给我手艺，每日从早到晚，只叫我磨斧子，拉大锯，搬木料，尽干些下手活。一年过去，木匠活还是一门不摸。有一回盖房，师傅正在对卯立木，我笑着问道："师傅，这对卯的窍在哪里？"

"窍？——嘿嘿，不熬个十年八载还想知道窍？怕连个边儿也摸不着吧？"他冷冷地说。

又有一回，铺里包盖外乡一座灵官殿。临到套斗拱、扎跷角时（这算是木匠活里最难的活儿），我私下喜欢，这回大概能学点本事了。谁知这天早晨，师傅说："给我买茶叶去！"我不知是计，便到四十里外的小集去了。回来的路上，心里十分纳闷：前两天才买的茶叶，哪里就完得这么快呢？何况师傅又是顶吝啬的。猛然，我明白了：原来师傅怕我学会"扎角"，故意支使我出来的。顿时怒火攻心，眼眶贮满了泪水。等气急败坏地赶回来，庙顶已经扎好了。人要活得有骨头，有志气，宁可饿死，穷死，也不能受这份气啊！我背上铺盖回家了。

这时，门前桃树上的桃子熟了，只是那果实小得可怜！我从桃树下默默地走过，推开小门。

娘说，爹被抓了丁，关在韩镇长家后院里。可是，同被抓去的"尹叔"，却杀了一个兵，乘夜翻墙逃走了。满镇都在议论呢。

无论怎么穷，爹是要赎出来的。送钱不说，镇长传了话，还要一个油松木的大匾。用最好的油松，日夜不歇地做了十来天，六尺大匾脱手了，上面镌着"瑞映岷麓"四个大字。眼看匾成了，我早支撑不住，一头撞在大匾上。

富人做尽了坏事，为什么还要挂匾呢？难道这也是命？

匾挂上镇长油墨的门楼，爹放出来了。老人家看见为救他，家里卖得空空荡荡，埋怨我们不该救他快死的人，气上加病，不久便下世了。爹死了，我只好打短工谋生，一双腿跑遍了洮河两岸。

一天，薄暮时分，我搭一只木筏渡河。上了筏，在跳跃不定的灯光下，我看到一张络腮胡子的脸。从那坚定锐利的目光里，我认出那是他，便惊呼了一声"尹叔"。果然是他，只是如今改行做了筏手，更显得老了。

听我讲述家里的变故，他也不叹息，也不说话，像早知道似的。长烟管的一星火光在夜色里明灭，他拧紧刀背眉，看定映着月光的水波。

邻筏的筏手讲起另一件事：前天夜里，落着雾一般的雨丝，南山里一个土财主的媳妇，才过门就跳了洮河，如今连尸首也没有捞到。我的心猛地抽紧，急忙问起那姑娘的身个眉眼，一把揪住筏手的衣角，激动地哭了："斗斗，是斗斗呀！"

我想起娘说过的："斗斗命相很薄，小时候算卦，八字就不好得很，该不是祖坟埋错了地方？"我讲给尹叔听，他冷笑了几声，不说什么——这个人的心真硬。

跟着尹叔，在木筏上打杂。这些筏手们叫人从心底佩服，他们胆子大，豪爽，不相信命运的诡说，深夜，他们常常聚在一起，秘密地商议什么，随即便有恶霸被抢被杀的事情。连他们唱歌也叫人担心：当木筏穿过黑色的群山，冲上高高的浪头，又一个回旋，跃上另一个浪头的时候，这些人敞开青铜色的胸膛，扯开响当当的嗓门，唱起来了：

大黄山上红旗插，
洮河川里王仲甲※；
苦命的穷哥哎钢刀拿，
要祭祖坟先把仇人杀！

听了这样的歌使人出一口长气，觉得命运就在咱穷人手里掌握。后来才知道，尹叔是地下党的领导人，这帮筏手是游击队员。我参加了他们的组织，也有了一把锋利的钢刀。

解放前夕的一天，洮河滩上跟跟跄跄跑过来几个人。两个佚子挑着几大箱金银细软。为头的正是韩镇长，气喘咻咻的，头上冒着汗，后头跟着他的大小老婆、儿子和媳妇，命令我们顺流运他们到省城去。尹叔欣然答应了。木筏行到白马滩，白浪如山，涛声似雷，筏子快得像离弦的箭，躲在篷子里的尹叔，递了个眼色，筏子猛地撞在对面的礁石上，人和东西全翻落水底，我们却从容地浮到对岸……

木炭火嗞嗞地燃着，小学徒们的脸激动得红了，他们把尊敬的眼光投向老尹书记。老尹书记——我的尹叔庄重地说："孩子们，你们要记住：命运要自己改变，生活靠自己创造！"

注※：王仲甲：1943年前后在洮岷一带发动农民暴动，后被国民党枪杀于武威。余部坚持斗争六七年。

追忆一九六五

　　真是不可思议，我到北京都31年了，比我在老家呆的时间还长。可我的外省人意识好像并未改掉多少，我总是习惯于站在旁观的立场，看北京怎样在历史的风雨中不断变幻着、更新着自己的形象。我发现，不管我如何熟透了北京的千百条胡同，我骨子里还是外地人，一旦遇上北京人与外地人吵架，我的同情会即刻向外地人倾斜，颇厌憎京油子贫嘴滑舌欺生的蛮相，不过，一俟我自己与外地人遭遇，我又会突然意识到，我也是北京人哪，我的生活、生命，再也不能与这座城市分离了，主人意识便也回归了。这可说是一种非常复杂的双重视角，而我观察北京的起点，却是31年前进京的第一天，把它与今天对接起来，比照昔日的世态和今日的烦嚣，由此感受着时光流逝的迅疾，体验着观念的巨大悬隔，吟味情感的历史价值。

　　准确地说，31年前的那一天是1965年8月26日。那年夏天我大学毕了业，被分配来北京工作。这一命运的转折来得太突然了，叫人惊喜交加。对于我所在的大西北的那座封闭城市来说，只有绝少的人才会碰上这样的好运。那时的毕业分配，根本没有双向选择、人才流动，乃至托福之类的事，经济是计划的，人生的步骤也是计划的，每个人从生到死的生活道路，可用"一切听从组织安排"来概括。我们的分配方案中有两个西藏名额，没有哪个同学不是率先把西藏填为第一志愿，再做些其他选择的。这种选择也仅仅是参考而已，决定命运是在八月初宣布分配结果的一刹那。我原想，能留在兰州、留在寡母身边就不错了，谁承想，分到了可望而不可即的北京，怎不大喜过望。我等不得半个月的假期了，兴冲冲提前来到北京报到。

那个时代，在我们那儿，上一趟北京比现在的出国还难，有个新疆老汉到北京见了一回毛主席，迅即成为全国的美谈，家传户诵。那时，我们常哼哼的一支歌是青海民歌《金瓶似的小山》，歌里唱道，北京城里的毛主席，虽然没有见过你……那时，谁家有人到北京出差，不但是自己的，且是全家以至亲戚们的光耀，足可风光一大阵子。我的女友因其姐夫去北京开了一次会，致使我们的一次约会气氛格外温馨，心情格外激荡，好像去北京的不是别人，而是我们。

总之，那个年月去北京是极为隆重的大事，后来"文革"中竟发展到须经严格的政审，加盖"革委会"大印，方有资格买到进京车票的地步。哪里像现在这般自由，只要有钱，哪里都能去，京城每天客流量十万百万，打工仔满城飞，环球的公司，外地的酒楼挤挤插插，好不热闹。现在，我有时坐在公共汽车上，一路暗数路边兰州牛肉面馆的铺面，心想，当年在京的甘肃人的

总和，恐怕也不及今天兰州面馆的数量之多吧。从这进京的一难
一易中，从看重"政治"到看重"经济"，虽只是现象，其含义
却远非封闭或开放可以言之，它自有更深刻的意义，那就是，在
从传统农业文明向现代工商文明的过渡中，在从计划经济向市场
经济的过渡中，北京作为政治文化中心的首府地位虽然保持着，
但它的功能和性质已悄悄发生了质的转换。

至今犹记得，那年来京时，我坐的是硬座，学生娃嘛。在车
上两个晚上怎么熬过来的，统统忘记了，反正一点儿也不困。我
从未出过甘肃，更未坐过这么长时间的火车，兴奋可知，我不怕
路长，唯恐路短。一路上大睁双眼，盯视窗外，夜里也不改变姿
势。拂晓，车过定县，我望着湿漉漉的田野，心想，这一定是林
道静下乡闹暴动的地方，车过保定，我引颈四顾，寻觅古城墙，
想着《野火春风斗古城》的故事。关于那时的种种细节不再想得
起来，唯一浮现的，是那时人的面孔和神态，有种无法言传的时
代印记，似有点儿木讷，有点儿僵硬，不似现今的车上人那么活
络，那么放肆，那么善于占位，灼灼目光总在探究着什么。

那天上午九时许，车抵北京站，我夹杂在人流中扛着行李
缓缓走出地下通道，突然，我觉得喉头有些发紧，眼圈热辣而潮
湿，忍了又忍，泪水还是夺眶而出。幸好谁也不认识我，倘若有
人注意，大约看到的是，一个身穿蓝制服、土布鞋，面孔黑红的
小伙子，脸上泪光闪闪的形象，说不定有人还以为他遇上什么灾
祸受了什么委屈呢。是啊，我怎么了，我为什么控制不住自己，

我究竟在为谁而哭？是因离乡而思乡，还是因踏上了首都的土地？是想起了遥远的母亲，还是为自己能进入北京备感幸福？是自卑的泪，还是自豪的泪？好像各样成分都有，真是复杂难言。

出了站，本该先找到单位报到，可我问路时总不忘连带着打听天安门广场，我知道，有种强烈的渴望是压不住了，我终于还是先不报到，一路打听着去了天安门广场。后来才弄明白，我那天跑了好多冤枉路，创了超负荷竞走的奇迹，要知道，我是背着沉重的行李啊。当广场展开在眼前的一瞬间，我完全被它宏伟浩阔的气势镇住了，慑服了，心儿在突突地狂跳，我像赶路的乡下人一样，倚着行李卷儿慢慢靠在华表的底座上，久久凝视着这令我魂牵梦绕的地方。我觉得，广场不可想象的大，它使人渺小，又使人高大，让人庄严，也让人净化。后来，我无数次地到过广场，却再也不像第一眼看它时这般广大无边，再也找不到最初那无法言传的感觉。现在的年轻人，由于眼界开阔，见多识广，抑或由于神圣感和权威感的淡化，大概难以完全理解我当年的痴迷相，但细细想来，这痴相并非全不可取，就我来说，我是多么希望找回当年清新的感觉啊。

报到后，我被人领到机关食堂吃午饭。我一看黄瓜居然被炒成片吃，芹菜居然不吃叶儿却吃杆儿，不禁掩嘴而笑。在甘肃，黄瓜是只能生吃，芹菜是只吃叶儿的。我哪里知道，无穷尽的可笑事还在后头，不过，不是我笑人，是人家笑我。我的出现，我的黑不溜秋一身土气，立即引起了一些好事者的注意，他们吃完了不肯走，围着看我吃东西，故意逗我。如问，你从哪里来呀，我答以兰州，就有人说，兰州还有大学呀，我说"当然"，他们就嬉笑。接着，又有人说，听说兰州只有一棵树，长在公园里，礼拜天大家都去看那棵树去，其他人便又哄笑起来，我马上反驳道："胡说，兰州是瓜果城！"不料他们笑得更凶了。可见，那时的我不了解北京，而那时的大多数北京人也颇封闭，对大西北的实情知之甚少。如此隔膜，我的境况不可能太好，一度修马路、挖水库、打前站之类的活儿都优先派我，直到"文革"开始，大家纷纷写大字报表态时，有一人忽然当众指出，你们看，那个兰州来的小伙子，写大字报从来不打底稿，大家才像头一次发现我似的开始正眼瞧我了。

如今，当年的北京和当年的"我"，早已消隐到历史的雾霭里去了，经历了30多年的风雨荡涤，北京变得空前的漂亮，连独步一时的十大建筑，也显出了老态和寒碜。城变了，人也变了，北京人的寿命增加了，听说连平均身高也增高了。然而，一座城市的变迁，不但不在它的物质外壳，甚至也不在它的生物外壳，它的秘密溶解在城市人的灵魂中。物的进步和精神的发展并不完全同步。我们的任何行为都受到以往行为的影响，正如现在的行为必将影响未来一样。无论一个人还是一座城市，都是一个统一体，因之，有些东西需要扬弃，有些东西值得珍惜。

傍晚，我喜欢伫立在我家所在的安定门立交桥头，看桥下滚滚车流像无数带光的箭镞向我射来，又在我的脚下化为闪光的瀑布轰响着一去不返。这时，我会忽然想起进京的那一天，想起那一天的眼泪和广场，并在心的深处轻呼，31年前的"我"，你在哪里？

尔羊来思

一日，忽然接到我的同乡，书画篆刻艺术家陈冠英、张维萍夫妇寄赠的"百羊交泰"长幅，一百方"羊"的篆刻印章拓在宣纸上，红白相间，列出赫赫方阵，令人目醒神惊，为之一震。他们知道我属羊，所以寄来百羊图，其实他们在熬过10多年的无数个昼夜后，已刻成了一千两百方生肖印章，百羊图不过是其中的十二分之一罢了，至于百龙图、百马图、百虎图、百蛇图们是怎样的壮观，我尚无缘窥其全貌。这可真是一项罕见的浩大工程，恐怕为了这一千两百方石印，光是磨落的石粉也得装上几大筐，更遑论倾注其中的灵智和心血了。

抖开百羊图，似有一股强劲的生命热流迎面扑来，又有恍然置身兵马俑堂皇之阵的感受，所刻虽是千姿百态的羊，或静卧，或蹦跳，或健举向天，或回眸凝思，但总有种"人化"的气息流荡其间。名篆刻家唐醉石之子唐达成先生看后评曰："气魄宏大。"不久，中央电视台《东方时空》专门报道了冠英夫妇的艺术成就和刻苦精神，我这幅百羊图的身价遂大增。

冠英夫妇要我就百羊图说点什么，我一时不知从何说起。好像愈是思索生命现象，困惑反而愈多。因为属羊，我有时会冒出很怪的念头，比如暗忖自己哪些地方像羊，平生的性格命运与羊有没有干系之类。再看周围的熟人，比照他们的面貌神气与他们的属相，有时候还真能让人会心一笑。现代都市人离狩猎文明、农耕文明愈来愈远了，但人们仍能牢牢记住自己的属相，也真是一个奇迹，倘若只是远古风俗的残留，恐怕不会留得这么顽固。莫非在属相与生存、生肖与生命之间，真有什么割不断的深刻的文化血缘么？印度有一首古歌唱道："部分脱离整体只是梦幻，万物与汝共一灵魂"，似可给我们一点暗示。我们自以为远离了动物世界，现代得不能再现代了，其实，不管人类怎样智慧而尊贵，却无法摆脱宇宙生物圈中动物之一员的身份。意识到自己作为高等动物的优越是必要的，但时时记住自己终归还是动物也未必是坏事。人有时还真该到动物这面镜子前照照自己。

就说羊，按训诂学，羊者祥也，吉羊者，吉祥也，把羊当做吉祥物倍加尊崇的风俗由来久矣。早在夏商周青铜器中，就有三羊罍、四羊方尊一类稀世珍品。《诗经·小雅》有云："谁谓尔无羊，三百维群"，"尔羊来思，其角濈濈"，"或降于阿，或饮于池"，绘出一幅风和日丽，百羊群聚，角角相偎，优游自得的牧歌场景。人与羊的交情，少说也有一万年的历史了，羊是驯化得最早的动物。倘说牛是劳动工具，马是战争工具，人们离不开它们，那么羊对人来说，似更富形而上的深邃意味。以羊打头的字就有"善、美、羑、姜、羹、羲、义"等等，全是些很吉利的字，"羲"字的含义是一人正在操刀宰羊，而"美"拆开来是大羊，以羊为美也许是羊们的最大荣耀了。

不过，在我看来，羊主要还是善的象征。它是那么沉静、谦和，不声不响，与世无争，连吃奶都跪着，仿佛满怀感激来享用大地母亲和上苍的赐予。现在的人，越发食不厌精脍不厌细了，有的人每天大鱼大肉地吃着，却脑满肠肥如行尸走肉一般，更有甚者还要制造罪恶，可是羊呢，仅仅是吃草，吃这最低廉、最粗糙、最微贱的东西，居然献出温暖的羊皮，鲜美的羊肉，香醇的羊乳，这还不是善的极致么？

我最忘不了的是，有一年，"五七"干校过节宰羊，屠者无能，或太富"羊性"，杀了一半就胆怯了，结果脖子上带着血刀的羊逃逸了，一路滴血而奔，目光中满含惊惶、哀怨，听说它后来死在半途上，血尽而亡。当时我真有掩面而泣的冲动，为物竞天择的无情，为生命的短暂飘忽，也为弱者的无告。当然，这终不过是"君子远庖厨也"之类，一旦吃起羊肉来，我早忘了自己的悲悯，且凶狠无比。我想，人类爱羊，又不得不杀羊，心里其实是很矛盾的，面对生态与道德的悖论，贡献与牺牲的必然，便对羊深荷歉疚，于是才在无数建筑和器物上刻画着羊的庄严神圣的形象吧？

然而，尽管羊善极，倒也不忘长出一对犄角，也知道多少需要一点抗争性，但它毕竟太忍从，太怯懦，太缺乏竞争意识了，随着草原沙化的威胁，"羊性"的不大能适应现代生存恐怕会愈益突出。于是有人向往回到远古，让羊儿们生活得更自在些，或希望逃开竞争的严酷、人性的诡异，让人也回复到本真状态。鲁迅先生说过，其实人禽之辨，本不必这样严，在动物界，虽然并不如古人所幻想的那样舒适自由，可是噜苏做作的事总比人间少，它们适性任情，对就对，错就错，不说一句分辩话，可是人呢，能直立了，能说话了，能作文了，固是大进步，可也就堕落了，开始了说空话和违心的话。鲁迅先生的意思绝非让人回到蒙昧状态，他只是教人正视现实，正视伴随文明而生的疾病，贯彻的还是他的精神疗救的主张。事实上细究起来，动物也并不如人们理想化的那般纯洁无瑕，猴子就很会趋炎附势，母猴一旦发现猴王失势，立刻变得冷酷无情；雌狒狒最见不得同类出现发情的鲜红标记，必碰撞到消失而后快；至于动物中争宠不休的，恃强凌弱的，更屡见不鲜，所以人类的超越动物是绝大的进步。可是，人类又面对着物化、异化的危害，文明愈发达，人性愈复杂，所以又需要大自然的洗礼，需要时时净化。我想，马克思所说的人的自由发展和人性复归，绝非回到丛林和岩穴，当是物质极大丰富的同时，精神极大的完美，是更高螺旋上的由混浊而清澈，由复杂而单纯。

回头再来看这些生肖群体篆刻，它们把生肖文化高度艺术化、造型化、浪漫化了，其生命意蕴和文化价值颇为独特。十二生肖也确乎神秘，为何单单要选这十二种动物不选别的，为何十二生肖与十二地支密切相连，至今也还不见足以令人信服的解答。看得出来，篆刻的作者并不拘守动物的原态，而是为其注入浓厚的人化色彩和浪漫情思，正所谓"崇其性，爱其形，蕴其情，启其人"者。在这里，动物世界是人的世界的对象化，或者说，是人的世界的扩大和还原，它们借助这原始图腾的遗留、这神秘的符号系统来提醒现代人，不妨从烦嚣中暂且抽身，在人与动物、人与自然的融合中清醒地认识一下"我"到底是谁。现代人理应对生肖文化做出崭新的解释，从这幅百羊图中我看到的是，在时间的长河中，去探索生命的真谛。

凤凰山高渭水长

好些年前，凤凰山景区要搞碑林，家乡的主持者通过毛晓春先生找到我，要我写一幅字，且索之甚急。那时我没有写字的笔砚纸张，平时也不练字，只得想了一句话，由晓春发过去。听说我的话由家乡的知名书法家温子安先生书写后，刻成一碑。那句话是：故乡山川永在游子心中。现在，景区又希望我写一篇关于凤凰山的序，又索之甚急，督促者又是晓春；而我的情况恰恰不妙，老屋毛病甚多，需要装修，一时间居无定所，什么也干不了。但晓春几乎每天发短信，说必须写。于是我只好在堆集杂物的空隙，一张小桌前，写这篇叫序的文字。

我想不出别的，还是那句话：故乡山川永在游子心中。它朴实无华，却比较准确地表达了我的感情。其中的关键词是山川和游子。小时候，我站在渭河边的王家庄，经常隔河痴望斜对面的一座大山，它就是凤凰山。它像神秘的山神，又像威严的父亲，静静地伫立着，气象非凡。它俯视着、怙恃着新阳川及其周围的千家万户。出身于我们王家庄的著名将领王治歧先生，别名就叫王凤山，还有不少人也叫凤山，可见凤凰山在家乡人心中至尊的地位。与凤凰山相呼应的自然是山下的渭河了，渭河像一条闪闪发光的项链绕着凤凰山转。要是细品还会发现，从甘谷进入新阳的渭河，呈S形状，若要说它是八卦的形象，也完全符合事实。这是怎样奇妙而神秘的地貌啊。我不会看风水，也不懂堪舆之学，却能隐隐感应到这山川交织，刚柔相济的无穷意蕴。如果说，凤山是父亲，渭水就是母亲，如果说，凤山象征阳刚，渭水就包含着阴柔。渭河流域的文明，是中华文明最早期的形态；而秦人及秦文化的发端与源头，也在天水一带，只要看一看这里的山川形相，一切将不难理解。所以，不管我走到那里，就是到了拉美，到了非洲，我也会蓦然间想起新阳镇，凤山与渭水永远留驻在我的心头，挥之不去。

渭河上游，天水一带，往西包含西垂陵，大堡子山，往北包含大地湾一带，东望包括麦积石窟，文化土层极其深厚，按钱穆先生的见解，比之黄河长江的主流地区，文化还要发达。人文始祖伏羲出身于天水，应该就在这一带，具体是哪里，尚难确定。从三阳川的卦台山望下去，与从凤凰山下窥新阳川，地形都酷似八卦阴阳之图。大地湾文化把新石器时代的历史推到了距今八千年前，比河南渑池和西安半坡都要早许多。飞将军李广和悲剧人物李陵的故事，早已为世人耳熟能详。陇西李氏家族作为唐以前最为显赫的家族文化，正在成为全国学术界的一个重大研究题目。秦前期史的研究是薄弱的，史家往往从商鞅变法或秦东迁凤翔写起，其实，此前五六百年发生在天水一带的惊心动魄的故事，还没有人好好写过。什么是秦文化和秦人的发端和源头，这是研究中华文明史绕不过去的极为重大的课题。

诗仙李白自言，白本布衣，陇西成纪人，说了不知多少遍，好像生怕去世后被人窜改。李白故里毫无疑问就在天水（秦安）。而四川方面，不断利用现代传媒的力量和其他非学术的力量，不停地举行李白国际诗歌节之类企图使历史凝固化，并将李白的出生地，家乡，故里独占于江油一地，据说最新版的大英百科全书已不提陇西成纪了。我还是未加核对。这样做也许一时有术也有效，但在历史的长河中必将化为笑谈。结论只能是：李白的第一故里在天水，而江油，只能是李白的第二故里。

我小时候，因为交通不便的缘故，凤凰山庙会是有的，但规模较小。现在可不同了。凤凰山景区文化，已经成为声名远播的重大的庙会文化活动了。它当然不仅属于所在地新阳镇及其四乡：琥珀，五龙，凤凰，新阳，它吸引了远到甘谷，秦安，天水市区，关子镇以南广大地区的民众，甚至东到宝鸡，西至礼县都有人赶过来了。进香者络绎于途，敬天祭祖，既有道观，也有寺院。商贾云集，摊位密布，篷帐如云，土特产贸易红火，香烟缭绕，秦腔声声，书画飘飘，小吃溢香。雷开元的劈山救母，马友仙的洪湖赤卫队，李小锋张宁的花亭相会，那婉转的声音在各个山头飘荡，时隐时现，真把我们带进了大西北的一个民间性的狂欢节，令人如痴如醉。这样活生生的民间文化，生命力蓬勃，对于构建乡村和谐社会有着良好的作用。

　　我说不出别的，只能反复咏叹：凤凰山高渭水长。这话有些平淡，细想却未必没有深意。我向往我美丽家乡凤凰庙会的巨大魅力，希望它越办越好。

2016年4月3日写于北京

第
2
辑

依奇克里克

一眼望见你，我就被你刻骨的苍凉打懵了，我就知道此生再也不会忘记你了。这世上，有的场面，只要一撞入眼帘，就让人头皮麻炸，电击似的一颤，然后烙进了记忆的穹癃。快两年了，路途多么遥远，可你的模样在我完全无意识的时候会冒出来，又悄然隐去，如云影掠过戈壁滩。这或许是你给我的一种神秘暗示，希望我用笔把你不灭的存在昭告世人。

其实，你只不过是一片废弃的油井和一座倾圮的油城，默默隐身于天山南麓一条不知名的山沟。按地理方位算，你处在"塔北隆起带"，当在轮台、库车之间，正是岑参诗中"轮台九月风夜吼，一川碎石大如斗"的那个地方。那天，我们本不是去看你的，而是去看正在穿凿中的将深达九千米的亚洲最深井——"依南一号"的，却偶然地瞥见了你。

我们乘坐的是"沙漠王"，巡洋舰吉普第二代，马力大，底盘重，不怕颠簸，最宜于跑戈壁瀚海。可惜，拐进一片干涸而宽阔的石漫滩，汽车就扭起了秧歌，越扭越欢，后来干脆跳开了桑巴舞。轮子从尖利的石头上碾过，似有赤裸的脚掌踩过刀尖的痛楚感。抬眼望去，鹅卵石的波涛一直排上了天。没有人，连个野兔的踪影也没有，仿佛登上了月球般死寂。正午时分，却有瘆人的恐怖阵阵袭来————没有人的地方就会生出恐怖。突想，此刻要是把谁推下车，他还能活着回去么？风像个隐身强盗，吹着尖厉的口哨，围着车子打转，好像随时准备下手。两岸是山的波涛，呈赭红色，变幻出狰狞百态，气象森凛：它或如狮虎伫立，或如巨鹰攫人，或做尖塔状，或做钟乳状，或做孝感麻糖千层饼状，眼看齐刷刷地要压下来，瞪视着这渺小的汽车在石头的河谷里摆簸。

我忽发奇想：石油这种与人类命运攸关的珍贵燃料，就像飘忽的仙女，总爱跟人类捉迷藏，她不是遁入莽原和海洋的底下，就是潜进无垠的沙漠，非要累死找她的人不可。石油仙女的魔力真大，堪与传说中妖冶的海伦媲美，海伦诱发了特洛伊战争，石油仙女也曾经折腾得萨达姆和布什双双失眠，导火索似的引爆了海湾战争。我们的石油工人，却像勇武、忠诚的骑士，仙女躲到哪里，骑士就追向哪里，风尘万里，一往情深，甘作现代的游牧人。可为什么，驱动文明车轮的神油，非要藏在人类无法生存的绝塞？文明与洪荒是对峙的，为何文明发展的最深根基却又蕴藏在洪荒之中？有人说，宇宙是人的放大，人是微缩的宇宙；还有人说，世界是意志的表象，地球万物是意志的器官。那么，人和原油，是否都是神秘的生命意志外化于大地的具象？

那天，我们的汽车还真出了毛病，司机下去一看，一只石牙刺进了轮胎。他说，千万不敢拔，不拔还能跑，一拔就只能瘫在这儿了。他抬头看着天说，万一遇上暴雨，那咱们全得完蛋，跑都没处跑啊。我想起了斯文·赫定写新疆的著作里，多次描绘过的"干沟"：那是指天山南北孔道间的一段河谷，盛夏万里无云，天边突有一团不祥的黑云悄悄探出，霎时间，暴雨掀天揭地，干沟翻成了怒海，人畜顿成鱼鳖，竟无一幸免。一切只消几十分钟，浩劫即完成，天重归晴朗。直到1995年，还发生过一起整车旅客罹难于"干沟"的惨祸。所以，提起干沟，没有不心惊肉跳的。我们感受着一沟热浪翻涌，唯有长太息耳。

哦，依奇克里克，谁能想得到，你，就在这个时候蓦然现身了，令人猝不及防哪！

当时汽车总算摆脱河谷，爬上高岸，我们可作壁上观了，我得意地想，哪怕你真个洪水滔天，其奈我何？忽然发现拐弯处，有一条新的河谷地在展开，定睛细看，只见密麻麻一片蜂窝状的东西摆在谷底，呈一字形，像大地震后的遗迹，又像大火焚毁的集镇，还像影片里被劫掠过的村庄，裸露于光天化日之下，令人极感恐怖。里面的人呢，怎么全失踪了？抛下经营多年的家园，不心疼吗？到底是地震、洪水、野兽，还是神秘的外星人，把你们掠走了？我以为，在最骇人心目的景象中，废墟要算一种，它简直像一具尸骸，仰身躺在那儿，使人急于探知它的来历和藏在残垣断壁中的秘密。我是见过一些废墟的，比如圆明园、高昌古城、交河古城，庞贝遗址，但眼下的景象却大为不同，像是个活物，好像炊烟刚刚散尽，主人刚离开不久似的。这就是你，名叫依奇克里克的山谷和同名的废油城所给予我的击打般的第一印象。

一孔孔遭尽风吹雨打的黑窗洞，像盲人忧郁而深思的眼窝。漏斗状的旋风一圈圈跟了过来，尖啸着旋过我身旁，旋过街巷，旋向远方，像你不安的灵魂在向我倾诉。你的规模真不小：有大操场，戏台，小学校，成排的泥坯房，宽的街巷，虽大多已坍塌，却不难见出一个完整村社形态。我知道，独山子是新疆最早的油田，发现于解放前；继之是北疆的克拉玛依，发现于1955年；而你，依奇克里克，则是南疆最早的油田，发现于1958年。从50年代中期到"文革"结束，你聚集过七千石油健儿，最多时达到十万人。你是一所严酷的学校，培育了第一代新疆石油人：教会他们从地壳深处钻油，锻造其顽铁般的筋骨，磨炼其与恶劣环境周旋的能力。人们都说，没有依奇克里克，就没有今天准噶尔和塔里木的广大油田。从这里走出去的人，遍布全疆，有的还远走江汉、胜利、大庆。你的出名，还因为你的北面有个"健人沟"，南面有新兴的"依南油井"——新疆石油人的秘密好像全汇集在这儿了。

我知道，你原先只有地窝子，后来才有了干打垒，至于土坯房、自磨电和家属、学校，是最后阶段的事了。一道道暗红的山脊紧贴你身后，好像人一抬头就能碰到鼻子尖，你最大的财富就是满眼戈壁滩上的石头。你啊，冬天的雪有半人深，夏天硕大的蚊子能钻透衣服咬人，春秋沙暴多，它一来，呼吸憋闷，能见度不到一米，只隐约看见人的白牙在闪亮。人们一年四季都脱不下棉袄，就是那种四十八道杠杠的工服。汽车半个月会来一趟，运来物资，再拉走一车车原油。当时大学生比牛毛还多，上趟厕所没准就能撞上两个。一封信要走几个月，新婚的人两年才探一次家。没电灯，没任何娱乐活动，没有八小时工作制，只有繁重的两班倒。从山边的钻井下班的人，顾不上脱衣，死猪也似的倒头便睡。山谷的夜黑沉，只有野狼的嗥叫在寒风中远游。那时，你与外界是隔绝的。后来，有了一只小半导体，每晚几百人围着这小玩意听，把声音放到最大，大到好像一条街都能听到，才不那么孤寂了……

哎呀，怎么老说这些，多没劲啊，难道不觉得，这一切并不怎么新鲜有趣，在老掉牙的故事片里不是也能看到吗？怎么就不说说，七千人，封闭在一条山沟里，把人的体能耗到极限，20年，只出产了可怜巴巴的一百万吨原油，生产力多么低下，设备何其落后。今天，不用走远，只要看看轮台的东河塘联合站，电视监控，自动分流，十九个人穿着白大褂儿就管起了一大片油田，相当于以前上万人干的活，年产六十五万吨呢，你还有什么好夸耀的？

是该想一想了，依奇克里克，面对历史，你究竟是耻辱的象征，还是光荣的大旗？我在一块滑洁的大石上坐下来，摸出一支烟点燃，透过急风掠走的烟圈，打量着你。我想起有人当笑话告诉我，说某油田有个青工名字叫"石生"，20多年前，就出生在依奇克里克，他这名字有来历，一说是因为他的母亲感到即将分娩的疼痛时正好坐在一块大戈壁石上，但另一种说法却是，当年他的父母难得独处，是夏夜在一块大青石上做爱才有了他的。我更相信后一说法。我不但不觉得可笑，反而感到有种苦涩的激情和前无古人的浪漫撞击心头。

1965年，最大的一口油井在经历了长久的钻探和焦灼的等待后，终于喷油了。那一夜，狂喜的人们热泪纵横，点起火把，敲起脸盆，彻夜在山谷里欢呼、笑闹、奔跑、唱歌，脸盆都敲碎了还在敲，火把照得斑猫和塔里木兔惊惶四窜。没人布置以这种方式庆祝，一切都是自发的。这是一场无人喝彩的演出。当时，整个民族即将卷进"阶级斗争"的大厮杀，谁还顾得上天山深处的这一群油黑子？对依奇克里克人的情感来说，这也是压抑很久的一次井喷。你们说过，日日夜夜的辛苦有了回报，这就够了，"我们的兴奋点是油啊"，这朴素的话语多么令人深思！那是个说大话上不上税的年代，但天上飞的，地上跑的，海里游的，哪一样不急等着石油解除焦渴？口腔运动可是变不出一升油来。你的封闭和远离反倒有助于盯紧出油这个目标，这真是不幸中之万幸。没有先进的设备，没有雄厚的物资，就只有靠团队精神，靠肉搏，靠"熬鹰"来弥补了，不然怎能夺取油呢？你抗拒不了潮流，扭转不了混乱，但你必须给狂躁的城市提供燃料，于是你只能在夹缝中战斗，奇迹般地维持了另一种秩序。在今天，你的意义或者说遗产，难道仅仅是那点原油吗？

我曾被你的一堵土坯砌的大照壁吸引，旁边还有戏台和操场。照壁上的宣传画早已剥落，剩下一行语录独对风雨，那就是："阶级斗争，一抓就灵。"这照壁，这戏台，这操场，太容易与残酷斗争连在一起了。我问一位同来的老钻长，"文革"这里斗得够凶的吧？谁知回答竟是：风平浪静，世外桃源。他还说，我就挨过批斗，斗完后我的心情不是更坏了而是更好了。我以为他在搞反讽，说怪话，嘿嘿地笑了，不料他正色道，你当我在说笑话吗？我才不说笑话哩。这儿的人来自四面八方，原先谁也不认识谁，现在为了出油，谁也离不开谁，就像一家人，一个大家族。石油这一行，最讲"师"道尊严，比如玉门出身的老师傅，就像酋长一般威严。整个"文革"，也有个别捣蛋的，但始终只有一派，斗不起来，你想嘛，当领导的没有特权，要说有就是吃苦的特权。大家穿得一样，吃得一样，连饭盒都一样。上井，领导得走在前头，批判会领导也得冲在前头，他得像完成生产定额一样完成政治任务啊。

我仿佛沿着时间隧道逆行，来到了30年前一个夏日的傍晚，眼前幻化出一幕滑稽突梯的场景：我的身旁，匆匆走过梳洗完毕的工人们，他们换上干净衣服，取出手帕包着的红宝书，在大喇叭播放的语录歌声中，拥向操场。气氛欢快，如过年闹社火。一伙人把一人压在身下，不是斗他，而是硬掏走了他的烟给大伙儿分发了；另一小伙子的帽子被人掀起，他找寻着，一回头，却见帽子被抛上了天空，众人皆畅快地大笑着。不一会儿，大会开始，一切模仿内地的批斗会，先是念老三篇，晚汇报，接着一声"断喝"，钻井大队的书记被"揪"上台，垂首站在台侧。然后是各分队代表的发言比赛，有人刚一上台，底下就笑，笑得莫名其妙，谁念得利索，就鼓掌，谁念得结巴，就哄笑，发言内容与批斗对象毫无关系，书记有时还不顾此刻的角色，纠正起发言人念的错别字。最后，书记像卸装似的把胸前的牌子一摘，缓步走到麦克风前，清清喉咙说："今天的会就开到这里，下面，我把明天的任务布置一下。"夜色渐浓，人们才恋恋不舍地散了场。有人把书记拉进小屋，沏上好茶说，你今天站得不错，腿累不累？哈，这不是中世纪的狂欢节吗？

1979年夏，大撤离的日子到了。依奇克里克，你的表现又一次使我意外。按说，油井枯了，留下已毫无意义，走出封闭，到条件好的地方去，该是人们求之不得啊，可实际情形却是，人们并不愿离开，磨蹭着，就像快出嫁的姑娘舍不得离娘家。对于外面即将开始的轰轰烈烈的改革，人们既感新奇、向往，又显得迟钝、茫然、畏怯。有人评价说，这是因为过惯了家族式的、封闭的、整齐划一的生活，某些方面退化了，不知该怎样适应外面陌生的世界。也有人说，多少年的青春、理想、汗水和精神追求，全都扔在这块土地上了，怎么忍心离开？虽然有的东西正在过时，但它和我们的生命连在一起撕扯不开，我们怎能像别人那样轻易抛下？

我听说，在整理东西和等车搬运的日子里，人们不约而同地
来到了附近的"健人沟"，面对这条与天山山脉千万条山谷并无
两样的山谷出神。"健人沟"，好怪的名字！原来它是为了纪念
1958年牺牲于此的两个年轻勘探队员戴健、李月人而命名的。戴
健，女，时年23岁，湖南长沙人，地质学校出身。李月人，男，
年仅19岁，刚参加工作。那年，戴健已完成任务，本应回南方与
未婚夫完婚，却主动放弃了，继续入山勘探，突遇山洪，攀援不
及，被裹着泥沙和滚石的洪水卷出了十几里，死时手中紧攥着资
料，观者无不动容。现在有一出歌剧叫《大漠女儿》，是写杨虎
城之女杨拯陆为找油而牺牲的，与戴健之死情况很相近，只是前
者被冰雪冻死，后者被山洪淹死。想想戴健，作为一个少女，还
没来得及品尝爱情的酒浆，作为一个女性，还没有哺育可爱的婴
儿，就被洪流吞噬了。她死时身在异乡，身边只有天塌地陷似的
暴雨和一万头猛兽似的黑浪，她的呼叫没人能听得见，她像一只
蜉蝣似的在洪荒宇宙中隐没了。依奇克里克，你看见了这一切，
却没办法救她。如今我们来到这里，红色的山脊逶迤着，周围静
得吓人，只有风儿呼喊着说，她就在这儿。追想40年前事，我对
依奇克里克人的恋家情结似有所悟。

依奇克里克，我觉得你不仅是一片物质的废墟，更是一片蕴
藏丰富复杂的精神遗产的废墟，以致使我一时理不清头绪。今天
是昨天的继续，今天我们日益雄厚的石油工业绝非从天而降，而
是靠你这样的血肉之躯一步步铺垫的，包括你提供的经验、智慧

和教训。尽管你把人的体能利用到了极限，但你的科技水平、管理方式和产量的严重滞后，仍然证明了精神不是万能的，唯意志论是愚昧的，不走现代化之路就没有出路。应该说，你是一种过时的生产方式的象征。然而，现代人早就发现，物质的东西过分壅塞，精神就没有地盘，有时想激动都激动不起来，不得不苦苦地呼唤激情。无论物质技术条件如何发达，作为主体的人依然需要拼搏、牺牲和奉献，否则人就不能发展。这也是被反复证明了的真理。依奇克里克，你的伟大和复杂，正在这里。

我们离开你时，看见废油井旁只有一个维吾尔族瞎老汉和一条狗守候着，斜阳残照里，有人在一点一滴地打捞着你的余沥。才18年，你已成废墟，古老如一个世纪，令人无限感慨。向南看，"依南一号"高耸的井架冲天而起，直插霄汉，它将是亚洲最深井。我们向它走去。我很惊讶，在这同一条山谷，昨天与今天，历史与现实，只有一步之遥。

乘沙漠车记

　　沿沙漠石油公路疾驰四小时，便从轮台抵达塔中。时近黄昏，塔中宛如一只孤独的舰艇，碇泊在塔克拉玛干大沙漠的腹地，让人惊异于它的浪漫的存在。

　　所谓"塔中"，乃是塔里木石油局中部指挥所的简称，石油人戏称它为"塔中市"，说它是全中国最最小的一个市，方圆一平方公里都不到。老远就望见两支并排高举的天然气火炬在燃烧，据说它们以每秒烧掉一张一百元钞票的速度烧了好多年了。下了车向火炬走去，在这万古岑寂的沙海窝里，头顶是高旷无极的蓝天，双炬像从外星球飘来的两团火球，悬空浮摇，忽左忽右，使人恍然进入了充满魔幻气的天国。只有正中一杆国旗，才把人拉回现实。快沉下去的太阳，硕大而圆，鲜红欲滴血，周遭沙海茫茫，夕照勾出轮廓，或如无边的波涛涌来，或如侧卧的女人曲线起伏，沙纹变幻出五颜六色光晕，委实迷离幻魅。

　　奇怪的是，热而无汗，浑身干爽，好像根本用不着洗澡。在车厢式的工区食堂吃自助餐，虽然简单，色味颇佳。住进对面的塔中宾馆，其设备之全竟不亚于内地的一般宾馆。我甚至看见一二姑娘的花裙子从眼底飘过。刹那间，那些有关沙漠的种种诡异恐怖的说法，全没了踪影。斜倚在火炬的反光闪动的窗台，我忍不住对石油作家王世伟说，这里并不怎么艰苦嘛。世伟用大眼睛异样地瞅了我一会儿，似有深意地说，明天你就知道了。

第二天的安排是乘"沙漠车"，为的是让我们"体验体验"。我早就注意到路边蹲伏着一群庞然大物，方鼻子后缩，长身子耸起，轮子大到至少有两米多高，模样像吓人的巨兽，细看又觉憨态可掬。这肯定是赫赫有名的"沙漠车"了。据说它能在无路的沙幔中行走，是沙漠石油钻探的开路先锋。准备让我们乘坐的两辆是小型的，叫尤迪摩克，后轮却也有一人多高，属奔驰公司产品，有沙漠小卧车之称。上车时，我们作家团的团长陈昌本，一手拿采访本，一手扳住扶手，一个腾跃就上去了。他拒不坐较为安全的后排。作家张平自恃年轻力壮，也非要坐前排，一副当仁不让的样子。我们这辆车的人则由《石油报》的老李带头，比较听话，让坐哪儿就坐哪儿。

坐沙漠车有种骑骆驼似的居高感。开头还好，微醺似的颠簸着，让人想起小时候骑毛驴的晃悠，颇为潇洒。大家均嫌坡不够陡，要求再生猛些。待进入真正的沙海，发觉情况不妙了，远看平缓的沙丘，置身其中才知陡峻得很，斜射的朝阳拉出长影子，好像掉进了群山万壑的迷阵。只见前面的车，或做壁虎攀爬状，或做猛虎下山状；我们这辆，则反复做着"托马斯旋转"。遇到高坎，须怒吼好多声才能攀上，遇到深谷，则如瀑布入涧，叫人两眼发黑。大家全傻眼了，哪还敢出声，心儿咚咚狂跳，攥横梁的手满把出汗。乘石景山游乐园的过山车怕也没这么紧张。不幸终于发生：前面的车在一次俯冲时栽进了沙窝不能动了，我们这辆也陷进流沙，呜呜地干嚎着。我跳下车不由分说立即用双手猛刨轮下的沙子，惹得大伙全笑了，陈新增适时地为我抢拍下这一历史性镜头。此时才知，前面的车中，昌本的头磕了一个大包，张平膝盖碰破，血流如注。我们赶忙去慰问，经紧急处理，血止住了，不知从哪儿弄来大宗卫生纸，把张平的腿包个严实。他们那辆车真是抛锚了，须等待总部的大型车来拖，负责陪同的工长含笑道歉，说两个司机都是新手；转过脸却狠狠剜了小司机一眼。小司机顽皮地吐了吐舌头，说这下可得写检讨了。

驻足沙原等候援救。此时顿觉，周身似有几十个火炉烘烤着，脸上似有几十条火舌狂舔着，人一张口就有一团团火往肺里钻，太阳如惨白火盆悬在头顶，好像上帝徐徐放出的白焰，得意于他烹调的"烧烤"。有人惊呼塑料鞋底变形了，有人仰脖子痛饮矿泉水，有人捂着脸下蹲。至此我始信，白昼地表温度七十多度，能煮熟鸡蛋的话。我原先想，流沙不是蛮温顺的吗？只要有足够的脚力，徒步穿越未必不可能，现在看来近乎说昏话。《石油报》的路小路见多识广，说，也不是绝对不可能，有个逃犯，逃时抱了个西瓜，白天躲在沙坡背阴的坑里保存水分，夜里靠北斗星辨认方向赶路，渴了就啃口西瓜皮，熬了六七天，真给他小子跑成了。不过，到头还是给抓了回来。但他的斗沙经验对我们很有用。也不知这是他胡编的，还是真事。

这次进新疆，我随身带了斯文·赫定的《亚洲腹地八年探险》和斯坦因的《沙埋和阗废墟记》，有空就读几页。怎么评价他们的功过呢，单看他们的冒险精神、吃苦精神，你没法不佩服。不过，他们那时进塔克拉玛干，主要靠当地的骆驼队。想想骆驼，也着实伟大，不负戈壁之舟的美称，倘若世无骆驼，人类面对广袤无垠的沙漠，就只能发苦海无舟之叹。丝路文明作为人类伟大的文化奇迹，少了骆驼的参与恐怕不能成立。记得大画家吴作人40年代到西部，首先相中了画骆驼，他是被骆驼在困境中的韧性震撼了，他画熊猫之类那是后来的事。现在好了，现代化的戈壁舟沙漠车出现了，且不断换代，比之骆驼，不知先进了多少，实为科技文明征服沙漠的一大贡献。看啊，飞机在蓝天翱翔，潜艇在海底游弋，沙漠车在沙原奔驰，科学技术真也威力无边，物质文明的成就多么值得自豪。

乘沙漠车后的当夜，我做了一个梦，梦见我开着沙漠车，有点像乘坐"探路者"号在火星上行走，又像乘"阿波罗"号登上月球，因失去了地心引力，我漂浮着，晃荡着，惬意极了。转眼车速变得极快，神秘浩瀚的死亡之海，在我的胯下服服帖帖地掠过，我一会儿发现了比尼雅古城大得多的无名古城遗址，一会儿找到了比克孜尔千佛洞更加瑰丽的无名万佛洞，可是突然，我和沙漠车被一巨大黑洞吸了进去，我觉得自己在急速地坠落，坠落，向黑暗幽邃的地心栽下去……惊醒时我大汗淋漓，想我一定大声呼救来着。

　　梦境终究是梦境，但地心的吸力似乎含有某种神秘的暗示，接下来我在油田耳濡目染的事实，不断把生活中严酷的一面展露出来，逼我思索诸如人的作用、灵魂的净化、科技与人的关系之类的问题。我在这里绝非矫情地故作高深，对过去那种鄙薄科学技术，空喊人的因素第一的高调，我大不以为然，但在更深刻的意义上，我却在想，究竟是谁在征服沙漠，是沙漠车还是驾驶沙漠车的人？究竟人是车的附庸，抑或车是人的仆役？即使全面进入了信息时代，人的智能达于巅峰，脏活累活全交给机器人干去了，人之为人的高贵，是否仍在于他并没有失却宝贵的道德激情、宽广的仁爱胸怀和坚忍不拔的毅力？

　　一位中年司机对我说，在没有路的沙窝里运器材，一天能走几十公里就算快的，那时从轮台到塔中，要走一个多月呢，哪像现在有了沙漠公路，一踩油门，呜地就到了。在沙海里开车经常会遇上沙暴，天地失色，状如黑絮，能见度不到一米，沙粒把鼻眼全塞严了，气都喘不上来；渗进眼窝鼻孔的沙，一个月也洗不干净。噢，怪不得我在沿途的油田招待所发现，洗脸池边总备有大量棉球，不知何用，敢情是给石油工人清理鼻孔眼圈用的。我还注意到，沙漠车里放有不少卫生纸和空纸箱之类，甚感奇怪。问这位司机，他一个劲地笑，就是不说。问急了才说，在沙地开车最难熬的是酷热，最热时，空调根本不起作用，驾驶楼都快烤红了，座位烫得沾不得，只好蹲着操作，有时干脆赤身裸体——

沙漠缺水，被汗浸透的衣服到哪去洗啊。可人身上有的部位出汗特多，时间长了会溃烂，这就需要双腿夹着卫生纸了，用量还不小。但屁股还是烂，烂了只好用土法恶治，就是曝晒，有时我们会一齐冲着太阳晒屁股，反正沙漠里没人。他还说，装矿泉水的空纸箱不能丢，沙漠里蚊子很毒，大便时把纸箱掏个洞坐进去，可以防蚊；就是矿泉水的空瓶子也别乱扔，沙漠容易迷路，用空瓶子装了尿给后面的人做路标，风还吹不动哩。听了这些，我先是哈哈大笑，笑出了泪，过后却是说不出的沉重。我想象着，那是怎样的滑稽而又悲壮，野性而又豪放，令人发笑又令人感伤啊！它肮脏吗？粗鄙吗？不，一点也不，我看到的恰恰是洁净。

是的，我很愿意用"洁净"这个词。沙漠多么荒远，沙子何其粗粝，但在某种意义上，它们又是最干净的，最能澡雪精神，恢复自然人式的纯真感。记得那次乘沙漠车回来，一只苍蝇不知从哪儿钻了出来，我们连连扑打。一直沉默的司机忽然说，别打了，就让它免费坐一段空调车吧，它能在这儿冒出来还真不容易呢，没准跟我们有缘分。车到塔中，司机似有意又似无意地边说话拉开车窗，待苍蝇出去了，他才慢慢地合上窗户。我注意到了这个细节，我觉得别人也注意到了这个细节，一时间车厢里静极了，大家好像全忘了下车。

沙暴、酷热、焦渴固然难熬，更严重的是还会遇到生命危险。发生过这么一件事，一位师傅和他的徒弟碰上沙暴，大半个车身被埋，怎么也开不动了，他们明知道飞机和救援者难以发现他们，可还是等待着。沙暴停了，水喝光了，东西也吃光了，每个白天都没有任何消息，于是他们盼着夜的来临。到时他们就一件件地脱下衣服，拧成火把，蘸上柴油点燃，高挑着，摇晃着，希望被发现，但等来的总是失望。徒弟奄奄一息了，挖开沙把脸埋进去，僵仆着；师傅只有冒险出走，连爬带滚地摸索，终于在摸到沙漠飞机场的钢铁轨道时昏厥了。第二天早晨，有人看见轨道上趴着个什么动物，怪怪的，走近才发现是人。那个徒弟后来也找到了，苏醒了，他一口气喝下七瓶矿泉水。我还听说，一个脱险后回库尔勒休假的青年司机，姓肖，约好与女友在孔雀河畔会面，当他一眼看到女友身后清冽冽的河水时，并未拥吻女友，竟绕过她，不顾一切地一个猛子扎下河，且再也没能上来。有人说，这是出现了幻觉所致，也有人说，他的精神错乱了。

这年轻生命的夭折，使我想了很久。我倒宁可认为，有了水才有了生命，生命的第一需要是水。他太想亲近水了，以至于对水的渴望超过了对异性的渴望。这是怎样令人震惊的悲剧啊。我想起一位姓顾的钻井队长十分坦率的话，他说，你们到这里来，也就是看看，假如有个人什么也不要他干，能在这里呆够两个月，就是了不起的人了。我们每天干活十几个小时，然后回车厢式的排子房睡觉，单身男人全住在一起，天天说，也没什么话可说的。这里本不会有女人，近年因增加了服务设施，才有了一点，但谈恋爱的有，乱来的没有，谁乱来就把自己搞臭了。这里人的道德观念就是如此，你们听了也许觉得好笑。有人说我们待遇高，其实也不，除了工资没有别的来源，要有就是放弃探亲假把钱加上去，有家里太穷的已好几年没回过家了。所以，在这里呆久了会有"三躁"：枯燥、急躁、烦躁，脾气再好的人也难逃这三躁。他最后重重地说，我厌烦沙黄色。

我想，在这个世界上，有的人在找油，绝大多数人在用油。我知道煤是古森林经海陆变迁形成的，那石油呢？我猜想它可能是古动物——软体动物、鱼类、两栖类，以至爬行类如恐龙的肌体层层淤积衍化的，不然就不会那么加倍的炽烈。石油如血液般珍贵，现代文明社会须臾离不开它，海湾密布的战云里，不就有一股浓浓的油腥味吗？石油这东西也怪，可能它知道自己身价颇高，就总是藏匿在人迹罕至的地方，深隐在荒原、海洋、沙漠的幽邃的底层。这就增加了开采的难度，也注定了石油开采者生存境遇的悲壮。一个人生而为石油工人，须比常人承受更多苦难：他总是远离人群，不停地到没有人没有路，也没有起码物质条件的地方去，同时，他还要舍弃享乐，而所弃的正是普通人最看重的东西，比如家园、性爱、天伦之乐、繁华胜景、人间烟火之类，于是，他的宿命就像塔中的那两簇火炬，日夜不息地燃烧，直到烧尽为止。每念及此，我便感慨万端。

春节期间的一个晚上，我路过一家歌舞厅，里面传出了歌声，那歌词是：风沙吹老了岁月，吹不老我的思念，曾经多少个今夜，梦回秦关……也许因为歌者的嗓音沙哑而苍凉，我猛然想起了塔里木油田，想起了我采访过的沙漠车司机和钻井工人们，我固执地认为，这歌像是他们在唱，唱的是他们的心情。本来，回北京后，塔里木已变得非常遥远，我甚至感应不到它的一点回声了，可是此刻，我这都市的漂泊者似乎与沙漠漂泊者的心又交融到一起了。我知道，倘若没有石油，城市会彻底瘫痪，我们会变成城里的沙漠人，然而，石油人献给我们的难道仅仅是石油吗？沙漠是冷寂的，但它的下面有火焰，都市是热狂的，但它未必不会使人变得像货币般冷硬。地球的沙化令人不安，灵魂的沙化更让人忧思。这么想着，我被一种广大无边的杞天之忧所笼罩，怔怔地立在街头，泪水竟悄悄地爬上了眼睑。

（原载《十月》）

重读云南

以前我也到过云南，游过石林，登过龙门，还远走大理，在洱海上荡舟，在点苍山下望云，别人怎么玩，我就怎么玩。最远我沿滇缅公路到了芒市和瑞丽，吃傣家饭，看树包塔，然后"出国一日"——在伊洛瓦底江上跑船，逛南坎大集，在缅玉摊子前不懂装懂地挑挑拣拣，再脱了鞋钻进缅寺，膝行跪拜一番。倘要夸说在云南的游踪，似乎我并不比谁逊色。然而，我得承认，上两回的云南行，我一直显得木然，没能全身心地投注进去，颇有点马二先生游西湖的光景。比如，听说前面是蝴蝶泉了，就赶紧跑去瞅上一眼，看见别人在争购蜡染，就也凑上去买一件，究竟为什么要买要看，连自己也不甚了然，仿佛只是为了证明我曾到此一游似的。由于与云南之间一度缺乏真正的心灵感应，我以前到过云南的那点经历——何时到的，到过哪里，很快变得记忆漫漶，要不是这次我对云南动了真情，一切还真是记不大起来了。

说来好笑，原先我对云南不但心存隔膜，还有过几分戒备呢。这是因为，多年前我受过一位北京同事的影响。那年我们同赴云贵出差。在贵阳时，天老是下雨，淅淅沥沥的，阴沉沉的，我们倚着窗为不能出门犯愁，他就说，你注意没有，这儿人的气色就跟这儿的天气一样，让人压抑得很；到了昆明，你猜他又说什么，他说，云贵一带自古是流放政治犯的地方，这里的人大多是流放者的后裔，而流放者自有流放者的习性，为了生存，行动必诡异，有股猜疑的气息。他还说到平西王吴三桂，说他怎样勾结缅甸人诱捕了可怜的永明王，并将之勒死了去邀功等等，最后这位同事说，你可要当心噢。对他的这种不负责任的无稽之谈，我本应自觉抵制才对，但我竟有点中毒了，再看某些云南人的长相眼神，走路的模样，说话的腔调，好像真有点儿古怪，这就好比邻人失斧的寓言。试想，如此不放松，看山能看出什么趣，观水能悟出什么理呢？当然，我这么说，也是有一点夸张的，实际情形是，那时的我根本没读懂云南，也不理解云南，只觉得云南太遥远、太孤绝了，像是被中原文明甩出去的一个死角，名副其实的边陲化外，我牛年马月也未必会再来，它跟我的生活能有什么干系呢。

　　然而，我是完全错了。云南所蕴含的哲理至深，这是我越到后来越意会无穷的。最近，我们一行十多人，应邀访问了云南，走的是玉溪、昆明、西双版纳一线。这一回的走云南，不知是因为我多了一种文化的眼光，还是因为我对历史地理发生了兴趣，以往沉睡的感觉突然激活，一路上我对云南的古老、神秘、明丽、浪漫，禁不住连连啧叹。我以为，云南简直是一座巨大的少数民族的博物馆，一块巨型的人类进化史的活化石，又是一部文化人类学的大词典，一摞夹满了物种演化标本的厚厚的标本册。它一点也不孤绝，它的每一条血管和每一块筋肉，都与祖国的地理板块紧密相连。

有一天，乘车路过昆明郊区，我看见山势呈缓坡状，山谷的裸面呈暗红色，便蓦然想到我所熟悉的兰州，那里也是一个高原盆地，其地貌与之十分相像，而兰州的红山根一带几乎与这里酷似。这给了我一点神秘的暗示。我想起，乾隆年间著名的甘肃回教领袖、哲合忍耶教派的导师马明心，他的远赴"身毒国"（即印度）学道，按说应该走西北丝路，但他选择的却是云南古道。在云南，他盘桓甚久，"进了语言不通的阿佤国，越过九条汹涌的底格里斯河"，他一定找到了他的同道者，汲取了精神营养，他的叛逆的宗教思想和宁死也要心灵自由的反抗决心的形成，肯定与云南关系极大。我还查到，有本"民国"十八年（1929）出版的老地图上是这么说的："云南实有倒挈天下之势。何谓倒挈天下？潜行横断低谷可以北达羌陇，东趋湖南而据荆襄可以摇动中原，东北入川则据长江上游，更出栈道直取长安而走晋豫，故天下在其总挈。全国一大动脉之长江，唯云南扼其上游，所为纵横旁出，无不如志，然则云南省者，固中国一大要区也。"这番话不知出自哪位老学究之口，真是见解独具啊。

好一个"倒挈天下"！我想，所谓倒挈天下，是否有点反弹琵琶、倒提悬壶的架势，是否有种"底事昆仑倾砥柱，九地黄流乱注"的景观，是否意味着它是源而不是流，是本而不是末呢？

且看横断山脉，做南北向排列，高山峥嵘，激流汹涌，状如笔架，看那野人山、伊洛瓦底江、高黎贡山、怒江、澜沧江、大雪山、金沙江等等一字排开，何其险雄。而这些河流的走向，竟然有种立足云南、走向世界的气派：除金沙江为长江上游外，伊洛瓦底江上游叫恩梅开江，它与怒江一起，最后都注入了印度洋；澜沧江下游叫湄公河，从越南入了南海；红河发源于洱海，最后入了东京湾。看，它们的外向性、开放性何其强烈。

　　我想，"倒挈天下"似乎还意味着这样一个问题：云南，究竟是一块被主流文化遗弃的瘴疠之地，还是中华文明的一个重要的发祥地？1965年5月1日，对云南北部金沙江畔的元谋县上那蚌村来说，可能是平平常常的一天，但对文化人类学和考古学来说，却是划时代的一天。这一天，在这里，"元谋直立人"被发现了（其实只是发现了两列猿人的门齿），它推翻了一些结论，又改写了一些结论，它证明，比起北京猿人、蓝田猿人、郧阳猿人来，元谋人要早得多，早一百万年左右。更让我们惊讶的是，著名的"禄丰古猿"也出现在这一带，它比元谋人又要早八百万年，是向南方古猿和非洲大猿进化中的一种猿类。这也就是说，人类的祖先有相当一部分最早是生活在这里，而不是别处。

　　云南就是这般奇妙：你在地球的任何角落都不会再找到类似云南的地方了，但你在云南却几乎可以找到外面许多地方和许多历史断层的生态模型，不管是关于气象的、动植物的，还是关于地缘的、风俗的。解放初期不必说了，那时的云南，氏族社会、奴隶社会、封建社会等各种社会形态俱全；那时的民族种类也多极了，竟多至一百二十多种。同一种民族的人，往往由于交通阻隔渐生变异，愈变愈繁复。据说苗族就曾有白苗、青苗、红苗、花苗、东苗、西苗之分，瑶族则有八排瑶、蓬头瑶、平头瑶、锦田瑶、大山瑶、平地瑶之别，傣族曾分水傣、旱傣，彝族曾分黑彝、白彝，如此等等。那么现在呢？现在它的生存样相也依然是多样的，仍具博物馆性质。比如，在滇川交界处的泸沽湖上，摩梭人带有母系社会性质的阿注婚姻就并未完全绝迹；而在玉龙雪山、中甸草原，信奉东巴教的纳西人，不但至今使用着高级的象形文字，而且残留着悲怆的"情死"现象，其事迹令人回肠荡气，感慨无端。作家汤世杰的长篇小说《情死》和长篇随笔《殉情之都》的大受文坛青睐，有由然矣。依我看，汤世杰笔下的男女主人公写来白璧无瑕，柔情似水，作者对他笔下人物的理解也很有深度，他说："尽管历史条件和自然环境限制了这个北方迁徙来的民族的发展，但这个宁可用死亡换取心灵自由的民族，是不可战胜的。"

冬日穿行在云南的崇山峻岭、激流险滩之间，仰观明丽的云儿朵朵，俯瞰长满黄灿灿油菜花的坝子，我们该作何感想呢？我们尚弄不明白，上帝对云南究竟是太钟爱了，还是太冷落了。若说不冷落，何以通过地壳运动，把它抬高、悬置和封闭起来，使其交通极端困难，让马帮单调的铃声延缓着它的历史脚步；若说不钟爱，何以又给它那么得天独厚的气候和物产，使之具有金属王国、动植物王国的美称。

　　直到今天，云南也还是一个比较落后的内陆农业省份，甚至在某些角落还能找到原始社会的残痕，但我以为，云南吸引人们的，决不仅仅是它在商业化和都市化之外的奇风异俗，而是它的杂色的文明有可能给予现代人的精神滋养。记得有位学者说过，文明人有时很野蛮，而野蛮人有时倒很文明。人类的文明不是哪一国哪一族的专利，它是众多国家民族在漫长历史中的创造，而悠悠中华文明，博大精深，它何尝不也是一个多元而丰富的文化共同体呢！

　　（原载光明日报，此文曾入选上海市高级中学语文三年级第二学期课本（必修），华东师范大学出版社2005年1月第一版）

走宁夏

一出银川机场，天旷地远，阳光敞亮，刚才还汗津津黏糊糊的胳膊，像用干沙子搓过一样爽净。人粥似的闷燠的北京给甩远了，它追不上我了，眼下的空间突然无比的阔大。远望沙碛漫漫，身边人流熙攘，满眼晃动着由大陆性气候和风沙天气酿造出来的一张张棕色的油性面孔，满耳交响着男女声的"京兰腔"——一种兰州话与北京话嫁接后略带沙音和尘土味儿的普通话，流行于甘宁青新广大地面，听来颇觉亲切。

我知道，在1958年民族区域自治之前，宁夏是甘肃的一个专区。于是，作为离乡多年的甘人，便忽忽有归家之感。然而，这是错觉，一种却认他乡是故乡的错觉。宁夏这块成吉思汗倾了全力五次才勉强攻下，且最终因之魂断六盘山的地方，这片以红枸杞、黄甘草、白滩羊、黑发菜驰名于世的塞上沃野，能没有它自己独立而骄傲的历史和现在么？

宁夏文联余光慧女士坐着张贤亮的"蓝鸟"来接我。她说张主席慷慨得很，这车就让你用上几天，他宁可步行数日。余女士动作麻利，属于西部那种办事干洒的女性。她顺手递给我一张手写的日程表，除了必要的文学活动，还安排了看贺兰岩画和中卫沙坡头。她问我还有何要求，我沉吟片刻说，能不能到固原看看？她说，从中卫到固原，要纵穿整个卫宁平原，路途远，时间也紧，不过，只要你不怕辛苦，非要去，也能去。

她自然无从知道我想去固原的来由。在我四五岁时就知道了固原这个名字，因为同院的小伙伴田田是固原人。田田的父母前后生过两对龙凤胎，生下了田田兰兰龙龙凤凤四兄妹，此事曾在兰州广为传扬。田田是头一对龙凤胎中的男孩，女孩即是他的同胎妹妹兰兰，小时候我们三个昏天黑地玩在一起。可叹半个世纪了，田田那张质朴的脸，兰兰那翘得高高的小嘴，还有我在他家吃过的鲜美的羊羔肉，竟还未从记忆中抹去，悲夫！

银川变得美丽多了，平添了好多现代建筑，习习晚风中徜徉于新扩建的"步行街"，有种身在高原的抬升感，如踩高跷一般。前些年我曾第一次匆匆到银川，只记得灰蒙蒙的天底下，矮平房密麻麻挤成一簇，只有赫宝塔和承天寺塔一西一北高耸云中，遂显得塔愈高而房愈矮。不知那天是我心情不好，还是天阴得重，竟觉得银川老城如一座萧瑟的大村寨。听人说，昔日银川谣歌曰："一条马路两个楼，一个公园两只猴，一个警察看两头"极言其小而寒碜，现在早已不可同日而语了。

银川的得名，据说是因为这一带属碱性土壤，远看白茫茫一片，故有此名。又一说是，古代银川一带盛产白银，故而名之。这些说法都于史无证，被当地历史学家推翻了。有记载的一则说法是，前秦苻坚的骢马城就在这一带，骢马是一种青白毛色相间而呈葱白色的名贵骏马，因苻坚是氐族首领，而氐族语又呼骢马为"乞银"，故而放牧"乞银"的地方就叫"乞银城"，后来叫顺了嘴就叫成银川了。这种说法我看倒有几分道理。1928年旧中国成立宁夏省，其时银川也叫宁夏城，两个名字重叠，叫起来不方便，需要改。后值蒋介石来宁夏，马鸿逵召集社会贤达拟了"兴中"、"怀远"、"银川"、"兴庆"等四个名字，请蒋挑选圈定。谁知马鸿逵递毛笔时手一抖，蒋没有接住，掉到纸上，可巧就掉到银川二字的头上。蒋很不耐烦地摆手说，勿圈了，勿圈了。遂只得定名为银川，蒋也默认。这传说确否，不得而知，但好玩得很。

那么宁夏的名字的来历呢？追溯起来，那可就是一部宏大的传奇了。宋初，党项羌李元昊确立西夏帝国并称帝，版图之大，气焰之嚣张，立国时间之久，史所罕见。李元昊此人强项而英纵，似乎特别喜欢斗气儿。范仲淹恳求他，只要答应不再使用"帝"字，他要什么给什么，满足一切要求。李元昊并不买账，偏要大用特用这个"帝"字，能把人气晕。形势对他不利时，他也假装顺从，自我蔑称为"兀卒"，其实埋了钉子，后经人破译，乃"吾祖"的谐音，对方回信若依此称呼，即落入"我的爷爷"之陷阱。你说可恼不可恼？但宋朝硬是拿他没办法，因为他有强悍的实力。

成吉思汗可能也是被李元昊的后裔们气坏了，发誓非荡平西夏不可，结果费了九牛二虎之力才算灭掉。关于成吉思汗的死因，比较普遍的说法是他中了西夏人的毒箭，毒发而亡。关于他的死地，史书有两种记载，一说死在甘肃清水行营，一说死于六盘山凉天峡，近年来后一说占点上风。成吉思汗咽气时最后留下话，说他死后暂秘不发丧，等李晛来献城时，予以捕杀，并坚决屠城。可见他恨西夏恨到了什么程度。能叫一代天骄恨之入骨的对手，肯定也是顶天立地的枭雄。他死时，围困了半年的中兴府（即银川）并没有真正攻下，但不久忽发大地震，瘟疫肆虐，粮水短缺，西夏国主李晛这才一面表示要献城，一面故意拖延，然终被杀。

在宁夏，你还会不时听人提起黑城子，那是西夏的故都，又名哈拉浩特。"哈拉"，黑也，"浩特"，城也，它在遥远的额济纳旗弱水之滨，离居延海已不远。那里的最后一主"黑将军"似应早于李元昊，他勇冠三军视死如归的惊天气概，和他在城破前窖藏贵重金银文牍器物的故事，至今流传在民间。俄人柯兹洛夫，匈牙利人斯坦因，瑞典人斯文·赫定，嗅觉都灵得很，他们都曾艰难跋涉，远赴黑城，掠走了大量文物。

西夏啊西夏，在历史的长夜里，二百年，太匆匆，你来得迅，去得疾，来如雷霆收震怒，罢如江海凝清光，如一节在激荡回旋中戛然而止的雄浑乐曲，又像一个酷烈而又浪漫的噩梦。元灭西夏后，置宁夏路，始有宁夏之名。所以，宁夏宁夏，就是扫平西夏、永保安宁之意。

去看岩画的那天，天气晴好，贺兰山在银川城的西北方向若隐若现，勾勒出雾岚似的一溜长线，其幻影似一队骑手控驭着骏马，与我们的汽车并排比赛速度，车跑多快，它们也跑多快。一查书果然，"贺兰"乃蒙语骏马之意，看来古人的艺术感觉与我辈并无两样。原以为游人如织，临近时才发现因洪水冲垮了道路，静寂无人。我看见山根下有两座相距不远的玲珑宝塔，颇幽玄，就提出要去，随行的考古专家许先生说，那是有名的拜寺口双塔，当然好看，可惜"看山跑死马"，路也不通，还是看岩画吧。不久车被鹅卵石窝阻拦，我们只有弃车步行了。忽见一渠由山中蜿蜒而下，水流湍急，用手一试，寒侵肌骨。猛抬头，铁泥堆积似的贺兰群峰背依蓝天近在咫尺，正垂睑俯视着我们，一种旷古岑寂、万年无人的洪荒之感顿袭心头。

所谓贺兰岩画便藏在这数不清的山谷中。我们入一谷，细看沟谷两崖，果有姿态各异的奇怪图案赫然而现。岩刻五花八门，还杂以天书样的西夏文字，其中似人似怪的头像特别多，考古学家说那叫"类人首像"。有一头像毫光四射，听说已被命名为东方太阳神了。动物也多，似有马、驴、牛、羊、鹿、狗、虎、骆驼、鸟等等，均在似与不似之间，多半是我瞎蒙的。还有大手印大脚印之类，看多了也烦。

突然，我发现有一幅画煞是有趣，画中人做骑马蹲裆式，下体某个部位垂得老长，显系夸张，他左手抡一老虎样野兽，右手抡一不明武器，颇有点洪教头式的逞能。许先生凑过来一看说，这是在跳舞呢。经他指点，我慢慢看出点门道了，发现画中人或做弯弓射箭状，或做挥鞭牧羊状，或做操戈刺杀状，还真够多样化的。我无法想象，是何人于何时用何种工具刻制了如此多的奇怪图形。许先生说，它们是古代游牧于贺兰山一带的北方诸民族的生活风俗和精神崇拜的写照，目前国内发现岩画的地方不少，但论学术价值，论文化意蕴的复杂和深邃，似皆非贺兰岩画可比。但它不是同一时期、同一民族的制作，比如这条沟里，南面崖上多狩猎形态，裸体人形，比较早，北崖有西夏文字，就比较晚。至于年代，迄无定论，因山体类花岗岩型，用再硬的石头也刻画不出来，必须用金属钝器，甚至必须是铁器，所以不会早于春秋战国。对于年限，我这门外汉却有些不同看法，我总觉得它的上限要早得多，早到新石器乃至旧石器时代才对。古云他山之石，可以攻玉。玉可以攻，石何能例外？我见过上古人类的特种石斧，不明兽骨制成的尖锥，还有天上掉下来的陨铁做成的石钺，其锋利程度远远超出我们的想象。

许先生是考古专家，也是最早的岩画研究家，据他说，贺兰岩画的发现过程还有段曲折呢。那是"文革"中，兰州军区某部拉练进入贺兰山中。一日小憩时，一战士坐在石头上边喝水边啃干馍，忽低头发现他屁股下面的石头上有怪异图案，再看周围岩上图形，有的竟像是男女交媾的模样，遂大骇，赶紧报告排长，排长也迷惑，只来得及向连长报告，部队就开拔了。后文物部门得到消息，却怎么也找不到，每每入山茫然。遂特意请出了那位小战士，让他回忆，让他带路。可惜遍山搜索，不辨旧径，他也迷了路。最后岩画毕竟找到了，但是否还是那条山沟的，已不得而知。这过程很有趣，我怕是许先生编的小说家言，追问确否，他咬定说是真的。他还说贺兰山神秘啊，它藏着大量我们想不到的东西啊，1984年夏天发洪水，有条山沟里竟冲出了一大罐铜钱，罐重近三百斤，内装三万多枚古钱，从西汉的"半两"到西夏的"光定"全有，你说神奇不神奇？

我还是被岩画之谜吸引着，不由遥想上古游牧人，顶风冒雪，辗转深山荒滩，日夜与牛羊为伴，好不孤单，那种欲与天、地、人、万物生灵对话的强烈冲动难以抑制，却又苦无对象，于是以凿刻为语言，把原始的思维和郁积于胸的怒吼注入了这万古不灭的岩画。

翌日清晨五点多，我们又出现在中卫沙坡头。昨日午后由贺兰山转赴中卫，恰逢周末，傍晚观看了中卫的广场演出，民间性的，甚为热闹，男女衣着鲜亮，神情恬静自适，歌舞也颇具西部情调，令人感到这塞上古城有股向上的人气，不似内地的某些颓靡相。中卫文联张建忠先生一再挽留，但为了赶路我们不得不经由沙坡头离开。因为这一天不但要从宁夏西北端的中卫赶到宁夏南端的固原，还要当天再北折银川，加起来近七百公里呢，不起个大早不行。

夏日黎明的沙坡头太值得一看了。登上治沙研究所的铁塔，登高远望，形胜浩阔。中卫是黄河由甘入宁的第一站，黄河从黑山峡钻出，一改她在七大峡里暴跳如雷的躁狂而显出一副贤妻良母的温顺，因为她知道，此后迎接她的是一望无际的宁夏平原。所谓沙坡头，即指腾格里沙漠突进于正在拐弯的黄河中的部分，是一巨大扇形沙丘，高达百米，其底部是一扇形清泉。此刻晨曦拉出了悠长的弧线，把黄河与沙梁，南岸的荒山与北岸的沙漠连成一片，扭成一气，组成一幅如音乐旋律般奇妙的塞上风景。北望腾格里，沙海逶迤，北通阿拉善的巴音浩特；下窥黄河，老式水车缓缓呻吟，一羊皮筏正顺流颠簸而下。

中卫在大西北是很有名的，这固然由于它军事地位的险要，但也与风沙大有关系。它过去出名是因饱受风沙之害，现在出名则因为是全国的治沙模范，并获得了国际声誉。历来中卫人不知修了多少庙，祈求神灵保佑，锁住沙龙，然而无效。这里年均刮风九百个小时，平均每十小时出现一次风沙，最大风力十一级。现在北京人遇上一二沙暴就叫苦不迭，中卫人祖祖辈辈跌落在沙暴中心却并不绝望。事情终于发生了历史性转变，那就是著名的"沙坡头奇迹"。我这次才弄懂是怎么回事。原来，英雄的中卫人民创造了一种方法，那就是用半隐蔽式麦草方格沙障来固沙，采用1×1米格状草沙障先铺在大片流沙上，遏制风速，而后再在草方障内植草造林。多年来，在包兰铁路两侧连绵不断的沙山上，罩着一张由草方格组成的无边无际的巨网，而在这无数的网眼里又长起了或疏或密的青杨。

中卫又名鸣沙洲，它的沙子原是会"唱歌"的，有"沙坡鸣钟"之称。但中卫的响沙已有十几年不怎么唱了，人们从高坡滑下，难得听到鸣沙雷鼓了。为什么呢？因为绿化造林，使大气变化，影响到沙粒的频率，"共鸣箱"结构给破坏了。这是一种积极的破坏，破坏得好。当自然奇观与现代文明发生冲突时，人类往往还是选择了文明。

"蓝鸟"沿着黄河边飞驰着。在中宁一带，广阔的黄河冲积平原上，一排排钻天杨交织如带，透过树干缝隙，闪出了渠水的粼波。飒飒风过，树叶如千万只小手在拍掌，渠水如千万面反光镜在放光，真不愧是塞上江南。这大概就是素有天然水利博物馆之称的"宁夏渠"了。听说汉延渠、唐徕渠、大清渠至今还在发挥作用，而新的无数道支渠像有力的血管，把黄河水向四面八方吞吐，形成了一个伟大的灌溉系统。我想，宁夏历来为多民族必争之地，肯定都与它得天独厚的地缘有关。首先是黄河之利，黄河给了它一片葫芦状的沃野，所谓"天下黄河富宁夏"，"黄河百害，唯富一套"即是。

怪不得张贤亮的小说里，老是写到"渠"，还叫"渠拜"，可能就是渠坝吧，谈恋爱的约会地点多在这里。那裹着红头巾、只露出扑闪闪大眼睛的马缨花们，总是不惧狂风，提前来到堤坝上；而斯文难改的章永璘们，总是瞻前顾后，姗姗来迟。不过，张的小说背景多为极左年代，且多为秋冬，那爱情也就因苦寒而格外火烈，一方是受难的知识男性，一方是朴野的劳动女性，于是格外狂浪。应该感谢宁夏这块土地，感谢宁夏渠，是它们给张贤亮的小说灌溉了一腔农业文明特有的荡人魂魄的诗情；但反过来说，张贤亮的小说又给宁夏这片土地平添了一抹悲情的人文风景。

车过同心县后，景象大变，路两侧渐露荒凉苦焦形状。临近固原时更甚。我知道进入西海固地区了。为什么我非要来固原呢？儿时的旧梦纠缠着我，这在旁人看来或许很幼稚。我又想起了田田。

田田的父亲人称韦教官，是黄埔军校出身，解放后当上了体育老师。小学毕业那年，我家搬走了，从此再也没有见过田田和兰兰。可有一年，大概是1958年，听人说起他父亲的历史问题又有新发现，说是在他家地下挖出了一把"中正剑"，他们全家立即被遣回原籍了。这事令人有种说不出的悚然。它沉埋在我的记忆里，却没有绝灭，一到宁夏，就不由想起了他们一家。我太想知道田田和兰兰的景况了。

固原文联的朋友们早等在那里。固原虽穷，文学创作力量却在全宁夏都是最强的。除了同行的青年作家陈继明，还有石舒清、郭文斌、王漫西诸人，各有可观的著作。地区的《六盘山》杂志办得也颇有生气。寒暄中，我再一次忍不住提起了幼时的朋友田田。根据我提供的线索，固原的朋友很快帮我打听到了田田的家人。对方是田田的一个本家侄子，现任某校校长。我接电话的一瞬忽感恐惧，想不接了，怕承受不起40多年前旧事的重压。对方先是回叙了田田一家遣回原籍的遭遇，一切果如传言所云。他说目前田田一家大多数人仍在农村，生活平静。我忙问田田呢？对方说，我四达（叔叔之意）在由兰州遣回固原途中受了意外刺激，精神失常，好转后曾结婚，婚后旧病复发，又离婚，不久就病故了，那大约是在1964年左右。我又问，那兰兰呢？对方说，她还好，一直当教师，现已退休，儿孙很多。我不知何时已放下了沉重的电话。陈继明追着问，要不要见见面？我说，算了吧，见了说啥？

我的情绪忽然不可挽救地忧郁起来，清晨在沙坡头时还是欢快的，上午过中宁时还是欣悦的，可是现在……有人提议，还是到须弥山去吧，我急于脱身似的赶忙应和。

须弥山石窟是此行的最后一个点，它距固原五十公里，位于六盘山北端，始建于北魏中晚期，是西北历史上最悠久的石窟之一。我们抵达时已近后晌，见这一带山大沟深，地貌苍古，其大佛楼释迦牟尼坐像高达二十多米，仪态威严，雍然大气，很有震撼力。说实话，比起全国驰名的几大石窟，一点儿也不差。

我沿山径参观时，有一赤脚的小女孩紧跟不舍，初时我不解，后来才明白她是在等我的矿泉水空瓶子。我总喝不完，她也就总跟着。我赶紧喝光，把瓶子给了她。问她家里姐妹几个，答说六个。问她是老几，答说老三。她说前五个都是女的，去年小弟弟生了，就再不生了。问为何不上学，说家里没钱，我爸说我捡够了六十块钱，就让我上。问每天能捡多少钱的，答以三毛。我忽然看见大佛下的谷底草丛隐现出一二空瓶子，指给她看，说看见了吗，还不快去？谁知她说，我早就看见了，那里有蛇哩。我再也无话可说了。

西部诚然是贫穷。就拿须弥山石窟来说，规模如此壮观，不可思议的是，它直到解放后才被发现，旧的府县志中几乎没有记载。同样令人不解的是，西夏王陵、贺兰山岩画，距银川市仅四十多公里，它们也都是迟至"文革"中才被发现的。我想绝不是没人发现过，只是人烟稀少，交通闭塞，发现者少罢了，何况发现了又如何？为生计奔劳的人，顾不上琢磨，又缺乏起码的通信条件。从另一面看，它们的发现之晚正说明西部的文化土层何其厚也，有待发现的东西何其多也。现今西部文化大放异彩的际遇来了。听说，中央已拨巨款发掘西夏陵，世人正拭目以待东方金字塔之揭秘。

此时，斜阳把赭色的光影投射到伫立了千年的裸露着的错落有致的佛像上，佛容凝重而肃穆，加浓了沉思的氛围。眼前是莽莽苍苍的黄土高原，纵横交错的干沟，千山万壑的波涛。我知道，从这里出去不远便是西吉、海原，还有沙沟，再向北，是银川平原、沙坡头、贺兰山，全是些沉积了无数苦难和奋争的地方。历史烟云一一从眼前飘过，我想象着，汉武帝六临朔方驱马击剑出萧关，拓拔魏万马奔腾踏平赫连勃勃，唐太宗大破匈奴勒石灵州府，康熙大帝三次御驾亲征平定噶尔丹，还有回民起义领袖马化龙啸聚金积堡，把反抗满清暴政的斗争推向了高潮……这片伟大的土地，真个是引无数英雄竞折腰。

此刻周遭静谧极了，一点声音也没有，好像被世界遗忘了；但忽然间，我听见深沟大壑的上空，像盘结着携带豪雨的云团一般，轰响起了震耳欲聋的呐喊声。这不是我的幻觉，神秘的、蕴藏着中华民族巨大精神财富的土地，本不该是如此沉默的。切莫用施舍者的眼光看西部，西部不是可怜巴巴的施舍对象。鸟飞返故乡兮，狐死必首丘，我深信，不管人类文明发达到了何等程度，我们永远需要不断回归精神的故乡。

（原载《人民文学》）

圣 果

我并不是个很爱吃水果的人，水果在我的生活中近乎可有可无，常常是吃光了想不起再买，至于水果的营养学价值，每种含有几多维生素，我更无研究。但今年夏天在南疆，我却与水果发生了平生以来最密切的关系，我不但吃了超过以往多年所吃总量的瓜果，而且品尝到了从未见过的奇珍异宝，我的水果观彻底改变了。

过去看《穆天子传》，说是西王母在昆仑之巅瑶池之上用蟠桃款待她的情人周穆王，甚觉荒诞：那么肃杀的雪峰，那么凛冽的天气，谈恋爱、吃水果，浪漫固浪漫，未免太受罪了吧，窃怪编书人连起码的真实也不顾。可是，脚一踏上新疆地面，就不由得你不相信。比这更神奇的故事你也会相信。

先是在吐鲁番，满眼是极度的荒凉，寸草不生的秃崖绵延，众人皆说葡萄沟到了，我却遍寻不见，不明白葡萄沟能藏在哪里。待汽车一眨眼转到干沟的谷底，一眼望不透的葡萄架便突然涌出，簇拥着一沟的珠翠欲滴，伴以渠水的低吟浅唱，如同仙境一般。由此我始相信，造物主毕竟是公平的，它总把最干旱的与最湿润的，最苦涩的与最甘甜的，最单调的与最丰腴的东西搭配在一起，寻找某种平衡。对生活在最苦焦最贫瘠地方的人，上帝也要给一点安慰，让他们能活下去，尝见那里的老乡也在争夸自己的家乡好，我便兴此感慨。对春风得意的宠儿呢，上帝又总要给他找一点不痛快，此即"毓才与艳福，天地悭其兼"。于是我想，是不是为了补偿塔克拉玛干的漫天黄沙，上帝才把全部的果汁倾洒到新疆的大地上？

头一次让我吃惊，是在库车的"巴扎"看一群维吾尔族农民在树荫下吃哈密瓜。内地人吃瓜，总是把一只瓜均匀地切成牙儿，大家文质彬彬地吃这一只瓜；而这里却是每人开一个瓜就着馕吃，少妇少女们面前居然也放着半个瓜。他们吃得瓜汁四溢，津津有味，边吃边打趣。有一中年汉子，一个不够又伸手要，大伙儿报以欣赏的笑骂。待吃饱了，他们一个个站起来，互相瞅一眼，满脸的皱纹全舒展开来，那知足的模样，在正午的骄阳下灿烂极了。尤其有个维吾尔族姑娘的笑，真格是羞晕朝霞，笑弯秋月，她的血液里一定流淌着瓜果的甜汁吧？我在一旁看得发呆，继而忍俊不禁。后来听人说，新疆人平均消耗瓜果的量是内地人的八倍还不止。新疆人买瓜，不是吃一个买一个，而是几十公斤上百公斤地买，这倒不是因为他们多么有钱，而是他们的生命需求和食物链的结构使然。新疆这地方，日照长，霜期短，昼夜温差大，土壤中的矿物质丰富，最宜于瓜果的生长，其品质的优良，也是任何地方不能比的。这里的人，须忍受更长时间阳光的炙烤和风沙的吸吮，体内的水分迅速脱失，怎么办呢？只好再到这片土地的产物中去索要，于是就大吃其水果了。"早穿皮袄午穿纱，晚抱火炉吃西瓜"正是他们生活常态的写照。从暮春到岁末，这片神秘的土地几乎四季瓜果飘香。当我们穿过南疆一座座县城的街巷，触目皆是瓜果的海洋。看那络绎不绝的运瓜车，路旁山丘般堆积的瓜摊，真要替新疆人犯愁，这么多的东西，哪一天才吃得完，运得出去哟。

我们内地的人，一般只知道新疆出西瓜、哈密瓜、葡萄、香梨之类，以为这就是新疆水果的全部了，所谓"吐鲁番的葡萄，鄯善的瓜，库尔勒的香梨没有渣"。其实，新疆水果远不止这么几种，它有几十种以至上百种，有些水果的名目我们连听都没听说过，什么阿月浑子、阿拉托哈其、伽师瓜、巴旦姆、安居尔……这百十种奇异的水果，大都出产在塔里木盆地边缘的和田、喀什、阿克苏一带，谁也不可能把它们吃全。若说这次在水果问题上我长了点见识，也仅仅因为吃到了几种鲜见的佳果。

第一种是沙枣，它好像不登大雅之堂，但也不可小视。那天，我们的汽车沿着沙漠公路奔向西南，纵穿塔克拉玛干，快到民丰时，眼底依然是无垠的沙幔，黄色的空气狂躁得发烫，大伙都觉得焦渴难当。忽然有人指着车窗外一株孤零零的大树叫道：看，沙枣树！车上人就说下去看看。只见在一干涸的水渠旁有一巨树，须得仰视，上面结满了红皮带白点的小果，地上也落了厚厚一层。看来它是野生的。我小时候在兰州也吃过沙枣，但太小太涩，这沙枣就大多了，晶亮浑圆，皮像烤面包皮似的。初尝，有涩味，细品，甜丝丝的，像沁凉的白砂糖，余味悠长。试想象，长途跋涉的拉骆驼的脚户哥儿，快渴死了，突遇这沙枣树，嚼上一把沙枣，兴许就又活过来了。我当即装了一衣袋，回北京好久了，硬硬的还在，只是干缩了，掏几个连皮嚼嚼，仍然甘美无比。我就不由想起这棵孤独地站在沙海边沿的沙枣树，心想，你这没有人知道的无名树啊，怀抱一树红玛瑙般的鲜果，顶着万丈风沙，忍过多少寂寞的岁月，你究竟在等待着谁啊？

第二种使我惊奇的水果是纸皮核桃。到达和田的当晚，我们逛夜市，到一十字路口，灯火通明，人声喧阗，一长溜街上，全部是卖小吃的。透过锅灶和炭炉的热气，看见卖拉条子的，卖抓饭的，卖烤馕的，卖羊肉串的，一齐在竞声叫卖，香气随之四溢，而卖劣质磁带的小贩故意把音响放得极大，使人无法交谈，大家只好默默跟着人流挨进。我忽然发现灯影里，几个维吾尔族农妇用小碗冒尖地盛了一种东西在卖，似乎是核桃仁，但又自疑，季节不对呀？再说，那么鲜嫩，那么白净，怎么会是黑而硬的核桃仁呢？但它确乎就是核桃仁，且是刚刚从树上摘下的薄皮核桃仁。薄皮核桃也在一旁堆着，圆而软，翠绿如青果，很难想象核仁就是从它身上剥出的。我当即买了两碗装在塑料袋里，让同行者们吃，大家一边咀嚼，一边赞赏它的甜脆清香，于是你一把我一把，很快吃了个精光。我觉得这玩意太奇妙，绝非等闲之物，回到宾馆，赶快查书，方知薄皮核桃者，"纸皮核桃"也，它个大，皮薄，早熟，含油量高，脱仁易，风味甜香。"张骞使西域还，乃得胡桃种"，就是指的这个。《本草纲目》说它"味甘性平，温补肾肺"。但不知为什么，移种到内地它就完全走样了，真也神秘莫测。

我真正大开眼界是在第二天。原以为当地政府会安排我们首先参观和田玉厂或地毯厂什么的，谁知领路的汽车一头向西北方向的绿洲扎去。走着走着，汽车钻进葡萄架搭成的绿荫里，阳光从串串葡萄和枝叶的缝隙泻下，金光万点，炫人眼目，好像走在一条梦幻之路上。我想这样的路可能只是一小段吧，谁知越走越长，似永无尽头。陪同我们的张明强主任说，这就是号称"天下奇观"的千里葡萄长廊啊，在塔克拉玛干边缘，这样的长廊有一千多公里长呢。我问，不是果树都承包了吗，这长廊算谁的呢？答曰，各家分段管理。又问，葡萄丢了怎么办？答曰，从未发生过偷盗事件。我们遂惊讶得面面相觑。随后我们被带进一巨大果园，其中琪花瑶草难以尽数，我们看了巨型核桃树，还有四百年的无花果王。张主任说，新疆向来有庭院种植业的传统，这样的果园在和田多得很。我打量庭院里轻轻摇曳的各色果树，脑海中陡然冒出《红楼梦》里的话："闻说道，西方宝树唤婆娑，上结着长生果"，这"婆娑"既可作宝树解，又可作光明解，还可作树影摇动解。我想，佛教壁画上的西方极乐世界图，说不定就是依照这种庭园做蓝本幻化出来的。

就在这天，我平生吃水果的高潮出现了，那就是主人款待我们的水果宴。绿荫下，地毯上，几十个水果盘错杂罗陈，赤橙黄绿青蓝紫七色俱全。伽师甜瓜、火洲西瓜、无核葡萄、马奶子们，已不算新鲜，奇的是有这么几样：一种叫阿月浑子，又叫无名木，果呈乳白色，尖顶露一点儿猩红，果仁翠绿，吃来清香爽口无比。另一种是蟠桃，正是齐天大圣冲击王母娘娘蟠桃筵的那种蟠桃，它扁圆，金黄，顶部有一点可爱的红晕，吃来芬芳酸甜。想到孙悟空吃了它长生不老，我也就格外多吃了几个。还有一种叫安居尔，其实就是无花果，当地人说它是"树枝上的糖包子"，但你切勿与内地无法食用的小无花果混淆。它的果形也是扁圆的，米黄色，它也并非无花，只是花藏在花托里，你看不见，吃时须用树叶托着，像吃粽子一样，吃来果肉细软，透着花的芬芳。据说此果有解毒、消肿、下乳、利尿之功效，果王的叶子还能治白癜风，于是它在新疆水果中享有显赫地位，有水果皇后之称。

此时，有一鬓发皤然的维吾尔族老者站在无花果王树下向这边张望，我觉得他够老的，就问乡长，这老人多大岁数了，乡长略加沉吟说，九十多吧。见我好奇，他补充道，我们这个乡百岁老人有好几位呢，他不算大的。我说沙漠地带气候恶劣，人不是都短寿吗？乡长说完全不是这样，你可能不知道，中国的长寿老人新疆多，新疆的长寿老人我们这里最多。我追问为什么，乡长举着一牙甜瓜笑道，吃水果啊。他笑说，我们这里的人几乎天天吃水果，水果能一直吃到第二年的春上，人们在玉米糊糊里放杏干，在汤饭里放葡萄干，连吃馕也不忘抹无花果酱。就说我手上的这块瓜，其实是南瓜，我们拿它既当菜又当甜瓜吃。别看天上的风沙大，我们的肚子里滋润着哪，你说，人能不长寿吗？听了他的话我哈哈大笑，旋即又有所悟，看来我是长期忽视了水果的威力。我想：我们一路走来，沙海浩漫，但又总能发现一块块绿洲，流沙的恣肆怎么也压不住绿浪的汹涌；这里人的生命不也一样，正因为有了风沙的侵犯，生命才格外的顽韧和绵长。

南疆的奇果给我们的印象太生动了，可惜无法携带。于是，当我们在喀什的中亚商贸中心发现了专售干果的摊位，发现了杏干、无花果干、巴旦姆干时，就来了个抢购风潮，每人都背了十多斤。回到北京，把它们分送给众亲友，一时很得意。可是不久，关于新疆的记忆似乎从眼前的生活中淡出了，嚼着这些被抽走了水分的干果，昨天像一个遥远的梦。

现在当我走过市场，看到北京的小贩在叫卖一律标着"新疆"招牌的水果时，我发现自己又变得不爱吃水果了——也许因为真假难辨，也许因为没有了大漠、黄尘和龟兹歌舞相伴，也许因为再也找不回身在新疆时的感觉了，我说不清楚。

（原载光明日报，新华文摘1998年3期转载）

秋实凝香

去年一月的一个傍晚，我随手扭开收音机，一条口播新闻引起我的注意：辽宁某县乡村医生李某某，因过度劳累心脏病突发去世，全县近万名群众冒着风雪为他送葬。兴许要播的短讯太多，播音员说得飞快，人名地名全一带而过，无法听清，但我还是被震动了，我被"自发"二字震动了。

倘若一切是真的，那就是奇观。在这市场化、商品化的时代，物质的分量在加重，生命的分量在变轻，生生死死本系大事，现在也变得轻渺多了。比如，一个突发病人倒在路侧，多数情况恐怕是，一辆辆汽车昂首而过，避之唯恐不及。现在，对重大灾难和命案的报道，人们也大多失去痛觉，或仅引为谈资。即使大人物的逝世，也很难引动哭声。至于一个普通生命的消逝，留驻在人们心头的时间就更短了。这是哭的功能空前退化的年代，又是嬉笑的功能空前放大的年代。所以，小小一个县城，区区一个乡村医生，一次寻常葬礼，参加者达"近万人"，且属于"自发"性质，无论如何是件难以想象的事。我感到惊异，惊异于他究竟是何许人物，能在群众中拥有如此之高的威望和感召力，莫非他在千钧一发之际做出了什么惊天动地的壮举？——
这便是我听了这条一句话新闻后一瞬间的悬想，不过很快又淡
忘了。

四月，我与剧作家姜一在京邂逅。姜一曾因电影《过年》名
噪一时，现在豪情依旧。他是辽宁本溪人，一开口就激动地告诉
我，本溪桓仁县出了个了不起的人物，叫李秋实，是个女医生，
后来当到县医院院长。前年12月29日下午，因心脏病猝发而死，
年仅52岁。他说抢救李秋实那天，县医院从一楼到四楼挤满了
闻讯而至的群众，人越聚越多。手术起先由本地医生做，后来
由沈阳最好的医生通过长途电话指挥。当听说她的心脏又开始
搏动了，楼上楼下一片掌声，当最终抢救无效时，全楼一片哀
恸。消息迅速地传开了，黄昏时分零下三十度的桓仁小城泪飞
如雨。

我立刻，接通电流似的忆起了年初听过的那条新闻。我确
信，女医生李秋实即是那条新闻的主人公。姜一告诉我，眼下他
最要紧的是创作一部以李秋实为素材的话剧，以此报效家乡。他
还希望有一篇文章。

于是他注视着我说，你能跟我到桓仁跑一趟吗？只要腾出两
整天时间就行。这几年看你偶然也写散文，我敢说，李秋实本身
就是一篇动人的散文。

姜一递给我一张当地报纸，上面印着李秋实的照片。我一眼
就喜欢上她了，好像早认识似的。应该说她完全不漂亮，却有种

难以言说的真挚和生动。她的皮肤一定是黝黑的，两只会说话的眼睛溢流着温暖、善良、坚韧、泼辣的复杂意绪，眉宇间还透出一股关东女人特有的豪放。她那微笑的神情，似在鼓励人们向她倾吐点什么。她那纯净的黑白分明的眸子里，有一种殉道者才会有的澄澈，好像随时准备张开双臂接纳一切受苦受难的人。单看照片，你不会相信她已经死了。你倒会觉得，她正行走在盖满白雪的山道上，与你迎面相遇。

几乎就因为这片断的传闻和这张照片，我决意跟姜一上路，去探访一个我认为是当今年月里十分罕见的灵魂。我预感到，围绕着她，会有许多关于世道人心的故事。

一

桓仁实在不近。一夜火车到本溪，天已麻亮，再钻进汽车，疾驰两个半小时方到，人已十分疲困。我事先忘了看地图，弄不清方位，直觉告诉我，我到了一个非常偏远的地方，说不定到边境了。果然打盹中隐约听车上人说，这儿虽归本溪管，其实离中朝边境很近，从本溪到这儿比到沈阳还要远两倍多呢。天奇冷，北京已是春光烂漫，这里山顶积雪尚未化尽，小城便裹在群山中。县委宣传部长请吃早餐，真正的乡土风味：棒粥、贴饼子、腌咸鱼、老玉米……比起京城随处可见的东北餐馆地道多了。还不到上班时间，街面清寂，虽有花绿的广告和桑拿、舞厅之类招牌在寒风中招摇，终究掩不住贫困县的底色。部长建议，趁上班前的空儿，大伙先去看看李秋实的坟茔。

公墓在半山腰上。临近时，部长要大家猜，哪个是李的坟。其实用不着猜，花圈花篮堆得最高的，准是她的了。就规格看，她的墓地大小与别个完全一样，只因花圈厚积，遂显得突兀。清明刚过，花圈们尚未褪去原先的色泽。墓碑上还有一条紫红色的纱巾临风翻飞，十分惹眼。原来是蒙古族女作家萨仁图娅前来拜谒时，当即解下头巾系上去的。这情景叫人心头蓦然一惊、一热。

回头下望，桓仁县城就偎在山脚下。远处有一片山的屏障，那叫五女山。山崖下有一道寒光在闪烁，那是浑河。浑河环拥着小城，整个地形颇似欧米茄手表的商标图形。在我的印象里，大约只有柳州才是这样的。桓仁这座山城，是著名的满族自治县，历史甚悠久。我终有所悟，是不是桓仁的古朴、淳厚，还有它的封闭，使之葆有更多的高情厚谊、古道热肠，也才具备了产生李秋实这种当代奇人的土壤？总之，在这个早晨，李秋实墓显得凄清而美丽。

四周安静极了，只有风。然而就在几个月前，这山湾里却曾发生过一次撼天动地的葬礼。那些日子，桓仁大雪奔腾，道路阻断，奇异的是到了李秋实出殡的一刻，大雪骤停，大风突止，一束阳光瀑布似的冲云破雾而出，照临桓仁大地。据目击者说，云隙间还有一片云彩酷似凤凰起舞的模样，使在场者暗暗称奇。我想，这恐怕是人们心像的外化和投射所致吧。

不用号召，不用发动，四乡八寨的乡亲像接到统一号令似的，齐刷刷地汇聚到县城。灵车启动时，哭声震野，哭倒在地的多是李秋实救助过的叫不上名字的穷人。人们哈着白气，跺着脚，一个个加入送葬行列，还有人乘着东北特有的"蹦的"、"摩的"跟在后头，形成一条长长的河流。据说，葬礼过后多日，人们想她、哭她、谈她的哀情不减。白雪下了一场又一场，通往墓地的脚印踩平了一层又一层，证明事后致祭的人还是很多。若不是亲眼目睹，真不相信，几个月下来，那花圈已层层淤积成一个垛子了。正像老百姓说的，整个过程，不是政府动员人民，而是人民感动了政府。人们谈到后来，也许都不完全是在谈李秋实了，而是在谈他们心目中的一个理想。

我把这场葬礼视为一个动人的精神事件。别看它偶然地发生在辽东的偏远小县，借着李秋实之死而起，其实它的能量早蓄积在今天社会、人心的深层，厚积而薄发，终于冲破物化的冷硬外壳，发出了一声声呼喊。它呼唤的是仁爱，是传统的宝贵的道德情感，是对生命的尊重，尤其是对人的尊重。它同时也在曲折地表达着愤懑，针对商品化时代普遍的冷漠无情和道德沦丧现象，针对我们文化中仁爱传统逐渐被丢失的现象。我想，李秋实之死引发的波澜离不开时代大背景，这个背景既包括改革开放的向上的时代主潮，也脱离不开信仰危机、道德滑坡、贪污腐败、金钱至上等等消极因素的袭扰。

今天，市场法则在向一切领域无情渗透，岂止医者与患者的关系，家庭、父子、夫妻、邻里、朋友、同事、上下级等各种各样复杂的社会关系，哪一种能摆脱市场化的点染呢？不必讳言，物欲的膨胀，正在使人与人的关系趋向紧张化、冷漠化、交易化、枯寂化。但是，人类的仁爱、向善之心不绝，总要寻找它失去了的地盘和对象，因为人类是一种没有爱就很难存活下去的生灵，越是传统相对深厚的地方，这反弹便越发激烈。我能感应到，桓仁的老百姓一直在寻觅一个可以托付他们道德理想和伦常情感的人物，一个可以沟通传统与现实的人物，一个其自律能力足以对抗滚滚物欲的人。他们找到了，这就是李秋实。其实，这是对一种伦理价值的深情挽留，也是对一种伟大人文传统的回眸。

二

在桓仁的几天，我一直在思索着李秋实人格魅力的来源：座谈会上，好多人控制不住地痛哭失声，这是我亲眼所见。丧事过去了多日，仍有不少不知名者从远处赶来上坟、祭奠，这也是实情。这一切说明什么呢？只能说明，李秋实生前救助过的人确实很多。但更重要的是，人们并非出于一般性的感恩、酬谢，或一般意义上的尊重、惋惜，而是出于一种发自深心的不能释然的伤悼情怀和对其崇高人格的由衷尊敬。

　　一位老人回忆说，几十年前的一个雪夜，他开的汽车抛锚在草包厂附近的野地，正为无人接应而焦急，一个黑瘦的小丫头突然出现了，告诉他附近有个地方可以打电话。但那种老式机子简直没法使，他急得直冒汗，小丫头好像知道似的又出现了，告诉他先捂住话筒，使劲摇够了再拿起来，就通了。

　　这黑瘦的小丫头就是幼时的李秋实。这也是桓仁人对她最早的记忆。她为何只身出现在城郊野外？她的家在哪里？她的亲人又在哪里？

　　她没有家，也没了亲人，在这寒冷而饥饿的冬天，她只能乞丐似的游荡在桓仁街头。这种日子虽过得不很长，但她毕竟经历过。她是真正的孤儿。老家在辽宁盖县，4岁时当矿工的父亲死于工伤，10岁时母亲又病饿而亡，留下孤苦伶仃的她，由盖县一路找到桓仁，来投奔一位叔伯哥哥。哥哥尚可，嫂子怎容得下这突然冒出来的"一张嘴"？打骂，虐待，用苦活折磨，不给饭吃，是免不了的。终于，小秋实流落街头了。

　　她原名李秋石——石头的石：她妈生了好几个孩子，一个都没留住，便给这唯一的女娃起名小石头，希图她命硬如石，好活下来。石又可念成"担"的，顽劣儿童就叫她李秋旦，加以她长得黑，就又被人叫成李黑蛋了。名字的屈辱，曾让小秋实掉泪，可她的屈辱何限于名字？有人清楚地记得，1960年严冬，桓仁街头出现过一个叫黑蛋的女孩儿。县民政局一位副局长发现了她，问她怎么回事，她说，我犯错误了。问犯了啥错误，她说"能

吃"。局长苦笑了："能吃也叫错误？"正好他手中有点权，便
把小秋实安置到光荣院。李秋实终生感激党和政府，同时也不忘
这位副局长，视为改写了她一生命运的人。

李秋实是在光荣院里长大的。光荣院的生活影响了李秋实
一生的精神生活。一群几乎一无所有的人组成的群体，有种天然
的豁达、淡泊、互助精神。此地的光荣院并非一般的养老院或敬
老院，而是专门收留残废军人、烈士遗孀或其父母以及一些有功
而无家可归者的地方，大都是些革命功臣、漂泊之人。进了光荣
院，小秋实能吃上饭了，再也没气受了，感受到人与人之间相濡
以沫的真诚友爱。她与老人们处得尤其好，兴许她从他们身上体
验到了未及体验的父爱和母爱，而他们则视她为女儿甚或孙女。
没人要求她干活儿，她却玩命似的干，浑身有股使不完的劲儿，
不让她干反而难受。洗头、喂饭、搔痒、端屎端尿、用手接痰，
这些活儿她全都干过，她甚至为一个老人导过尿。知情者回忆
说，这孩子仁义得出奇，为了救人不知什么叫害羞。

来自沙漠的人渴望甘泉，饥肠辘辘的人梦想饱餐，受够冷
嘲和侮辱的人最珍惜爱与被爱，只消一点爱即可使之泪水涟涟。
也许童年记忆太惨痛了，也许光荣院的厚爱太暖人了，一冷一热
的反差，激起了李秋实强烈的奉献热情和实干精神。她是以广义
的人民为家园、为父母的，她是吃百家饭、穿百家衣长大的，私
有观念和小家庭财产观念都很淡。比如，作为孤儿，她曾得到县
民政部门发给的一双翻毛皮包头棉鞋。不料，女同学邵立姝无意

地随口说，我弟弟可喜欢你这样的棉鞋了。第二天李秋实就脱下这双新鞋，包好了送给邵的弟弟。她并非为了讨好谁，只是觉得小弟弟的心愿最重要，怎能不让小弟弟高兴一回呢。就因为这件事，邵一生都信任李秋实，她们成了终生好友。座谈会上，提起这双鞋，邵又低头哭了，半天仰不起脸。李秋实多次说过：我是孤儿，是共产党捡了我一条命，是人民用一分钱、一分钱培养的我，我就是给人民再打两辈子工，也还不上这份情。她在日记里写道：人们都说我是"工作狂"、"有瘾"，是啊，我得的是"职业精神病"。应该说，这些话确是她的肺腑之言。李秋实的小家我是看过的，一进那狭窄的楼道就觉得别扭，入得门来，除了一只大沙发，没一样值钱的东西。李去世已多日，家中仍无收拾过的痕迹，略显凌乱，可以想见李生前的忙碌。我相信，一切是原来的样子，不是故意做出来给人看的。

李秋实先被保送到本溪卫校学医。卫校一毕业，她就要求到最艰苦的地方去。那年月的青年都那样，何况李秋实。于是她来到了号称"辽宁屋脊"的八里甸子老秃岭。这地方穷得叮当响，都20世纪60年代末了，还有不少户是全家盖一条被子、轮流穿一条裤子。近亲结婚普遍，地方性大骨节病流行，村里有不少目光呆滞的弱智儿、痴呆儿。这里的人们没有洗澡的习惯，生了病，只信跳大神的，或当众吃香喝灰的。当地人回忆说，那时的李秋实身单力薄，却不遗余力地宣传移风易俗。她走路脚下生风，办事节奏极快，说话干脆利落。座谈会上有位发言者说，自打李秋实进山来，娘儿们闹暴动啦，什么男女都一样，不准打老婆，讲卫生光荣，不洗不准上炕，近亲不能结婚等等，讲起来总是一套一套的。

那时李秋实本人还没结婚，却遇到过一件婚姻纠纷案：当地有个俊俏姑娘，已有了相好的，但父母为给她弟弟娶亲，急需用钱，硬是把她许配给一个残疾人。姑娘痛不欲生，誓死不嫁。在贫穷山村，此类悲剧原属屡见不鲜。这次闹到最后，总算有了一线希望，对方承诺：不嫁也可以，但限三天内必须归还二百块彩礼钱。那时筹措二百块比登天还难，实际等于绝了姑娘的路。姑娘多方求人未果，急了，万般无奈了猛然想起了李秋实医生。李一听自然很气愤，却照样凑不起这笔大钱，但她天生有股不达目的誓不罢休的韧劲儿，硬是奔波了三天，费无数口舌，凑够了数，解了姑娘的燃眉之急。

对李秋实来说，至少在早期，并无明确的"做好事"意识。她这样活着，也就这样做着。细数起来，她做的好事都非常小。六河乡一位耳郭软骨膜炎的女患者，把病耽误了，越来越重，再不抓紧治耳朵怕就保不住了。可她住得远，那年月生产队又不准轻易歇工，咋办？李秋实说，那你每天早晨六点来，我也六点钟赶到医院，咱俩都起个早儿吧。有个小患者，因无人陪着，又没钱，一直挺着，挺了好久。李秋实就想，不就几十里山路吗？我利用星期天跑一趟去做了手术不就行了吗？结果用两元钱解决了问题。又有一次，为了抢救一个孩子，李接到通知，火速从住地小跑着赶到医院，忙活了几个小时，孩子脱险了。这时孩子的母亲偶一低头，发现了李秋实光脚丫子穿双旧布鞋。多冷的天哪，这位母亲刷地就泪流满面了。感动，从来都不是主观努力的结果，总是在自己不知道的时候感动了别人或被别人感动。

这种事事替别人着想的品性，由于其无私性，在紧急关头，就有可能转化为一种大智大勇。也许下面这件事算她平生干的一件最具新闻价值的事了：1973年7月的一天，雅河乡朝鲜族4岁的小姑娘朴永梅不慎将一大颗芸豆粒吞下，顿时憋得嘴唇青紫，赶忙送往县医院，到达时已是呼吸困难、命如悬丝了。转诊肯定来不及了，那怎么办？当时的桓仁县医院尚无一人做过气管切开手术。李秋实顾不了那么多，她只有一个念头：救命要紧！于是自作决定，竟然动刀了！经过一番惊险，芸豆粒终于取出，孩子得救了，而桓仁第一例气管切开手术也在不经意中成功了，历史空白就此填补。当年，还不甚出名的评书演员田连元，根据此事创作了评书《新的采访》，着实在东三省轰动过一阵子。我今天称颂这件事，丝毫没有提倡反科学蛮干的意思，只是肯定李秋实在紧急关头的果敢。她本人其实清醒得很，事后赶紧补课，反复实践，到沈医大进修，终于成为这方面的专家，平生完成了高难度"切开"手术五十三例。追溯起来，最早激发她苦练此项技术的动因，实与乡下孩子随时会遇此危险有关。

三

人们都说，李秋实做的好事像天上的星星，数也数不清。

人们这样讲着的时候，我却心存疑惑：她做好事为了啥？是为做好事而做好事吗？是为保住模范的头衔吗？是把自己变成一架专门做好事的机器吗？抑或只是为了维持一种可怜的虚荣？须知，她是连续九届的先进工作者、劳模、优秀党员，这光荣从"文革"一直贯穿到今天，几乎从未中断。在那个全民族迷狂的年代，是不能排除某种异化、扭曲，或者迎合的成分的。这有时并不说明本人品质如何，而是风气和时尚使然。我不敢说李秋实没一点拼力做好事以维持荣誉的造作、虚荣，但就我的访问所及，我发现她的行为主要还是源于一种内心的需求。她焕发的是真实的激情，不帮人就觉得活得没劲、没意义、失去了目标。她的行为不是那种恩赐施舍型的，也不是那种为做而做表演型的，而是一种善良人性的自然流露，一种不计回报和不追求轰动效应的行为，于是呈现着质朴和自然的特色。这正是她最可爱的地方。她有时觉得自己很强大，具有强大的爱的能力，从小接受了那么多爱，把它们贮存起来，像水库的蓄水，随时准备释放。仁者爱人，李秋实是仁者之花，爱人是她一生行为的主要驱动力。对此，她未必理性地自觉，但始终实践着。惟其如此，她才会在不经意间帮了许多人，而人们也才会那样真心地怀念她。

县医院四楼的角落里，是李秋实的办公室，朴素而简单。

可以想见几个月前这屋子人们出出进进，还是一片繁忙景象，现在已是物是人非了。我们翻看着她不多的遗物，不过是一些旧照片、病历和不多的文字材料，但她在笔记本上写下的"有益于人，有益于社会"的字样，却引人注目。陪同者立即解释说，她落（掉）了一个字，应该是"人民"，不是"人"。其实，我已经发现有关介绍李秋实的材料上，都在提这两句话，但都代为改作"人民"了，并把此话作为李的重要语录。我不这么看，我认为李秋实没有掉字，她原来就是这么想、这么写的。她没有刻意分辨"人"与"人民"究竟有多大区别。我们知道，"人民"这个美好的字眼，曾在"文革"中被滥用过，曾有多少无辜者被斥逐在外，以致这个词变成了打人的棍子。李秋实的感人处恰恰在于，她似乎显得很迟钝、很马虎，其实她这么写是基于她一贯都是不分尊卑、贵贱、高低、老幼、贫富地对待着每一个患者，尤其是他们中的穷人。"文革"中她就这样，当她掌握一点小权的时候，特别保护医院里的一批当时不属于"人民"的"高知"和"反动权威"。她尊重他们，觉得他们才是有大用的人，于是不断地带他们下医疗队，实际上是帮他们逃避批斗。正是这一点，使她这个"文革"中的"红人"，在"文革"后仍能够受到群众的信任和拥戴。现在她依然这样，对生满虱子的穷老汉、卖茶叶蛋的老婆子、饱受冷眼的失足青年、不名一文的下岗者从不嫌弃，尽力给予帮助。她好像从不知势利和贵贱为何物。

座谈会上有位农村青年妇女泣不成声，她叫赵振新，那年她脑后长了个大脓包，暗绿色脓水顺脖梗子流，恶臭难闻，把同房的病人全熏跑了。她妈给她擦了一半，也受不了躲了。人都跑光了，小赵心中无比委屈，暗自掉泪。这时李秋实来了，说姑娘别害怕，脓出来说明快好了，你该高兴，哭啥？说着仔细地给她把脓擦干净。小赵说，我什么都能忘，就这件事，一辈子不会忘。她把李秋实叫"李姨"，并执意要拜她为干妈，李说，傻闺女，我看过的病人那么多，都认干亲认得过来吗？

李秋实是从最底层的苦难中走出来的人，她的心，总是与最贫穷的百姓贴在一起，习惯于从最艰辛处感悟人生。我以为这是她在老百姓中享有威信、富有魅力的根本原因。她当上县医院院长以后，替穷人着想的特点始终未变。在座谈会上，女大学生刘志芹谈起自己的求职经历，仍禁不住潸然泪下。刘说，1997年7月我以优异成绩毕业于沈阳医大，但工作就是没着落，求职四处碰壁，一晃一年半过去了，还呆在家里。我的父母都是普通的农民，没钱没势，也没像样的社会关系。看着两鬓斑白的父母为我的工作着急，我常与泪水为伴。有一天住在县城的嫂子说，县医院李院长人不错，挺正派的，你不妨找她试试。我思想斗争了好久，终于鼓足勇气找到李秋实。李说：把你的毕业证拿来我看看。我当即送上毕业证和一些奖状。李问：这个院长奖学金和市长奖学金是咋回事，人人都有吗？我说：三千多学生中每年有十二人得院长奖学金，有四人得市长奖学金。李当即灿烂地笑了，说你等会儿，我们商量一下。半小时后她回来了，通知我第二天上班。我当时几乎不相信自己的耳朵。我父亲更是感激涕零，把他多年节省下的二百元郑重地装进一只信封，让我送给李秋实。我恭恭敬敬地送上，李严肃地说，把钱收起来，你好好工作，就是对我和家乡父老最好的回报。事后我才知道，李的女儿王悦从本溪卫校毕业快三年了，尚在待业。不少人曾对王悦说过这样的话：你妈是县医院院长，别人为工作发愁我们信，你愁我们不信。然而事实是，她不但发愁，发愁的时间还更长，虽然这与护士的工作更难安排也有关系。

四

我厌烦虚假，厌烦为了维持自己的好名声而故意牺牲亲人正当利益的虚假。我有些担心，李秋实可千万别是这种人啊。我不愿在此掩饰自己不时泛起的疑惑——当我听说一个细节后，这疑惑就变得强烈了。

我听说，李秋实生下女儿王悦后，产假还没满就匆匆赶回了桓仁上班，把婴儿留给阜新的老奶奶照看，一留就是7年。女儿王悦实际上是爷爷奶奶用鸡蛋换羊奶喂大的。小悦4岁那年，爷爷带她到桓仁去见妈妈，她每见到穿白大褂的妇女就喊妈，人家都说我不是，当她见到真妈妈时，再也忍不住委屈，哇哇大哭了。王悦7岁那年才真正回到母亲身边。她回忆说，妈妈永远忙，连给我梳头的时间都没有，我自己不会梳，只得把长发剪成短发。在王悦眼中，奶奶是第一好的，因为她从小是奶奶带大的；爸爸是第二好的，平时主要是爸爸照顾她；至于妈妈，她说只能排在老末的位置。有一回，王悦和一个临时收养在她家的孩子争玩具，李秋实护着那孩子，打了她一巴掌，她当即就问母亲，我到底是不是你亲生的？要是，那你对别人为啥比对我还好？这问题问得够尖锐的。是啊，现在毕竟不是战争年月，不管如何工作忙、担子重，作为一个女人，倘有孩子，似乎首先应该做个好母亲。于是我想知道：作为女性、母亲、妻子的李秋实，她的真实的情感生活是怎样的？

在桓仁，有人在非正式场合小声对我说，李秋实其实是个过时的人物，她越努力，就越是充满了悲剧意味。说者并无贬义，只是表达一种对人与时代、人与身份的另一看法。的确，依照当今实惠化、福利化的眼光来看，李秋实确有点属于过去年代。作为永远的劳模，她曾是政治文化功能格外强大时期的产物。在很长的时间里，她是和"飒爽英姿"、和"铁姑娘"、和"半边天"意识紧密地联系在一起的。她的生活方式和精神价值是在"革命化"年代里塑造并完成的。毫无疑问，在工作与小家庭、患者与自己的孩子、革命与家务事的关系上，李秋实总是把前者摆在前面，尽可能地抑制后者的要求。于是，她作为好医生、好院长的一面特别显眼，作为母亲、妻子、主妇的一面就未免黯淡一些。甚至可以说，她的女性意识的淡化以及呈现出某些男性化的特征，并非个性的原因，而是打着深深的时代烙印。然而事物的复杂性在于，就别一种意义上说，她处理情感的方式也是一种美，一种特殊环境下的美。我深信，万事万物，其价值都不是单一的，而是随着时间的推移变幻不定的。

李秋实与王志成的婚姻，在今天的年轻人看来一定觉得好笑。李是在"文革"中县医院的培训班上遇到王志成的。王志成白净脸儿，一表人才，品学兼优，政治上也没问题，自然成了姑娘们的包围对象。那年月的人也不是不谈恋爱，只是谈的方式、爱的内容与今天大异其趣。姑娘中颇有长得漂亮的，有位打扮入时、绰号叫"大上海"的，还有个一双大眼睛水汪汪的、外号叫"巨丰"的；相比之下，李秋实黑不溜秋的，只能靠边。不过，在那个年代，她有她的优势，何况别人都是常规谈对象，她偏能出奇兵。

李和王的关系起先很一般，谁也没有想法。一次，王在老乡家吃派饭，吃超标了，一顿吃了三碗糙米饭，外带两只咸鸭蛋。李当时是领队，看在眼里，一面给老乡补了钱，一面在生活会上点了王一下，王的脸红了。又有一次，王忽然主动提起李秋石的名字，说石也叫旦，容易叫成秋旦，不如干脆改成实在的实比较好。这回李的脸也红了一下，后来就真改了。爱几乎没有任何理由地悄然生长着。有一次，李大胆地说，你看我怎么样，可不可以处对象？王先是一愣，继而就不出声了。就在那年秋天，发生了一件事，李出诊碰上山洪暴发，为拦洪水，跟大伙一起跳进水里，裤头掉了，后来就传出李秋实裸体抗洪的笑谈。王和李独处时，王说，男人家光不出溜的不丢人，女人可就……李秋实马上说，那时候谁还管形象不形象的，你呀，思想咋还这么封建？说着戳了王一指头，王就势一躲，李就倒在了王的怀抱……如果说，李与王是以革命加恋爱的方式确立了关系，那么一旦确定，就以革命化的神速，闪电般地结婚了。李秋实一派铁姑娘作风，绝不婆婆妈妈、扭扭捏捏。在她看来，恋爱、结婚、生孩子虽是人生必经阶段，但要尽可能压缩时间，速战速决。有的姑娘还在做春梦，她已经"解决战斗了"。

李秋实是个永怀感激之心的人：进光荣院，她感激；上学，她感激；到老爷岭，感激；当上县医院院长，还是感激；找到王志成这样可心的丈夫，更是感激。她说，咱是孤儿，再苦再累也不觉得，做梦也没敢想找到你这样儿的。但李秋实似乎又显得女性味儿不足，她平生没佩戴过一件首饰，当上医院院长后，几乎没认真给全家做过一顿饭。王志成自称是家庭妇男，洗衣做饭带孩子，全归他管。对李秋实，王志成一面害怕她，害怕她玩命地工作；一面怜惜她，怜惜她的身体。有时只盼她多出差，她一走，他就自由了，可以打打牌、跳跳舞、喝喝酒了——王志成和我单独交谈时，如此坦率地谈着，我觉得他实在是个诚笃、本色之人。

由于李秋实完全扑在医院里，基本不顾家，王志成的感情也不是一点不起波澜。传闻本溪有一女性与志成脾性相投，两人很谈得来，渐渐亲近，好事者便提醒李秋实，别让人把你的人招

跑了。李却一点儿也不恼、不着急，在公共场合，她主动上前与
这位女性拉手、亲热地交谈，落落大方，后来成了好朋友，对方
自然不可能出手了。但李秋实绝不是缺乏母性和母爱的人，自小
深受孤儿之苦，她最怜惜的是孤儿，最怕别人遭遇类似于她的不
幸。医院单身女职工兰玉琴去世时，丢下一个7岁的小儿子兰岩
松。李秋实同情这母子俩的不幸，便把抚养兰岩松的任务全背起
来。兰岩松可不是省心的孩子，厌学，打架，光饭锅就烧漏了
七八个。坏一个，李秋实就再买一个。更没料到，他后来受坏人
勾引，参与了偷窃活动，被劳教了。李秋实闻知，痛悔不已，自
谴没尽到责任，一次次地跑去看望，寄钱物，安慰劝导。兰出来
后，由李秋实出面担保，在医院干上了临时工。医院发生了失窃
案，有人就怀疑到兰的头上，兰一怒之下，甩手不干了。这回又
急坏了李秋实，她拿出四百元，让兰去做小本生意，结果又赔光
了。李秋实就又四处求人，把兰安置到服务公司。这时，兰的婚
姻问题提到日程上来了，女方家长顾忌兰的过去，坚决不同意。
还是李秋实的事，她一趟趟地游说，出来打保票，终于感动了女
方家长。于是在她亲自主持下，兰岩松完婚了。李说，这我才觉
得对得起我那去世的苦姐妹了。

从这一连串的行动里，我们能不感受到一颗慈母般的温热
的心？

作为一个女性，李秋实可能属于未能实现女人梦的女人，
她施之于家庭、丈夫、女儿以爱的时间实在太少了。这一点她在

临去世前有所反省。有天她突然无端地流泪了，对王志成说，我能记住这一辈子你给我做过多少顿饭，我现在就跟你订个契约，我欠多少补多少，一到退休年龄，我决不接受返聘，辞掉全部工作，好好当一回老婆，好好当一回母亲。惜乎此梦终于没有实现。

五

李秋实后来当"官"了，一直当到县卫生局的副局长、县医院的院长，故而不能仅把她看作普通的乡村医生。

放到全国，一个县医院的院长也许不算什么，但到桓仁一看，县医院的新大楼颇有气势，再看五百多号职工忙忙碌碌，看病就医的众百姓川流不息，你会顿然觉得，院长还真是个不小的官儿呢。这些年，在李秋实率领下，桓仁县医院已升级为"二等甲级医院"了，牌子就嵌在大门上。据说这是全国县级医院中的最高等级。所以，对李秋实确乎有个怎样定位的问题。我看过一些新闻稿，有的称她是党的好干部——也确实可从好官的角度去写她；有的称她是人民的好医生——她一生从未放弃过医生救死扶伤的职责，刻苦钻研医术，从一个中专生成长为副高职称的获得者，作为优秀医生，当之无愧；还有的称她为当代活雷锋，当然也不无道理。然而，我却有我的理解。在我看来，她既是仁爱精神的承传者，又是东北乡土精神和民间情怀的体现者，她是当代普通百姓心目中道德理想的化身。

她是一位爱者、梦者。人活着，有有梦与无梦的区别。李秋实是一个目标感很强，充满梦幻与渴想的人。她小时候就特羡慕背药箱的人，觉得穿白大褂最美，梦里也要当医生。当上护士了，她不满足，不断进修，凭真本事拿到了副高职称，这无论对她还是对县医院，都不容易。接着，她的梦想在扩大、在升华，她想以她为中心，建一所现代化的大医院，解除所有乡亲的病痛。她是有心人，凡到外地出差，或串亲戚，都悄悄把当地医院看个仔细，然后比较着，在心中描画自己的蓝图。然而，就她的本性、所受教育和价值理想来说，与市场化的法则和秩序其实很难兼容。她的理想是计划经济基础上的理想，她很难跳出这个圈。她认同并为之激动的是那种为贫下中农送医送药、风雨出诊的人生，她对商品化、市场化、利润法则这一套始终思想准备不足，甚至有种天然的阻抗性。就这个意义上说，她其实是个不合时宜的人物。现在有的文章把她描绘成市场经济的弄潮儿、英雄，如鱼得水，我以为是一种误解。她是被动地、扭曲地、心力交瘁地应付着这个越来越陌生的世界。如果说她是商品时代的英雄，那也是悲剧英雄。比如：她对药价的飞涨、昂贵一直不理解、不赞成；对于今天腐败的病菌已侵害到教育、卫生甚至司法这些神圣的传统领地，对于愈演愈烈的拿红包现象，她更是深恶痛绝，又认为不可理喻，表示想不通；她对医院设备的严重老化心急如焚，为改善医院条件不停地呼吁，却又发现她的努力往往收效甚微。

李秋实是临危受命的。卸任的前院长曾说："有人拥护我，那是因为我'又聋又哑'，有一些人吃拿卡要，跑冒滴漏，收红包，吃回扣，开高价药，呆着多舒服啊。那时山区百姓有一口诀讽刺道：'一顶白帽头上戴，革命红包挂两边，白旗指处乌云卷，掏光了农民把身翻。'可见问题已很严重。于是我交班时，将李秋实一步提为第一副院长，主持全面工作。李秋实也确实不辱使命，一上来就响亮地提出，我们是人民医院，不是人民币医院。她抓作风，抓纪律，抓干劲，讲奉献，制定严格的规章，红包现象确乎中止了。经过她和战友们几年的共同奋斗，到1999年，医院几乎还清了所有内债外债，收费标准也比同级医院低，病床利用率达到百分之九十七，实现了人才结构的合理配置。"

担任院长后的李秋实，经历着从自在的人到自为的人的过程。过去她只要完善自己就行了，现在却需要像身陷重围的斗士左冲右突。她是不愿向人伸手的人，但在她去世前的一些年头，要钱，不屈不挠地要钱，低首下心地要钱，成了她生活中的头等大事。她没有太多办法对付市场化的汹涌，她只能是花最少的钱办最多的事，对自己极端苛刻地俭省，以及向政府呼吁拨款，改善医疗设备，为山区人民谋福利。她在求人与不求人的夹缝中挣扎，开口求人难，不求人又办不成事，人再超脱也不可能脱离社会、市场，这便是李秋实时时感受着的痛苦。

　　每届县人大会议的议题，经她的坚持和反复陈情，总少不了讨论给医院增添设备。这次是解决CT，下次是解决彩超，再下个目标就是高压氧舱，李秋实也因之被善意地冠以"李彩超"之类的外号。她才不管这一套呢。有一年她把县长逼急了，只好把仅剩的一点钢材给她充数，她果然就去售钢材了，赚的钱为医院添了一项新设备，方便了群众。生活完全把她的性格改变了，她变得脸皮厚了、无所谓了。她甚至专拣大款们吃大盘的时候赶去谈判，一边看着他们吃，一边谈要钱的事。这时候，那个既泼辣又腼腆的"铁姑娘"早已不复存在了。随着梦的步步接近，她的身体也一天天地耗损着，直到最终把命搭上了。

　　生命有时是极脆弱的。矛盾积累到一定限度，只消一下子击打即可折断。李秋实尽管积劳成疾，若不是那一场官司，也还倒不了。事情出在医院的新建大楼上。施工队一撤，便发现毛病全出来了，热水管堵塞，墙皮掉落，漏雨，开裂……看来一场官司回避不了了。对手是强大的，有来头，有背景，气势汹汹。实在没理了，又企图抹平，要求撤诉。李秋实就是不答应。她说，医院是啥地方，人命关天，工程质量关系到老百姓的生命安全，我没法子，我只有打到底了。她不惧法官，不为说情者所动，也不怕威胁利诱。有人悄悄对她说，给你一百万，你考虑不考虑？李铁青着脸，不屑一顾。官司一度要败诉了，李的身体也快扛不住了，包工头暗暗高兴。李说，就是败诉了我也要败个明白！她就这样一直顶到胜诉，返工。包工头说：我一直不信有这种人，现在我信了。共产党的干部要是都像她这样，天下谁也动不了。鞠劳一生的李秋实猝然倒下了，倒在会议桌前，据说当时她正重复着"要讲奉献"四个字，就此再也没能缓过劲来。桓仁的老百姓用心和泪来称量李秋实的生命质量，说她是大人物，以前难找，以后也难以出现；说她太感人了，太了不起了，一般人学不了；还说她把大家惊着了。也有另一种声音在说，这是在一个封闭的近乎乡土社会的环境下才会发生的故事；要是在大都市，人那么多，一个人如一滴水溶于大海，一个医生就是再卖力、再刻苦、再出色，也很难达到现在这样惊心动魄的效果。也许是吧，但李秋实的意义是永远消泯不了的。

　　归途上，我突遇奇景。万未料到，已是四月天气了，竟然大雪狂舞，茫无际涯，引得天地间一片肃穆，似在悼念秋实。洁白的雪，晶莹、清亮、透彻、坚贞、一尘不染，多么像救死扶伤的白衣天使翩然而降。无边地旋转着的雪雨啊，默默无语，悄悄地滋润着大地山川，多么像一支充塞远天远地的无声赞歌，人道精神的赞歌。更可骇怪者，风卷着雪粒，造出婀娜的人形，不断飒然来到车前站立，又遽然随风飘去，有如演员的连续谢幕一般，令人忽然想起《楚辞》中"若有人兮山之阿，被薜荔兮带女萝，既含睇兮又宜笑，子慕予兮善窈窕"的超妙意境。莫非是李秋实在向我这个远方的不速之客含笑致意吗？莫非是她对我的理解表示首肯吗？

　　同车人说，即使在东北，这个时候下这么大的雪也十分罕见。到本溪时，雪下到一尺半深都不止了。这一天是2000年4月10日，只要查一查当地的气象记录即知。让我们永远记住吧，在辽东，在深山，有一个伟大而质朴的女性，曾经这样地生活过，像白雪润泽大地一样地生活过。她的名字叫李秋实。

（原载《人民文学》，新华文摘2001年10期转载）

悲情山川：废墟上的联想

32年前，我曾到过唐山地震现场。我在干校劳动了4年后回京，1973年被分配在新华社一部门工作，人却住在北京东郊乡下岳父的土屋里。1976年7月28日深夜三点多钟，我睡的土坑忽然乱晃，妻锐声喊醒我说快快，地震了，我还算机敏，一跃就翻到地上，顺势搂起4岁的儿子直往外奔，他的头还扎在我怀里；妻抱着不到2岁的小女儿，紧随我后，一口气跑到菜地里。此时听到大地发出怪异的咚咚声，夜色呈铁锈红，房屋颤抖着，天上偶有雨滴滴下。相继跑出来的亲戚邻居哭的哭，喊的喊，乱成一团。大家都光身子穿短裤，也有寸丝不挂的。有人喊，美国的原子弹从地底下打过来了，或者喊，苏修的导弹打过来了。现在想来好笑。

七天后，我即被派往唐山灾区采访。虽已过了七天，在那时不算最早的，却也算很早的。我们住在唐山机场的帐篷里，门前因大雨后泥泞难行，大家都叫它"泥罗河"。同住的全部是解放军。城里也全是军人。唐山已夷为平地，方向莫辨，满目瓦砾，断壁残垣，尤以市区铁道两侧，火车站，矿冶学院等处最惨。我们去时，有些死者还没处理完，我们就在两排死者的光脚丫的长阵中穿行，死者是用被子盖着的。听说我们来之前，市中心一大楼顶层，一女性的腿被压着，人悬在半空中，已死，头发下垂，状极惨，预制板硬是搬不动，因为陈永贵要来，费了好大的劲，才取下来。

那时没有手机，只有转盘式电话，没有矿泉水，也没有方便面，战士吃压缩饼干，每天军车坚持给灾民拉水，非常辛苦，发水的镜头，还有防化兵不停地消毒，记忆犹新。那时也有很多生命奇迹发生，有位叫卢某兰的开滦女工，被埋压十好几天还活着。那时更出现过无数无名英雄，有一乡下女孩，才17岁，顾不上光着身子，天亮前独自一人用双手连续扒出并救活了七八个乡亲。好像参加了当年的国庆观礼。我想了几天没想起她的名字。那时也有个别坏人，抢供销社，乘混乱把商店物资偷回家的。在进入唐山的路边，我就看到过一个用铁丝绑在树上的壮汉，裸着上身，垂着头，任蚊虫叮咬。路人指点着说，这是偷了东西的，看模样也确实可憎。地震那晚，动物园的狼也给震出来了，但它没伤人，一天后才被抓回笼子。当然也有奇闻，如某书记失踪了，其尸体是与一女性的尸体在城市的另一端发现的，从而爆出风化案，但人都死了，值得追究吗？当年，许多失去丈夫的妻子和失去妻子的丈夫，自然地结合了，还有许多孩子和老人，自由地组合了新的家庭，每一个故事都能让人落泪。从那年到以后的好几年，每到传统节日，对无数唐山人来说，是悲伤的，那是一些到处能听到哭声的夜晚。唐山曾是一座悲情城市。（我当时搜集了不少材料，装在一大牛皮纸袋里，多少年搬家舍不得丢，最近想用它写点什么，可在杂物堆中找了多日仍没找到，每天找得灰头土脸。这也是我迟至今天才更新博客的原因）。

从唐山地震到汶川地震，32年过去了，历史发生了天翻地覆的变化，我们的民族确实强大和成熟得多了，中国变得坚定而自信，更可贵者，是民族精神的成长。当时受技术装备能力所限，记得是三十八军冒雨先到达的。还记得唐山空军某部一女电话兵不顾天旋地转，奋力插好所有接头，不断呼叫这里是唐山，这里发生了大地震，直到壮烈牺牲，她是陕北米脂人。由于信息和交通滞后，记者却到达得比较晚，而且新闻被屏蔽，封锁，惨烈情状久久不为世人所知。至于救援手段的落后，国民经济的衰弱，更提不起来；可恶的四人帮却没一丝人性，依然在叫嚣评法批儒批水浒，念念不忘讨伐邓小平。当年好像也没有捐款一说，我们也不接受外援，更不可能有外国的救护队进来。然而，中国人民是伟大的，人民子弟兵是伟大的，惊天地而泣鬼神，他们为了救人挖得双手流血露出了骨头也不止息。汶川的历史环境就完全不同了，我们有陆海空强大的救援能力，有充足的物质支撑，大量的捐款，源源不断的献血，全面地显示着一个崛起大国的经济实力和精神能力。这是以改革开放三十年的厚实成就为基础的。中外记者在第一时间涌入灾区，新闻的透明度，人民的知情权，全都得到保证，惨烈的情景瞬间为全民所知，这也有利于以最快速度挽救生命。对于国外的救援，甚至国外的军机，也允许进来，表现出了一种开放的胸襟，不禁让人体会到什么叫"全球化，高科技化，媒体化"时代。当然也暴露出我们的一些薄弱和教训。

经历过两次大地震的我，最强烈的感受是，对生命的高度尊重。一切为了人，人是高于一切的。人们比任何时刻都更加意识到生命的珍贵，生命的平等。胡锦涛主席，温家宝总理要求任何时候都不要放弃抢救每一个生命的呼喊声回荡在耳边。为普通百姓下半旗哀悼，成为全国祭日。博爱不是资本主义的"专利"，而是普世价值。过去，唐山地震的那些年月，也就是"文革"时期，四人帮们不但不是在尊重生命，而是在无端地残酷地莫须有地剥夺着他人的生命，受害者包括知识分子，普通百姓，也包括官员，重要人物。曾在一个不短的时间里，饿死人，屈死人，冤死人的现象太多了，真是不堪回首。这次地震对人的尊重和呵护的力度之大是前所未有的，我们以人为本的执政理念，让全世界实实在在地看到了。外国媒体评价说，这是中国最重大的一个进步。

这次地震，激活了全民族蕴藏的巨大的爱国主义、人道主义和传统美德的能量，形成了一个以大爱为特征的极其丰厚的精神展现。我们民族的凝聚力空前强大，在灾难面前表现出高度的自觉，日常的尘忧俗念，个人的恩怨计较，都能放下来，全民族

投入到抗震救灾的共同目标中。从更深刻的层面来看，一度隐退
了的道德良知，在灾难中突显出来。中国的形象在世界面前焕发
出新的光彩。通常认为，在日常化、物质化的时代，难得找到英
雄，甚至认为现在是个非英雄化时代，实际上，生活中原本就是
存在英雄的。而这一次，不论是奋斗在第一线的官兵，还是无数
灾民中的大勇者，是国家的决策者，领导人，还是某些知识分
子，前线记者，不少人是当得起英雄称号的。尤其是，数量日增
的志愿者，更成了耀眼的亮点，充分体现出个体意识，自由意识
与人道主义精神的结合。英雄也非高不可攀，就在我们身边。无
数的生命奇迹被创造出来，有多少超越生存极限的坚韧，有多少
不可思议的抢救，这些都是人类永久的精神瑰宝。

　　但是，我也在想，当大灾难猝然来临时，人类固有的被封
存被搁置被抑止的大爱，良知，无私，忘我，无畏，献身，在一
瞬间火山爆发一样释放出来，形成了一个汹涌澎湃的爱的浪潮。
在这样的特殊时刻，有劣迹的甚至某个罪犯，有可能一瞬间成为
勇士，而有的为人师表者，也可能瞬间成为懦夫，人性表现出罕
见的多面性和多种可能性，既有谭千秋，袁文婷，也有"逃跑
门"。可是，当风平浪静，生活回到世俗化常态以后，这些美好
的情感和行为还能保持多久？健忘是否是人的本性？一切美好，
会不会暗转，淡化，褪色？在危难面前，人是伟大的，在宇宙面
前，人又是渺小的，上帝看人，就像人看蚂蚁一样。所以，地震
是否又可能成为一柄双刃剑？一方面激发良知，爱心，把人的美

发挥到极致，开启民族心灵的一次强化和净化。但另一方面，几万人瞬间毁灭，让人看到了人的可怜，无助，在一些人那里，会不会滋长出生死无常，及时行乐，甚至醉生梦死的念头？比如，还学什么，还干什么，还有什么值得拼搏的，还不赶紧吃喝玩乐？我这样推想，恐怕不完全是杞人忧天。这并不意味着要求人们一直像地震时期一样，但怎样把最美好的东西尽可能长久地保留，却是所有人的希望。这次地震所体现出来的精神是丰富的，多面的，以爱为中心，甚至包含了古今中外各种各样优秀的思想精神资源，它的启示力，它的思想、道德、审美内涵，需要我们倍加珍视，怎样把抗震精神化为一种长久的民族精神财富，也许是一个值得深思的问题。

赤水河畔

七月，我在赤水河畔行走。

遵义，仁怀，赤水一线的新修国道，时有塌方，于是只得回到令人闻之色变的贵州老道。在新路上二百公里只需二个半小时，在老路上六个小时能到都算是快的。因为我们要在黔北跑几个地方，车子便整天在乌蒙山脉钻进钻出，人像摇煤球似的摆簸不止，不知因为什么，我哼起"喜马拉雅山哪，再高也有顶，雅鲁藏布江呀，再长也有源"，事后分析，那是我渴望尽快结束受罪过程的曲折反应。不过也有柳暗花明的时候：走着走着，一个急转弯，赤水河在山脚下赫然呈现，再一转，车又进山了，赤水河转到背后。此河在不同的河段形象各异：有时是窄狭湍急的山溪，有时是万浪排击的险滩，有时又如浩浩大江，帆船如镜面上缓缓移动的甲虫——那是在快要注入长江的地方。

我发现，每当赤水河陡然现身时，车中人皆屏声敛息，默默下窥，好像在打量一个蓦然闯进来的陌生人。我推想，我们来茅台酒厂采风的各位，此刻心中想的应是同一个问题：这看起来与千万条江河并无多大区别的赤水河，何以能成为著名的国酒茅台之源？世人只知"四渡赤水出奇兵"，把赤水当作一条富蕴革命传统的河流，却未深想，何止茅台一地，什么鸭溪啦，古蔺啦，习水啦，再往北延伸，泸州啦，宜宾啦，众多酒香四溢的地名，皆与此水有关，不是坐落在河之两侧，就是与这条水系暗中勾连，这条河与中国的酒文化何以存在如此深刻的联系？难道它是酒神乃至酒魂的隐身之所吗？

我早就听说了，为了提高茅台酒的产量，人们曾有过多次尝试，比如到设施和交通较为便利的遵义开辟新址，用同样的配料，同样的秘方，同样的工序，乃至由同样的师傅亲手造酒，结果，不可思议的是，不管如何下功夫，酒味还是发生了变异，茅台的原汁原味硬是出不来。其中原委连科学也解释不了。于是，人们依然回到赤水河畔相对封闭的茅台镇，依然保留了某些手工作坊式的程序。这也是至今茅台酒的产量不算很高的原因。我想起了"橘生淮南则为橘，生于淮北则为枳，叶徒相似，味实不同，所以然者何，水土异也"的古训。望着流淌了千万年的赤水河，我心想，这可真是一条神秘之河啊。

是的，直到现在，我仍然觉得赤水神秘，用赤水酿成的茅台酒更是神秘。我对酒的形态、品种以及勾兑技术没什么研究，对浓香型还是酱香型也品哑不出，它们充其量只是构成了酒的物质元素。我以为茅台酒之神秘，首先在于她从历史风尘中一路走来，身上所积淀的丰厚人文内涵。有些是我们意识到的，有些是至今并不认识的。关于1915年茅台酒在巴拿马万国博览会上获

奖牌的事，现在是无人不晓了，现在的说法是，"一举夺取"了
"金奖"，此事印在书上，广为宣传，好像真的一样。其实，据
我所知，当时得的不是"金奖"，是"银奖"，"第二位"。这
并非世界第二名的意思，而是相当于现在的"二等奖"。在那时
这已是很了不起的事了。现在的人为什么非要将"银奖"悄悄
改为"金奖"呢，可能是出于如下的原因：一是，副科长，副局
长，副部长一般都去掉"副"字，银奖照例应改为金奖；二是，
以为醇美如茅台者，怎么可能仅仅得个银奖呢，那不是太丢份了
吗？遂有了这样的改动（我不叫篡改而叫修改）。但这属于典型
的非历史主义态度。要知道，那时中国的地位是很卑微的，能参
加万国博览会就够给面子，到哪里去"一举勇夺"呢？没记错的
话，那一年正是袁世凯阴谋称帝的一年，国运衰弱，外交屈辱，
第二年春上这独夫民贼就死掉了。当年得奖的具体情形也并不是
茅台酒一捧出，洋人们就立刻鼓掌，竖大拇指，耸鼻子，欢呼拥
抱，然后一举夺魁。我听说的是，让咱们腾地方，把看上去脏兮
兮的粗陶罐儿搬外面去，搬运中不小心嘭的一声摔碎了，顿时酒
香溢满了房间。洋人们鼻子尖，一吸之下便愣住了，再蘸一点品
味，这才啧啧叫绝，也才有了后来的获奖。这个偶发事件等于给
了中国人一个展示自己的机缘，不然何能得奖？但这个奖得的堂
堂正正，不是靠关系，而是靠实力赢来的，比起现今多如牛毛的
"金牌"来，其价值要高出几万倍。茅台酒的一个突出特征是藏
在深山人未识，来自民间，来自大地，来自根基深厚的中华文化

传统。古人云"茅台村隶仁怀县，滨河土人善酿，名茅台春，极清冽"。这"滨河土人善酿"一语，便道尽了它的民间本色。它不是帝王将相的玩物，也非宫廷秘宝，也不是如某些人认为的早早地戴上"国酒""名酒"的桂冠，四处张扬的样子。

另一段佳话也值得琢磨。它说的是，红军长征经过茅台村，曾用茅台酒擦洗受伤的脚，治疗拉肚子，去痛消炎，证明颇为灵验。后来敌人就大造其谣，说红军抢掠成性，居然用茅台酒洗脚洗澡，暴殄天物，一时间沸沸扬扬，对红军的声誉很不利。民主人士黄炎培却不信这一套，他写过一首诗，大意是传言未必可信，我辈可置之不理，还是喝咱的茅台酒吧，抒发了一番冬夜畅饮的欣快之感。毛泽东读到这首诗大喜，黄来延安时特意宴请并表示感谢，席间谈起此诗，两人眉飞色舞，兴致盎然。黄炎培的这首诗我也见过，惜乎已不记得原句，现今的资料里也没有。我不想给这件事附加许多额外的意义。我惟一的感觉是，不管用茅台酒治病，还是躲进小楼开怀畅饮，能把是是非非权且抛在一边，表现的是一种超脱境界，它只突出了两个字：好酒！

60年代末，我出于好奇，曾在东四青海餐厅品尝过一两茅台酒，酒倒在白茶盅里，幽香扑鼻，用舌尖一挑，爽极，售价仅二角五分耳，据说整瓶的买只须二十二元。当然那也相当于三个人一月伙食费。不知这个价格记忆准确否？茅台酒的名声大噪，似乎与"文革"时期的外交有关，与周总理有关。日本首相田中角荣来华，喝的就是茅台，据说"阿角"天天都要喝，喝上了瘾，还说不上头。这成为当时的一个趣谈，比中国人自己说的管用多了。据说周总理也极喜爱茅台。这伟人和外国人的共同喜好，开发了酒文化的一代风气。茅台幸甚。不过，我闻"物壮易老，利剑多缺，真玉喜折"，事物的矛盾往往会向自身的相反方向转化，在这个需求量极大的市场化的时代，在这个什么都难免打折扣的时代，茅台酒还能不能永葆其醇香甘美的品格，确是一个严峻问题。茅台酒厂员工们的日夜奋斗，似也正是为了维护和发扬茅台酒一贯的优秀品格。

我想，一个生命也好，一种酒也好，保持青春的秘密无它，就在于能否保证源头有活水，能否把自己的根深扎在大地的怀抱。我一向认为，贵州这地方颇为神秘，谭其骧先生考证云，黔之义为黑，盖以其地阴晦少晴，天色常黑故也。贵州的水是一绝，贵州的水多从峡谷，山洞，丛林和喀斯特地形中涌出。当我走过十丈洞瀑布，黄果树瀑布，龙宫瀑布，马岭峡瀑布的时候，我一面惊叹大自然无边神异，一面情不自禁地想起了赤水河，茅台酒，我总觉得它们之间有某种联系。它们都从大地深处奔涌而出，它们都吮吸了山川的精华。赤水河的奥秘在于此，用它酿造的茅台酒的奥秘也在于此。

行走的哲人

　　近来，我临睡前的功课，是轮番品读两本书——《余纯顺孤身徒步走西藏》《余纯顺风雨八年日记选》。我时而依照余纯顺的记述对照地图觅其踪迹，揣其境遇，为其担忧；时而被他描绘的自然奇观和人间至情所感染，与他一起欢笑一同掉泪。

　　对于余纯顺，现在社会上一般都拿他当探险家、冒险家看待，这也许有一定道理，他孤身负重步行，历时八载，走过了近八万里的风雨路程，所经历的绝境、险境，所忍受的饥渴、寒暑，以及多少回的命如悬丝，无数次的死里逃生，直到终于魂断罗布泊，都是常人连想都不敢想的，更遑论亲身去践履。于是称他为"壮士""英雄""大探险家"的就很多。然而，将"壮士"一语用在他身上很确切吗？或者再加上一句"从肢体到心灵双重强健的壮士"，就准确了吗？"走西藏"一书的序是余秋雨写的，据说"余纯顺展览会"的前言用的也是此序。我则忍不住要感慨了，余秋雨的散文，一向以史述、传奇、知识的人情化和文化的观照见长，但个体生命的体验明显较弱，他的不大能感受余纯顺，也许是必然的。我认为余秋雨没能很好地理解余纯顺。

不错，余秋雨对余纯顺敬仰得很，连呼"壮士"不绝，很有点像古代的书生见了黄衫客之类的大侠不断揖拜的样子，但却掩不住心灵的隔膜。余秋雨似乎没有注意到，余纯顺首先是一个优秀的人文知识分子，他的价值主要不在探险，而在人文，在于从物化的威胁中寻觅并遨游于一片精神自由的天空。余秋雨还从余纯顺是上海人，为上海人增了光这一点做了发挥。其实这一点也不必过分渲染。上海的朋友根据余死后面朝东方，证明余对故乡的刻骨深情和至死不忘自己是个上海人；近来更有余纯顺纪念塑像在上海建成，这些都可以理解，地域文明和乡土观念往往能起到鼓舞士气的作用。但倘若以为余纯顺只是以身为上海人而自豪，或万死不辞壮行中华只是为了改善世人眼中的上海人形象，那可就太冤枉余纯顺，太缩小余纯顺的意义了。我倒想问一句：余纯顺既然那么眷恋上海，为何又要不断地"逃离"大上海，宁可让生命永远在旅途中度过呢？

其实，余纯顺的身体并不惊人的健壮，他留了一部大胡子，为的是吓退歹人和恶狗，他也感冒头疼，也肠胃不适，一遇到海拔四千米以上，也会憋闷欲死，他不是徒以体格茁壮称雄的"壮士"，也不是天生的"走路机器"。诚然，他有超人的意志，有不可思议的自律能力，他以徒步的形式，把人的体能和耐力发挥到了极致，但这恰恰证明，他并非体能上的超人，而是精神上的超凡者。毫无疑问，余纯顺是商品时代的一个奇迹，他本身则应视为一个哲人，一个用自己的双腿和大脑碰触最严酷的生存，并用全部生命探索自然、社会、人生等关乎存在的根本性问题的行走的哲人。

面对余纯顺，我们首先遇到的问题是，他到底在寻找什么，他要破解什么，他为什么要采取如此极端的苦行方式？他是自虐狂吗？现在的一些人，物质的占有欲永无餍足，物质的利用率唯恐不充分，而余纯顺却只需一顶帐篷、一只睡袋、一瓶净水和一包压缩饼干；现在的一些人，决不肯离开都市这欲望的万花筒半步，而余却甘心隐身于雪山激流之间，总是独自一人疾行，并不以为孤独；现在的一些人，千方百计享用文明成果，有飞机不坐火车，有宾馆不住土屋，而余却坚持徒步行走，在万难忍受和不可能被人发觉的情况下，也决不坐哪怕一小段汽车，且常常夜宿荒原、涵洞，不以为苦；现在的人，纷纷进入市场陶醉于喧嚣，而余却逃离市场自甘于寂寞。他的吃苦精神和坚忍意志，恐怕连最虔诚的佛教徒也要自叹弗如，他把人的物质需求压缩到了极限，又把人的精神韧性发扬到极限，他有可能让人想起中世纪的隐士、苦行僧，想起复古主义者和反文明者，然而，他与他们是没有任何关系的。应该说，余纯顺时时都在破谜，而其本身则又构成了一个更大的谜。

余纯顺的一身，首先集合了物质的极端匮乏与精神的极大自由的两极化倾向。从一般意义上来看，他的行为，确乎具有开阔视野、增长见识、丰富思想、健全心灵、弘扬祖国壮阔河山的意义。这也是我们虽做不到像他那样，却要大力肯定他的精神价值的原因。但是，从哲学意义上看，仅肯定这些就不够了。我以为，他是个浪漫主义者，他要用艰巨实践把现代人日益退化了的体能、清新的感官、逍遥游般的想象力重新修复，他亲近大自然，并那么善于发现自然的神性，面对自然，澡雪精神，涤荡灵魂。如他造访海拔近五千米的海子山时，称其为"地球表面上的一颗眼泪"。他说："当我快要接近那寒气愈加袭人的湖边时，便再也不敢多近前一步了。那幅画面是：后景，是高耸入云、晶莹肃穆的雪峰；中景，是深不可测、万年静卧的冰湖；前景，则是孑然一身、目瞪口呆的我。"在圣湖前，他展开了飞腾的想象，最后说："在地球表面，有很多颗这样的'眼泪'，但不管我走到哪里，我的脑海中，总忘不了我曾在那么艰难的路程中，在地球表面最高的高原上，如此真切地看过并感受过的那一滴'眼泪'。"他还说，我们人类，只有在这种意境中，才会在宇宙观方面变得更深沉，才会了解生命的底蕴并持一种既珍惜又达观的态度。

但余纯顺并不是出世者，更不是逃世者，他既不是不食人间烟火，也不是愤世嫉俗。他的内心温柔、善良、敏感，具有浓厚的平民意识和民主精神。他从不居高临下地指斥什么，甚至对窃去他钱物的恶徒，也少有怨尤之词。他的行为方式是最个人化的，他的心灵却时刻普爱着苍生。他用超世的行迹表达着淑世的热肠。他在雪后的清晨，看到一个藏族老奶奶一步一颤地走向牦牛群挤奶，会感动得泪流满面，可谓无情未必真豪杰。他不顾险象环生，把四位无依无靠的藏族少年带出了八百里泥石流，那挥泪分别的场面何其感人。我以为，余纯顺具有博大的人道关怀和慈悲心肠，对人民，他总是尽情地礼赞，如他在走遍了川藏、青藏、新藏、滇藏及中尼五条天险路后说："西藏人民，是世界上善良智慧的人民，青藏高原，是地球上不可多得的土地，我为能在今生亲近过这些人民，了解了这片土地，而感到自豪和荣幸。"

余纯顺到底在寻找什么呢？答案似已露出端倪，他在寻求大真、大美、大善，在险峻的自然中，在质朴的人民中。他好像是说过一句"做当代的徐霞客"之类的话，不少人也就据此将他的理想定位于徐霞客了，但我没怎么看出，徐霞客的名气如何吸引了他，我倒是看到，在自然的瑰魅面前，在人民的厚爱面前，他怎样一次次流下了热泪。翻越二郎山的前夜，他已弹尽粮绝，少年王洪忽至，将一张纸放到他掌心，他打开手电看时，原来是张面值一百美元的纸币（原是少年的舅父返内地探亲时，送给外甥买摩托车用的），少年还说"明天，我帮你将车推过山去"，遂迅即离去。读至此，谁人能不感动？余纯顺写道："许多年来，我一直苦苦寻找的人与人之间的那种朴实真挚的情感，在这个地方，竟储存得这样充分！"

余纯顺确乎是在没有任何人指派，没有任何名义，不需要任何回报，也不追求任何轰动效应的情况下，用双脚重新丈量了祖国大地，尤其那些人迹罕至的边陲绝塞。他提供了关于这些地域的具体而微的气候、地貌、物种、道路、生态、文化、民族、宗教、风习的种种第一手资料。这无疑是一大笔宝贵的财富。但我想这不一定是余纯顺的深层动机。特别耐人寻味的是，他不像唐僧取经那样，有一部具体的"经"等在那儿，让他受够了八十一难去取。因而，我始终认为，他的全部目的，是探索怎样使人变得更美好，于是他格外注重发现人类宝贵的情感、道德和理想的价值，特别注重感受自然的人化与人化的自然。他说："天空未留痕迹，鸟儿却已飞过"，如偈语，如哲言。但他在即将成为媒体关注的中心，有人为他添置了精密仪器，并为之办理了无限额长城卡和牡丹卡的时候倒下了。人们的好心无可非议，但我记得他说过，"休整比走路还累"，因而这似乎同样耐人寻味。

云烟缥缈

云南的朋友邀我参加笔会时，大约记着我是个资深烟民，在电话里等着听一声惊喜的绝叫，我却用平静而沙哑的声音告诉他，早在两年前已戒烟了。他似乎有些扫兴。我当即说，这样素身去更好，对我恰好是个考验，而且，透过一个30多年老烟枪的眼光审度云南烟草业的浮沉，也算是另一种寻根吧。

烟之于云南，有如命脉，你可以不知道云南的其他物事，但你不可能不知道云烟；而所谓云烟，又有大烟和纸烟之分。旧社会所谓"云土"者，指的是大烟，即鸦片烟。那时的一份文件这样说："畴昔全省鸦片年产三千万元，自禁绝后，农产殆无可观矣。"足见烟土在云南经济中曾经多么重要。现在鸦片基本绝迹，当然暗地里的贩毒者未绝，吸毒者未绝，云南由于传统和边境的原因，似尤胜于别处，而国际大毒枭昆沙之流的魔影还时隐时现，且放言"要给地球注射一万支海洛因"云云，但吸毒、艾滋病之类毕竟更具国际性，乃现代文明恶疾，我们正在尽力消灭之。应该说，在我们这儿，鸦片横行的时代终究已成历史。

然而，大烟隐去了，纸烟又走上台前，成为主角，命运似乎注定云南的经济无论如何离不开一个"烟"字。去年，玉溪卷烟厂上缴国家的利税高达一百九十三亿，占了云南全省财政总收入的百分之五十六。听至此，我先是一惊：烟的利润之高我知道，但高到如许程度，却没想到。继而我又为之亦喜亦忧：喜的是，卷烟厂活力勃勃，保持了高速腾跃发展，创造了奇迹；忧的是，倘若烟厂一朝停产，云南的经济也许就不堪问了。

从根本上说，云烟能创造如此高额利润，是与人类对烟草的需求分不开的。烟究竟是有益无害还是有害无益，争论一直没有停息，而人类几千年便也在这争论中始终与烟为伴。现在当然是吸烟有害论占了上风了，但人类似乎尚未下定与烟告别的决心。这个决心太难下了。据说湖南有位老人活了102岁，别人问他的长寿秘诀，半天，他只吐出了两个字：吸烟。别人一追问原委，他才说，你们看见我房梁上挂的那块腊肉没有，已经挂了好几年了，它从来就不会坏，为什么，因为它是用烟熏过的；人也一样，经烟一熏，就不会坏了。听的人无不粲然。记得夏衍先生90岁那年写过一篇文章，叫《九十自述》，登在《收获》上，其中也说到吸烟问题。他说，有人说吸烟有多大危害，"完全是胡说"，我吸烟吸到了85岁，"文革"中还一直吸的是劣质烟呢，并没有怎么样，我之所以戒烟，只是因为有天早晨自己忽然不想吸了而已。夏公平时出言谨慎，这回谈吸烟不知为何如此斩钉截铁，颇出意料，所以我一直记着。我还注意到，为自己开脱或寻找依据的烟民，大抵喜欢援引某些伟人既吸烟又长寿的例子，好像这么一来他就可以心安理得，并喝退他那厌恶烟味的妻子了。汪曾祺汪老就是一个执迷不悟的烟民，他送给烟厂的题词居然是："宁减十年寿，不离红塔山。"何其顽皮。当然了，这些经验主义者、浪漫主义者对烟的顶礼膜拜和阿谀之辞，一旦放到科学家的显微镜下一照，便立即黯然；君不见，有多少死心塌地的烟民，身染重病后也不得不与心爱的烟卷告别。不过，有了这么多异端邪说做根据，有了这么多顽健的烟民做强大后盾，烟草业的老板、经理、总裁先生们，你们也该感到"吾道不孤"、称心惬意了吧？

不过，话说回来，烟民固嗜烟，但并非嗜一切烟，也并非所有的烟草业都能扶摇直上，倒霉的厂家多的是。云烟的名贵、畅销，首先是与云南的烟叶之好分不开的。有位专家直言不讳地告诉我，烟好抽不好抽，主要看尼古丁的含量足不足，尼古丁也许确乎有害，但它同时能给人带来欣快感，事情就是这么矛盾。云南烟叶为什么好呢，因为云南高原的土壤是酸性的红壤，这本身就有利于烟叶之生长，而它的无与伦比的气候：日照时间长，无霜期长，雨量适中，特别是一日之内温差大，更是有利于烟碱的积聚和增厚。这还不算，大植物学家蔡希陶又在20年代为云南引进了优良烟种"红花大金元"，不啻如虎添翼，完成了云烟种植史上的一次大革命。想想看，如此条件下诞生的烟叶，能不佳绝天下吗？普洱茶好，云南药材好，"云腿"好，云烟更好，天何独钟于云南乎？1922年，用"红花大金元"烟叶试制的"大重九"香烟问世了，从此掀开了云南烟草业的风雨历程。我们在玉溪烟厂参观时，注意到了一个有趣现象，那就是玉溪厂所有的香烟都不是用当年的烟叶制成的，这叫做"自然醇化"。一位正在烟叶库搬运的工人笑笑说，这其实是公开的秘密，但没有雄厚的周转资金垫底，谁敢这么干哪。我徜徉在巨大的烟库里，看排排林立的烟叶的高墙，暗暗呼吸着正在"醇化"中的缥缈的烟香，有种喝了好酒后的沉沉欲醉的感觉。啊呀不好，我突然意识到，我的烟瘾还没断根，抽烟的冲动给勾起来了，我赶紧逃离了烟叶库。

　　我带着严防"烟瘾复辟"的高度警觉继续在烟厂徘徊。我想，虽然我个人不抽烟了（这一点我要大声地对自己反复说，尤其在烟厂这一严峻氛围中），但我要客观指出，玉溪卷烟厂为我们中国人争了一口气，创造了骄人的战绩。当我听说玉溪卷烟厂现为亚洲第一大烟厂，并在烟草行中排名世界第五位时，不由感慨系之。前四位据说是美国的"万宝路"，英国的"555"，法国的"雷诺"，英国的"罗浮门"。好啊，老牌帝国主义全都凑齐了，但他们再也不敢小觑中国，必须老老实实把玉溪厂排到第五位了。真是解气。我明明知道鸦片烟和纸烟性质迥然不同，但我还是想起了鸦片战争和林则徐。那时候，侵略者把毒品倾销给我们，他们自己不抽，却诱逼着我们抽，然后吸我们的血，那时烟的利润高达两千倍，致使我国白银外流，银价上涨，国将不国，那时靠索取鸦片商人贿赂发财的无耻官僚如蚁，目之所遇，多是形销骨立、面如土灰的烟鬼。当此危殆之时，林则徐拍案而起，"春雷忽破伶仃穴"，虎门销烟何决绝，他不愧为世界反吸毒的伟大先驱！可惜那时我们无论在政治上、军事上还是市场上，都显得多么衰弱不堪哟，林则徐终究做了列强祭坛上的牺牲品。想起这一切，真是往事只堪哀，对景难排啊。时间来到20世纪的七八十年代，随着改革开放，随着外国电器、电子计算机、外国参考片、卡拉OK、肯德基们的涌入，外国的香烟也大模大样地进来了，于是，经理先生们以夹一根"万宝路"，秘书小姐们以夹一根"摩尔"为时髦，倘若再在马路边上有事没事地掏出"大哥大"，装模作样地说一通鸟语，那就更时髦了。眼看着"希尔顿"、"登喜路"、"万宝路"、"555"及"骆驼"们又要压倒我们了，眼看着洋烟贩子们又在窃喜了，虽然不再是鸦片，不再是经济侵略，但被人压得抬不起头总是可悲的，就在这时，"红塔山"们"拔烟南天起"，遏制了这股危险的势头。在市场较量中，洋烟渐感不支，有的落荒而逃，有的被击溃，有的不得不杀价，"红塔山"的售价已高踞于外国名烟的上头，据说"红塔山"的牌名现已价值一个天文数字了。这些均为市场规律使然，洋商也奈何不得。

在玉溪郊区，在一片平畴上，玉溪卷烟厂显得并不突兀，甚至有些平淡，但你走进车间看看吧，你会惊讶于它的现代化程度之高。灵活的机器人在运货，在装箱，它好像长了眼睛，会巧妙地躲开观者，有条不紊地做事。每过三分钟左右，它就把几十件香烟送上轨道去入库，而运送原料的无人驾驶车，比司机还要狡猾地穿插其间，你不必担心发生"车祸"。巨大的卷烟机最为奇妙，它的指法赛过了世上最伶俐的姑娘，它一分钟即可卷出一万两千支烟，等于每秒两百支烟，也就等于每秒印一张一百元的人民币，而这种机器有十几台呢。有一瞬间，我产生了幻觉，觉得巨大的车间里，一百元的纸币像雪片似的降落着，降落着，耳畔则响起最优美的音乐，让人飘飘欲仙。此时，我的烟瘾好像又从喉咙深处被唤醒了，我快步走出车间，好让自己的头脑清醒一些。

　　我和朋友们来到了距离烟厂不远的一个山丘上的"红塔"之下。这红塔远没有香烟盒上印的那座红塔玲珑和气派，甚至有几分寒碜。这种塔，在随便什么山野里也不难找到，它只够得上县级文物保护单位的资格。但我没敢小看这座塔，山不在高，有仙则名嘛。据介绍，它建于元代，比较古老。它原先是座斑驳古旧的青灰色塔，1958年"大跃进"时，崇尚红色，狂热的人们便将之涂成红色，红塔遂产生。那时烟厂出过些"宝石"啊、"春耕"啊之类牌子的烟，没什么影响，谁也没料到，20多年后，伴随着"红塔山"牌香烟的走红，这塔不但冲出滇中，且以挡不住的势头驰名世界。若按照堪舆专家或风水先生的眼光看，此塔定然不凡。过去我们常说延安的宝塔虽不高却气吞山河，玉溪红塔固不如延安宝塔，但在经济界也称得上气冲霄汉了。玉溪人尊重红塔，前不久还刷过一道漆，红灼灼照人，但他们并不迷信红塔，他们不断思索着、总结着作为经济奇迹的"红塔山现象"的内在与外在原因。

我的头脑里有许多互相矛盾的东西在打架。我想到：人类要健康地发展，就应该戒烟，而云南经济要腾飞，又应该大力生产烟，这是一种矛盾。云南经济靠烟支撑，形势尚好，但靠烟生存毕竟是危险的，云南似应逐渐摆脱对烟的依赖，这又是一种矛盾。作为内陆农业省，且并无优惠政策，玉溪厂创造了奇迹，这当然好，但这是否能证明靠加工某些抢手的经济作物可以直接走向现代化呢？或者说，能否代替现代化的必然进程呢？这更是一种矛盾。我注意到，车间里那些高精密的机器，如帕西姆、吉弟之类，均来自美、英或意大利，说明我们还在借"机"生蛋，我们还缺乏足够的科技、能源方面的综合能力。

我们慢慢走下了红塔山，回首望去，夕阳把塔尖染得火炬般灿丽。

我下到了"世界第一大井"的井下

　　来到神东矿区，我有些不辨东西，从宾馆旁边派出所的牌子看，这里叫乌兰木伦镇，显然属于内蒙古鄂尔多斯地界；可是，我到坡下桥边的网吧发邮件，人家却说，这里是陕西；我走岔了道，路人又说，你再走就进了山西咯。哈，太有意思了，每个跟我说话的人口音都不一样，原来这里是晋陕蒙奇妙的交会处。就这么一片不大的地方，居然散布着哈拉沟，上湾，补连塔，大柳塔，石圪台等五个年产均超过千万吨的矿，有的高达二千万吨以上。整个公司生产总量超过了一亿多万吨，占全国煤炭总量的百分之五，占国有煤炭总产量的百分之十。无论如何这是一个不可思议的数字。我以前怎么一点都没听说过啊？

　　煤炭业的状态怎样，煤炭在国民经济能源结构中居于何种地位，我几乎茫无所知。因为我开车，比较关心油价，因为我住在北京，烧天然气，便觉得能源就是石油，石油就是能源，现在是石油天然气的天下，别的都不在话下。前些年听说煤炭部撤并了，后来又听说，煤炭业属于"夕阳产业"，那意思是离寿终正寝不远了。有人还危耸的说，我国煤藏量顶多再采20年就没了。

这使我对煤炭业更加不屑。好像煤矿就是落后，保守，原始，肮脏，枯竭，旧社会，奄奄一息之类的代名词。为什么会有这种感觉，我也不知道。可能与无穷无尽的矿难消息，黑煤窑，黑砖窑的令人发指的内幕有关吧。每读这种消息，我就想起电影里爬行在矿坑下骨瘦如柴的煤黑子们，我就恨不得把黑煤窑主全拉出去毙了，把世上的小煤窑全关闭了才解气。然而，在某种意义上我错了，大煤窑不能关，小煤窑似乎也不能全关。今年春上，雪灾突袭南方，供电短缺，一向滋润的南方人备尝黑暗寒冷之苦，据说就是因为煤炭供不应求，甚至与不恰当地过多地关闭了小煤窑有关——真是无可奈何，明知弊害重重，却不得不向它让步。这次我才弄清楚，我国能源消费结构中百分之七十靠的仍然是煤炭，石油和其他能源加起来只占百分之三十不到的份额。有专家论证，至少50年内这种结构不会变。看来，真该给煤炭业平反了，它并非什么夕阳产业，而是中坚产业。

然而，人的本能终究是趋利避害，趋吉避凶的，人们还是躲避着煤窑，惧怕下井，谈虎色变，但凡有办法的人不干这个。可是没有他们，谁来托起光明呢，谁来输送温暖呢？在人类文明的发展中，注定了必须要有一部分人到黑暗的井下去，在粉尘中每天干十几个小时，把人类存活所必需的能源挖掘出来。这一劳作在某种程度上是非人道的，却又是人类文明进程不得不付出的代价。即使到了老矿也在尽可能地更新设备走现代化之路的现在，情况依然堪忧。一般竖井，人是坐"罐笼"下去，斜井是坐小闷罐子车，而井下极逼仄，喘不过气来，大都是用钻枪突突，或用铁铣等原始工具采装煤，工人多裸裎，豁出去的样子，因为常有不可抗或不可测的险情发生，生死未卜啊。小煤窑的景况之寒碜和安全问题之突出就更不必说了。所以我在想象：有没有办法让"下井"变得不再那么可怕，让死亡率降到最低，让井下不再闷暗憋屈，让更先进的机器代劳？不意，这次我来到被称为"世界第一大井"的补连塔矿，亲自下到了"井下"，才发现这想法不是梦，而是活生生的现实。孤陋寡闻的我眼界为之大开。

其实，一到乌兰木伦我就发现，这里人少，少得蹊跷。听说像大同那样的老矿，闲人多，退休的多，家属也多，做各种生意的都有，街面上熙熙攘攘。若是一个年产上千万吨的老矿，那至少得有二三万人糊着。而在补连塔，办公楼前静悄悄，矿场前也静悄悄，这座年产二千万吨的大矿，全部职工不到五百人。下井前气氛有些异样，我穿矿工服时手有点抖，毕竟是首次下井啊。我登上了矿工靴，挂上了矿灯，像去从事一件伟大事业般煞有介事。但什么事也没有发生。我们是坐着吉普车下去的，平常得跟坐出租车或公交车一样，井下道路纵横，像不断穿越隧道一样走着，除了遇到个把大型运载设备的车需要慢速错车，和见到路边个把检测工人，一切畅通无阻，静得出奇。须知我们是在地底下一百五十米的深处穿行。这就是有名的地下高速公路，它为矿井安全高效生产创造条件，解决了困扰传统矿井多年的瓶颈难题。头顶上喧腾的红尘离我们远了，远了，我们在地母的怀抱里沉默，感受万古岑寂的永恒。

不觉就到了综采面。下了车，拐进一巷道，扭亮矿灯，立刻被眼前景象惊呆了：饱满的传送带以令人眩晕的速度和巨大的声响宣告着吓人的威力，我们向声响的发源地探去。但见庞大的德国产的割煤机，在厚厚的煤层壁上旋舞着，切割着，吼叫着，把无尽的优质煤块倾注给传送带，飞掠而过，永无消歇。煤层好厚啊，至少有六七米宽，据说上下共有三层，现在采割的只是第一层，最厚。液压支柱机则是郑州产的，形状极其雄伟，稳如泰山地支撑着坑洞。我曾担心万一塌方了怎么办，不由暗生恐惧，陪同的副书记笑笑说，那不可能，液压机能顶住上千吨的压力呢。整个参观过程我只看到了一个值班工人在暗影里伫立着。在这里，人是真正地被解放了。这里用人仅为传统煤矿的3%，每个工合140吨，是美国平均水平的3倍，国有重点煤矿的30倍，这里，月进尺平均2000米，而美国平均月进尺1200米。补连塔2006年即达年产2112万吨，综合指数跃居世界第一，已获国际认可。我在心中默默祈祷着，愿全国所有的煤矿都像这里一样的先进吧。当然，即使条件再好，在地底作业仍然是痛苦的事，粉尘仍然浮动着，憋闷感仍然存在，工人们从班前会算起，每天要工作十二个小时，所以，对如此环境里作业的矿工我仍然满怀敬意。回到地面，互相一看，并不尘灰满鬓，黑脸白牙，鼻沟处也不见搓不净的黑垢，但我们还是痛痛快快来了个热水浴。

我还想告诉大家的是，第二天，我们乘车向榆林方向，向

晋陕峡谷驰去，沿途看见神木，府谷，米脂一带，上千平方公里
的地面业已探明，下面全是优质煤层。同行的贺主任兴奋地喊
着，富得流油的地界啊，采不完的采啊，100年也采不完，全是
上好的煤哎。是啊，中国被认为是"富煤贫油少气"国家，能源
结构中煤储量占94%，油、气仅占6%，而麻烦的是，我们对石
油的依赖性越来越大了，于是，面对当今全球通胀和高油价的压
力，怎样应对就是一个迫切而严重的问题。我站在葭县大峡谷的
边缘上，下窥九曲黄河，平视千山万壑，寻味着石鲁画境里才有
的深邃苍茫，忽然想到：中国能源的新革命会不会从这片土地上
腾起？

第 3 辑

王府大街64号

最近，我到王府大街64号去过一趟。

这其实是老门牌，现在早不这么叫了，这里曾是中国作协和全国文联的旧址，人称"文联大楼"，多年前也早改为商务印书馆的办公地点。我去干什么，记不清了。只记得受一股莫名力量的驱遣，我踽踽地登上一楼半的台阶，轻轻地推开那扇久违了的大门。门开的一瞬，我几乎有点眩晕。我很害怕地窥探着，寻找着，希望它最好面目全非，不再是什么小礼堂。但它好像还是礼堂的模样，格局未变，新主人连起码的装修也没搞，一股熟悉的陈旧的气息扑面而来。大厅里没有人，很空旷，我甚至觉得很荒凉。蓦地，我的耳畔响起了怒吼声、咆哮声，然后，是什么东西重重地摔在地上轰的一声巨响。我赶快逃也似的返身跳下楼梯，冲出大门，直冲到繁华的大街上。大街平静如故。车流和人流无知无觉地移动着，像无始无终的时间。但这并未减却我的紧张，我的心还在扑扑地跳。

到底怎么了？我模糊意识到巨响声属于幻觉，且来自遥远的时空，但我还是条件反射似的惊跳起来。我试着整理自己的思绪，好久才平静下来，想起了与这座礼堂连带的好多往事，还有那巨响声的由来。

我是1965年分配来这里的，那年我22岁。还在学校图书馆翻杂志的时候，我就感到惊讶，为什么好多权威性的文艺刊物，像《文艺报》、《人民文学》、《诗刊》、《剧本》、《戏剧报》，还有《人民音乐》、《曲艺》、《民间文艺》等等，编辑部的地址一律标着"王府大街64号"？那个年代刊物寥寥，能将如此多的精华汇聚在一起，那该是何等堂皇而神秘的所在！我想象出入那里的人士，定然个个气度不凡，多少有名的作品曾从他们的手中发出啊。对一个僻处大西北，读着中文系，做着作家梦的学子来说，真是心向往之，却又高不可攀。然而，造化弄人，怎么也没想到，我本人的毕业分配，报到地点竟就是这王府大街64号。

其实我最终并未真正分到这座大楼里工作，而是分到它下属的一个小协会——中国摄影学会。当时这里作为中国作协和全国文联的大本营，并没有聚齐所有的协会，像美协、摄协等都在外面，离得倒不远。报到那天，我一瞥见这座大楼，觉得它那钢青色的身躯在蓝天衬托下，显得格外高大神圣，心里就起了一股敬畏感。文联人事处一个胖而高的中年女同志看了看我的报到证，马上说，好啊好啊，这两天摄影学会正在要人，你就到那儿去吧。我一个学中文的突然去搞摄影，心里自然发紧。我急忙嗫嚅着，我学的不是这个……话音未落，这位女同志便疾言厉色道，你怎么可以不服从组织的分配呢？那时"组织"就是命令，何况那天我太像个乡巴佬了。我觉得她高大的身躯有种威压力，叫人不得不服。我的命运不到十分钟就决定了。事后跟几个同年来的大学生一聊，才知道把谁分配到那里都是人事部门头疼的事。滑头一点的会扶扶眼镜架，故作口吃地说，我高度近视，对不准焦距啊，要么就勾着头很木讷地说，我可是研究甲骨文的，弄得人家无可奈何，遂滑将过去。可惜我不具备这样的智商。当时的我多么沮丧啊。好在，我的失落感不久就变得毫无意义了。不到一年，"文革"爆发，大家全都卷进了无休无止的斗争。什么创作啊，艺术啊，全都变成了罪恶的证据，从事这一行的人不再风度翩翩，而是个个可疑，都要被推上批判席的，只是程度的不同和时间的早晚罢了。

当年，文联小礼堂的地位骤然显要起来。据说这里曾叫文艺俱乐部，困难时期，政治空气一度松动，此处也曾开茶座，唱评弹，吼川剧，办舞会，笙歌不息。但自1965年以来，两个批示先后下达，风声越来越紧，小礼堂开不完的会，娱乐活动遂渐至绝迹。我几乎每周都要来一两次，不是听周扬的传达，就是听林默涵的检查，讲的人皆一脸晦气，听的人则忐忑不安，好像都预感到大难临头，惶惶不可终日。果然，到了1966年七八月间，风暴突起，势如狂飙，红卫兵洪流冲向每个角落，所向披靡，这座礼堂自然被率先推上了浪尖，完全变成一个大斗技场了。

说来不信，那时小礼堂内外，每天人山人海，摩肩接踵，大字报铺天盖地，很像现今的庙会、博览会、商品交易会，敞开大门迎接四海串联客。大中小型批斗会不断，就像庙会里同时上演着好几台节目一样。这儿在斗冰心，因她的母校是贝满女中，就是附近的灯市口某中学，"小将"们斗起来格外起劲，抓住她回答问题时用了"报馆"这个旧词，大骂其反动。那儿在斗舞蹈家盛婕，她已被剃光了头，不知说了什么话激怒了"小将"，被连推带搡从楼梯滚了下来，摔伤了。"小将"们固然虔信"革命"，但也有满足好奇心的一面，平日只能在语文课本上见到的名字，忽然不但能见到本人，且可随时拎来观摩、批斗，不是很刺激的事儿吗？

多年后我还清晰地记得，一天，一彪身着绿军装，腰扎宽皮带，臂佩红袖标的男女"小将"闯了进来，围住几个"黑帮分子"批斗，喝令他们"自报家门"：报名字、头衔、出身、罪行。有一老戏剧家，高举罪牌，在报出自己的资本家出身后，决不停顿，紧接着大声补充道："我老婆是贫农！"当时谁也没料到他会这么"不老实"，全愣住了。我想，这若干秒的静场是有潜台词的，那意思是，既然我老婆是贫农出身，你们斗我就有斗"贫农的丈夫"之嫌。不料有一女红卫兵立即呵斥道："混蛋，谁问你老婆了！"我想这女孩儿一定在家娇纵惯了，平时就没大没小的，不然反应不会如此之敏捷。现在，这位老前辈已经谢世，他在惶急中的本能自卫，制造了一个冷幽默，至今想来令人苦笑。却也有胆子极大的人，当时或稍后，有位女同志贴出了为她的"黑帮丈夫"辩护的小字报,她采用的逻辑是以子之矛,攻子之盾,从"红小鬼"说起,说的全是最革命的话,弄得造反派一时很窘,虽极恼火,又找不出多少有力的话反驳,只好大骂其嚣张,或念叨"是可忍孰不可忍"之类。多少年过去了,想起她作为一个女性,敢在那黑云盖顶的时候挺身而出,我还是佩服的。有时,柔弱的恰恰是刚强的。

出没在这里的"牛鬼蛇神"的名单确实太壮观了:除了周扬、林默涵、刘白羽等,人在外单位,不时可提来批斗外,像田汉、阳翰笙、光未然、邵荃麟、郭小川、贺敬之、李季、冰心、臧克家、陈白尘、张天翼、严文井、侯金镜、吴晓邦、吕骥、李焕之、冯牧、葛洛、韩北屏、戴不凡、屠岸、贾芝、陶钝、张雷等等,都是本楼的人,那无异身在囹圄,插翅难飞。每个喧嚣的白天结束后,他们才会有片刻喘息,洗去满脸污垢,但关在地下室的他们,又有几人能够安眠?

我回忆着自己当时的感受,22岁的我,作为一个酷爱文学的外省青年,能见到这么多仰望既久的文坛大家,私心以为是一种幸运,可是,在如此不堪的场合见面,亲眼看他们一个个如囚徒般狼狈,又有种见到珍贵的瓷器被一排排击碎了的感觉。

那时受难的绝不限于所谓"黑帮分子",有些被认为最无瑕疵的人,也会在一个早晨厄运突降。《文艺报》的朱某,刚毕业的大学生,戴一副黑边眼镜,挺文气的,听说还是烈士子弟,又分到了这么好的单位,我真羡慕,觉得他太幸福了。有天我还目送他锁了自行车走进大楼，视线要能拐弯，还会一直目送下去。那时他正忙于"造反"，不料有人秘密举报，说他在"毛选"上搞"眉批"。这太骇人听闻了，用当时的话说，叫狗胆包天。而事实是，他学毛著时爱在空白处写点感想，大约有几句话露出了商榷的架势。他搞"反动批注"的问题被迅速报到公安局，说是马上要逮捕，其实公安局也不怎么想受理，因为太多了，逮捕不过来。于是由一女同志看守他。他推说要上厕所，进去不再出来，待冲进去一看，手表搁在窗台上，人不见了。与此同时，正吃午饭的人觉得窗外有个大鸟样的东西从天上掉下来，发出巨响。大家忙出去看，见他趴在地上挣扎，还在找眼镜呢。看他疼得满地打滚，有人说"活该，反革命"，也有人主张急送医院。到了医院却无人敢治疗，因为他是"畏罪自杀"者。不一会儿，他就死了。生命啊，卑微如一片落叶，着地无声。

还有一场面，我每一思及，便不寒而栗。那是批判中国文联副主席刘芝明。刘已是垂暮老人，晃悠悠地站着，垂首静听批判。突然，会场外冲进一人，这人的名字和模样都不记得了，只见他手拿两样东西：一张报纸，一双鞋，好像掌握了重大机密似的威风凛凛。他径直冲到麦克风前高声宣布：现已发现，刘的最新最重大罪行，他胆敢用我们最最最伟大领袖的光辉形象"包鞋"！此言既出，全场几乎大乱，口号声此起彼伏，像一口沸锅。只见这人二话不说，冲到刘的面前，抢起鞋底，照着头和脸左右开弓，嘭嘭嘭的拍击声响了很久。我不忍看，却没法不听。

至今我还听到这嘭嘭嘭的击打声，好像就在昨天。有时我会好奇地想：不知那个打人者现在在做什么，是不是也像所有慈祥的老爷爷一样正在含饴弄孙呢？那天我也跟着呼口号了吗？好像呼过，不，一定呼过。

最难忘的还是批田汉，这位中国左翼文艺运动的先驱，戏剧界的泰斗。揭发人好像是田汉身边的什么人，他那冷酷、嘶哑的声调和闪动在镜片后面刀子一样锐利的目光，足以使被批判者崩溃成一摊泥。他一条一条地揭发着田汉怎样毒害青年，怎样刻骨反动，就像一层一层地剥着人皮，批判稿厚得一世也念不完。控诉渐近高潮，台下群情激昂，有人忽然振臂高呼："跪下，叫他跪下！"也许因问题提得突然，先静场一息，继而"跪下"声就连成了一片。但田汉居然不跪，僵持着，有人上前按他的头，他还是硬挺着脖颈不跪。人们恼了，吼声暴起，声震四壁。继而，全场静寂如死，似有所待。只听见咚的一声，田汉终于自动跪下了！跪得很突然，声音很响，像一座大厦，甚至一座山样轰然倒塌，真是惊心动魄。这一声震碎了我年轻的心灵。这一声从此永远烙刻在我的记忆中了。

是的，田汉跪下了，这个当年鼓动我们"冒着敌人的炮火前进"的人跪下了，这位国歌——半个世纪来响彻祖国天空的庄严歌声的词作者跪下了，这个占了现代文学史一个长长的章节，作为一个时代的重要代表的人跪下了。他究竟在给谁下跪呢？也许直到很久以后我们才意识到，他跪下的一瞬，时间更深地揳入了黑夜，黑暗遮没了光亮，愚昧压倒了文明。受凌辱的难道仅仅是田汉一个人吗？不，受凌辱的还有让他下跪的人，还有我们自己的历史啊。

现在的我，也就是已经五十多岁，白发悄悄爬上鬓角的我，伫立在大街上，定定地凝望着老门牌王府大街64号，这长方形的青砖砌成的大楼。真是物犹如此，人何以堪？据说50年代后期大楼新建成时，虽因经费压缩，减了规模，它却仍不失为一幢恢宏的建筑，可是现在，它已被暴风雨褪去了钢青色，显得灰白，像一头青丝转眼间白发丛生一样。它杂在今天高楼大厦的群落间，无论色调还是建筑风格，都显得那么老气横秋。是的，它走了太多的路，它老了，在我的视觉里，它渐渐幻化成一只陷身狂涛巨澜中的孤舟，不断地被抛起，又不断地被掷下。现在的作家协会和文联早搬到新楼了，于是，这王府大街64号也就只能作为历史陈迹碇泊在这儿了。如果把它看做一个特定时段中国文艺界的象征，也许是恰当的。它肯定具有研究价值。对于它的历史反思，它在中国文艺史上的功过，早晚该有人会做的吧。

然而，我心中的困惑并未完全解开，我不是想追问哪一个具体的人或者哪一件具体的事，我想追问的是人心，是包括我自己在内的人的精神秘密。忆当年，"小将"们的顽横固然可憎，他们中的很多人后来经历了漫长的精神磨砺，有的虽只知反复陈述知青生活的苦难，却也很有些人敢于反思这一段变态的人生，可我们知识者、干部或被称为文艺家中的某些人呢，似乎很忌

讳再提起这些事；而许多事恐非一个"迷信"和"冲动"可以
了结。不是说"恻隐之心，人皆有之"吗？为什么昨天叫着"同
志"，恨不得亲热地拥抱，转眼间就铁青了脸，瞪着敌视甚至嗜
血的眼睛，半点同情心也没有了？为什么人会一面自己受害，一
面琢磨害人？为什么在中国最高的文艺殿堂，上演着这般冷酷的
"戏"？这暴力倾向是原先就潜伏着、存在着的，还是一时的迷
狂所致？诚然，斗人者当时往往真诚地认为被斗者是有罪的，被
斗者也往往认为自己确实是有罪的，但当雨过天晴之后，我们是
否就理应认为错误全在历史，自己什么错也没犯过呢？对那些打
人者、举报者来说，也是绝对真诚的吗？还是出于恐惧，出于泄
愤，出于利益，甚或出于以折磨别人、咀嚼别人的痛苦为乐的阴
暗心理？我并不膺服那句人人尽知的"人一半是天使，一半是魔
鬼"的话，此刻它竟浮了上来。我在想，光有火苗，底下没有大
堆的干柴，是怎么也燃不成熊熊大火的。

　　人流擦身而过，我注意着今天的男人和女人，早已不复30年
前多是憔悴、迷乱、惊恐、叵测的神色，而换上了健康、紧张、
专注、急躁的脸色。人们似乎都盯着一个很实在的单一目标奔
去，脚步匆匆。"人对人"粗暴侵犯的时代消歇了，代之而起的
总不会是个"人对物"狂热占有的时代吧？

　　一场大噩梦随着那个时代的结束而结束了，但那时代的精
神因子也永远地消失了吗？我从外电或零星报道中看到，不是没
有人怀恋"文革"，渴望那非人的方式重演。我从眼下层出不穷

的贪污犯看出，他们抢掠金钱的疯狂绝不亚于"文革"中迫害他人、攫取权力的疯狂。我不禁为之怅然：昨天与今天之间真的已隔着鸿沟？昨天的人心与今天的人心真的已全然不同？外在的文明的进步真的可以代替内在的文化的进步？某日，我偶然翻读加缪的《鼠疫》，里面竟有这样的话：里厄倾听着城中震天的欢呼声，心中却沉思着，威胁欢乐的东西始终存在，兴高采烈的人群却看不到。鼠疫杆菌不死不灭，它能沉睡在家具和衣服中历时几十年，它能在房间、地窖、皮箱、手帕中耐心地潜伏守候……

我再次回望王府大街64号这座老楼，心想，有些东西是应该遗忘的，有些东西却不能遗忘，永远不能。

写于1998年6月至8月（时值纪念田汉100周年诞辰）

足球与人生感悟

　　天下没有不散的筵席。世界杯足球大战的帷幕终于降下，球场上那震耳欲聋的喧闹声、咆哮声、擂鼓助威之声消歇了。带着大欢喜、大悲哀抑或深刻隐痛的人们也已风流云散，一切复归于岑寂。然而，事情真的像叔本华说过的，人生无非是在痛苦（或欢乐）与无聊之间来回摆动的"钟摆"吗？因熬夜而双眼发红的球迷们，现在是否只剩下在无聊和新的等待中打发日子呢？不，不是这样。只要你肯把眼光从绿茵场转向人生的广阔疆场，那么，每一个揪心的回忆都可能沟通人生的意蕴；每一个出人意表的瞬间，都会提供某种神秘的暗示。如若不信，请与我同行，让我们的魂灵重归喧嚣。

一

　　有一则"外电"评述道：由喀麦隆领头的一场"人民起义"虽然终于被旧秩序"镇压"下去了，但一场足球革命却势在必行。这个提法太棒了，俏皮而深刻，把人们在整个世界杯赛中隐隐感到但又无可言说的感觉说了出来。

喀麦隆队的表现既属"革命"性质，那就必然带来一些新生事物所具有的新鲜东西。似乎并非什么立体打法呀、多元化呀之类的技术问题。它究竟是什么呢？看喀麦隆与阿根廷的首场比赛，阿队虽然姿势优美，技巧娴熟，但总觉虚飘；而喀麦隆硬扎、狠准，有如顽铁，元气淋漓，致使南美特长无以伸展。每遇中场双方"夹球"、阻截，总是阿队员甩将出去，跌跌撞撞，跟头翻得多，可见体力的不支。为什么喀麦隆守门员总敢大脚开球，一下子踢到后场？根源还在底气和实力，在于他的前面有堵铜墙铁壁。他知道，反击不会迅速到来，他的队友会阻截得住。花拳绣腿遇到喀麦隆，几乎无用，就像舞刀的遇上鲁智深的禅杖；任何队与之拼搏，大约都备感疲乏，赛后非得大睡几天不可吧。

何以如此？我想，喀麦隆队是从非洲的沙地、农田、丛莽挺立而起的。那黝黑的皮肤，劲健的四肢，猿猱般灵活的弹跳，都带着农业文明的刚健清新和原始强力。他们更贴近大自然，因而更能发挥大自然赋予人类的力与巧。阿根廷本来也不是经济多么发达的国家，但它的球员大多效力西方，将体能商品化，享受高薪，饱受赞誉，平时物质和精神的诱惑也多多，久而久之，远离家园，就不由得显出文明的弱态，体质的虚浮。当然，你可以用西德、意大利等国的频频得手驳倒我，但我要说，球赛的输赢是一回事，从球赛中展示的双方的精神力量是另一回事。能不能说，喀阿之战是来自田野的自然魄力与精美化的商品体育的一次精神较量呢？至于日后喀球员声誉大起也卷入商品化，也到西方去赚大钱，那是以后的事，又当别论。

阿根廷失败后大呼："我们被抢劫了！"（这句话已成为一切失利者自慰的口头禅，有趣。）马拉多纳则惊呼："我从没想到会发生这样的事，我仿佛被踢断了腿，内心空荡荡的。"彼时彼际，人们还不认识喀麦隆，还想靠自欺讨生活，还惧怕这严酷的事实。其实，"被抢劫"的是喀麦隆，他们没有窃取任何东西。同样程度的犯规，对阿队作为一般问题，对喀队则不是黄牌，就是红牌，直弄到九人对十一人的局面。然而，喀麦隆还是赢了。

我能感觉到，喀麦隆队似早有思想准备。他们懂得，一个新生的东西要崭露头角，要站住脚跟，总得付出代价，总要吃些亏，受些委屈，总得经历一个逐渐被承认的曲折过程。这个过程有时还会以激烈的形式表现出来。过早地要求"公平"、"公正"、"合理"，虽然有理，却要不来；企图省去被承认的过程，与时间作对，也不可能实现。大约正因为如此，那一张张黧黑的、憨厚的、纯朴的面孔，经常呈现出"无表情"状态，得而不喜，失而不忧，罚而不怒。那神情似在说，让一切付诸时间吧。在喀麦隆与英格兰为争取进入"四强"的战斗中，喀队几乎已经胜利，终因连罚两记点球而停在"四强"门槛边。那天的黑衣法官是门德斯，也就是在决赛上重施点球法宝的那一位。不知为什么，我总疑心在喀英之战中，这位裁判大人的内心独白是：你喀麦隆能进八强就顶破天了，还想干吗？我可能是以小人之心度君子之腹了。事实上，万事万物何尝例外。搞创作，做实验，推行改革，谁也很难不在歧视、轻蔑、刁难中忍耐，而后逐渐奋起。

我曾看见一件印刷的古巴比伦的浮雕，叫《垂死牝狮》，是古代珍品，表现一只无比勇猛、浑身散溢着蛮力的狮子，虽身中数箭，依然怒吼趑行，气势骇人，大有"困兽犹斗"之悲壮气概。我心目中的喀麦隆队，正是此种意象。你看他们，猎获阿根廷，收缴罗马尼亚，横扫轻视他们的哥伦比亚，最终倒在"四强"门边。至今谈起，其势令人生畏。他们的革命性乃在扬厉了人类原初的生命活力。

然而，喀麦隆精神还不限于此。报端曾披露他们的赏钱如何如何之高，好像球员的顽强全凭金元支撑似的，后来喀队驳斥了此说之不确。有赏钱大约无疑，但喀队的节节胜利，要我说倒恰恰来自非功利的较为高尚的情操。因急切的功利目的而狂躁奔突者，和在健全的理性精神驱动下积极拼抢者，区别是看得出来的。哥伦比亚门将伊基塔天真固天真，矫健固矫健，但他在远离球门的地方忽然弃职改行，大露盘带之姿，实不无自炫的虚荣。这还只是虚荣，至于被黄金腐蚀者恐也不乏其人。君不见，连金灿灿的奖杯都被熔化了。喀麦隆队不是这样，他们团结一致，"团结得像一个人"，又不束缚每个人的自由创造，甚至在四名主力损折的情况下，也未能杀其锐势。在喀队每个人的心头，燃烧着民族自豪感的烈焰。他们说，我们不但为非洲，而且是向全世界做出自己的贡献！

也许我把喀麦隆人有点理想化了，但我确实在他们身上感觉到斯巴达的精神复活，奥林匹克精神的发扬。古希腊伯里克利时代是令人神往的，那蓬勃的朝气，那坦荡无邪的眼光，那对人的体能和美的讴歌，那勇猛尚武的豪放，确是人类的骄傲。喀麦隆人不是古希腊人，但这不影响他们汲取或沟通人类的力与美的历史。固守温泉峡的三百壮士，无一投降和逃亡，后人立碑云："亲爱的过客，请带信给我故乡的人民，我们在此矢忠死守，为祖国粉身碎骨！"

勇敢无畏的喀麦隆队，你们是否也是如此？

二

男儿有泪不轻弹，马拉多纳哭了，哭得多么伤心！你是在为裁判的苛刻而哭吗？你是在为你的球队和你的祖国的失利而哭吗？你是在为得不到高额的赏金许诺而哭吗？你是在为决战中你的无所作为而哭吗？你是在为你将告别你曾洒下无数汗水、留下无尽悲欢的绿茵场而哭吗？也许是，也许不是。在我看来，你是为你所承受的苦难和你在黄金与名声的枷锁中日甚一日地丧失自由而哭呀！

马拉多纳该被指责的地方太多了，但我还觉得，他的形象愈来愈可爱，对"伟大的球员"的称号，我也有些愿意接受了。你看他，矮矮的身，浓浓的眉，憨憨的态，没见他畅怀大笑过，脸上永远是一副无可奈何的悲悯神色，颇有种受难耶稣的样子，或者现代"拉奥孔"。踢球本是寻求自由和展现健美的活动，可在他那里，连足球的定义似乎都要改变。他的自由被掠夺了，他永远陷入比别人多得多的重围、剿灭之中。足球成了一种苦刑和重负，这是不是足球在特定人物身上的一种异化形态呢？他一得到球，足球便迅速变成橄榄球，追、打、踢、绊全都接踵而来。每每看到他被"拥抢"，被"横扫"，被"老鹰抓小鸡"，他于是马失前蹄，转圈儿翻跟头，长时间亲吻草皮，我感到他从事足球已从寻求自由转化为承受额外的苦难。妙的是，习惯成自然，在他身上犯规正在日益合法化。也许，有人在他身上犯了八次规，只有一次被罚，他反会感激起裁判来。他没有怨言，"全都背起来"，他的忍耐精神让人感动。他，似乎已经认命了，该怎么踢还怎么踢。

"手球事件"，群情哗然，风雨满城，他的行为确乎不太光彩。有人挖苦得妙："世人只知他脚下的功夫迷人，殊不知他手上的功夫也极有造诣。"但他后来是说了实话的，"当时我不由自主就把手伸了出去"，结果遭到更多的詈骂。其实，生活中有多少人，办了错事却千方百计自辩。马拉多纳真实招供，反倒不见容于世。说真话的遭打，说假话的受奖，《立论》里的情形不又复现了吗？要是仅在球场上遭打倒也单纯，问题是球场外的喉舌对马拉多纳特别关顾，污蔑、造谣、逗火儿，以至通过警察找碴激火来破坏其情绪。马氏好像并不天天辩诬，他该怎么踢还怎么踢。

据说马拉多纳的资金有上亿元，开了托拉斯，还有专职的经纪人,不知确否?还好,我从他心理上、行动上、精神上不怎么看出被金钱的斧子、色欲的魔爪斫丧过的印痕,他依然有内在的蛮魄。他也没有因名声的重负而不敢动作,一筹莫展,处处考虑塑造光辉形象。首战失利后,他哀号过,但毕竟说出这样的话:"我们不能这样呆下去,我们必须鼓起勇气重新爬起来!"勇哉斯言!阿根廷终于越打越好,从低点向高峰回升。

马拉多纳哭了,哭得多么伤心!我猜想,你虽然没有勇气砸碎黄金的枷锁,但在心的深处,你一定渴望做一个自由的人、幸福的人,哪怕从此不再被人注意呢!

三

若说马拉多纳可爱,喀麦隆的老将米拉就叫人感到可亲。可亲在何处?看来看去,我总觉得米拉像中国佛庙里的某一个金刚,他面部的表情可用"宠辱不惊"四字概括。他的踢球似乎真有古希腊人的纯真。别人射入球总要大跳大嚷,他则不同,却跳起了迪斯科。这个跳,太天真了,太真纯了,太不功利了。功利的人是跳不起来的,硬要跳,也不会那么自然、放松、有趣。只有内心没有瑕疵和阴影的人,才能跳得那么潇洒啊。我很少看到米拉与裁判争吵。他似在默默忍受和坦然对待自己的处境,不怒,不怨,只去奋斗,让事实说话。这种人在生活中是最可畏的。1984年他就挂靴了,带着孩子消闲度日,这次被召回,他说"选择权在教练，我只尽力而为"。有一次，他对场上一位躁切的犯规者说："嗨，你不要把输赢看得那么重嘛！"这绝非忸怩作态，实乃看不下去的好言相劝。虽然优秀射手很多，我却以为，米拉的频频破门，首先得力于非功利、超功利的自由感。美即自由。米拉的每一进球，都把美感和欢乐送给人间。

那么，功利心重、只有紧张感而缺乏自由感的优秀射手是谁呢？最典型者，斯基拉奇也。也许西方人很欣赏这位机智的、高效率的偷袭专家，我却一面承认他的厉害，一面对他"鼓上蚤"式的风格，有所保留。他站位佳，灵敏度高，穿插飘忽，专门捡漏儿、钻空子，隐蔽性强，似乎总在寻找别人的弱点，给予致命的一击。不过，他的进球往往有种朦胧的、混合着越位嫌疑的色彩，叫人语塞，也令人不服，甚至激起对方的恼怒。说来不信，在与阿根廷一战中，他补射的球似乎是越位。倘若队友射门，门将没扑住，他赶上去一脚破门，当然不是越位。可是反复研究电视画面，队友举脚射门前的一瞬，他已蹿至门前，门将没扑住，他就近补射入网了。一切发生在一秒钟之内。他的越位被欢呼的声浪遮盖了，再也没人细究他的举动了。后来对方发觉了他的诀窍，严加防范，他就完全被冻结了，仅半场时间越位达十次之多。当时我想，故意手球要罚黄牌，这种无休止的有意越位，难道不该也罚罚黄牌吗？惜乎尚无这种规则。

也许我太苛求他了。从自由竞争的眼光来看，斯基拉奇是杰出的，只要能得分，你管我是怎么得到的。但是，若从道德化的眼光来看，斯基拉奇就有付出的少，得到的多，以最小代价获取最大利润的特点。多少千辛万苦的努力，偶因不慎，便被他顷刻之间化为灰烬。他是个破坏力极大的怪才。其实，"斯基拉奇模式"在我们的经济改革中，人际关系中，比比皆是，如何评价，亦属难题。乡村小企业家，精明的个体户，猝然之间"暴发"了。是一味挑剔，还是承认他们的价值？恐怕必须承认。斯基拉奇不但是球星，而且是最让人难忘、最有魅力的球星。听说他也是苦出身，至今还在乙级队效力，大放异彩之前是替补队员。"郁郁涧底松，离离山上苗"，他的处境和作为不难理解。有道是，"不能像大炮一样轰进去，也要像蚊子一样钻进去"（巴尔扎克笔下的人物拉斯蒂涅语）。斯基拉奇啊，你不愧是西方竞争社会中的宠儿！

四

看足球赛，发现场上挫折与奋起交替，失利与"投入"循环。有多少回，经过千辛万苦，前仆后继，终于攻到门前，但功亏一篑，令人扼腕，那滋味对球员一定是很苦涩的。可是，看吧，他们又投入了，又开始了，窥伺着，闪击着，冲撞着（失利的一刹那已成历史），又腾起拼搏了。他们就这样无穷地奋争着，轮回着。这多么像人生，多么像事业，多么像命运！足球的快乐、力量、刺激性，就寄寓在多数情况下劳而无功的拼搏之中。常见有些人看完一场激烈竞赛，仅因没有进球，便发牢骚说

"没啥意思"，好像"意思"就在输赢。这种人很难明白，目的（如输赢之类）只是手段，过程（拼搏中的曲折回环）才是目的。所谓球赛，就是得而复失、失而复得的过程，人生和命运不也是同样的过程吗？

在绿茵场上，老庄的无为、不争、贵柔、退守之类的哲学，似乎显得黯然失色，没有存身之地，也不能给任何人提供安慰。看苏联与罗马尼亚、与阿根廷的争战，苏队的雍容大度、理智作风，我是喜欢的，它的不露声色、注重节奏感，也别有一种美感在。可是，它太缺乏争锋意识，太缺乏紧张感和躁切感了，貌似老成持重，其实禁锢活力。看到后来，离终场尚早，我却不敢抱任何挽回的希望，挽回颓势是需要精神状态的。罗马尼亚一上来就敢冲敢打，他们有取胜的必要心理基础。苏联总是不敢大脚开球，总是盘带呀，短传呀，耐心得很。这不只是战术问题，而是一种减缓时间，与时间妥协的荏弱心态。一句话，缺乏冲刺精神和拼搏精神。为什么这次世界杯"替补队员"神采奕奕，锋芒毕露？喀麦隆的米拉，意大利的斯基拉奇，哥伦比亚的雷丁，英格兰的普拉特，哥斯达黎加的梅德福，还有阿根廷的年轻门将戈伊凯切亚（幸亏蓬皮杜负伤，不然阿根廷足球的历史非得重写不可），都曾是坐冷板凳的角色，可正是他们创造着奇迹。人处在替补的位置上，就有"前视"的必要。人跌入填补空缺的窘境，就有压力降临，只有飞动的箭才有前途，固定安全的位置意味着僵化。有本书介绍过一位拳王，不当冠军时他打得好极了，一旦登上冠军宝座，就立刻不行了，打得糟糕，迅速垮掉，下台后忽然又打得很好，这大约就属"替补效应"吧。这次小而弱的球队往往威胁老而强的球队的生存，也同此理。哥斯达黎加人在受到轻视时说得幽默："足球赛是十一个人对十一个人，什么事都可能发生啊。"

巴尔扎克云："偶然是最伟大的小说家。"其实，偶然之于足球，之于人生，莫不如此。这一回的世界杯，偶然性之显形，命运感之飘忽，巫师之受挫，达到无以复加的程度。巫师曾占卜，决赛将在意大利和西德间展开，现在只好报颜低首；赌注的最大受益者不是看客，而是老板。"运气"成了最时髦的名词。我想，运气和机会应属两个不同概念。机会是理性的，是可以把捉的，运气则带有非理性色彩，实乃主客观"合力"以意外的形式表现。人们之所以迷信，大约正因为有鉴于运气的不可理喻，命运的不可掌握，畏惧偶然，担心横祸发生。

可是，"偶然"有什么不好呢？设若球赛一切如巫师所预言，那还有什么意思；设若人生的一切按部就班，那该多么乏味，多么无趣！人人都盼望走顺利笔直的路，可真要走一辈子笔直的路，真要把什么规律都洞察个精光，这世界、这人生还值得留恋吗？

偶然之中有必然，运气里头含真意。世界杯最后的几场点球大战，把偶然、运气推向了极致。倘若你把足球只看做体能、速度、技巧的交锋，那你就无法理解这一切；要是你能看到足球不但比意志，更比心理的承受力和强韧度，那你就有些释然了。扑住两个点球的西德门将伊格尔内说："我忽然意识到第四个球会扑住，就使劲盯住罚球手皮尔斯，直盯得他露出紧张神情，我心里就有底了……沃尔德上来，我又立即用双眼紧盯着他，交锋五秒钟，他便低垂了双眼，果然一脚踢飞了。"嗬，这成了眼光大战，伊格尔内的眼光是否有毒呀？有毒则未必，心理的压迫力通过眼光压倒对手倒是真的。这是心理能量的短兵相接。记得萨特的书里说过类似的现象："我坐在公园的长凳上，另一个陌生人抬头盯我，立刻我成为他的一个对象，一个物，他在把我看成对象时就消灭了我的主体性，我感到惊慌。于是我反过来盯住那人，也把他看成一个对象，只有这样，才避免化为别人眼里的一个物。"这话也许没多少道理，但足球赛中心理能量的对峙，似乎尚未得到广泛的重视。

五

喧嚣声虽已远去，我却还在暗自思忖：足球的魔力何以如此之大？它何以有如飓风搅动全球？对一些貌似有理、其实空泛的解释我没有兴趣。为什么地球上至少有九十多亿人次目不转睛地紧盯着电视，连一向温柔娇娜的女士们也兴奋得面孔发红，争论得耳根发白？这到底是着了什么魔？投票竞选不得不停止，国际交往不得不改期，总统潜迹罗马，总理闭门谢客，有的国家，干脆宣布全国休假。热衷功利的西方政客啊，在小小的足球面前，居然也会暂时收敛他的勃勃雄心。至于万头攒动的人群里，押宝的，打赌的，占卦的，号称"足球流氓"要泼的，更是不计其数。终场哨音响处，又有轻生的女人，上吊的男人，给人间平添无数泪痕。阿意之战后，人们涌上布宜诺斯艾利斯的街头，高呼戈伊凯切亚的名字，尊他为民族英雄；而在那不勒斯，人们低吼着"马拉多纳是恶魔"的咒语，用石块砸马拉多纳的住宅，罗马的街头巷尾彷徨着眼睛哭得红桃儿似的妇女。难道人们不知道，这是体育，这是游戏，不值得那么动情，那么伤身的吗？然而，你是劝不了他们的。足球与人类本性，与社会心理，与民族感情想必有着极深刻的联系，否则就难以解释了。

此刻我忽然想到古罗马的"大斗技场"。那里也曾坐满十万以上的看客，那里也是"千万人的喧哗就像火山在地下发出吼响一样；千万颗人头的转动和千万双手臂的挥舞，又好像狂暴海洋中汹涌的巨浪"。两千多年了，那情景与今天的球场多么相像！当然，"大斗技场"里演出的是角斗士的厮杀。角斗士与猛兽的搏斗，那是奴隶社会的嗜血惨剧。但是，我总觉得，自从老泰克乌斯国王建成"大斗技场"，是否意味着千百万人聚集一起，观看格斗、对抗、厮杀，从而领略刺激、亢奋的传统开始了呢？尽管斗技场里的对象和内容换了又换，就人类需要满足观赏"力的较量"这一点而言是否始终未变？现代足球是否是古代的角斗士在形式上的替代物呢？

不，这太抽象太含混了，这不是真正的原因。于是我又转而想到奥林匹亚神殿的雕塑，想到《掷铁饼者》引而不发的身姿，想到人类爱美、爱体育、爱竞技的天性。熔速度、力量、技巧、意志乃至舞蹈、音乐于一炉的现代足球，不正是人类展示自身力

与美的绝好证明吗？足球大概正因为满足了人类直观自身力量的
欲望，才大受青睐的吧。

　　这好像有点说服我自己了，可总觉得过于玄妙，似仍难说明
那么多人那么狂热的原委。我便又忽发奇想，想到如今的世界据说
是到了和平竞争的时代，太平静了会不会觉得缺点儿什么，反倒渴
望有什么打破闷局，而世界杯赛像不像一场模拟的世界大战？它
虽不流血，但可否看做人类战争欲的一种替代？不然，败者何以
如国丧，胜者何以如凯旋的远征军？有的动物学家和行为学家曾
宣称，人类的攻击性与动物同出一源，都是原始本能的表现。科学
与否我不知道，但我想，要说足球大战是把这世界上各种力量的较
量"移情"到球场，以球赛的形式曲折显现，也许不无道理吧。

　　哦，不，你不该提什么"战争欲"，你何不从相反的方向思
索？你看，这个世界，种族、肤色、语言多么不同，可人们总有
共同的欲望，总在寻求同一的规则，同一的价值，总渴望情感的
交流。足球也是一种语言，一种特殊的超种族、超国界的竞争语
言，一种人类语、世界语。为了人类的和平、进步、强大，为了
人类自我完善，足球才成了伟大的象征啊。

　　午夜消逝，天将破晓，我们不必分手。虽然我们没有找到
终极答案，但就在我们的身旁，亚运的圣火即将点燃。推开窗户
吧，打开门扉吧，迎着晨曦奔跑吧，太阳已在东方升起……

　　　　　　　　　（原载《十月》1990年4期，收入多种百年文选）

冬 泳

　　我本没有资格谈冬泳，因为我的冬泳史只有一年，能谈出什么呢？然而，冬泳给我的刺激和体验委实太新鲜、太强烈了，我还是忍不住想把切肤感受向人诉说。

　　"日记"载，我是去年2月28日下午下水的。在此之前，我对冬泳茫无所知，从未亲见，更无丝毫精神准备、理论准备和身体准备。我之蓦然下水，完全出于我的喜欢冲动冒险的性格。那段时间，我的生活发生了一个转折，由相对清静的单位调到一家文学刊物做副主编，生活节奏忽然打乱，继而由平衡而失重，除了每日坐班、看稿，还要和各种人事周旋，其中的奥秘既难一下子谙熟，"花面逢迎"的本事又天生不会，遂产生某种心态上的紧张感。有几天我真是烦恼透了，不知怎样才能摆脱物化的或心造的樊笼。这时，心底升腾起一个声音：若不通过某种极端的行为，精神的闷局断难打破；至于这种行为应该是什么，却并不明白。总之，我有种隐秘的渴望。

　　记得那天是在《电影艺术》编辑部参加座谈会，碰到该刊热情而诙谐的编辑陈宝光。他说，他正在坚持冬泳，为此，他的脸变白了，头发根儿变硬且不掉发了，每天似有双倍的精力云云。我不明白，脸何以会变白，看他歪着脑袋抖动头发，将信将疑。我虽不奢望宝光式的奇效出现，但对冬泳忽然心向往之，当即决定，当天就下水。宝光瞠目，倒吸一口气，骇住了。他劝我还是循序渐进，从秋冬过渡，来年再说。然而，我意已决，不可动摇。宝光无奈，只得依了我的任性，陪我来到什刹海湖边。

其时，湖中尚结着未融尽的残冰，所谓冬泳是在临岸一方十多米的冰水中进行；只见萧索的湖边，集聚着一些冬泳者和围观者。冬泳者赤身露体，咬牙切齿，蹦跳驱寒，围观者则厚裘加身，包裹严实，岿然不动，阵阵寒风扫过，冬泳者啷啷吸气，围观者缩颈弓背，对比煞是鲜明有趣。宝光是这里的常客，为人又随和可亲，他一冒头，人群中便爆发一串嬉笑调侃的吆喝，他一面打招呼，一面侧身打着滑溜趋前，我随其后，有些腼腆。宝光一来就把我的情况和下水的决定介绍给他的众"哥儿"，群情于是哗然，好奇地围上前来。有几个老成持重的劝诫我，还是回去先从擦冷水澡练起；有好几个好事者则极力怂恿，催我"快下快下"。事已至此，骑虎难下，只得横下心来，迅即脱光，扑通一声跳将下去。

脑后传来依稀的喝彩声、煽动声，水中的我则只觉浑身如针刺，如鞭抽，尤其下体某个部位抽着疼，疼得僵木，真要命。下去一分多钟光景，就爬上来了。低头一看，呀，浑身像刚出油锅的鲜炸虾，艳红艳红的，大腿根部红得发紫。有一人（邮电部的老韩，后来成为我的"泳友"）走近前来大声说："好样儿的，还真不赖，明天若不感冒，你再来，加大运动量。"在穿衣的过程中，顿感全身发烫，犹如火烤火燎，又像无数小烙铁在后背上烙，舒服异常。奇怪，牙根并未打颤。归途上，先是推车一路小跑，精神果然健旺，仿佛卸下千斤重担般轻松。夜幕已下垂，我骑车极快，睥睨街灯和行人，险些出事。都45岁的人了，忽然有种小伙子的狂傲在心头冲撞。进家门，亢奋未消，饥肠辘辘，竟等不得了，伸手去抓盘中食物。晚饭后，仍然兴奋，想到某些事真是无聊，在时间面前根本不屑一顾，又感到有一气写许多文章的底气。此时方知，一个人精神上的强健与否，固然取决于思想、心理之素质，却也不可小觑生理、身体之状态。那天，还有种想戒烟的念头，惜乎至今终未实现。一笑。

从那一天起，我开始了业余冬泳活动，继而是春泳、夏泳、秋泳，直到最近——冰封雪盖又一个严冬。我成了什刹海边"哥儿们"中的一员，我也混迹其间侃大山。平时，我是喜欢把瞬间感受写一点哲理式随笔的，翻检起来，居然有几则是关于冬泳的，不妨摘录如下。

一则是：

人是个感觉动物，似乎总为寻求某种感觉而存在，一切皆虚，唯感觉是实。坚持了一个月的冬泳，每次跃入水中，冰凉之感袭裹全身，特殊感觉无以言传。老杨说，为这一刹那的感觉，"给个神仙也不换"，妙语足可解颐。上岸后，通身像擦了清凉油，外凉内热，这感觉确乎很美。我在岸边跳呀，跑呀，笑呀，闹呀，世间一切烦忧全忘光了，好像一盘被洗过的录音带，仿佛进了圣境，放松而空灵，恬静而喜悦。然而，瞬间的感觉转瞬消失，消失以后，我又变成了一个世俗人，一个凡夫俗子，又会想起种种不快来。

另一则是：

人最初与大自然混沌不可分，后来进化了，拿起工具，蜕去兽毛，与大自然变成主体与客体、对立又依存的关系。然而，自然无时无刻不在竭力同化人，企图把人同化为自然物，而人又无时无刻不在抗拒这种同化，试图完全摆脱动物性。不过，挣脱与回归的悖论永远不会终结。人为了强化自身，净化自身，在某种意义上又需要回归自然，冬泳即是一例。它貌似反自然，其实正与远古的自然和人认同。在这一活动中，人最能唤醒自身关于原始的御寒、适寒的本能记忆，也最能体验天人合一的境界，返璞归真的妙谛。

还翻出一则：

全脱光了，无所挂碍，才会自由；跳进水中，自然的怀抱，才会使童心复萌。

我杂入了冬泳者的人群，这里三教九流无不麇集，人人平等，人与人的关系简化为一个"泳"字。"泳"字之外皆无须问，无可说，无价值。可惜，我的感觉不比宝光好，不如老韩和楚师傅，也不及小史和小庞。因为我感到了我不易察觉的窘态、忧郁和自尊。虽然我也在说在笑，总不如他们那般放纵和洒脱。此时，谁管你是什么或者你有什么，谁的感觉最充实，谁的体能和活力发挥得最充分，谁就最强，最值得羡慕。

什么是幸福，什么是自强，什么是力量，内容丰富，一语难以说清。可以肯定的是，它们不是某些身外之物。某些身外之物其实是最大的虚幻。可是，有多少人却在追踪着这虚幻之影啊……我又何曾全然免俗呢！

不再摘引下去了。请读者原谅我的袒露：这些话或不宜掬以示人。一时的灵感，经不起推敲的，但既要谈冬泳，就没法不说这些。我早就意识到，无论在生活中或文字中，我始终不会隐藏自我。那些既能巧妙绕开自我，又能写出花团锦簇文章者，我羡慕，却学不会。命运注定我只能是个本色演员，而非性格演员。

于是，我的生存环境除具体单位，又多了一个不确定的人群。两个环境判然不同。在冬泳者的环境，谁也不问各人的历史、职务之类，只要记住姓什么和在哪儿干活就足够了。奇怪的是，每天一小时的邂逅，不附加任何功利目的和尊卑之分的相处，却使人们的感情日臻深挚，几日不见，如三秋兮，互相打听来否。时间一长，各人的个性渐露行迹，"本真的我"赤诚相向。老韩开朗而老练；老楚是幽默大师，满腹笑料随口抛洒；小史粗豪、顽皮、大大咧咧；小庞一团和气，不露锋芒；老杨独立意识强，即使换衣也与人保持适当距离，颇有"举觞白眼望青天，皎如玉树临风前"之概……真可谓五色杂陈，不拘一格降人才。不过，在对冬泳的需要上，我暗忖与他们略有差异：冬泳是否有益于呼吸道、消化道、心肺肾功能之类，我实不甚在意，我之日益离它不开，更倾心于它对意志的磨炼，勇气的生发，精神和心态的调整。我不是那种能久久浸泡在冰水中的"勇敢分子"，但我明显感到掌握适度的话，它绝非自虐自伤的无益之举。

去年，我的游泳史上的另一桩大事，是学会了高档次的蝶泳。夏天，高洪波、刘齐跟我游过几回泳，后来他们就懒得动弹找借口不去了。近日高听说我学会蝶泳，表示不信，更可恶者，是他时常讪笑，又不肯亲到现场一顾。这使我有些愤愤然。转思，世事往往如此，何必要向别人证明自己呢？证明得过来吗？重要的是你在这一活动中是否享受到自我实现和强化意志的感觉；快乐不在活动之外，更不在虚幻的炫耀中。嘲弄和讪笑只能促我加紧训练，我埋头，打水，再打水，跃起，舒臂，再埋头，再打水……自由终于来临，连严苛的业余教练楚师傅都首肯我的蝶泳已经过关。书痴者文必工，艺痴者技必良，信非虚语。

今年，什刹海的冰结得特别厚，每天清晨都有热心的冬泳者用冰镐、铁棍敲开冰层，为一天的后来者开辟场地。他们不约而来，乐此不疲。放眼冰湖，滑冰的红男绿女如燕子般穿梭，嬉闹的儿童们跌倒又爬起，耐寒的情侣们相挽相扶，好奇的"老外"胡子上已结冰花，却举着摄像机拍个没完。就在他们的近旁，冬泳者在水中时隐时现。噫，这真是一个五彩缤纷、生机盎然的生命世界！我想起"人在冰上走，水在冰下流"的诗句，又想起"鸢飞戾天，鱼跃于渊"的古语。

我又一次跃入冰水。生命的形式多种多样，生命活力的表现也千姿百态，每一个精神个体都该展露他的风格，既然瑰丽的大自然不止一种色彩，我们的生活和生命难道不该多样些，更多样些么？

化石玄想录

　　我查了日记，发现我迷上古生物化石已有8年光景了。事情好像是从硅化木开始的。有天在集市，我瞥见一截"树桩"孤零零戳在那儿，便用手去摸，感觉冰凉至极，试着去掂分量，竟沉重得抱不起来，不由大为骇怪。后来知道，这便是硅化木了，俗称"木变石"。若说它是石头，分明呈现着树的形貌，那弯曲的树干，鼓突的树皮，回旋的年轮，以至树节结，都跟真正的树桩毫无两样；若说它是树桩吧，其硬度、质地、重量分明又是一块道地的顽石。这真是生命与石头的绝妙交合，生命钻进了石头，遂化为永恒。我们一直在赞美艺术的不朽，其实这才是最伟大、最浑茫、最自然的艺术，是无可比拟的雕塑。不独硅化木，品类繁多的古生物化石都不是单方面的创作，而是集合了宇宙、地球、生命的共同智慧，以极大的耐心在时间的长河中孕育的珍宝。

　　我爱化石，因为化石的世界无限瑰丽和复杂，每一件化石，无论是动物的还是植物的，都能勾起我对太古代、元古代、古生代、中生代和新生代的生命奥秘的无尽遐想。在这里，时间往往是以百万年、千万年、几亿年来计算的。科学家们有个大致估算：平均一万只动物死后，大约仅有一只会成为化石；而设若一万块化石藏在地下，平均也只有一、二块能被发现。化石之珍稀，可见一斑。并不是什么动物死后都能变成化石的，绝大多数在迅速腐烂和风化后无踪无影了，如果是被火山滚烫的熔岩吞没，更会烧个片甲不留。昔有火山爆发后形成化石一说，其实是不准确的，唯有火山灰的掩埋还有可能。于是，只有极幸运的死者恰好被尘泥或砂浆覆盖了，经过千百万年和几亿年的"置换作用"，其硬壳和骨骼部分才会变成"石的内涵与物的外形"相统一的化石。化石只能存在于沉积岩中，就是这个道理。

每当我抚摩每一块动物化石，不管是震旦角石，是三叶虫，是鱼，是龟，是蜻蜓，还是贵州龙，我总惊讶于它们灵动的身躯何以在一刹那间凝固了，忍不住要猜想，是在一种什么情况下它们突然停止了呼吸？这从天而降的大祸究竟是什么呢？这生死之谜作为极大的悬念，作为永恒的悲剧美，久久郁积在我的心间。我迷化石，主要就是迷的这种不可索解的美感。有些情况是比较清楚的，比如剑齿象群不慎失足陷入了沥青湖，久而成为化石；又如，树枝折断，带香味的树脂溢流，引来昆虫却给粘住，再滴落到地下，久之而成为琥珀。至于猛犸象掉入西伯利亚冻土层中，一朝掘出，鲜艳如生，连皮毛都还有弹性，那属于雪藏，已非化石矣。

吕雷曾送我一只茂名龟化石，因基岩已近铁矿石化，非常沉重，他从湛江一路拎到大连，我恰不在，就再由高洪波从大连转带给我，两位所受辛劳，使我由衷感动。但这只龟的形象有点呆头呆脑，只留下一个躯壳。我知道，任何龟化石都不可能有头和爪的，因为它缩得太快。迄今为止，世界上几乎还没发现过头爪完整的龟化石，若有，就是稀世之宝了。我的另一块龟化石购自甘肃河州，也就是那个素有中国"小麦加"之称的弥漫着羊肉香味的小城，那里是马家窑文化和齐家文化的发祥地，不意化石的出产也很惊人。我所得之龟，其品种为"甘肃陆龟"，也无头爪，但那高耸的背脊和微凹的腹甲甚是憨厚。它属于新生代晚第三纪的产物，因而石化程度不高，近乎硬石膏壳。这些化石，也包括寒武纪的三叶虫、鹦鹉螺、三叠纪的海百合、中生代绝灭的菊石，它们临终前的模样大多比较自然，从容，有种寿终正寝的坦然，原因是或者其物种已不能适应环境，或者遇上了海陆变迁、冰川融化、海侵和海退等等。这是很合乎达尔文进化论的。

然而，小到贵州龙，大到喜马拉雅鱼龙，还有甘肃鸟、辽宁鸟，它们本来活得好好儿的，翩若惊鸿，矫若游龙，可为什么突然就被"定格"在某一瞬间，成为永恒的雕像？有些情况仅用进化论是解释不通的，恐怕要往灾变论上去想。现有这么一只贵州龙，她藏在哪里暂且保密，她前肢雄壮，后肢劲健，指爪关节历历可见，整个沥青色的骨骼架浮雕般凸现于岩板之上，当她长长的颈牵引着三角形的脑袋正要来个大回环，一双大眼孔正回眸射出惊愕的目光时，她就永远地停留在这一姿势上不能动了。她显然不是日渐衰竭至死，而是突然死去的，那么，到底发生了什么？山崩？地陷？窒息？电击？她出土于海相地层，当时的海洋会发生什么呢？

我有时会想到头疼也想不明白。关于恐龙在6500万年前的大灭绝，更是著名的疑案。最新的权威的假说是"小行星撞击说"，说是当时有小行星突撞地球，撞出了直径达几百公里的深坑（据说在加拿大海域已发现此大坑），霎时间尘埃蔽日，天地漆黑一团，巨石如暴雨倾泻，气温骤降似冰，氧气缺失，破坏力相当于一千颗氢弹同时爆炸。众恐龙不被砸死，冻死，也得憋死，可叹中生代的霸主，英雄一世，却来不及告别一声就在白垩纪末尾绝灭了。人当然不可能窥见这一旷世悲剧，因为人的历史满打满算也才300多万年，但人却是可以幻想这一悲剧的，幻想可能比亲眼目睹更具刺激性。

然而，化石给人的启迪并非全是任凭大自然摆布的消极，面对着"万类霜天竞自由"的壮阔图画，那优胜劣汰的竞争和自强自立的奋斗不是显得更重要吗。比如奥陶纪的震旦角石，呈圆锥状，流线型，要沉底它就吸进水，要前进它就喷出水，据说潜水艇还是模仿它的结构制成的。但它终究是无脊椎动物，没法跟鱼竞争，于是泥盆纪就成了鱼的天下。后来，一部分鱼生态日蹙，便又有了变鳍为腿，登陆求生的壮举，便带来了两栖类的产生和繁荣。接着，为向陆路全面进军，两栖类又演化为爬行类，终有伟大的恐龙时代。可惜恐龙的适应性毕竟不能与哺乳动物相比，尽管那时哺乳动物极渺小，但继恐龙灭绝之后，就迎来了哺乳动物的大发展。看啊，一批物种灭绝了，另一批新的物种又崛起了，开拓，发展，变异，进取，真是前仆后继，生生不息。谁的抗灾变能力强，谁就是胜利者。

那么人呢？

几乎从46亿年前地球诞生，继而有了水，有了真核细胞起，生命就踏上了演化的长途，延至今天，千变万化，才变出了人这种最高级的生命。人肯定也是要灭绝的，他由非人（硬骨鱼、哺乳兽、古猿等）变出，终将再变为非人或者超人。知道了这一宿命的人类，至少应该学会尊重规律，善待生灵，强化自身，切莫过早地被文明阉割了生机。人们常说，化石是地球的史册，每当我抚摩着手边的化石，翻动着这部大书时，总会作此不着边际的胡思乱想。

（原载中科院古脊椎动物研究所《化石》杂志）

辨　赝

　　玩古之风，平地而起，不知不觉间，中国从南到北冒出无数的文物商城、古董地摊、民间工艺一条街之类物事，其规模之大，从业者之众，令人咋舌。北京东南角有个潘家园市场，不到者不知道，初到者吓一跳，仅卖古董的一片场地，全盛时有近千个摊位，万头攒动，摩肩接踵，北调南音，喧若鼎沸，所陈物类之繁，莫可细数，举凡轻瓷重铜，老玉古钱，玛瑙晶翠，奇瓦怪砚，石雕木刻，青灯古佛，应有尽有，恍惚间怀疑，这是在经过"文革"洗劫后的中国吗？这是在现代化京都的边上吗？哪来这么多的老古董啊，如一夜从地底冒出？

　　其实，在潘家园地摊附近，还有北京古玩城大厦、朝外文物市场，经营项目类似，气魄也都不小。这还没把官园、什刹海旧货摊计算在内。这似乎有点让人担心，果真有那么多人买古董吗？在寒风中鹄立的摊主们，守株待兔一日，会有收获吗？其实大可不用担心，有多大市场就有多大需求，或者，有多大需求就会形成多大市场。古董业的繁盛，恐怕是当今值得注意的一种商业现象，也是值得注意的文化现象。古人云，玩物丧志，但要玩物还须有玩的气候，大率承平日久，天下晏然，玩古之风便会蓬勃；大率渐入小康之境，手头略有几个闲钱，玩古之风也会蓬勃。我们不愧是文明古邦，好古之风久矣。人们摩挲一件玉雕，把玩一面铜镜，旋转一只瓷瓶，就是在品味一种文化，吸引他的既有外观的美，更有某种凝结其间的精神意蕴。不过，除了真正的玩赏者，还有囤积癖、占有狂、倒卖倒买者流，这市场焉能不兴旺？就出售者一方看，他们之所以风尘仆仆，千里奔走，不惧寒暑，要将这摊位坐穿，最大的秘密是，古董无定价，卖不好或仅得数十元，若时来运转，瞬刻可致万金，此乃致富捷径，况且真假莫辨，扑朔迷离，回旋余地甚大，颇可一展身手。

万万没有料到的是，我竟也渐渐跻身玩古者行列，真是风气所被，概莫能外。朋友笑我是不是提前进入了老境，我看不是。小时候我就喜欢石雕木雕什么的。我想，寻根是人的天性，玩古可能也是人的天性，气候适宜，就会萌动。年来，我用很小资本买了些玉呀佛呀青铜器呀的小玩意，开头还自鸣得意，以为慧眼独具，淘筛有术，炫耀于朋友之前。待转的地方一多才发现，大多是假货，价钱方面也上当了。例如批量生产的铜鼎铜佛，在潘家园南墙根一件只需四十元，在什刹海同样东西就会要价一百元。再如号称"明仿宋"的哥窑瓷器，张口就要五千，大有血可流，头可断，价钱绝不商量的坚决，等多转了几圈，会接二连三地碰上这类"稀世珍品"，一番讨还，可能就下滑到五十元甚至十五元了，令人啼笑皆非。目下的古玩，基本都是仿制品，不过让人们满足一下玩古欲；不然满街都是宣德炉，宣德炉何必还叫宣德炉呢？待一一识透了这些小把戏，我的玩古热急剧降温了。

　　但我的兴趣忽然又转向了化石。与滔滔假古董相比，化石比较诚实。请问，还有比石头更牢靠的东西吗？我于是打定主意，做个化石收藏者。我实在喜爱化石，它能把我带进苍茫悠远的太古，一只三叶虫，一条游动的鱼，一片冷杉林，忽然在沧海桑田的大变中压在了山岩的下面，经过几百万年的闷暗岁月，终于化为石头，但它还是虫、还是鱼、还是树，它用永恒的姿态表现着生命不灭的意志。抚摩着这石质的翅，石质的鳍，石质的叶，怎能不惊叹时间与生命的合二而一？你想，正在水边盘桓的鸟，正在水中游动的鱼，忽然在迅雷不及掩耳的灾变中凝固了它的姿势，貌似悲惨，实则完成了天地间最悲壮的涅槃，进入永恒的归宿。这让我想起著名的《阿波罗与达芙娜》，日神阿波罗追逐着河神的女儿达芙娜，眼看要追上了，手都快摸到达芙娜的长发了，惧怕爱情的少女达芙娜恐慌地呼喊道，爸爸，快来救救我吧，你把我的美貌毁掉吧！话音未落，她的头发化为树叶，丰乳缠上一层树皮，双腿变成了树根。我看，化石的境界庶几近之。据说人类成熟后的时间还太短，至今尚无人化石发现，可见要修炼成化石，多么的不容易。

　　我开始收集动物化石了，我觉得动物化石比植物的要更活泼更有生命情趣。市面上流行一种所谓锦州狼鳍鱼化石片，还有蜥蜴化石，我都买了，朋友说这是假的，平板板的像刻画上去的，我不信。不久，在潘家园我看到这种化石片像小山似的堆积着，才有些怀疑。就去问一位兜售者——一个模样十分憨厚的穿军大衣的小伙子：这化石有没有假的？他坦率得出奇，说，有真有假，随手指着漂亮的一小块蜥蜴化石说，这是假的，但又泛指着大堆化石片说，这些都是真的。我看他实在，就进一步问，你有没有那种凸出来的、半立体的、完全变成石头的鱼化石？因我在博物馆见过。他说有啊有啊，就神秘地从纸箱中掏出两块大石板，上面果然有鱼的痕迹，他指给我说，这是一整条鱼的化石，剖开石板，就一凸一凹地成了这形状，你看，无不对应哪。这还能假吗？我当即用二百元买了下来。回家一看，凸的那面有点脏，就去洗，用刷子只轻轻一刷，赭色的"化石皮"竟掉了一大块，里面的颜色裸露了，跟石板一模一样，白刺刺的。再一细看，为了让鱼凸出来，这石板被暗暗剥去过一层。我于是全明白了，坐在那里生气，想象作伪者炮制时的丑态。第二天一大早，我赶至潘家园，那憨厚小伙子居然在，我们四目对视片刻，他有点躲闪了，我说了句"你的化石，噢不，你的石板，我不要了"，就静待着大争吵。奇怪的是，他的脸在晨光中微赧，什么也不说，准确无误地掏出了我昨天给他的钱数。我走了，不愿看他尴尬，也不知他用何等目光看着我的背影。

上当上怕了，也就来了气，在一瞬间，我痛下决心，要买就买个真货，买个高品位的真化石。我知道附近豪华的古玩城里有一只乌龟化石，我已窥探多次，此刻，我集合了身上所有的钱。如果还不够分量，我宁愿把我整个身子投进去，直到把它买到手。

多么敞亮的大厅，多少光怪陆离的玩意儿，一走进这富丽堂皇的所在，心里就踏实多了。如此高雅的地方，不上档次的东西想进也进不来呀。在一柜台，满面春风的女售货员小贾为我隆重地请出了那只罕见的宝物——乌龟化石。它果然神秘不凡，仿佛经历了亿万年，偶然遗落在石缝间。它没头，也没爪子，只剩下完整而坚硬的龟背，约巴掌大小，动势宛然。与一大坨石头连在一起的龟背，已完全石化了，但纹理尚清晰，看起来老玉似的透亮。更绝妙的，是它竟然还有龟甲的残余，虽一小片，却黑油油地放着光。啊，这自然的奇迹，太令我惊喜了。我抚摸着它，幸福得差点晕眩。攀谈起来，小贾竟还是我的半个老乡呢，她说，她的老板是青海地质队出身，本想自己收藏的，既然我想买，又是老乡，那只好割爱；现在标价一千八，当然可以商量，但进价就八百多元，恐怕少于一千块就不好说了。是啊，还有什么好说的呢，一千就一千。掏钱的时候，我觉得自己的形象很高大，心想，熬夜写几篇东西，这钱我还能挣回来。我随口说，宝龟有点脏，回去清理清理，小贾淡淡提醒道，这是贵重东西，千万别用水什么的乱弄，就用小刷子刷刷，保护好原貌。

是夜，台灯下，我贪婪地、反复地赏玩着属于我的宝龟，连连啧叹，真是造化的极致啊。只是，石坨子的后背怎么有一小块多余的石棱，使它在放入我特意为它腾出的玻璃匣子时总也放不平，何不削平之？我就用刀轻轻一撬，当啷一声，小石块掉了，用手一捻，怎么变成了粉末状？再用刀在龟背的隐蔽处一刮，又有粉末纷纷落下！像神灵附体似的，我的思路立刻闪电般地联想到了大西北原野上雨后的干胶泥，那是很硬的，跟这不一模一样吗？要是趁湿再把乌龟壳往下一按，形状和纹路不全出来了吗？那么龟甲呢，这总假不了吧，它应该是石化了的，让我用刀挑挑看，咦，怎么它有纤维，这就是说，它是把现在的龟甲粘上去的了？啊，作伪者，多么巧妙的构思，多么致密的陷阱！

刹那间，我感到恐惧，我为我的发现而恐惧，我为"人"的可怕而恐惧，我还感到一丝荒诞和一丝滑稽。想笑，笑不出来.看看窗外无边的暗夜，我快要窒息了。我顾不上想到别的，只是恐怖地感觉到，在某个遥远的角落里，一定暗藏着一个我的对手，他曾像我一样狂热地喜爱过化石，所以他知道我一定要来买化石的，这一只胶泥乌龟就是他特意为我准备的，我好像已经看到了他那阴沉而叵测的背影。我都没有勇气看他阴险的正面。我愿没有刚才的发现，宁愿相信它是真的化石。我还忽然冒出了阿Q情结；这玩意放在家里跟放在博物馆有啥区别嘛，假就假吧，何况，"有有必有无，有聚必有散"嘛。但我毕竟心里堵得难受，觉得有一种东西就像胶泥乌龟似的在一块块地崩塌——对人的信心吗？

第二天，我和我的朋友大维出现在古玩城，我一眼就瞥见了柜台边我的同乡小贾，她笑靥依旧，不过忽然给我一种胶泥面膜的感觉。我说我不要了，她笑着说，这是从何说起呢，你是看过几次才买的，我说我看了几次都没看明白，说明这东西太神了。她忽然提高八度厉声叫道，照你说它是假的吗？她的脸变得狰狞。我微笑说，是的，它是假的，还是留给你的搞地质的老板自己好好收藏吧。小贾根本不给退，双方僵持着。围了许多看热闹的人。这时有个好事者掰下一小块"石头"放到嘴里尝了尝，又吐出来，说还真他娘的是泥的。无形中帮了我。小贾极不情愿的把钱还给了我。一个商场的中年人诡秘地凑近我说，钱还你就算了，快走快走，这里很复杂。言下之意会有不虞之灾似的。

走出古玩大厦，正午的阳光晃眼，像白炽灯似的不真实，周围的建筑物海市蜃楼似的浮动着，像无根的浮萍。一瞬间我怀疑自己存在与否，便下意识地摸了摸门廊的石柱子，硬硬的，凉凉的，说明还是有真东西在。我又揪了揪自己的耳朵，还真有点痛感。于是我深深地吸了一口新鲜空气，觉得好像度过了人生的一个大坎，绕过了一个陡弯。从现在起，我该平静下来了，该去做我该做的许多事了。

（原载1997《上海文学》）

置身西西里

　　清晨六点从北京出家门，一路上不断换乘飞机，由北京到法兰克福，由法兰克福转罗马，再由罗马转赴巴勒莫，记得机舱里总是不肯移动的刺目的阳光，不管怎么折腾，天总是黑不下来，我们仿佛逐日的夸父，时间仿佛凝固了。晚上"十一点"，总算抵达了目的地巴勒莫。这一天可真长啊，严格地说，我们还没吃到晚饭，北京那边的家人却该到了第二天刷牙洗脸，拎包上班的时辰。掐指一算，整整奔波了二十四小时。山东作家李贯通，累得眼袋耷拉下来，领带也歪了，丰采顿减，打着哈欠说：伙计，这辈子飞机坐够了，我想躺在地上睡觉。

　　到巴勒莫的夜班乘客颇零落，我们几个便很显眼，一进检票口，我只觉头皮一麻，陡地一惊：只见意国警察手牵大狼犬，斜挎冲锋枪，腰里还别着短枪、匕首、报话器，大皮靴咯噔咯噔地，一步步向我们迎来。我们倒躲不及，乖乖地僵立着，任由警犬嗅了个遍。所幸狼狗态度平和，点到为止，警官气质不俗，一副公事公办的漠然。这似乎并不在意料之外，黑手党的故乡嘛，不久前大法官法尔考内被炸死，五千警察云集西西里的消息已有所闻，而当年著名的墨索里尼圆顶礼帽失窃案，闹得满城风雨，发生地不也是巴勒莫吗！旋即乘车入城，在一拐弯处，翻译王焕宝教授说，这里就是炸死大法官的现场。我伸头向窗外望去，只见附近第勒尼安海上几点渔火鬼眼似的闪烁，便有一股莫名的恐惧掠过脊梁。我忽然觉得，我们几个很有点像抛到海滩上的鱼，没着没落的。我还想到，如此紧张不安的气氛，不知道文学奖之类优雅的活动怎么个举行法，绅士淑女们谈文学还能谈得起来吗？

然而，第二天一觉睡醒，奇迹发生了，昨夜的噩梦荡然无存，童话般的仙境冉冉而起：所居伊捷阿别墅面临大海，推开窗户，听到慢节奏的潮起潮落声如深呼吸，衬托得周遭分外静谧，空气是多么清新，透亮、淡蓝、明丽，透过棕榈树和廊柱的空隙，是横卧着几艘船舶的懒洋洋的海湾。这大约就是地中海式的澄澈气候和旖旎风光吧。但我总觉得这景物是不真实的，似梦似幻，好像只在电影、画框或者梦境中才会有。时近九点，下楼到庭院独步了一圈，竟未遇一人。后来才知道，意大利人浪漫而优游，早晨七八点，不少人尚在温柔乡中做梦。

吃罢早饭，将要全程陪同我们的罗贝塔小姐来了，深深的眼窝，漆黑的眉黛，蜡人般的小巧鼻子，据说是典型的意大利南方女郎的面庞特征。因传说这里的男女黑手党成员甚多，我不由多看了她几眼，当然不可能看出什么。上午无事，罗小姐带我们来到闹市中心。不想，刚刚松弛下来的神经又紧张起来，只是另一种紧张罢了。应该说，在我们面前铺开了三股滚滚潮流。一股是街道两边密匝匝的商店流，鳞次栉比，目不暇接：汽车商店、摩托商店、皮鞋店、时装店……好像没个尽头似的。大橱窗里的时装模型，尤为新异，那举手、投足、扭臀、回眸，自有种现代派的怪诞和神秘味儿，似更增添着这座城市的深奥难测。其实，西西里岛属于农牧业省份，经济比北方诸省落后得多，巴勒莫市也不过一百万人光景，但我敢说，单就商场的密集程度而言，它超过了北京。可是，这么多商店，货物卖给谁呢？转思，它作为地中海的最大岛屿，连接欧洲和北非的要冲，又用不着操心了。在一十字路口，看到四个街角上各有一座带喷泉的雕塑，褐绿色的斑斑铜锈，说明年代之古老，它们各标志着阿拉伯人、犹太人、罗马人、以色列人聚居的四个老居民区，可见商贾汇聚的历史由来已久。

最让人眩晕的是迎面扑来的汽车流，一辆接一辆源源不绝，且速度极快，真不知这么多人要到哪里去，在追逐什么。我还发现，每当红灯显示、车流暂停的间歇，路旁就飞出几个扛刷子的小伙子，闪电般地擦拭汽车玻璃，可得一点小费；有的车主摆手峻拒，他们也不愠不躁，另觅主顾，干得颇有章法。由此细节似可见出意大利经济在欧洲不算太景气的迹象。记得昨天看到各个机场的公用电话，档次也不一样：法兰克福的最高级，镀银色的或镀金色的电话机身闪光，配以漂亮的大玻璃圆罩；罗马的就差一级，也是金属配罩的，但较陈旧；巴勒莫的更差，窄窄的塑

料机身，颇显寒碜，这是否也反映着意大利经济与德国经济的
差距？

我们几乎没看到一辆自行车，但摩托飞车却是一大景观。车
手们一般长得高大、英俊，穿着帅气，尤注意发型，大背头梳理
得如钢丝网罩，真是油光可鉴，根根风流，足使苍蝇蹉跌。他们
的车技惊人，在车海中钻营，如浪中飞鱼，如花中蛱蝶，有时会
突然在你面前来个"立正"，很礼貌地让你先通过。说实话，巴
勒莫的街头秩序井然，你断难相信，这里会发生凶杀和枪战。当
然也有令人咋舌的事。听老王说，有一年有一中国出访者正在马
路边闲荡，呜的一声，身边擦过一辆摩托，他的提包就不见了。
这位同胞还算反应敏捷，又会意大利语，便追赶着大喊："里面
没有钱，只有护照。"话音未落，他的提包在空中划了一个弧
线，又飞了回来。老王感叹说，这真是万幸，丢了护照和机票，
可不得了啊。听了这故事，我们都没有笑，倒是下意识地更紧密
地团结在王翻译的周围。也许大家都在思忖，倘若老王被绑架，
我们跌落在言语不通、金发碧眼的外国人中，恐怕再西装革履、
衣冠楚楚也没有用，那才叫寸步难移呢。

还有一股广告流，也令人眼晕。虽然巴勒莫不是大都会，但
我们已感受到抬头不见低头见的广告流的包围了。巴勒莫的广告
有个特点，同样的画面一贴一长溜。有一广告，画一女郎弯弓搭
箭，欲发未发，我们的汽车跑起来，就有一支支箭迎面射来的动
感。还有一种六条腿的狗的广告，到处都是。起初不明白，以为

是什么宗教标志或图腾徽记，后来才弄清楚，那是意大利石油公司的广告，意谓：加了我的油，你就变成六条腿了。还有一种汽车公司的广告，也是别出心裁。画的是三条跷起的女人大腿，在三条腿的根部汇合处，则是一眉飞色舞的女人头像，意思也是：你只见过两条腿的人，买了我的汽车，即可领略三条腿的女人跑得有多欢实。后来还听说过一种电视广告，更加匪夷所思：每晚定时在电视上出现一绝色女子，她脱去大衣然后宣布，第二天她将脱去上衣，第二晚她果然脱去上衣，后又宣布，第三天她将脱去长裤，就这么依此类推；谁也不知道她要宣传什么，只觉得有趣，就紧追不舍。果然最后一天她如约脱得精光了，来了个人体艺术摄影。此时，屏幕上打出一行醒目大字，曰："某某某保险公司，说到做到！"众皆粲然。做广告不但夸示产品的优良，还要运用象征手法，启发你的想象力，或制造悬念，吊你的胃口，也真挖空心思了。难怪这块国土上早就产生过威尼斯商人夏洛克式人物，以及他那充满灵感的"割一磅白肉"的借据了。

不知为什么，站在熙来攘往的异国的街头，我有些怅然。昨夜还在为黑手党的肆虐担心，现在却被新的疑虑代替：在这商品化的社会里，精神的位置在哪里？文学还有地位吗？人们还会光顾文学奖一类的活动吗？国内的纯文学尚且被经济大潮挤到一边，也被文学内部的通俗潮挤到一边，一再地失落，圈子愈缩愈小，何况这里乎？说不定所谓蒙德罗文学奖也就是几个文化人聚到一起，如小型沙龙，冷清清自拉自唱一番罢了。我甚至已想象出即将出现的场面有多么尴尬了。

我知道，我所看到的一点东西，不过是这座城市皮毛的皮毛，距离她的心脏和灵魂，真不知有多么遥远。我不断自问，你跑到这里来是想看什么，寻求什么？仅仅是为了所谓的"一开眼界"吗？并不。我一向有种探究人的内心奥秘的欲望，现在面对着肤色、面目、行为方式、文化背景均极悬隔的人们，这种欲望就益发强烈。我想窥知，这些匆匆的男女过客，心里想些什么，最关心什么，他们的信仰、良知和渴求是什么，他们怎样看待人生的价值和意义，是怎样的历史文化血脉孕育了他们特殊的文化性格。诚然，政局不稳，黑手党猖獗，是实情；人人为赚钱奔忙，身不由己地卷入了巨大的商业化机器，也不虚妄，但这些终究是表象，文化传统和精神根基才是更稳定、更深层的支撑力。在短短的几天里，我固然不可能找到答案，但我要寻求。路易吉·巴尔齐亚在他轰动一时的《意大利人》一书的卷首语中，引述过奥登如下的话："在欧洲有哪个国家，其人民的性格受政治变动和技术进步的影响会像意大利人这样小呢？"这话是很耐人寻味的。如此看来，什么商品呀，广告呀，并非西西里人的特色所在，只因我初涉西方社会，备感新鲜罢了。他们的特色，也许正在不受外物影响、变动甚小的方面吧。

精神的存在有待一双精神的眼睛去发掘。果然，在以后的几天里，我更多地看到了传统文化的庞大身影无处不在，至今仍力图主宰人们的心灵。如果说我一开始便看到了"真"，那么现在就时常感到"善"和"美"的包围了。在市中心广场附近，有一长方形的巴洛克风格的古建筑，已是褐绿色，屋顶上的青铜骑士雕塑群像，一个个跃马昂首，伫立于苍穹，别有一种古风余韵。这建筑是马西莫歌剧院，建于十八世纪初，曾是欧洲第二大歌剧院，地中海最大歌剧院，因上演维尔第的歌剧，名重一时。真所谓繁华过后成一梦，如今它是这般老迈、式微，但人们并未遗忘它，它周身围满脚手架，据说因经费原因，修修停停已多年。我注目良久，眼前幻化出薄暮时分，华灯初上，穿着晚礼服和百褶裙的贵族男女纷纷步入剧院的情景，他们之中，也许有痴恋烧炭党人的少女法尼娜，也许有《牛虻》里的亚瑟和琼玛，也许还有皮兰德娄讲述的凄伤故事中的主人公，那手捧西西里柠檬的青年密尔库和思断情绝的乡村女歌手苔里娜，一种沧桑之感忽地涌上我的心头。但歌剧艺术并未在意大利稍衰，至今仍是人们最喜爱的，与足球共称意大利人的两大骄傲。我想起国内为振兴歌剧呼吁多年，成效甚微，倒是赵本山们的"小品"畸形发达，我不知道这究竟是民族欣赏习惯的差异，还是文化境界和审美水准的距离。其实，何止歌剧，作为古罗马文明的故园、文艺复兴运动的发祥地，意大利的建筑、雕刻、绘画、音乐，无不精美绝伦。在这些方面，巴勒莫与罗马、佛罗伦萨、威尼斯等地相比，自然是小巫见大巫了，但即便如此，你仍会深深感到，这里是黑手党的渊薮固然不假，但它更是艺术的王国，艺术精神已沁透了城市的躯体。看路灯辉映下的"羞耻喷泉"，你会为裸体石雕的美妙叫绝，抬头看山顶上残阳斜晖中的古堡，你会为历史的庄严神往，甚至在街角你看到老百姓自发地保护的一小块方尖碑，也会为人们珍惜文明成果的情操所感动。从本质上说，艺术乃是自由的象征和人类力图超越自我的表现，它具有天然的解毒作用。很难想象，一个幽暗的罪恶灵魂或者一个只知数钞票的经济动物似的人，会真正倾心于艺术。

参观最多的还属教堂。尝听到有出访者抱怨说："一天到晚看教堂，真没劲！"说这话的，可谓只知看热闹，不知看门道。意大利的教堂之多，绝不亚于国内的佛寺，所不同者，佛教在我国已近衰落，而天主教虽几经变迁，教廷对教义的阐释虽迫于科学的发展一改再改，但它作为精神象征的地位并未改变。一个人从生到死，哪件大事能离得开教堂呢？教堂不仅是精神堡垒，而且是搜集艺术珍品的殿堂，它倒是集认识、教育、审美功能于一体。我常在想，倘若没有教会这块沃土，西方艺术还能如此绚烂吗？反过来说，没有艺术魔力的张扬，宗教的神圣感和神秘感还能如此久长吗？为了提高宗教的感化力，各种艺术家们真是殚精竭虑。蒙特利教堂的穹顶画也许还不算最有名，但那巨大的耶稣的一双永远追踪着你的勾魂摄魄的眼睛，会让你战栗。且不同的角度耶稣有不同的神情。新的科技手段也开始进入教堂，如复杂的现代声光设备代替了管风琴。在一教堂，我们想细看壁画，苦于光线不足，经人指点后将五百里拉硬币投入一黑箱，只听咔嗒一声，立刻光明大放，一室辉煌，可惜好景不长，刚到两分钟，它就很客气地熄灭了。

我不止一次地看到一队队儿童在教堂里围着牧师听讲的场面，不由得让我想起我们参观历史博物馆或阶级教育展览会的情景。看来，他们的"思想工作"也抓得挺紧。我注意到，各教堂都设有多座"忏悔室"，那是个小木屋，三个门，中间是教士席，有小窗通二厢，教士安坐中央，可倾听跪伏者低诉自己的罪愆。记得我国最早走出闺门、走向世界的知识女性钱单士厘（晚清人），在她的《归潜记》中也曾详述"忏悔亭"的形状，所谓"中室与旁室不相通，唯有铜网一小方（亦有以不透明玻璃代者）漏达声浪而已。旁室无门，无座位，有小几，为诉忏者跪久倚手之用"等等。一百多年过去了，这忏悔亭倒毫无变化。我没见到一个人忏悔，便怀疑它是否已沦为观赏物了。但据罗贝塔说，自有人忏悔，但要在指定时间进行，她又笑着补充说，是不是真心忏悔、毫无隐瞒，那只有他自己最清楚了。

印象最深的是建在海岸高岩上的罗萨尼亚教堂。罗萨尼亚是位女圣徒，十二世纪人，终身不嫁，把一生献给慈善事业。我看到她的一尊卧像，周围撒满了供奉者的钱币，她的神态既痛苦又甜蜜，似正进入一种"神圣交感"的境界，与贝尼尼塑造的圣女苔列莎很相像，确有股令人既惊讶又感伤的力量。听说她最灵验，类似中国的海神。我们看到神台下堆放着一些旧轮胎、铁锚、救生圈之类，不解其意，经打问才知道，那是海上遇难的水手有幸苟活下来，奉献给她的。更奇特的是一面大墙上，挂满了银制的人的各种器官的影型，举凡手、脚、心、肺、肾、眼睛、耳朵，应有尽有，如挂了一墙小首饰。原来是病苦之人为祈祷解脱痛苦而奉献的。究竟是病愈后的感戴，还是病苦中的希冀，就不得而知了。

在教堂外的台阶旁，我们见到一个乞丐，是一中年男子，穿粗呢西服，样子不怎么褴褛、可怜。地上铺一张纸，经翻译，知道上书："请帮帮我这穷人吧。"我想此人堪称心理学家，因为他能抓住人们步出教堂悲悯情怀被充分激发的瞬间化缘，但那盒子里的收获似乎并不丰盛。王宏甲热衷于搜集民俗，就硬要抱住乞丐的肩膀合影，但相机出了故障。谁知这乞丐竟示意我上卷并扳动一小部件，果然障碍排除，照片拍成了。如此乞丐，倒也罕见，我们不禁面面相觑。

出了教堂，在一海岬上，看到了罗萨尼亚的另一尊铜塑像。她面对大海，一手高举十字架，一手紧握权杖，神色冷峻，狂风飏起她的长发，不复那尊卧像的温柔。我定定地望着这位狂风中的圣女，刹那间似乎明白了许多。任何一个民族，要在历史长河的惊涛骇浪中前行，就必然有它的文化根系。精神动力和宗教信仰，这些东西沉埋在集体无意识的深层，虽然时移事迁，它那基本的框架却不会改变，向真向善向美的精神不会绝灭。

第三天下午，我们接到通知，当晚十点去参加一直等待中的蒙德罗文学奖授奖仪式，这也是我们此行最主要的活动项目。会议在哪里举行，将出现什么情景，我们都在心中暗暗悬揣着。汽车又一次路过炸死法官的现场，又一次穿过火树银花、光怪陆离的商业中心，终于在一座叫玛丽亚的教堂前停下来。我们有过各种猜想，但谁都没想到会在教堂举行。门口已停了很多车，男女警官林立，有的在用报话机联络什么，气氛似乎又紧张了。

但是，一踏进教堂，仿佛进入避风的港湾，我们立刻感受到一种高雅、温馨、安详的情调，似乎屋外汹汹的商品潮，抑或黑手党的阴影，全都远遁敛迹了。眼前确是一块超凡脱俗的空间。平时做弥撒的地方，摆上了观众席，主教大人的讲坛，成了评委们的座位。来人不少，约三百多人，除了来自世界各地的领奖者、特邀代表，大多是当地的文化界人士。真没想到，这座动荡不安的城市，还蕴藏着这么多彬彬有礼的文人雅士。

蒙德罗是巴勒莫海滨一个风光迷人的小镇，文学奖即由此得名。自1975年设立至今，已历十八届。它设有处女作奖、翻译奖、意大利作家奖、外国作家奖、特别奖等多项，评奖范围是该年度的作品，对象则以本国为主，兼及世界五大洲，评委均由教授专家组成，旨在促进世界文化交流和文学繁荣。中国作家王蒙和翻译家吕同六，曾经获过此奖。这项奖的骄傲是，有四位获奖者后来或同时获得了诺贝尔文学奖。据我国驻意文化参赞李国庆先生说，目前意大利最有影响的文学奖，就是它了。它的发起人是兰蒂尼先生和他的朋友们。兰蒂尼先生曾是西西里的著名法官，仪表堂堂，魄力非凡，他的热衷于此道，完全出自对文学的热爱。此刻，这位总导演静静地坐在一角落里，正心情激动地观看他操劳的成果的展示。

这确是一次别开生面的颁奖会。国内的颁奖会，大都是领导出席，分宾坐定，然后宣读名单，获奖者鱼贯上台领奖状，再推举一名代表上台念发言稿，说些感谢领导、感谢评委、继续努力之类的套话，最后演些小品歌舞之类结束，未免板滞。这里则是由电视节目主持人手握话筒，全权主持仪式。获奖者上台后，当即有评委一人起立，宣读对其人其作的书面评价，并颁发证书。证书素朴大方，不见大红大紫或钢印图章之类，乃一白纸，除印上作品作者名字，下面全是评委的亲笔签名。然后主持人提问，获奖者即兴回答。由于获奖者的年龄、性别、个性殊异，常常妙趣横生，颇不单调。墨尔本的提麦因女士，研究但丁有成就，她却幽默地说"我没有研究但丁，我只是读但丁"，突出一个"读"字。台下报以热烈掌声，想必人们为她的谦逊和真诚鼓掌。那种不认真读原著的研究者还少吗？小说《十一月的飓风》的作者，捷克作家哈巴尔，据说名气不在昆德拉之下。他是个老人，一生经历复杂，受过不少苦，他不修边幅地倒披一件毛衣上台，站久了就自己搬一把椅子来坐，惹得台下爆出一片善意的大笑。我团代表杨牧，即席朗诵诗歌，他动作夸张，带表演性质，女士们不断掩嘴吃吃地笑，笑得我们心里发毛，生怕砸锅。原来这是文化差异所致，等到翻译了内容，台下的掌声又十分热烈。这里，不同种族、国家、肤色、语言的人们汇集一堂，却毫不隔膜，气氛是那么友好、轻松、活泼，好像有股热流在每个人心头激荡，那就是文学。不记得是谁说的：一个民族没有了文学，就意味着精神的死亡。

梦幻般的长笛声轻扬起来，泉水般的钢琴声滑过了大厅，会上穿插的文艺节目，一律是阳春白雪，绝无杂耍闹剧的地位。我望着圣母塑像慈祥而严肃的神情，环视周围典雅的圆柱，穹顶壁画中翱翔的天使，听着仿佛只有天上才有的音乐，有种灵魂飞升的感觉。这哪里是一次普通的文学颁奖，这是人类文明成果的一次辉煌展示，是美的骄傲的炫耀，在这样一座不安的城市举行，尤其显示着文学艺术顽强的生命活力。

明天我们将告别西西里，前往罗马，那里会有更多的艺术瑰宝可观，但我仍依恋着这块诡异的土地。歌德说过："不亲眼看看西西里，便不能真正了解意大利。"西西里把传统与现代，古代英雄的美德和现代都市的罪恶，深固的家族观念与商战技巧奇妙地交错在自己身上。不是说它"变动最小"吗？这一方面固然是它背负着传统的沉重包袱，另一方面它又无时不以人性之光、理智之光反抗着物欲的压迫。再见吧，西西里，我此生大约无缘再踏上你的土地了，但我会永远记住你的启迪的。

（原载光明日报，新华文摘1993年10期转载）

摩罗街

　　我到香港只七天，居然能自己摸到摩罗街，连久居香港的人士也颇感诧异，因为他们大都只听说有这么一条著名的文物街，却未必到过，一来港人个个忙极，无暇去，二来那地方也着实弯弯绕得厉害。

　　说是我自己摸去的，又略带夸张，先前香港文联张诗剑先生曾带我眼花缭乱地匆匆穿过此街，我之独自摸着去，当属第二回了，这一点我必须申明，否则有冒功之嫌。那天，趁代表团仅有的三小时空隙，我像个中世纪的隐士似的，谁也不告诉，潇潇洒洒闪进香港最老式的有轨电车，晃晃荡荡，意守丹田，稳坐到"上环"站跳下了车，凭着依稀记忆，一路摸入这条街。我发现，对于心系一念的地方，人的记性总是出奇的好。

　　我是什么时候对古玩发生了兴趣，已记不大清了。有一年路遥托陈泽顺君专门给我捎来一只汉罐，陈君故意搞得很神秘，好像盗了国宝后有追兵似的紧张，头上还直冒着汗，抖抖地把东西掏出来，我受其感染，立即警惕四顾。其实，那汉罐不过是个拙头拙脑、积满尘垢的灰陶罐儿，跟腌菜坛子很相像，我不知安顿到哪里好，就随手放到书架顶上。不久，有位咸阳客来了，说这东西多的是，根本不值钱，我就越发轻看了它，只因此物系路遥所赠，还是珍重，不忍弃到阳台上。路遥去世后，我看书累了，猛然抬头，会见此物憨憨地蹲在书架上，于是睹物思人，想起与路遥有关的种种。文物的价值或正在于此吧，它能因睹物而思往事，又能因其质感而让人直接抚摸历史，还能因把玩而体验美感，自然也可以是一笔物化的资金。但也有人不以为然，一位我熟悉的老者就很反对搜罗古玩，他说，人不必为物所累，任何人都不可能永远占有一种东西，任谁都是古玩的临时保管员，想看，去趟博物馆就是了，何必为它损精耗神呢？继而他念念有词，什么甚爱必大费，多藏必厚亡之类，可谓悟道者言。

话是这么说，玩古风仍然春风吹野火般刮遍了神州，人们的玩赏欲、好古欲、占有欲，决不因其终极的无意义而稍减，真是花自飘零水自流啊，连我也糊里糊涂地裹进玩古者的行列，不过，我只是爱看爱琢磨而已，并无搜求真家伙的奢望，我偶尔也买一两件或真或假的玩意儿，不求其高古，但求其独一无二，造型好看。人一旦染此嗜好，有如吸鸦片一般，有瘾，隔不了多久，就要往古董摊上跑，拉都拉不住，这叫上贼船容易下贼船难。你明明知道，那里无非是些假古董，是些真真假假的玉呀，翠呀，陶呀，瓷呀，青铜呀，古钱呀，仿画呀，真货千不遇一，你还是忍不住要去上当。尝见一商贩，起劲地兜售一大型青铜仿制品"虎食人卣"，且信誓旦旦地说这是刚刚出土的宝贝，居然有人相信，我本想上前和善地提醒他这不可能，因为它的真品一件在巴黎，一件在日本，但看贩子那一脸的顽横自负，只好把善意藏起来。若问玩古何以有如此之大的吸引力，细想也不奇怪，玩古之趣，大约很像钓鱼，要旨不在目的而在过程，在于那淘筛、鉴别、辨伪、考证、杀价、争执、佯恼、成交的全过程。在这整个过程中，人将体验到自以为慧眼独具的满足，还有虚幻地制服了对手（商贩）的优胜。待东西拿回家，归属关系明确了，固可继续把玩数日，但刺激性可就小多了，有时还会产生放在家里和放在博物馆有啥区别的虚幻感，这就好比恋人追到手后，再也不复苦恋时那般神不守舍了。于是，为了解脱虚无，只有不间断地延长"过程"，对玩古者而言，就是不断地搜求再搜求了。大约惟其如此，从古及今，玩古者不绝，贩古者也不绝，遇到乱世，权且伏藏，一遇太平盛世，就又纷纷浮现，就像今天这样。

虽然我只能算半个古玩爱好者，但一到香港，我还是急于打听它的文物街在哪里。我早就听说，香港是东南亚最大的文物交流中心，这些年我们的不少瑰宝都是经由香港的渠道流失的，全球闻名的两大拍卖行"佳士得"和"苏富比"，每年春秋都要在香港开槌，这已成为世界大收藏家们的固定节日。于是，我有种窥视真迹的欲望，还幻想着能由我在此鉴别出某件国宝，最好由我扮演一个勇毅地阻止国宝外流的悲壮场面的主角。这想法有几分滑稽，后来证明我那点知识贫乏得可怜。世居香港者告诉我，最古老最著名的文物街当然有，它叫摩罗街，那三个字的笔画要繁杂得多，应为"喽囉街"。它的历史即使没有百年之遥，至少也有六七十年之久。它所在的上环一带，正是港岛土著居民最早的集聚地段，研究香港史者没有不知道它的。

记得第一次随张诗剑匆匆来到摩罗街，觉得它并不如想象的那么堂皇，顶多相近于北京的荣宝斋，却又破旧得多，好像它本身就是被繁华遗忘的一件古董，特意留下来做见证，逗人遐想老香港的模样。老街名的铁牌子居然还在，嵌在土墙上，然油漆快掉光了，斑驳如一块废铁皮，不知是何年何月所制。放眼望过去，你得承认，这条街虽小而旧，它的东西却丰富异常，满登登的要把小街撑破了或挤歪了似的。每个橱窗后面都是琳琅满目，光怪陆离，叫你不知道该进哪一家好。我看到有一家，店面清爽，店堂里只坐一满头银丝、面目雍容大方的老妪，便踅了进去。

即使粗粗看去，这不大的店面也让人不断惊讶，红山文化的硕大老玉，盆底能隐约见出铭文的青铜器，以至宋塑、明佛，皆奔来眼底。嗬，成双的恐龙蛋也赫然在目，还有一只精妙的玉碗，好像哪本文物书里介绍过的，全在这儿集合了。至于高高矮矮的古瓷瓶，姿态各异的唐三彩，奇形怪状的紫砂壶，更令人目不暇接。我除了看，不复有问价的勇气，更消尽了购买点什么的想法。老妪闭目养神，对我的到来并无兴趣，她那张饱经忧患又风韵犹存的脸，好像凝结了某种历史的神秘，看一眼就让人忘不掉。临出门时，我被什么东西绊了一下，一看，原是一尊黑漆漆的大木雕，用一根红绳拴在门槛边的地上，落满尘土，好像主人的弃儿似的。我低头细看，不觉一惊，这多半是紫檀的，木锈斑斑证明它的古老，而那舞蹈着的东南亚女子的姿容，用"聊斋"里的话形容，便是秋波流慧，羞晕朝霞，美极矣。我当即有了感应，想买，想为香港之行留个纪念，便举着木雕问老太太多少钱，老人慢睁双眸，缓缓伸出四个指头，我知道，这是要四百港币，我马上按内地砍一半之惯例还价，伸出两个手指，不料老人轻轻摇首，我一再坚持，老妪不为所动，只缓缓伸出三个指头，遂不发一语。到底买不买呢，三百元不是小数，何况这不能算文物，只属老工艺品，我得想一想，于是才有了这第二次的独闯摩罗街。

这次却不见了老妪，一中年男子身穿背心，摇着蒲扇。我先疾眼瞥去，发现红绳系着的木雕硬硬的还在，就松了一口气。我是决定了要买它的，见老妪不在，我产生了侥幸心理：是不是上回老妪贪财，抬高了价？不妨趁老妪不在，与中年人商讨一番。谁知这家伙一张嘴就是五百，且纹丝不动。我急了，只好说出上回老太太答应三百就卖的事。他不信，进到里面，不一会儿，老妪复出，还认识我，还认旧账，还是伸三指，中年人始无词，卖给了我。买卖成交后，双方的脸色都放了晴，相互问长问短了。老妪仍沉默不语，但她脸上的舒展，似在鼓励我们谈话，她只做听众就很满足了。

我问中年汉子，老人是你的母亲吧，高寿几何？汉子说，母亲快90岁了，耳不聋，眼不花。我们祖籍是福建泉州，老人还是小姑娘时，就被人贩作为"猪仔"，用货船运到东南亚做劳工，吃够了苦头，后来才定居香港做古玩生意，她在整个港岛的古玩业都很有名噢。听至此，老妪露一浅笑。我又问道，你们的生意还好吧，这里的真东西可真多啊，都是从内地来的吧？汉子笑道，大多是从内地来的，但你也许有所不知，香港早就有古玩业的传统，香港不是文化沙漠，你们那里的文物热，或许还是我们带动起来的呢，内地的老百姓原来哪有文物意识。你知道吗，有种小恐龙化石，珍贵极了，山里的老乡竟拿它当石板砌房子，你们那里有一专家路过，乘凉喝茶时突然发现了，这就是有名的"贵州龙"。改革开放初期，因为你们那里的人不识货，港岛的古玩商确实发了一笔财，现在就不那么容易了，红木家具用车皮运的好事不会再有了。

听他的口气，我忙问道，这么说，你的生意现在不景气？不料他说，不能简单地这么看，只能说现在正常了。生意好不好，要看货源。他指着自己的货架说，你就不懂了，这里摆的，乾隆以上的真货很少，不少是仿真的，乾隆以下的允许出关，倒有一些。我母亲一直在说，国家保存文物有限，因为文物太多了，国家的博物馆饱和以后，最好的保存法是保存在私人手里，因为私人更懂得珍惜。我们听说过内地的博物馆整箱的字画，整箱的清瓷，因为保存不善全风化了、粉碎了的事，很是痛心。你知道吗，我们现在的行情变了，主要是"回流"，流回内地的收藏家

手里去。中国人的珍宝始终在中国人手里，毕竟是好事啊。香港
回归，我们是一家人了，国宝外流的危险会减少许多，如果货源
能扩大，我们的生意还是有的做。

这时，沉默有顷的老太太忽然说起话来，她说的可能是最古
老的客家话，我是一句也听不懂，只能由她的儿子充当翻译了。
她说的大意是：你莫拿我们当只知道赚钱的商人看，钱是要赚一
些的，但我是中国人，我爱中国的文物，才做了古玩生意，不爱
就不做这一行了。我这一辈子，经我手的绝品、孤品也有几件，
我从来不卖给外国人。树不能无根，人不能忘祖宗啊……

她的这番话太出乎我的意料了，回想刚才与她儿子讨价还
价的情形，不免有些尴尬。我有种隐隐的震惊感。古玩这一行，
既产生奇货可居、利欲熏心的市侩，也能产生品行卓特、忧国忘
家的奇人高士。尝听说，国外有贪啬之徒，买了梵·高的名画就
赶紧藏起来，秘不示人，待价而沽，为一己之私利，夺世人之眼
福，他不是爱文物，爱艺术，而是爱钱，实在可恨。但也听说，
张大千到了敦煌，不忍伟大的艺术再流失，甘愿留下来吃苦，在
昏暗的洞窟里不倦地临摹；郑振铎发现了小贩手中珍奇的宋版
书，生怕流失，全家紧缩口粮，也要买下，然后献出去。这又是
怎样的情怀！还记得，内地有一普通的司机，见路边一饭馆正欲
屠宰一巨蟒，毅然掏钱买下，送给动物园，虽非文物，其爱国爱
文明的精神完全是一致的。

告辞店主出来，我手捧着那尊优美绝伦的木雕，心情激动。

在我看来，这木雕的形象，并不亚于维纳斯，无名艺术家的手艺
太惊人了。凝视着这个低鬟微笑、凝神结想的南国女子肖像，真
是可以忘饥，可以解颐啊。我想，不管什么时候，只要看着这尊
雕像，我就会想起那位慈眉善目的香港老人，想起她和她儿子诉
说的一切。再见了，摩罗街，再见了，可敬的老人，但愿不久我
还能重新造访你们。

俄罗斯人生活得怎样

五个月前，我到过北疆边城黑河。事毕，渡黑龙江，到了对岸的布拉格维申斯克，属于俄罗斯阿穆尔省的一个城市。没料到，此番小住二日，所获情况，比之当年我在俄罗斯半月的印象还要深刻难忘。现记述之，供博友一阅。

大凡从俄罗斯回来的人，对于这个国家的评价，对其人民生活水准和幸福指数说法总是很不一致的，摇头者众，首肯者也不少，但多数是抱着优越感，对老邻居一片怜悯之心。由于中国与前苏联有着几代人的缘分，受其影响至深，俄罗斯人今天生活得怎么样，永远是国人悬想的问题。人性总喜欢暗暗与自己有密切关联的人攀比。这就好比要提拔我们身边的某人，我们会很敏感还不免紧张，要是听说提拔非洲的某某，我们就会显得超然而且大度。

1998年我是到过俄罗斯的，那时习惯叫独联体。我不但到过莫斯科，圣彼得堡，还到过鞑靼共和国的喀山，还参观过某个官员的私宅；也曾买回了俄式茶炊，小幅油画和套娃娃之类。现在丢到哪里都想不起了。但说真话，半月下来，我仍是一头雾水，总看不明白。那次去的时间也不好，原定九月去，因代表团一位军旅诗人签证迟迟批不下来，拖着大家，待可以走时，已是十一月份了。飞机上一个跑生意的中国商人看着我们一行说，人家都夏天来，谁他妈这时候来呀，齁冷齁冷的，冰天雪地，上午十点天才亮，下午五点就全黑了。我套近乎地问，生意怎么样，他直晃脑袋。我说，不是用风油精和二锅头就能换呢子大衣甚至狐皮大衣吗？他仰头大笑，说那是哪年的事儿啊，现在根本没戏。我问俄国有什么东西值得买，他斩钉截铁地说，没有，没有任何东西可买。我疑惑，想问，既然如此，那你们来来回回地跑什么呢？

那时倔强好斗的政治家叶利钦还在台上，经过几番恶斗，他和他曾经主张的亲西方路线严重受挫，其威信也跌至最低，加上正值全球金融危机，大街两旁随处可见这样的标语："除了我们自己，没有任何人能帮助俄罗斯"。一年后叶利钦就把政权交给了他信任的普京。那几天正遇上一个大爆炸案发生，炸死了彼得堡的女议员，气氛有点异样。但我必须实事求是地说，俄国人看上去仍普遍显得明朗，健康，向上，脚步匆匆，笑起来很阳光，并不像外界宣传得那般消极阴郁。这不由让人联想到，咱们国人活得是否有点太复杂，太累了一点儿？有天在一家餐馆，旁边一家人给一小姐过生日，忽然站起一女郎引吭高歌，女宾们遂不分老幼，包括80岁的婆婆，抛下饭菜，皆掀起裙子踢踏而跳，醉歌狂舞，气氛之热烈达于极点，让人着实领略了一回俄罗斯性格。

我们住高尔基文学院招待所，甚简陋，每人一斗室，铁床极窄，翻身不当会掉下来。一桌一椅，桌边有台九寸小黑白电视，人影幢幢，我基本没看过。马桶很低，低到要人蹲下，又不同于下蹲式，准确地说，是跪式。整个看来，比不上国内县级招待所。但情有可原，人家是为文学院的学员短训准备的。后来，在外面逛了一大圈，受够了拎着行李踯躅街头，长时间等待入住所谓宾馆的苦头，才发现这里实惠，虽简陋，却可以不退房，给你留着，有热水供应，大有归家的温馨感。

俄国饭一般都是洋葱，酸黄瓜，红菜头，圆白菜，以凉拌为主。酒水倒也齐全，不甚贵，那时葡萄酒一瓶三美元，还有白兰地和叫不上名字的红酱果酒。黑面包亦具特色。逛商店发现，肉食，香肠，鱼罐头，还是比国内便宜。日用品要贵些，狐皮大衣也并不赫人，约合三千元人民币。当然遇上贵的也很惊人。曾进一豪华饭店，一碗清汤就要6.5美元，我们赶紧撤出，踅进街边一小咖啡店，里面不但面包新鲜，红茶可以敞开喝，红泥肠也不限，四人吃下来，费用只及一碗汤钱。

莫斯科市覆盖着白雪，辽阔，空旷，道路可以六车并行，时有小片原始森林穿插其间，根本无须建立交桥。莫斯科地铁举世闻名，上下两层，深邃而快捷，雕刻风格凝重而豪迈，一想到它竟建于1932年左右，不禁肃然。俄国妇女讲究穿着，不吝钱财，工资大部用来购衣，冬装千姿百态，成为一大看点。俄人对作家艺术家极其尊重，并未"边缘化"，作家塑像随处可遇。独联体作协大院里就有托尔斯泰铜像，对面有陀思妥耶夫斯基铜像，阿尔巴特街走到头有普希金铜像，不胜枚举。每晚歌剧院票价昂贵，却始终紧俏，不知收入不多的俄人是怎么想的。我们提前购到了《幸福俱乐部》的"音乐剧"票，250卢布一张，客满座，表现的是一贵妇人百无聊赖，渴盼幸福的故事，它把话剧，歌剧，舞蹈，逗嘴，杂耍夹杂一起。剧场设计完全是现代派风格，毕加索风格。

帕斯捷尔纳克的乡间别墅，在彼诺杰尔金诺森林，给人印象极深。门边一张单人床，床上摆一朵郁金香，阁楼上一个旧木头桌子，一个木书架，极为寒素，而精神空间显得很大。当年布哈林最欣赏他的诗了。帕氏一直过着近乎隐居的生活，似与世隔绝，但苦闷一点也没有遗忘他。《日瓦格医生》获诺贝尔奖，他受内外夹攻，决定不去领奖，希望宽恕，还是被开除了党籍。在郁郁寡欢中，1960年病逝于此。近看一材料，说赫鲁晓夫正要看这本书，被事儿岔开，听信谗言，贬斥此书，他退下来后看完了，说不错啊，没问题啊。真是荒诞！这里还有一间藏匿过索尔仁尼琴的小屋，状颇凄凉。我联想到去年普京专程拜望他，授予他国家奖，想到《古拉格群岛》的题词"献给生存下来的诸君"，令人无限感慨。

那么，从1998年到2007年，转眼九年过去了，俄罗斯人的生活情况怎样，我此番在布拉格维申斯克又看到了些什么？

　　我了解的重点放在比较具体的细节上。当然限于位于远东地区的布市，但据说几大项全国基本是差不多的。比如"免费"。俄国人仍实行十年制教育，全部免费，读研究生除外；俄人看病，无论病的轻重，都免费，还管三顿饭，痊愈后负责送回家。看望病人不能送水果，必须送鲜花。电费以前也是全免的，到了1994年开始收费，但现在一度电只合人民币二毛钱。

　　俄国每平方公里合9人，中国每平方公里合139人，它们才是真正的地大物博。几乎家家有汽车，汽油一升合人民币六元，但把所有养路费都包含在内了。那年在莫斯科、彼得堡，街上多是其国产的拉达，莫斯科人，现在的申市，以日本车韩国车最多，日韩的二手车仅人民币二万元，买时便宜，但零件贵，维修贵，包袱越背越重。咱们国货1994年威信较高，以物易物，后来假货充盈，就有点失信了，当地报纸在不断提醒，要注意中国的假货。

　　在布市，住房原先也由国家全包，1994年实行了商品化，现在也是高达一万元人民币一平方米，很贵。于是不少人到对岸的黑河买房，周六日在黑河过。他们的工资水平并不低，公务员，大公司职员，月薪约合一万元人民币。但食品确实很贵。这里的苦脏活儿多为中国东北来的劳工在干。我们所住365宾馆一个中国小工正在搬水泥，我问他，工资多少啊，答二百元，问是一个月吗，答一天，可见很不低。俄人盖房子速度极慢，一座楼要盖三到五年，一层层地来。365宾馆建于1938年代，无论房间和电

梯虽旧了仍结实耐用。中国的高速度对他们不可思议，我们为布
市援建了一座公园，只用了半年，他们惊讶至极，成为奇谈。

俄国男人与女人的比例是4：6，于是男人金贵，不少人不干
活，整日酗酒抽烟，妇女倍加辛苦。一个男人可以允许有三个同
居者，多以不离婚的方式维系着。女性打扮自己不惜血本。冬天
裸腿的多，关节炎也多。周三为结婚日，周二是再婚日。俄人认
为单数吉利，我们奉为大吉大利的"8"，在他们看来是最不吉利
的数字。我们曾参观一老人的家，院子极大，房间也多，种植蔬
菜果木，他老婆跟人跑了，他有汽车却好久不开，一个人过着，
看样子倒还自在。他四个儿子全在城里，不时会来看他。

在俄国，一个人若造售假货，终生不许经商，永不发执照。
俄国基本无死刑，只有强奸幼女情节恶劣者才有。民间说法，要
警惕三种人：警察，敲竹杠；不良少年，坑蒙拐骗；酗酒者，胡
闹。令人不解的是，这里从城内出到城外，却要路条。警察带
枪，冲锋枪，严阵以待的样子，不知何故。假日里人们欢歌着到
结雅河、阿穆尔河去消夏。这里，工作之内的六小时属于老板，
六小时一到，立刻停下，分毫不差，正运行的吊车也悬在半空
中，明天再说喽。

阿穆尔省会距莫斯科八千八百公里，坐飞机得九个多小时，
坐火车需六天五夜，多么遥远啊。你如果遗失了护照，须到该省
另一城市去补，最快也得三天，往返几千公里，多么可怕啊。俄
国口岸办出入境手续慢条斯理，我算亲身领略了。过关时由于我

的姓氏笔画多，在国内就被排在团队最后，眼见大家一个个都过去了，我忽有不祥预感。刚轮到我，突然停电了！俄关防人员立马停下，出来放风，闲谈，若无其事；而过了关的朋友不断向我招手，喊快啊，下午两点回北京的飞机要误啦。那一刻，我觉得我快要窒息，比《城堡》里那个土地测量员还要惨十倍。要知道，黑河回京机票紧张至极，好不容易弄到的，而且不是天天有。可你急俄国人不急，他们不对任何特例通融。我已绝望。二十分钟后，电脑忽然亮了，电扇很不情愿地缓缓地转开了，大厅里一片欢呼。哦，谢天谢地，有救了，我终于没有晕倒。

　　站在俄罗斯大地上，我一直思索着这个历史悠久，文化深厚的庞然大国的过去、现在和未来。正如一位学者所表述的："苏联，前苏联，曾是人类的希望，在20世纪，它打破了西方资本主义的一统天下，它把一种新的人类拯救的意识带给世界，它用30年的时间完成了西方两百年的工业化过程，它把第一颗人造卫星送上太空，它的核武器足以毁灭人类50次，它的国家元首可以在联合国的大厅把皮鞋脱下来，敲打桌面，和美国叫板，它可以把导弹直接运到美国的后院——古巴，它的医疗保险，它的退休养老，它的国民教育，它的奥运金牌，它的芭蕾舞，它的电影，曾让整个西方黯然失色"。可是，它却在一夜之间解体了，充满了戏剧性。对于我来说，虽然读过不少有关文章，表层道理都懂，但在深心里，至今仍觉得是个谜。

　　傍晚，我和朱晖坐在俄方的江堤上观景，晚风习习，江面平阔。与对岸黑河的中俄风情节的鼓乐喧天，爆竹齐鸣，光焰万丈相比，这里好像什么也没有发生过，以后也不会发生什么。银发老人在散步，滑旱冰的少女在练各种姿势，练车技的少年猛地翘起车头，推着婴儿车的母亲缓缓经过，他们互不言语，各乐其所乐。凝眸大江上，有种说不出的恬然，安静，无一丝燥气。不时走过的少女，修长的腿，蜂腰，翘臀，深眼窝，微笑着，以其美质装点世界。我俩几乎同时发觉，同在一条大江边上，那边的蚊子成团地追人，叮人，须得边扑打边逃跑；这里的蚊子也叮人，但不是很多，真是奇怪得很。朱晖调侃道，看来蚊子还是这边的从容呵，我凑趣说，那照你这么说，月亮敢情也是俄国的圆喽？我俩遂对视哈哈大笑。

2008年1月6日匆就

我在埃及拜谒法老

近日得一机会去了埃及，从12月23到12月31，共九天，但往返都在迪拜转机，前后逗留近二十小时，实际在埃及的时光也就七天。

23日晚八时半，乘国航CA941，飞行八个多小时，抵阿联酋之迪拜。机上人满为患，几乎没一个空位。先上来的人企图占座，准备睡大觉，等人上齐了，无不失望地各归各位。乘客基本都是国人，看上去都像去赚钱的，我惊奇于到中东地区的打工者何以如此之多。旁座是一中年女性，长春人，自言在科威特卖服装，收益不错，但须时常回国进货。我说科威特人那么有钱，还能看得上咱中国的服装？她说，中国货便宜，再阔的人也喜欢便宜货呀，何况有些款式在科国也流行。我问你们的孩子呢，教育呢，她说只能放在国内。我说不能拿到绿卡吗，她说不可能。其间有一深目鹰鼻的男子不时从后舱跑过来警惕地看她一眼，再看我一眼，就又走了。我问这是谁，答科威特人，一块做生意认识的。遂无言。各自斜倚睡去。

迪拜是阿联酋第二大城，近年来声名鹊起，仅次于阿国首都阿布扎比。阿国约八万平方公里，比我们的宁夏略大一点，由七个酋长国组成，除了迪拜，还有沙迦什么的，富得流油，或者说，因流油而骤富，平均每天有1、6亿美元进账，真是芝麻开门，财源滚滚。提起阿布扎比，言之者对其豪华和富丽无不称羡。而迪拜，却是一座以闪电般速度建设，用金钱堆塑起来的新城，像个暴富的土豪。它是亚非欧的一个咽喉要道，集散中心，以它为轴心，四小时之内，海湾诸国无不可达。其新航站楼设施高档，滚梯宽，大厅阔，不锈钢的巨柱甚是雄伟，听说还有真金包装的器具，我没看见。总的感觉是，不及我们首都机场三号航站楼那样心旷神怡，但用料之精良却在我们之上。听说还在造一座世界最大的新航空港。我们一下机，早有国航"接站人"候在那里。"接站人"大约是一种新职业，专门安排转机者的吃住行。他们在高喊，去喀土穆的跟我来，去科威特的排好队，去阿曼的往边上站，去开罗的取了行李跟我走。接我们的是位新疆姑娘，大学毕业，来自克拉玛依，我问她话，回答很迟慢。她已没了我们的新鲜感。

迪拜全城近一百六十万人，百分之八十是外来者，分新旧城，一水之隔。新城摩天大楼鳞次栉比，多作哥特式建筑冲天状，绵延不绝，新建清真寺的圆顶点缀其间，风格独异。这里被称为"世界建筑师的乐园"，有世界第一室内滑雪场，正在搞的还有水下酒店，硅谷，世界七大奇迹的复制型地等等，钱多得不知道怎么花好。"迪拜塔"有多高没人知道，说是保密。著名的帆船酒店在人工岛边，七星级，仅参观门票就要一百美金；恰逢圣诞节前，不让参观，我们也省了，就是让参观我也不准备掏这钱。总统套房一晚一万八千美元，最低的房也得一千五百美元，听说有纯金马桶呢，不知道有没有纯金牙床？我看啊，该便秘还是便秘，睡不着还是睡不着；就是睡着了，金床银床还是铺板土炕都一样。难道在这里睡一晚能成仙，蹲一次马桶能让屁股更光鲜？看着一片白帆样的高楼在云雾中明灭，我不禁慨叹：人啊，人！

迪拜出租车司机对人倒客气，多为印巴劳工，每月弄好了可得五千美元，但租房极贵，占去一大半。他们谨小慎微，力图捧住金饭碗。迪拜城很安静，其法律规定，只要发生打架，不管谁对谁错，全都关起来再说，所以人们都很克制。纯种阿拉伯人已很少，物以稀为贵，他们是真正的贵族，他们享受的与生俱来的待遇是一般人不能比的。白头巾上有个圆箍压着，下面是一张轮廓分明的脸，一双黑而明亮的眸子，再配以白袍，拖鞋，何等飘逸和潇洒啊。对我来说，这是一种陌生的美感。他们神色宁静而略含傲气，有的还盛气凌人。我们办手续时就着实领教了一回。有个国航小姑娘，山东人，气哼哼地说，我就盼着赶紧把他们的石油抽光了，他们就老实了，到时候要饭还不如我会要呢。哈，一定是平时受气多了。但应该承认，一般情况下，阿拉伯人是自尊而礼貌的。

算来中国与埃及两国作家之间的交流互访，已中断了十四年，这回是首次续接了传统。25日在开罗，我们先是参加一个文学翻译会议，在有名的萨拉丁城堡举行。阿里清真大寺和有名的兵器馆也在这城堡里。意外的是，城堡内还有埃及作家协会的一个活动场所，颇独特，古堡、文物与办公室同在，古典家具极考究，辟出空间来，展示近现代著名作家的笔迹手稿，用过的器物，配以陶罐，名画，别有一番高雅。大概相当于中国的现代文学馆。据说是由政府拨款300万美元装修的，可见埃及对文学还是重视。我只知道埃及作家马哈福兹，1988年获诺贝尔文学奖，以擅写开罗城市的人情世态闻名，便在他的馆里留了个影。

当日要求着正装，注意风度，却忘了温度。此时正值埃及隆冬，如北京的深秋光景，冷起来够呛。我为了配西服，不敢穿厚牛仔裤，光腿穿着薄西裤，尤其不该听信有人说开罗比迪拜还热，结果给冻惨了，寒风凛冽中，惟瑟缩而已。实在扛不住了，曾要求回宾馆加衣，一时无车，只能忍着。我们赶快钻进城堡内的阿里清真大寺，稍暖些，此寺高拱顶，气象肃穆。我因为冷，没认真看。后来才知道这天寒流来了，第二天却又热得反常，埃及的冬季让人捉摸不定。但埃及的与会者并不太讲究，有的穿得厚厚的，有戴围脖的，也有西装革履者。开起会来，完全没有仪式化的庄严，连来宾都不怎么介绍，更不可能提官衔，发不发言随你的便。顺序一般是他们自己先发，再是阿拉伯人发，后来才点来宾，想说什么你就说什么。若过于郑重反会显得有点滑稽。我们完全听不懂，干坐着。这是民间的学术会议，国家级大会大约不是这样吧。

以后的几天发现，埃及人比较闲散，一点不紧张，说八点半来接，九点半左右才能到，但肯定会到，而且非常和气，不急不躁，不紧不慢。在埃期间我没看到过一次吵架场面，激烈的大声喧哗似也没有。但他们显然缺乏紧迫感，更无"时间就是金钱"之类。张健先生幽默地总结为"漫不经心"，我有同感。依我看，这既是缺点，也是优点。

26日晨参观吉萨金字塔，就在开罗城的边上，包括胡夫和他的儿子，孙子三个法老的塔，但并不如想象得伟大。东华说，比头一次见到长城时的震撼力差远了，此语表达了大家的共感。任何事物，一旦名气过大或炒作过甚，亲临者便会失望。不过壮观还是蛮壮观的，胡夫塔石块坚硬而大，石与石之间严丝合缝，一根头发也插不进，由230万块石头组成，每块重达2、5吨。据说是10万人奋战了20年才完成的，塔高146米，现因风化缩了，也还有136米。只要多花点钱是可以进入塔内的通道，看法老棺椁的。那就进吧，体验一下盗墓的感觉。谁知一钻进去，想退都退不出来，如爬逼仄山路，匍匐弯腰近乎膝行，与下行的男女摩肩接踵，身后不断涌上来的人硬顶着后腰。我忽感大事不妙，甚至恐怖，想撤，但卡在中间，憋闷难当，头上冒汗，哪里撤得了啊？只能豁出去与法老共舞了。几番蹭蹬，我辈最终上达一空室，见一平台，仅一残缺空石棺耳，没什么宝贝，也没有木乃伊。

法老是很神秘的。有位法老的墓室刻着这样诡异的话："我能看见昨天，我还知道明天"。据说发掘这位法老墓室时，围观的人后来一个个得怪病死了。前几年在胡夫塔搞过一场"机器人破解古埃及法老咒语"，操办者保证不会让围观者受伤害，于是从现场观众到全球视屏前，都睁大了眼睛看，结果啥也没有发现。但专家立即站出来说："什么也没有发现，就是伟大的发现"，堪称妙语。从塔顶下行，我手扶栏杆，不料被栏杆中暗藏的旧铁丝戳破了虎口，顿时鲜血直冒，我躲到一空隙处，掏出随身带的热茶水冲净了手，再用手纸强力包捏，总算止住了。同行者戏称我"血洒胡夫塔"，不知主何征象。

下午转到开罗西南方的萨卡拉陵墓区，出城时，看到了开罗老城区，无数清真寺塔像浮在海上，在雾霭里明灭，这才悟出开罗何以叫"千塔之城"。节目仍是看金字塔，大家已无太大兴趣，倒是博物馆有点看头。这一带，西边是墓地，东边是神庙，高地是沙漠，河谷是绿洲；沙漠与河谷之间的界限，好像是上帝挥舞利剑劈出的一条直线，万里黄沙与无垠绿色划然分明，只几步之隔。一眼望去，田里有麦子，卷心菜，茄子，西红柿，还有羊群，中间点染着椰枣树，棕榈树；田土呈黑褐色，是淤泥形成的肥沃。不见工业区，地表水却有污染。烂尾楼是一大景观，大量房屋都是钢筋根根冲天，不封顶，而住者自住。原来烂尾楼与逃税有关，官方睁只眼闭只眼，上有政策下有对策也。

尼罗河差不多养育了整个非洲，她纵贯埃及大地，其河谷地带丰饶美丽，百分之九十的埃及人聚居于河谷地带，而其他百

分之九十是漫漫黄沙。我看，举凡伟大的文明，必有一条或数条
母亲河为其摇篮。世界四大文明古国：埃及，巴比伦，印度，中
国，就各有尼罗河，幼发拉底河，底格里斯河，恒河，黄河，长
江在日夜不息地哺育着她的子孙。面对尼罗河田野，我不由念诵
起泰戈尔赞美恒河的句子：

> 顶礼！顶礼！顶礼！
> 美丽的母亲孟加拉大地
> 恒河岸边柔和的风
> 是你轻轻地呼吸。

开罗与北京时差六小时，开罗晚饭开得很晚，饭后想与家人
联系，一看，北京那边都下半夜四点了。宾馆晚上无任何娱乐活
动，既不洗脚也不OK，更无任何骚扰电话，服务生一律男士。
忽闻大厅举行婚礼，大家好不兴奋，都跑过去看。但见，鼓手，
敲得响，黑管，吹得欢，气氛热烈。新娘子个儿高，落落大方，
显得很有主见的样子，她舞姿婀娜，闺密们环绕着她，如众星拱
月，新郎举手投足进退有度，博得了所有在场者的好感。双方老
父母都来了，有的极肥胖，有的老态龙钟，都挪着身子旋进圈子
跳舞，他们是那样活跃，忘情，绝不是装的，是心眼儿里冒出来
的快活。听人说，埃及人活得单纯。那一刻，我觉得生活很美
好，我看到了埃及人性格的又一面。

　　27日按埃方安排，去米尼亚省，还是去开一个会。从开罗到米尼亚，须五小时车程，全是沙漠，路过法尤姆，分上下行道，柏油路面，左为阿拉伯沙漠，右为利比亚沙漠，与新疆和河西走廊的地貌相像，但风小，沙流小，不然公路早被掩埋了。沿途只见运棉花，土豆，西红柿的车子，未免单调。忽发现前车有一阿拉伯婴儿，粉嘟嘟的，可爱至极，冲我们笑，我们全向他招手，他居然知道还礼，两车人遂大笑。此时两车司机为了凑趣，展开了超车战，你追我赶，各显身手，颇不寂寞。

　　米尼亚是尼罗河边一个小城，安详，静谧，躺在河湾里。我们在河边吃了一餐饭，羊肉烤得还不错，"耶素"饼裹茄子酱也好吃，蔬菜鲜嫩，汤好喝。埃及饮食起初你可能不习惯，但越吃越有味，我是吃牛羊肉长大的西北人，更能适应。还曾坐在躺椅上吸过几口水烟——埃及人特有的一种享受，气味幽香。黄昏，落日下，泛金的尼罗河声中，四起的祷告声，在小城上空震荡，传得很远。这是米尼亚给我最深的印象。埃及人每天要祷告五次，即使开罗这样现代化的大城市，祷告声仍随处可闻，并通过扬声器，笼盖全城。你会觉得自己完全生活在一个宗教的世界里。

　　值得一说的还有黑提王子墓。墓主KHETY，习惯叫黑提。在尼罗河的西岸，所谓太阳落山的地方。它古老，公元前2000年的。墓形为长方形，墓穴与其妻通，下深20米，木乃伊在底部。墓室有六根石岩柱，断了几根，基座还在。壁画确实出色，近四千年了，朱颜未凋。画狩猎，猎狗生动；画武功，擒拿格斗凶猛，黑提王子喜武艺，此可谓之埃及功夫；还有舞蹈，捕鱼，所叉双鱼鲜美可感。那时男女一同劳作，一撑船女子，弯弯的腰，像弓弦一样有力的身姿，给我印象极深。介绍者说，像这样的墓室，在尼罗河沿岸还有几座。

又回开罗。29日夜使馆安排我们观赏尼罗河夜景，看东方舞，也就是"肚皮舞"。不知者一听"肚皮"二字，以为其舞多么情色，多么刺激，其实不是，它只是放浪而火烈，就像那年我在埃塞俄比亚看的"抖胸舞"一样。在阿拉伯世界，能看到这样的，就算是最开放的了。转裙舞也很妙，也是单人舞。席间，与李参赞和他的夫人，北大教授，现在也是使馆人员的顾老师聊了不少。

顾老师说，埃及是个宗教国家，超稳定，犯罪率低，小偷小摸在有些旅游点有，但少。每年国人来埃及的很多，丢东西的很少。这里离婚率也很低，第三者的事情不能说绝对没有，但也少。一个男子是可以娶几个太太的（具体数我忘了），但从财产，住房，每件首饰的价值，亲近的程度，直至遗产，必须一视同仁，否则法律便不予支持；一般人，特别现在的年轻人，不堪多妻之累，之烦，均打消此念。斋戒期间，无论穷人富人，都得要忍受饥饿的滋味。当然，专制感与压迫感，贫富之间的悬殊，同样困扰着这个国家。我想起大街上，办公室，到处都有穆巴拉克的像，还有他美丽妻子的像，这似乎让我想起了一些熟悉的政治故事。有一天我把手机忘在餐厅，回到房间好一会才发觉，以为肯定没了，冲进餐厅一看，它竟在老地方安然无恙，有个人面对手机吃东西，对之"视而不见"。这场面让我很感动。出发前，我曾把美元，证件等要紧东西装在一个皮包里，告诫自己不管发生什么，这个包再重也不可离身。现在看来我的警惕性高得有点多余了。但是，顾老师的介绍虽可信，恐怕只是平衡状态下的埃及吧，非常状态下的埃及会是什么样，还能这么平静么，我就不知道了。看着大街上穆巴拉克和他妻子的画像，我总感到，他们的背后正孕育着什么不祥的东西。

不知该怎么说呢，这次埃及之行，也许因为经费，卢克索没有去，阿斯旺没有去，亚历山大没有去，红海也没有去，从旅游角度讲，甚感遗憾。到过埃及者无不笑话我们去的地方之少。他们说，不到卢克索，等于半个埃及没有去。是呵，那是上埃及的都城，有世界上最壮观的神庙。作家黄尧说，这就好像看一部大片，只看了个片头，此言睿智。但我在抱憾之余，有个阿Q式的慰藉，我认为在时间面前，看得多看得少都没有太大关系，如果不是为了炫耀见识之广，不以游踪之多骄人，那任何一种生活都有它的意义，就看能不能感悟到一点人心的真实和生命的韵味。

我知道，我对埃及的了解是浮面的，或者说，我还谈不上了解。我想再好好读点有关的书，包括翻翻可兰经，看看圣经的出埃及记，温习一下摩西的"十诫"。毕竟，有信仰的人是幸福的，哪怕它只是一个美丽的幻象。

2009年1月24日记

后 记

    这是一本比较纯粹的叙事型抒情散文集。这一次,我下了决心,不再把我的那些说理、议论、思辨、札记、序跋之类的文字编入了,我要让这本散文集呈现出饱满的感性血肉,要用"苍茫辽阔,委婉多情"的意境和形象去感染人。书名原先叫《新阳镇》,那是我的家乡,我偏爱;但经不起朋友劝说,最终还是选择了含义更为广阔的《黄河远上》。这名字似乎更切合这本书的风貌。

    故乡与成长,亲历与人性是这本散文集的主题,而对文化精神的求索,反思现代人的精神困境,则是贯穿始终的主线。我既写具体的故乡以及我的成长,探究故乡的历史人文血脉,同时让文字涟漪般扩张开来,兼及整个大西北,甚至转向了更为遥远的域外,只求精神的贯通,不拘时空的具体。这里不少篇章确有自传的影子,我努力做到坦诚与无遮饰,最大限度地还原历史真相。但个人经历仍不过是背景。这里也有苦涩的黑色幽默式的回忆,但也不是纯粹的"个人记忆"。我想还原的,是与个人经历血肉相连的风俗史、精神史、心灵史;我要表现的,是在极限状态下人性的残酷与美丽、历史的呼吸与人心的微妙。

收在书里的一些散文，发表后有过一些反响。这几年，《作家》杂志为我开设了"西北往事"专栏，不少新文章都发表于此。这本书也是以这些新文章为主体和基础的。《新阳镇》被《新华文摘》转载。此镇是我的出生地，它同时是西北一座名副其实的古镇、名镇，呈现出渭河流域极其深厚的文化传承；我塑造了我的大嫂的形象，一个堪称平凡而伟大的农妇。我家乡的省报、市报都相继转载了这篇文章，家乡人喜欢写他们的东西。《皋兰夜语》《王府大街64号》等为《读者》等著名刊物转载并收入过多种选本。《还乡》收入人民文学出版社的《中华散文百年精华》。《重读云南》入选上海市普通高中必修课本。《费家营》《梦回祁连》《黄河远上》等，贴到微信公众平台上，点击率甚高，留言感人；《费家营》且被评为2015年"中国文学最新排行榜"散文类的榜首。《韩金菊》是我最新的文章，却是藏在胸中多年的故事，不写出来，压得我喘不过气来，真的一写起来，几次伤心得写不下去，她的短暂而不幸的一生，汇聚的社会历史内涵甚为复杂，人生的沧桑五味杂陈……我例举这些，并不是想说我写得多么好，而是深感到，历史生活本身的丰富性，壮阔性，向前性。感谢历史，感谢生活！

尽管我做了一些努力，在今天的阅读生活中，这本书仍不过是沧海之一粟。作者总是记着自己仅有的一点荣耀，而读者却并不注意这些，甚至完全不记得了。加缪曾说，不管多么超脱多么杰出的作家，同样渴望得到社会的认可和读者的承认。是啊，就像一个没有人欣赏和追逐的美女，其存在还有意义吗。我把读者的需要和喜爱，我心灵难抑的诉求，共视为我写作的根本动力。"文章千古事，得失寸心知，作者皆殊列，名声岂浪垂"，诗圣杜甫的浩叹，何尝不也是一代代文人的浩叹。

我知道，放在时间的长河里，活着的尽头是死亡，爱情的终点是灰烬，写作的收场是虚无，不管我们多么珍视自己的这些作品，这命运是不可避免的；然而，尽管如此无情，我们依然要尽力地活，尽情地爱，尽心地写，别无他法啊！我自知渺小脆弱，难脱定数；我自知人生短暂，如飘尘，如流云，恍然若一梦，却仍想顽强地活出一点意义来。斯宾诺莎说过大意如此的话，他说，我们都是法则和原因的伟大河流中的一滴水，人类也只是宇宙生命大戏中的一个小小的插曲和波浪罢了，似含有某种宿命之意；萨特却说，人的命运取决于人们自己的抉择，人的存在价值有待于人们自己去设计和创造，似更加肯定存在先于本质，好像都有道理。人，总是要在无意义中，在虚无中，去寻找意义，创造意义。

作者在寻找读者，读者也在寻找作者。如果我的这本小书，能让一些读者在车上，在厕上，在枕边，翻一翻，会心一笑，引起一些共鸣和遐思，那我就没有白写，那也就是我最大的幸福了。

雷达　2017年3月23日清晨小记

图书在版编目（CIP）数据

黄河远上 / 雷达著. —北京：民主与建设出版社，
2017.10
　（名家散文自选集）
　ISBN 978-7-5139-1723-0

　Ⅰ.①黄… Ⅱ.①雷… Ⅲ.①散文集—中国—当代
Ⅳ.①I267

中国版本图书馆 CIP 数据核字（2017）第 239269 号

黄河远上

HUANGHE YUANSHANG

出 版 人	许久文	
总 策 划	李继勇	
责任编辑	刘树民	
封面设计	宋双成	
出版发行	民主与建设出版社有限责任公司	
电　　话	（010）59417747　59419778	
社　　址	北京市海淀区西三环中路 10 号望海楼 E 座 7 层	
邮　　编	100142	
印　　刷	三河市腾飞印务有限公司	
版　　次	2017 年 10 月第 1 版　2017 年 11 月第 2 次印刷	
开　　本	787mm×960mm　1/16	
印　　张	25 印张	
字　　数	246 千字	
书　　号	ISBN 978-7-5139-1723-0	
定　　价	39.80 元	

注：如有印、装质量问题，请与出版社联系。